Sé lo que estás pensando

Sé lo que estás pensando

John Verdon

Traducción de Javier Guerrero

Rocaeditorial

Título original: *Think of a number*
© 2010, John Verdon

Primera edición: junio de 2010

© de la traducción: Javier Guerrero
© de esta edición: Roca Editorial de Libros, S. L.
Marquès de la Argentera, 17, Pral.
08003 Barcelona
info@rocaeditorial.com
www.rocaeditorial.com

Impreso por Rodesa (Villatuerta, Navarra)

ISBN: 978-84-9918-136-3
Depósito legal: NA. 1.366-2010

Para Naomi

Prólogo

—¿*D*ónde estabas? —dijo la anciana desde la cama—. Tenía que hacer pis y no venía nadie.

Sin inmutarse por el tono desagradable de la mujer, el joven se quedó a los pies de la cama, sonriendo.

—Tenía que hacer pis —repitió ella, de un modo más vago, como si ya no estuviera segura del significado de las palabras.

—Tengo una buena noticia, madre —dijo el hombre—. Pronto estará todo bien. Nada quedará sin atender.

—¿Adónde vas cuando me dejas sola? —La voz de la mujer volvía a ser brusca, quejumbrosa.

—No muy lejos, madre. Sabes muy bien que nunca me alejo.

—No me gusta estar sola.

La sonrisa del hombre se ensanchó; era casi beatífica.

—Muy pronto todo estará bien. Todo será como tenía que ser. Puedes confiar en mí, madre. He encontrado una forma de arreglarlo todo. Dará lo que ha quitado al recibir lo dado.

—Eres un gran poeta.

No había ventanas en la habitación. La luz lateral que proyectaba la lámpara de la mesita —la única fuente de iluminación— resaltaba la gruesa cicatriz de la garganta de la mujer y las sombras en los ojos de su hijo.

—¿Iremos a bailar? —preguntó ella, con la mirada perdida más allá de su hijo y de la pared oscura que había detrás, hacia una visión más brillante.

—Por supuesto, madre. Todo será perfecto.

—¿Dónde está mi Dickie Duck?

—Aquí, madre.

—¿Dickie Duck se va a acostar?

—A rorro, a rorro.

—Tengo que hacer pis —dijo ella, casi con coquetería.

9

PRIMERA PARTE

Recuerdos fatales

1

Arte policial

Jason Strunk era, a decir de todos, un tipo insignificante, un treintañero anodino casi invisible para sus vecinos, y al parecer también inaudible, porque ninguno de ellos recordaba nada concreto que hubiera dicho. Ni siquiera tenían la certeza de que hubiera hablado. Tal vez saludaba con la cabeza, quizá decía hola, tal vez musitaba una palabra o dos. Era difícil decirlo.

De entrada, todos expresaron su consternación, incluso una temporal incredulidad, cuando se desveló la devoción obsesiva del señor Strunk por matar hombres con bigote, de mediana edad, así como su perturbadora forma de deshacerse de los cadáveres: los cortaba en trozos manejables, los envolvía en paquetes de colores y los enviaba por correo a los agentes de Policía locales como regalos de Navidad.

Dave Gurney examinó con atención el rostro lívido y plácido de Jason Strunk, que le devolvía la mirada desde la pantalla de su ordenador; en realidad, era la foto de la ficha policial de Jason Strunk, tomada tras la detención. Había ampliado la imagen para que la cara tuviera el tamaño real, y la faz estaba rodeada en los bordes de la pantalla por iconos de herramientas de un programa de retoque fotográfico creativo al que Gurney estaba empezando a pillarle el tranquillo.

Movió una de las herramientas de control de brillo hasta el iris del ojo derecho de Strunk, hizo clic con el ratón y examinó el pequeño reflejo que había creado.

Mejor, pero todavía no estaba bien.

Los ojos siempre eran lo más difícil —los ojos y la boca—, pero eran la clave. En ocasiones tenía que experimentar con la posición y la intensidad de un minúsculo reflejo durante horas, y aun así terminaba con un resultado que no le satisfacía, que no era lo bastante bueno para enseñárselo a Sonya, y menos a Madeleine.

El problema con los ojos radicaba en que éstos, más que ninguna otra de las facciones de la cara, captaban la tensión, la contradicción: la indiferencia reservada, salpicada con una pizca de crueldad, que Gurney había discernido con frecuencia en los rostros de los asesinos con los que había tenido la oportunidad de pasar tiempo a solas.

Había conseguido acertar en la mirada tras su paciente manipulación del retrato de la ficha policial de Jorge Kunzman (el empleado de Walmart que siempre guardaba la cabeza de su última conquista hasta que podía sustituirla por otra más reciente). Le había complacido el resultado: expresaba con inquietante inmediatez la vacuidad profunda y negra que se ocultaba tras la expresión aburrida del señor Kunzman. Por otro lado, la reacción entusiasta de Sonya, su efusivo elogio, lo había confirmado en su opinión. Era esa acogida, además de la venta inesperada de la obra a uno de los amigos coleccionistas de Sonya, lo que lo motivaba a producir la serie de fotografías creativamente retocadas que se exhibían en una muestra titulada *Retratos de los asesinos por el hombre que los detuvo*, en la pequeña pero cara galería de Sonya en Ithaca.

Cómo un detective de homicidios del Departamento de Policía de Nueva York, recientemente retirado y con manifiesto desinterés por el arte en general y por el contemporáneo en particular, unido a un profundo desagrado por la fama, había terminado en una pequeña localidad universitaria como protagonista de una muestra de arte chic, descrita por los críticos locales «como una novedosa combinación de fotografías de una crudeza brutal, percepciones psicológicas inquebrantables y manipulaciones gráficas geniales», era una pregunta con dos respuestas muy diferentes: la suya y la de su mujer.

Por lo que a él respectaba, todo empezó cuando Madeleine lo engatusó para que se apuntara con ella a un curso de introducción al arte en el museo de Cooperstown. Siempre estaba tratando de sacarlo: de su estudio, de la casa, de sí mismo, simplemente sacarlo. Él había aprendido que la mejor forma de mantener el control de su propio tiempo era mediante una estrategia de capitulaciones periódicas. El curso de apreciación artística correspondía a uno de estos movimientos estratégicos, y aunque temía la perspectiva de soportarlo, esperaba que lo inmunizara contra presiones posteriores durante al menos un mes o dos. No es que viviera pegado al sofá, ni mucho menos. A sus cuarenta y siete años, aún podía hacer cincuenta flexiones y cincuenta abdominales. Simplemente no le gustaba mucho salir.

El curso, no obstante, resultó una sorpresa: de hecho, tres sorpresas. En primer lugar, a pesar de que había supuesto que el mayor reto sería aguantar despierto, la profesora, Sonya Reynolds, dueña de galería y artista de fama en la región, le pareció fascinante. No era hermosa de un modo convencional, no a la manera del arquetipo europeo de Catherine Deneuve. Tenía los labios demasiado fruncidos, los pómulos excesivamente prominentes, la nariz demasiado enérgica. Sin embargo, por alguna razón, las partes imperfectas quedaban unificadas en un conjunto fuera de lo común gracias a unos grandes ojos de un verde grisáceo profundo y a un estilo relajado que era sensual de manera natural. No había muchos hombres en la clase, sólo seis de los veintiséis participantes, pero Sonya Reynolds concitaba la atención absoluta de los seis.

La segunda sorpresa fue su propia reacción positiva al curso. Al tener un interés especial en ello, Sonya consagraba un tiempo considerable al arte derivado de la fotografía: fotos manipuladas para crear imágenes más poderosas o comunicativas que los originales.

La tercera sorpresa se produjo a las tres semanas del curso, que duraba un total de doce, una noche en que Sonya estaba comentando con entusiasmo las serigrafías de un artista contemporáneo realizadas a partir de retratos fotográficos solarizados. Al mirar las serigrafías, a Gurney se le ocurrió que podía sacar partido de un recurso inusual al que tenía un acceso privilegiado y al cual podía aportar una perspectiva personal. La idea era extrañamente emocionante. Lo último que esperaba de un curso de introducción al arte era que fuera apasionante.

15

Una vez que se le ocurrió, la idea —potenciar, clarificar e intensificar retratos de la ficha policial de diversos criminales, en especial retratos de asesinos, para capturar y reflejar la naturaleza de la bestia que había pasado estudiando, persiguiendo y burlando toda su carrera— le cautivó. Pensaba en ello con más frecuencia de lo que estaba dispuesto a reconocer. Al fin y al cabo, era un hombre prudente, capaz de ver las dos caras de cada problema, el defecto en cada certeza, la ingenuidad en cada entusiasmo.

Mientras trabajaba en la foto de Jason Strunk en el escritorio de su estudio esa brillante mañana de octubre, el sonido de algo que cayó al suelo detrás de él le interrumpió.

—Voy a dejar esto aquí —dijo Madeleine Gurney con una voz que a cualquiera podría haberle sonado natural, inocente, pero que a su marido le sonó tensa.

Dave Gurney miró por encima del hombro, entrecerrando los ojos al ver el pequeño saco de arpillera apoyado contra la puerta.

—¿Qué dejas? —preguntó, aunque conocía la respuesta.

—Tulipanes —dijo Madeleine con el mismo tono.

—¿Quieres decir bulbos?

Una corrección estúpida, ambos lo sabían. No era más que una manera de expresar su irritación por el hecho de que Madeleine quisiese que hiciera algo que no tenía ganas de hacer.

—¿Qué quieres que haga con los bulbos aquí?

—Llevarlos al jardín y ayudarme a plantarlos.

Gurney consideró que era ilógico llevárselos al estudio para luego hacérselo volver a sacar, pero se lo pensó mejor.

—En cuanto termine con esto —dijo un poco molesto.

Se dio cuenta de que plantar bulbos de tulipán en un día espléndido del veranillo de San Martín en un jardín situado en una cumbre con vistas a un panorama de bosques otoñales de color carmesí y prados esmeralda que se desplegaban bajo un cielo azul cobalto, no era un encargo demasiado pesado. Simplemente detestaba que lo interrumpieran. Reaccionar así, se dijo, era una consecuencia de su mayor virtud: la mente lineal y lógica que lo había convertido en un detective de gran éxito, la mente que se alertaba por la más ligera discontinuidad en el relato de un sospechoso, la mente capaz de percibir una fisura demasiado fina para que la mayoría de los ojos la vieran.

Madeleine miró por encima del hombro de Gurney a la pantalla del ordenador.

—¿Cómo puedes trabajar en algo tan feo en un día como éste? —preguntó.

2

Una víctima perfecta

*D*avid y Madeleine Gurney vivían en una sólida casa de labranza del siglo XIX, enclavada en el rincón de un prado solitario, al final de un camino sin salida en las colinas del condado de Delaware, a unos ocho kilómetros del pueblo de Walnut Crossing. Un bosque de cerezos, arces y robles rodeaba la pradera de cuatro hectáreas.

La casa conservaba su sencillez arquitectónica original. En el año que hacía que la poseían, los Gurney habían restaurado las desafortunadas modernizaciones llevadas a cabo por el anterior propietario, para conferirle a su hogar una apariencia más autentica. Habían sustituido, por ejemplo, inhóspitas ventanas de aluminio por otras con marco de madera que poseían el estilo de luz partida de un siglo antes. No lo habían hecho por obsesión por la autenticidad histórica, sino en reconocimiento de que la estética original era, en cierto modo, la más «adecuada». El aspecto que una casa ha de tener y la sensación que debe transmitir eran los temas en los cuales Madeleine y David estaban en completa armonía, algo que, él tenía la sensación, cada vez era menos frecuente.

Esa idea le había estado corroyendo el ánimo durante la mayor parte del día, y el comentario de su mujer sobre la fealdad del retrato en el que estaba trabajando no hizo sino reactivarla. Esa misma tarde, mientras intentaba dormir la siesta en su silla de teca favorita, después de plantar los tulipanes, notó las pisadas de Madeleine, que se acercó a él a través de la hierba alta que le llegaba hasta los tobillos. En cuanto las pisadas se detuvieron ante su silla, David abrió un ojo.

—¿Crees —dijo ella en su tono calmado y benévolo— que

es demasiado tarde para sacar la canoa? —El tono sugería tanto una pregunta como un reto.

Madeleine era una mujer delgada y atlética de cuarenta y cinco años que fácilmente podía pasar por una de treinta y cinco. Su mirada era franca, serena, inquisitiva. El cabello castaño y largo, con la excepción de unos pocos mechones sueltos, estaba recogido bajo su sombrero de jardín de ala ancha.

—¿De verdad te parece feo? —respondió, sumido en sus pensamientos.

—Por supuesto que es feo —dijo ella sin vacilación—. ¿Se supone que no ha de serlo?

David torció el gesto al considerar el comentario.

—¿Te refieres al motivo? —preguntó.

—¿A qué más podría referirme?

—No lo sé. —Se encogió de hombros—. Resultabas un poco desdeñosa, tanto respecto a la ejecución como al motivo.

—Lo lamento.

No parecía lamentarlo. Cuando estaba a punto de decírselo, Madeleine cambió de tema.

—¿Tienes ganas de ver a tu antiguo compañero de clase?

—No muchas —dijo, ajustando el respaldo del asiento—. No me entusiasma recordar el pasado.

—A lo mejor tiene un asesinato para que lo resuelvas.

Gurney miró a su mujer, estudió la ambigüedad de su expresión.

—¿Crees que eso es lo que quiere? —preguntó con tibieza.

—¿No eres famoso por eso? —La rabia estaba empezando a tensarle la voz.

Era una reacción que había observado desde hacía meses. Creía entender de qué se trataba. Tenían ideas diferentes de lo que había supuesto su retiro, qué clase de cambios iba a provocar en sus vidas y, más concretamente, cómo se suponía que iba a cambiarlo a él. Últimamente, además, había estado creciendo cierto resentimiento en torno a esa nueva afición de David: el proyecto de los retratos de asesinos que estaba absorbiendo su tiempo. Él sospechaba que la negatividad de Madeleine en este aspecto podría estar relacionada, en parte, con el entusiasmo de Sonya.

—¿Sabes que también es famoso? —preguntó Madeleine.

—¿Quién?

—Tu compañero de clase.

—La verdad es que no. Dijo algo al teléfono de que había escrito un libro, y lo comprobé al momento. No se me había ocurrido que fuera famoso.

—Dos libros —afirmó Madeleine—. Es director de algún tipo de instituto en Peony, y pronunció una serie de conferencias que pasaron en la PBS. Imprimí el texto de las solapas del libro. Por si quieres echarle un vistazo.

—Supongo que él mismo me dirá todo lo que hay que saber de él y de sus libros. No parece tímido.

—Como quieras. He dejado las copias en tu escritorio, por si cambias de opinión. Por cierto, Kyle ha llamado antes.

David la miró en silencio.

—Le dije que le llamarías.

—¿Por qué no me has avisado? —preguntó, más irritado de lo que pretendía. Su hijo no llamaba muy a menudo.

—Le he preguntado si quería que te localizara. Ha dicho que no quería molestarte, que no era urgente.

—¿Ha dicho algo más?

—No.

Se volvió y cruzó la gruesa capa de hierba húmeda en dirección a la casa. Cuando alcanzó la puerta lateral y puso la mano en el pomo, pareció recordar algo más, volvió a mirarlo y habló con exagerado desconcierto.

—Según la solapa del libro, tu antiguo compañero de clase parece un santo, perfecto en todo. Un gurú de la buena conducta. Cuesta imaginar que necesite consultar a un detective de homicidios.

—Un detective de homicidios retirado —la corrigió Gurney.

Pero ella ya se había ido y no había intentado amortiguar el portazo.

3
Problema en el paraíso

*E*l día siguiente fue más espléndido que el anterior. Era la perfecta foto de octubre en un calendario de Nueva Inglaterra. Gurney se despertó a las siete de la mañana, se duchó y se afeitó, se puso los tejanos y un jersey fino de algodón, y estaba tomándose un café sentado en una silla de lona en el patio de piedras azules al que se accedía desde el dormitorio. El patio y la puerta cristalera habían sido idea de Madeleine.

Era buena en esa clase de cosas, tenía sensibilidad para lo que era posible, lo que era apropiado. Revelaba mucho de ella: sus instintos positivos, su imaginación práctica, su innato buen gusto. Sin embargo, cuando se quedaba enredado en sus disputas con ella —los fangos y zarzas de las expectativas que cada uno cultivaba en privado—, le resultaba difícil recordar las muchas virtudes de su esposa.

Tenía que acordarse de llamar a Kyle. Aunque esperaría tres horas por la diferencia horaria entre Walnut Crossing y Seattle. Se hundió más en la silla, sujetando la taza de café caliente con las dos manos.

Miró la delgada carpeta que había sacado junto con su café y trató de imaginar la aparición del compañero de la universidad al que no había visto desde hacía veinticinco años. La foto de la solapa del libro que Madeleine había impreso de la web de una librería le avivó el recuerdo no sólo de la cara, sino también de la personalidad, que completó con el timbre de voz de un tenor irlandés y con una sonrisa increíblemente encantadora.

Cuando eran estudiantes universitarios en el campus de Fordham Rose Hill, en el Bronx, Mark Mellery era un personaje alocado cuyos arranques de humor y sinceridad, de energía y de ambición, estaban teñidos por algo más oscuro. Tendía a caminar por la cornisa: una especie de genio acelerado, a un tiempo inquieto y calculador, siempre al borde de una espiral destructiva.

Según la biografía que aparecía en su página web, la dirección de la espiral, que lo había hundido rápidamente a los veintitantos años, se había revertido a los treinta y tantos gracias a una suerte de transformación espiritual radical.

Tras poner su taza de café en el estrecho brazo de madera de la silla, Gurney abrió la carpeta en su regazo, sacó el mensaje de correo electrónico que había recibido de Mellery una semana antes y volvió a leerlo, línea a línea.

> Hola, Dave:
>
> Espero que no consideres inapropiado que un viejo compañero de clase contacte contigo después de transcurrido tanto tiempo. Uno nunca puede estar seguro de lo que una voz del pasado puede evocar. He mantenido el contacto con nuestro pasado académico a través de nuestra asociación de alumnos, y me han fascinado las noticias publicadas a lo largo de los años referidas a miembros de nuestra promoción. Me alegré al ver, en más de una ocasión, tus hazañas estelares y el reconocimiento que estabas recibiendo. (Un artículo en nuestro *Alumni News* se refería a ti como «el detective más condecorado del Departamento de Policía de Nueva York», lo cual no me sorprendió demasiado, al recordar al Dave Gurney que conocí en la universidad.) Luego, hace más o menos un año, vi que te habías retirado del Departamento de Policía y que te habías trasladado al condado de Delaware. Me llamó la atención, porque resulta que yo resido en Peony, a un tiro de piedra, como se suele decir. Dudo que hayas oído hablar de ello, pero ahora dirijo una especie de casa de retiro aquí, el Instituto para la Renovación Espiritual. Suena pedante, lo sé, pero, en realidad, es una institución que tiene «los pies en el suelo».
>
> Aunque he pensado muchas veces a lo largo de los años que me gustaría volver a verte, una situación inquietante me ha dado por fin el empujón que necesitaba para dejar de pensar en ello y ponerme en contacto contigo. Se trata de algo en lo que creo que tu consejo podría serme de suma utilidad. Me gustaría hacerte una breve visita. Si pudieras reservarme un hueco de media hora, iría a tu casa de Walnut Crossing o a cualquier otro lugar que a ti te convenga.

Mis recuerdos de nuestras conversaciones en el campus y aún más de nuestras conversaciones en el Shamrock Bar —por no mencionar tu destacada experiencia profesional— me convencen de que eres la persona adecuada con la que hablar de la compleja cuestión que se me ha presentado. Se trata de un extraño enigma que sospecho que te interesará. La capacidad de sumar dos y dos de formas que escapan a todos los demás siempre fue tu mayor virtud. Cuando pienso en ti, siempre recuerdo tu lógica impecable y tu clarividencia, cualidades que necesito, y mucho, ahora mismo. Te llamaré en breve al número que aparece en el listado de alumnos con la esperanza de que sea correcto y esté actualizado.

Con muchos buenos recuerdos,

MARK MELLERY

P. S. Aunque termines tan desconcertado como yo por este problema y no puedas ofrecerme ningún consejo, no dejará de ser un placer volver a verte.

La llamada había llegado dos días después. Gurney había reconocido la voz de inmediato, pues inquietantemente no había cambiado, salvo por un leve temblor de ansiedad.

Después de unos pocos comentarios de autodesaprobación por no haber mantenido el contacto, Mellery fue al grano. ¿Podía ver a Gurney dentro de unos días? Cuanto antes mejor, porque la «situación» era urgente. Había ocurrido otro «suceso». Realmente era imposible hablarlo por teléfono, como Gurney comprendería cuando se vieran. Mellery tenía que enseñarle unas cosas. No, no era un asunto para la Policía local, por razones que le explicaría cuando se vieran. No, tampoco era una cuestión legal, al menos de momento. No se había cometido ningún delito, ni nadie había sido específicamente amenazado, al menos no podía probarlo. Señor, era tan difícil hablar de esta manera; sería mucho más fácil hacerlo en persona. Sí, se daba cuenta de que Gurney no se dedicaba a la investigación privada. Pero sólo media hora: ¿disponía de media hora?

Gurney aceptó, pese a los sentimientos contradictorios que había experimentado desde el principio. Su curiosidad solía imponerse a su reticencia; en este caso tenía curiosidad por el atisbo de histeria que acechaba en el matiz melifuo de la voz de Mellery. Y, por supuesto, un enigma por descifrar le atraía más poderosamente de lo que iba a admitir.

Después de releer por tercera vez el mensaje de correo electrónico, Gurney volvió a guardarlo en la carpeta y dejó que su mente vagara por los recuerdos que despertaba en los rincones de su memoria: las clases matinales en las que Mellery se había presentado resacoso y aburrido, el modo gradual en que volvía a la vida por la tarde, sus pullas de ingenio irlandés y su perspicacia a altas horas de la noche, potenciada por el alcohol. Era un actor nato, estrella indiscutida de la sociedad dramática de la facultad: un hombre joven que, por más lleno de vida que pudiera estar en el Shamrock Bar, estaba sin duda el doble de vivo encima del escenario. Dependía del público: un hombre que sólo alcanzaba su máxima cota bajo la nutritiva luz de la admiración.

Gurney abrió la carpeta y miró el mensaje una vez más. Le molestaba cómo describía Mellery su relación. El contacto entre ellos había sido menos frecuente, menos significativo y menos amistoso de lo que sugería. Sin embargo, tenía la impresión de que Mellery había elegido sus palabras con esmero —a pesar de su sencillez, la nota había sido escrita y reescrita, ponderada y corregida— y que la adulación, como el resto de la carta, tenía un objetivo. Ahora bien, ¿cuál era ese objetivo? El más obvio era asegurarse de que Gurney aceptara una reunión cara a cara y comprometerlo en la solución de fuera cual fuese el «misterio» que había surgido. Más allá de eso, resultaba difícil saberlo. Estaba claro que el problema revestía su importancia, lo cual explicaría el tiempo y la atención que sin duda se había tomado para que las frases fluyeran y causaran la sensación buscada, para que expresaran una mezcla eficaz de afectuosidad y angustia.

Sin olvidar el detalle de la posdata. Además del sutil desafío implícito en la sugerencia de que Gurney podría ser derrotado por el enigma, fuera cual fuese, también obstruía una ruta de salida fácil, y dificultaba cualquier posible excusa que pudiera verse tentado a dar, en el sentido de que no se dedicaba a la investigación privada o de que no podría resultarle útil. El objetivo de la redacción era identificar cualquier reticencia a reunirse con él como un grosero rechazo a un viejo amigo.

Sin duda, se había esmerado a la hora de redactar el mensaje.

Meticulosidad. Eso era algo nuevo, ¿no? Sin duda esa cualidad no era una piedra angular del viejo Mark Mellery.

Este cambio le parecía interesante.

En el momento perfecto, Madeleine salió por la puerta de atrás de la casa y recorrió unos dos tercios del camino hasta donde se hallaba sentado Gurney.

—Ha llegado tu invitado —anunció de plano.

—¿Dónde está?

—En casa.

Gurney bajó la mirada. Una hormiga avanzaba zigzagueando por el brazo de su silla. La hizo salir volando de un capirotazo.

—Pídele que venga aquí —dijo—. Hace demasiado buen día para estar dentro.

—¿Verdad que sí? —contestó ella, haciendo que el comentario sonara conmovedor e irónico al mismo tiempo—. Por cierto, tiene la misma pinta que en su foto de la solapa; todavía más.

—¿Todavía más qué? ¿Qué se supone que significa eso?

Madeleine ya estaba volviendo a la casa y no respondió.

25

4

Te conozco tan bien
que sé lo que estás pensando

Mark Mellery avanzó a grandes zancadas por la hierba. Se acercó a Gurney como si planeara abrazarlo, pero algo le hizo reconsiderar tal muestra de afecto.

—¡Davey! —exclamó, extendiendo la mano.

«¿Davey?»

—¡Dios mío! —continuó Mellery—. ¡Estás igual! Vaya, ¡me alegro de verte! Me alegro de verte tan bien. ¡Davey Gurney! En Fordham decían que te parecías a Robert Redford en *Todos los hombres del presidente*. Aún te pareces, ¡no has cambiado nada! Si no supiera que tienes cuarenta y siete años como yo, diría que tienes treinta.

Agarró la mano de Gurney entre las suyas como si fuera un objeto precioso.

—Mientras venía conduciendo desde Peony, estaba recordando lo tranquilo y sereno que eras siempre. Un oasis emocional, eso es lo que eras, ¡un oasis emocional! Y aún tienes ese aspecto. Davey Gurney: calmado, tranquilo y sereno, además de poseer la mente más aguda de la ciudad. ¿Cómo te ha ido?

—He sido afortunado —dijo Gurney, liberando la mano y hablando con un tono tan carente de emoción como cargado de entusiasmo lo estaba el de Mellery—. No puedo quejarme.

—Afortunado… —Mellery pronunció las sílabas como si tratara de recordar el significado de una palabra extranjera—. Tienes una casa bonita. Muy bonita.

—Madeleine tiene buen ojo para estas cosas. ¿Nos sentamos? —Gurney señaló un par de sillas de teca ajadas por el clima y situadas una frente a otra entre el manzano y una pila de agua para pájaros.

Mellery empezó a dirigirse hacia el lugar indicado, pero se detuvo.

—Me he dejado…

—¿Puede ser esto?

Madeleine estaba caminando hacia ellos desde la casa, sosteniendo ante sí un elegante maletín. Discreto y caro, era como todo lo demás en la apariencia de Mellery, desde los zapatos ingleses de importación (aunque confortablemente ablandados y no demasiado lustrados) hasta la americana de cachemir entallada a la perfección (si bien levemente arrugada): un aspecto al parecer calculado para apuntar que allí había un hombre que sabía cómo emplear el dinero sin dejar que éste lo usara a él, un hombre que había logrado el éxito sin adorarlo, un hombre al que la buena fortuna le llegaba de un modo natural. En cambio, la mirada atribulada expresaba un mensaje diferente.

—Ah, sí, gracias —dijo Mellery, aceptando el maletín de Madeleine con evidente alivio—. Pero ¿dónde…?

—Te lo has dejado en la mesita de café.

—Sí, claro. Estoy un poco despistado hoy. Gracias.

—¿Quieres tomar algo?

—¿Tomar?

—Tenemos un poco de té helado. O, si prefieres otra cosa…

—No, no, el té es perfecto. Gracias.

Mientras Gurney observaba a su antiguo compañero de clase, de repente se le ocurrió lo que Madeleine había querido decir con que Mellery tenía la misma pinta que en la foto de la solapa de sus libros, «todavía más».

La cualidad más evidente en la fotografía era una suerte de perfección informal: la ilusión de un retrato espontáneo, aficionado, pero sin las sombras poco favorecedoras o la composición torpe que caracterizan un retrato aficionado auténtico. Mellery personificaba justo ese sentido de descuido de elaboración artesana, el deseo guiado por el ego de no mostrar el ego. Como de costumbre, la percepción de Madeleine había sido atinada.

—En tu *mail* mencionabas un problema —dijo Gurney, yendo al grano con una brusquedad rayana con la grosería.

—Sí —respondió Mellery.

Sin embargo, en lugar de ir al grano, Mellery evocó un

27

recuerdo que parecía concebido para dar una puntada más en el lazo de obligación que implicaba su antigua camaradería. Narró un debate tonto que un compañero de clase de ambos había mantenido con un profesor de filosofía. Durante su relato, se refirió a sí mismo, a Gurney y al protagonista como los Tres Mosqueteros del campus de Rose Hill, tratando de lograr que una anécdota de segundo curso sonara heroica. A Gurney el intento le resultó embarazoso y no ofreció a su invitado ninguna respuesta más allá de la mirada expectante.

—Bueno —dijo Mellery, volviendo con incomodidad al asunto que les ocupaba—. No sé muy bien por dónde empezar.

«Si no sabes por dónde empezar tu propia historia, qué demonios haces aquí», pensó Gurney.

Mellery finalmente abrió su maletín, retiró dos libros delgados en rústica y se los entregó a Gurney, con cuidado, como si fueran frágiles. Eran los libros descritos en las páginas de la web que había impreso Madeleine y que él había mirado antes. Uno se titulaba *Lo único que importa* y tenía el subtítulo: «El poder de la conciencia para salvar vidas». El otro se titulaba *Con toda sinceridad* y el subtítulo rezaba: «La única forma de ser feliz».

—Puede que no hayas oído hablar de estos libros. Tuvieron un éxito moderado, pero no fueron lo que se dice superventas. —Mellery sonrió con lo que parecía una imitación bien practicada de la humildad—. No estoy sugiriendo que tengas que leerlos ahora mismo. —Volvió a sonreír como si eso le divirtiera—. No obstante, podrían darte una pista respecto a lo que está ocurriendo, o a por qué está ocurriendo, una vez que te explique mi problema…, o quizá debería decir mi problema aparente. Todo este asunto me tiene un poco perplejo.

«Y más que un poco asustado», pensó Gurney.

Mellery respiró hondo, hizo una pausa y empezó su relato como un hombre que camina con frágil determinación hacia una ola de agua helada.

—Primero debería hablarte de las notas que he recibido.

Buscó en su maletín y sacó dos sobres. Abrió uno, extrajo de él una hoja de papel en blanco con texto escrito a mano por una cara y otro sobre más pequeño del tamaño de una tarjeta de invitación. Le pasó el papel a Gurney.

—Ésta fue la primera comunicación que recibí, hace unas tres semanas.

Gurney cogió el papel y se apoyó en el respaldo de la silla para examinarlo. A la primera notó la pulcritud de la caligrafía. Las palabras estaban escritas de un modo preciso y elegante: de inmediato le vino a la mente la imagen de la hermana Mary Joseph mientras escribía en la pizarra de su escuela de primaria. Sin embargo, más extraño si cabe que la escrupulosa caligrafía era el hecho de que la nota se había escrito con pluma y tinta roja. ¿Tinta roja? El abuelo de Gurney había usado tinta roja. Tenía frasquitos redondos de tinta azul, verde y roja. Recordaba muy poco de su abuelo, pero recordaba la tinta. ¿Aún se vendía tinta roja para pluma?

Gurney leyó la nota torciendo el gesto, luego volvió a leerla. No había ni saludo ni firma.

> ¿Crees en el destino? Yo sí, porque pensaba que no volvería a verte y, de repente, un día, allí estaba. Todo volvió: cómo sonaba, cómo se movía, y más que ninguna otra cosa, cómo pensaba. Si alguien te pidiera que pensaras en un número, yo sé en qué número pensarías. ¿No me crees? Te lo demostraré. Piensa en cualquier número del uno al mil: el primero que se te ocurra. Imagínatelo. Ahora verás lo bien que conozco tus secretos. Abre el sobrecito.

Gurney emitió un gruñido evasivo y miró de manera inquisitiva a Mellery, que había estado observándolo mientras leía.

—¿Tienes alguna idea de quién te envió esto?

—Ni la menor idea.

—¿Alguna sospecha?

—No.

—Hum. ¿Participaste en el juego?

—¿El juego? —Estaba claro que Mellery no lo consideraba así—. Si lo que quieres decir es si pensé en un número, sí. En esas circunstancias habría sido difícil no hacerlo.

—¿Así que pensaste en un número?

—Sí.

—¿Y?

Mellery se aclaró la garganta.

—El número en el que pensé era el seiscientos cincuenta y ocho.

Lo repitió, articulando los dígitos (seis, cinco, ocho), como si pudieran significar algo para Gurney. Cuando vio que no, respiró con nerviosismo y continuó.

—El número seiscientos cincuenta y ocho no tiene ningún significado especial para mí. Sólo fue el primero que se me ocurrió. Me he devanado los sesos, tratando de recordar algo que pudiera asociar con él, cualquier razón por la que pudiera haberlo elegido, pero no se me ha ocurrido nada. Es sólo el primero que se me ocurrió —insistió con nerviosa sinceridad.

Gurney lo miró con creciente interés.

—¿Y en el sobrecito...?

Mellery le pasó el sobre que acompañaba la nota y observó con atención mientras Gurney lo abría, sacaba un trozo de libreta y leía el mensaje escrito en el mismo estilo delicado y con la misma tinta roja.

> ¿Te sorprende que supiera que ibas a elegir el 658?
>
> ¿Quién te conoce tan bien? Si quieres la respuesta, primero has de devolverme los 289,87 dólares que me costó encontrarte.
>
> Envía esa cantidad exacta a:
>
> P. O. Box 49449, Wycherly, CT 61010
>
> Envíame EFECTIVO o un CHEQUE NOMINATIVO
>
> Hazlo a nombre de X. Arybdis
>
> (Ése no siempre fue mi nombre.)

Después de volver a leer la nota, Gurney le preguntó si había contestado.

—Sí. Envié un cheque por el importe mencionado.

—¿Por qué?

—¿Qué quieres decir?

—Es mucho dinero. ¿Por qué decidiste mandarlo?

—Porque me estaba volviendo loco. El número, ¿cómo podía saberlo?

—¿Han cobrado el cheque?

—No, lo cierto es que no —dijo Mellery—. He estado controlando mi cuenta a diario. Por eso envié un cheque en lugar de efectivo. Pensaba que podría ser una buena idea para averiguar algo respecto a ese tal Arybdis; al menos sabría dónde depositaba los cheques. Todo el asunto era muy inquietante.

—¿Qué te inquietaba exactamente?

—¡El número, por supuesto! —gritó Mellery—. ¿Cómo podía ese tipo saber algo así?

—Buena pregunta —dijo Gurney—. ¿Ese tipo?

—¿Qué? Ah, ya veo a qué te refieres. Sólo pensaba…, no lo sé, es sólo lo que se me ocurrió. Supongo que X. Arybdis me sonaba masculino por alguna razón.

—X. Arybdis. Es un nombre muy extraño —dijo Gurney—. ¿Significa algo para ti? ¿Te suena de algo?

—De nada.

El nombre no significaba nada para Gurney, pero tampoco le sonaba del todo ajeno. Se tratara de lo que se tratase estaba sepultado en su memoria.

—Después de que mandaras el cheque, ¿volvió a contactar contigo?

—¡Ah, sí! —dijo Mellery, una vez más buscando en su maletín y sacando otras dos hojas de papel.

—Recibí esta nota hace diez días. Y esta otrta el día después de que te enviara mi mensaje preguntando si nos podíamos reunir.

Se las pasó a Gurney, como un niño pequeño que le enseña a su padre dos nuevos moratones. Parecían estar escritas por la misma mano meticulosa y con la misma pluma que las dos primeras notas, pero el tono había cambiado.

La primera estaba compuesta por ocho breves líneas:

> ¿Cuántos ángeles brillantes
> bailan sobre un alfiler?
> ¿Cuántos anhelos se ahogan
> por el hecho de beber?
> ¿Has pensado alguna vez
> que el vaso era un gatillo
> y que un día te dirás:
> «Dios mío, cómo he podido»?

Las ocho líneas de la segunda eran igual de crípticas y amenazadoras:

Darás lo que has quitado
al recibir lo dado.
Sé todo lo que piensas,
sé cuándo parpadeas,
sé dónde has estado,
sé adónde irán tus pasos.
Vamos a vernos solos,
señor 658.

A lo largo de los diez minutos siguientes, durante los cuales leyó cada nota media docena de veces, la expresión de Gurney se tornó más oscura, y la angustia de Mellery, más obvia.

—¿Qué piensas? —preguntó Mellery al fin.

—Tienes un enemigo listo.

—Me refiero a qué piensas de la cuestión del número.

—¿Qué?

—¿Cómo podía saber qué número se me ocurriría?

—De buenas a primeras, diría que no lo podía saber.

—¡No podía saberlo, pero lo sabía! O sea, ésa es la clave, ¿no? No podía saberlo, pero lo sabía. Nadie podía saber que el número en el que pensaría sería el seiscientos cincuenta y ocho, pero no sólo lo sabía, sino que lo sabía al menos dos días antes que yo, cuando echó la maldita carta al correo.

Mellery, de repente, se levantó de la silla, caminó por el césped hacia la casa y volvió, pasándose las manos por el cabello.

—No hay forma científica de hacerlo. No hay forma concebible de lograrlo. ¿No te das cuenta de lo descabellado que es esto?

Gurney estaba apoyando la barbilla en las puntas de sus dedos en ademán pensativo.

—Hay un principio filosófico simple que me parece fiable al cien por cien. Si ocurre algo, tiene que haber una forma de que ocurra. Este asunto de los números ha de tener una explicación simple.

—Pero...

Gurney levantó la mano como el joven agente de tráfico que había sido durante sus primeros seis meses en el Departamento de Policía de Nueva York.

—Siéntate. Relájate. Estoy seguro de que conseguiremos averiguarlo.

5

Posibilidades desagradables

$\mathcal{M}$adeleine trajo un par de tés helados y regresó a la casa. El olor de la hierba al sol impregnaba el aire. La temperatura era de veintiún grados. Un revuelo de pinzones purpúreos se posó sobre el comedero de semillas de cardo. El sol, los colores, los aromas eran intensos, pero pasaron desapercibidos para Mellery, cuyos pensamientos angustiosos parecían ocuparle por completo.

Mientras tomaban el té, Gurney trató de evaluar los motivos y la honestidad de su invitado. Sabía que etiquetar a alguien demasiado deprisa podía inducir a error, pero hacerlo solía ser irremediable. Lo principal era ser consciente de la falibilidad del juicio y estar dispuesto a revisar la etiqueta en el momento en que se contara con más información.

Su intuición le decía que Mellery era un farsante clásico, un fingidor a muchos niveles que hasta cierto punto creía en su propia falsedad. Su acento, por ejemplo, que recordaba de la época de la universidad, era un acento de ninguna parte, de algún lugar imaginario de cultura y refinamiento. Seguramente ya no era impostado —era parte integrante de su persona—, pero hundía sus raíces en un suelo imaginario. El caro corte de pelo, la piel hidratada, los dientes blanquísimos, el físico ejercitado y la manicura apuntaban a un telepredicador de primera. Sus maneras eran las de un hombre ansioso de parecer a gusto en el mundo, un hombre agraciado con la posesión de todo aquello de lo que carecen los humanos ordinarios. Gurney se dio cuenta de que todo ello había estado presente de forma incipiente veintiséis años atrás. Mark Mellery simplemente se había convertido en más de lo mismo, pues siempre había sido así.

—¿Se te ha ocurrido acudir a la Policía? —preguntó Gurney.

—Pensé que no serviría de nada. No creía que fueran a hacer nada. ¿Qué iban a hacer? No había amenaza específica, nada que no pudiera desdeñarse, ningún crimen real. No tengo nada concreto que llevarles. ¿Un par de poemitas desagradables? Un chico retorcido de instituto podría haberlos escrito, alguien con un sentido del humor raro. Y como la Policía no haría nada o, peor aún, lo tratarían como una broma, ¿por qué iba a perder el tiempo acudiendo a ellos?

Gurney asintió, sin estar convencido.

—Además —continuó Mellery—, la idea de que la Policía local se ocupe de esto y lance una investigación a gran escala, interrogando a gente, viniendo al instituto, fastidiando a huéspedes actuales y antiguos (algunos de nuestros huéspedes son gente sensible), haciéndose notar, armando toda clase de números, fisgoneando en cosas que no son asunto suyo, quizás implicando a la prensa… ¡Dios! Ya me imagino los titulares, «Autor espiritual amenazado de muerte», y la agitación que provocaría… —La voz de Mellery se fue apagando y negó con la cabeza como si las meras palabras no pudieran describir el daño que la Policía podía causar.

Gurney respondió con expresión de desconcierto.

—¿Qué pasa? —preguntó Mellery.

—Tus dos razones para no contactar con la Policía se contradicen.

—¿Qué?

—No contactas con la Policía porque temes que no hagan nada y no contactas con ellos porque temes que hagan demasiado.

—Ah, sí…, pero las dos afirmaciones son ciertas. Lo que temo es que lo manejen con ineptitud. La ineficacia de la Policía puede adoptar la forma de un enfoque indolente o tener las consecuencias del elefante que entra en una cacharrería. Lasitud inoperante o agresividad inepta, ¿me entiendes?

Gurney tenía la sensación de que acababa de ver cómo alguien le pisaba el pie y lo convertía en una pirueta. No se lo creía. De acuerdo con su experiencia, cuando un hombre daba dos razones para una decisión, era probable que una tercera razón —la real— hubiera quedado oculta.

Como si sintonizara con la longitud de onda del pensamiento de Gurney, Mellery dijo de repente:

—He de ser más sincero contigo, más abierto respecto a mis preocupaciones. No puedo esperar que me ayudes, a menos que te muestre la imagen completa. En mis cuarenta y siete años, he llevado dos vidas muy diferentes. Durante los primeros dos tercios de mi existencia fui por el mal camino, sin hacer nada bueno, pero llegando deprisa. Empecé en la facultad. Después de la facultad, empeoró. Cada vez bebía más, cada vez había más caos. Me involucré en pasar drogas a una clientela rica y trabé amistad con algunos clientes. Uno estaba tan impresionado con mi capacidad de inventar una mentira que me dio trabajo en Wall Street, donde vendía acciones por teléfono a gente ambiciosa y lo bastante estúpida para creer que doblar su inversión en tres meses era una posibilidad real. Era bueno en eso, y gané un montón de dinero, y éste era el combustible de mi tren expreso hacia la locura. Hacía lo que tenía ganas de hacer, pero la mayoría de las cosas no las recuerdo, porque la mayor parte del tiempo estaba borracho como una cuba. Durante diez años trabajé para una retahíla de ladrones tan brillantes como impresentables. Luego murió mi mujer. Supongo que no te enteraste, pero me casé al año de terminar los estudios.

Mellery buscó su vaso. Bebió con aire pensativo, como si el sabor fuera una idea que se formaba en su mente. Cuando el vaso quedó medio vacío, lo colocó en el brazo de la silla, lo miró un momento y reanudó su historia.

—Su muerte tuvo un efecto sobre mí mayor que todo lo ocurrido en nuestros quince años de matrimonio. Detesto admitirlo, pero sólo a través de su muerte, la vida de mi esposa tuvo un impacto real en mí.

Gurney tenía la impresión de que aquella clara ironía, narrada con paso vacilante, como si se le acabara de ocurrir, estaba siendo relatada por enésima vez.

—¿Cómo murió?

—La historia completa está en mi primer libro, pero la versión breve y desagradable es ésta. Habíamos ido de vacaciones al Olympic Peninsula de Washington. Estábamos sentados en una playa desierta al atardecer. Erin decidió ir a nadar. Por lo general se adentraba treinta metros y nadaba en paralelo a la orilla, como si hiciera largos en una piscina. Era disciplinada con el ejercicio. —Hizo una pausa, cerrando los ojos.

—¿Es eso lo que hizo esa noche?

—¿Qué?

—Has dicho que era lo que hacía por lo general.

—Ah, sí. Creo que es lo que hizo esa noche. La verdad es, bueno, no estoy seguro, pues estaba borracho. Erin se fue al agua; yo me quedé en la playa con mi termo de martini. —Había aparecido un tic en la comisura de su ojo izquierdo—. Erin se ahogó. La gente que encontró su cadáver, que flotaba en el agua a quince metros de la orilla, también me encontró a mí, desmayado en la playa en un estupor alcohólico.

Después de una pausa continuó con un hilo de voz.

—Supongo que tuvo un calambre o…, qué sé yo…, pero imagino que… me llamaría… —Se interrumpió, cerró otra vez los ojos y masajeó el lugar donde tenía el tic. Cuando de nuevo abrió los ojos, miró a su alrededor como si viera por primera vez cuanto le rodeaba.

—Tienes una casa encantadora —dijo con una sonrisa triste.

—¿Has dicho que su muerte tuvo un efecto poderoso en ti?

—Ah, sí, un efecto poderoso.

—¿Inmediatamente o más tarde?

—Inmediatamente. Es un cliché, pero tuve lo que se llama un «momento de lucidez». Fue más doloroso, más revelador que nada que hubiera experimentado antes o después. Vi con claridad, por primera vez en mi vida, el camino en el que estaba y lo disparatadamente destructivo que era. No quiero compararme con Pablo al caer de su caballo en camino a Damasco, pero el hecho es que a partir de ese momento no quise dar ni un paso más por ese camino —dijo con una convicción rotunda.

«Podría dar un curso de convicción rotunda», pensó Gurney.

—Me apunté a una terapia de desintoxicación, porque me parecía que era lo correcto. Después fui a terapia. Quería estar seguro de que había encontrado la verdad y de que no había perdido el juicio. La terapia fue alentadora. Terminé volviendo a la universidad y me saqué dos licenciaturas, una en Psicología y otra en Orientación. Uno de mis compañeros de clase era pastor de la Iglesia unitaria y me pidió que fuera a hablar de mi «conversión»; la palabra la puso él, no yo. La charla fue un éxito. A partir de ahí di una serie de conferencias en una docena de iglesias unitarias, y las conferencias se convirtieron en mi primer libro. El libro se transformó en la base de una serie en tres capítulos para la PBS. Luego se distribuyó en forma de cintas de vídeo.

»Ocurrieron muchas cosas de ese estilo: una retahíla de coincidencias que me llevaron de una cosa buena a otra. Me invitaron a dar una serie de seminarios privados para algunas personas extraordinarias, y resultó que además eran extraordinariamente ricas. Eso llevó a la fundación del Instituto Mellery para la Renovación Espiritual. A la gente que va allí le encanta lo que hago. Sé que suena muy ególatra, pero es cierto. Hay personas que vienen año tras año a escuchar lo que, en el fondo, son las mismas conferencias, a realizar los mismos ejercicios espirituales. Titubeo al decirlo, porque suena muy pretencioso, pero como resultado de la muerte de Erin renací en una vida nueva y maravillosa.

Sus pupilas se movían con inquietud, por lo que daba la impresión de que estaba concentrado en un paisaje privado. Salió Madeleine, se llevó los vasos vacíos y preguntó si querían más. Ambos le dijeron que no. Mellery mencionó de nuevo que tenían una casa encantadora.

—Has dicho que querías ser más franco conmigo sobre tus preocupaciones —le instó Gurney.

—Sí, tiene que ver con mis años de bebedor. Era un bebedor empedernido. Tenía graves lagunas de memoria: algunas duraban una hora o dos; otras, más. En los años finales las tenía cada vez que bebía. Eso es mucho tiempo, muchas cosas que hice de las que no conservo recuerdo. Cuando estaba borracho, no tenía manías respecto a con quién estaba ni en relación con lo que hacía. Francamente, las referencias al alcohol de esas notitas que te he mostrado son la razón de mi inquietud. En los últimos días, mis emociones han estado vacilando entre la inquietud y el terror.

A pesar de su escepticismo, Gurney estaba asombrado porque había algo auténtico en el tono de Mellery.

—Cuéntame más —dijo.

Durante la siguiente media hora quedó claro que no había

37

mucho más que Mellery quisiera o pudiera contar. No obstante, regresó al punto que le obsesionaba.

—Por el amor de Dios, ¿cómo pudo saber en qué número pensaría? He repasado mentalmente a gente que he conocido, lugares en los que he estado, direcciones, códigos postales, teléfonos, fechas, cumpleaños, números de matrícula, incluso precios (cualquier cosa con números), y no hay nada que asocie con el seiscientos cincuenta y ocho. ¡Me está volviendo loco!

—Sería más útil concentrarse en cuestiones más simples. Por ejemplo…

Pero Mellery no estaba escuchando.

—No tengo ni idea de qué significa ese seiscientos cincuenta y ocho. Pero ha de querer decir algo. Y sea lo que sea que signifique, alguien más lo sabe. Alguien más sabe que seiscientos cincuenta y ocho significa para mí lo suficiente para que fuera el primer número que se me iba a ocurrir. No puedo pensar en otra cosa. ¡Es una pesadilla!

Gurney se quedó sentado en silencio y esperó a que el ataque de pánico de Mellery se consumiera por sí solo.

—Las referencias a la bebida significan que se trata de alguien que me conocía de los viejos y malos tiempos. Si tiene algún tipo de rabia (y parece que es así), la ha estado alimentando mucho tiempo. Podría ser alguien que me perdió la pista, que no tenía ni idea de dónde estaba, que luego vio uno de mis libros, vio mi foto, leyó algo sobre mí y decidió…, ¿qué decidió? Ni siquiera sé de qué tratan esas notas.

Gurney continuó sin decir nada.

—¿Tienes alguna idea de cómo es tener un centenar, quizá dos centenares, de noches en tu vida de las que no recuerdas nada? —Mellery negó con la cabeza, aparentemente atónito ante su propia implacabilidad—. Lo único que sé seguro de esas noches es que estaba lo bastante borracho (lo bastante loco) para hacer cualquier cosa. Eso es lo que tiene el alcohol: cuando te emborrachas tanto como lo hice yo, pierdes el miedo a las consecuencias. Tu percepción se deforma, tus inhibiciones desaparecen, tu memoria se apaga, y actúas por impulso: instinto sin control. —Se quedó en silencio, negando con la cabeza.

—¿Qué crees que podrías haber hecho en uno de esos apagones de memoria?

Mellery lo miró.

—¡Cualquier cosa! Dios, ésa es la cuestión: ¡cualquier cosa!

Gurney pensó que tenía el aspecto de un hombre que acaba de descubrir que el paraíso tropical de sus sueños, en el que ha invertido hasta el último centavo, está infestado de escorpiones.

—¿Qué quieres que haga por ti?

—No lo sé. Quizás esperaba una deducción de Sherlock Holmes, misterio resuelto, autor de la carta identificado y reducido.

—Tú estás en mejor posición que yo para adivinar de qué trata esto.

Mellery negó con la cabeza. Entonces una esperanza frágil le abrió los ojos.

—¿Podría ser una broma?

—Si es así, es más cruel que la mayoría de las bromas —replicó Gurney—. ¿Qué más se te ocurre?

—¿Chantaje? El autor sabe algo espantoso, algo que no puedo recordar, y los 280,87 dólares son sólo la primera exigencia.

Gurney asintió de un modo evasivo.

—¿Alguna otra posibilidad?

—¿Venganza? Por algo horrible que hice, pero no quiere dinero, quiere… —Su voz se fue apagando lastimeramente.

—¿Y no hay nada específico que recuerdes haber hecho que pudiera justificar esta respuesta?

—No, ya te lo he dicho. Nada que recuerde.

—Vale, te creo. Pero dadas las circunstancias, podría merecer la pena considerar unas pocas cuestiones simples. Sólo escríbelas tal y como te las pregunto, llévatelas a casa, dedícales veinticuatro horas y a ver qué se te ocurre.

Mellery abrió su elegante maletín y sacó una libretita de cuero y una pluma Montblanc.

—Quiero que hagas varias listas separadas, lo mejor que puedas. Lista número uno: posibles enemigos de negocios o profesionales, gente con la que te encontraras en algún momento en graves conflictos por dinero, contratos, promesas, posición, reputación. Lista número dos: conflictos personales no resueltos, ex amigos, ex amantes, socios en asuntos que terminaron mal. Lista tres: individuos directamente amenazadores, gente que haya formulado acusaciones contra ti o que te haya amenazado. Lista cuatro: individuos inestables, gente con la que hayas tratado que estuviera desequilibrada o preocupada de alguna manera. Lista cinco: cualquier persona de tu pasado con la que te hayas encontrado recientemente, por más inocente o accidental que pueda haberte parecido el encuentro. Lista seis: cualquier conexión que tengas con cualquiera que viva en Wycherly o cerca, porque ahí está el apartado postal de X. Arybdis, y de allí es el matasellos del sobre.

Mientras dictaba las preguntas, observó a Mellery, que negaba con la cabeza de manera reiterada, como para afirmar la imposibilidad de recordar ningún nombre relevante.

—Sé lo difícil que parece —dijo Gurney con firmeza paternal—, pero hay que hacerlo. Entre tanto, déjame las notas. Las examinaré mejor. Pero recuerda que no me dedico a la investigación privada y que poco podré hacer por ti.

Mellery se miró las manos con expresión sombría.

—Aparte de esas listas, ¿hay algo más que pueda hacer?

—Buena pregunta. ¿Se te ocurre algo?

—Bueno, quizá con algo de orientación por tu parte podría localizar a ese señor Arybdis de Wycherly, Connecticut, para tratar de conseguir información sobre él.

—Si por «localizar» te refieres a obtener la dirección de su casa en lugar de su apartado postal, la oficina de correos no te la dará. Para eso necesitarías la participación de la Policía, pero te niegas a eso. Puedes buscar en las páginas blancas de Internet, aunque no te llevará a ninguna parte con un nombre inventado, y probablemente lo es. De hecho en la nota dice que no es el nombre por el que lo conoces. —Gurney hizo una pausa—. Pero hay algo extraño en el cheque, ¿no crees?

—¿Te refieres a la cantidad?

—Me refiero al hecho de que no lo cobrara. ¿Por qué pedir algo tan concreto (la cantidad exacta, a nombre de quién extenderlo, adónde enviarlo) para luego no cobrarlo?

—Bueno, si Arybdis es un nombre falso y no tiene identidad con ese nombre…

—Entonces, ¿por qué ofrecer la opción de enviar un cheque? ¿Por qué no pedir efectivo?

Los ojos de Mellery examinaron el suelo como si las posibilidades fueran minas terrestres.

—Quizá todo lo que quería era un documento con mi firma.

—Se me ha ocurrido —dijo Gurney—, pero conlleva dos dificultades. Primero, recuerda que también estaba dispuesto a cobrar en efectivo. Segundo, si el objetivo real era conseguir un cheque firmado, ¿por qué no pedir una cantidad menor, digamos, veinte dólares o incluso cincuenta? ¿Eso no habría aumentado las probabilidades de obtener una respuesta?

—Quizás Arybdis no es tan listo.

—No sé por qué, pero no creo que ése sea el problema.

Por la expresión de Mellery daba la sensación de que en cada célula de su cuerpo el agotamiento estaba batallando con la angustia, y que era una lucha cerrada.

—¿Crees que corro un peligro real?

Gurney se encogió de hombros.

—La mayoría de las cartas amenazadoras son sólo cartas amenazadoras. El mensaje desagradable es en sí mismo el arma agresiva, por así decirlo. No obstante…

—¿Éstas son diferentes?

—Podrían ser diferentes.

Los ojos de Mellery se ensancharon.

—Ya veo. ¿Les echarás otro vistazo?

—Sí. ¿Y empezarás con esas listas?

—No servirá de nada, pero sí, lo intentaré.

41

6

Por sangre que es tan roja como rosa pintada

Como no lo invitaron a comer, Mellery se había marchado a regañadientes en un Austin-Healey azul pastel restaurado con meticulosidad: un deportivo descapotable clásico. Era un día perfecto para conducirlo, pero el hombre parecía tristemente ajeno.

Gurney regresó a su silla de teca y se quedó un buen rato sentado, casi una hora, esperando que la maraña de hechos empezara a organizarse por sí sola en algún orden, en alguna concatenación sensata. No obstante, lo único que le quedaba claro era que tenía hambre. Se levantó, entró en casa, se hizo un sándwich de havarti y pimientos asados y comió solo. Al parecer, Madeleine se había ido. Se preguntó si había olvidado algún plan del que ya le hubiera hablado. Mientras aclaraba su plato y miraba sin darse cuenta por la ventana, la divisó mientras subía por el campo desde el huerto, con la bolsa de lona llena de manzanas. Tenía ese aspecto de brillante serenidad que con mucha frecuencia era para ella una consecuencia automática de estar al aire libre.

Madeleine entró en la cocina y dejó las manzanas junto al fregadero al tiempo que exhalaba un sonoro suspiro de felicidad.

—Dios, ¡qué día! —exclamó—. En un día como éste, estar dentro de casa un minuto más de lo necesario es un pecado.

No es que Gurney estuviera en desacuerdo con ella; al menos desde un punto de vista estético, quizás estaba de acuerdo. Sin embargo, él tendía a la introspección, con el resultado de que, librado a sus propios dispositivos, pasaba más tiempo en la consideración de la acción que en la acción, más tiempo en su cabeza que en el mundo. Eso nunca había supuesto un problema en su profesión; en realidad, era la esencia de lo que lo hacía tan bueno.

En cualquier caso, no sentía ningún deseo imperioso de salir, ni era algo de lo que tuviera ganas de hablar o sobre lo que discutir, o por lo que sentirse culpable. Cambió de tema.

—¿Qué te ha parecido Mark Mellery?

Madeleine respondió sin levantar la mirada de la fruta que estaba sacando de la bolsa para dejarla en la encimera y sin hacer siquiera una pausa para considerar la pregunta.

—Pagado de sí mismo y muerto de miedo. Un ególatra con complejo de inferioridad. Teme que el coco vaya a buscarlo. Quiere que lo proteja el Tío Dave. Por cierto, no estaba escuchando a propósito. Su voz se oye muy bien. Apuesto a que es un gran orador. —Lo hizo sonar como un valor dudoso.

—¿Qué opinas de la cuestión de los números?

—Ah —dijo tras una afectación teatral—. El Caso del Acechador que Lee la Mente.

Gurney contuvo su irritación.

—¿Tienes idea de cómo podría hacerse? ¿Cómo la persona que escribió la nota podía saber qué número iba a elegir Mellery?

—No.

—No pareces perpleja por eso.

—En cambio, tú sí lo estás. —De nuevo habló con la mirada puesta en sus manzanas; la sonrisita irónica, cada vez más presente en los últimos días, pegada a la comisura de la boca reapareció.

—Has de reconocer que es enigmático —insistió él.

—Supongo.

Gurney repetía los hechos clave con el nerviosismo de un hombre que no puede entender por qué no lo están entendiendo.

—Una persona te da un sobre cerrado y te dice que pienses en un número. Tú piensas en el seiscientos cincuenta y ocho. Él te dice que mires en el sobrecito y en la nota que contiene pone precisamente ese número.

Estaba claro que Madeleine no estaba tan impresionada como debería. Gurney continuó.

—Es algo destacable. Parecería imposible. Sin embargo, lo hizo. Me gustaría averiguar cómo lo logró.

43

—Y estoy segura de que lo harás —dijo ella con un leve suspiro.

David miró a través de la puerta cristalera, más allá de las tomateras y los pimientos marchitos por la primera helada de la temporada. (¿Cuándo fue eso? No lo recordaba. Le costaba mucho concentrarse en el factor temporal.) Más allá del jardín, más allá de los prados, su mirada se posó en el granero rojo. El viejo manzano McIntosh apenas resultaba visible detrás de la esquina de esa construcción, con las frutas punteando las ramas a través de la masa de follaje como gotitas de una pintura impresionista. En este retablo se coló una sensación persistente de que tenía que estar haciendo algo. ¿De qué se trataba? ¡Por supuesto! La semana anterior había prometido que iría a buscar la escalera extensible y que recogería todas las frutas a las que Madeleine no podía llegar. Una minucia. Muy fácil de hacer. Un proyecto de media hora a lo sumo.

Al levantarse de la silla, henchido de buenas intenciones, sonó el teléfono. Madeleine atendió, en apariencia porque estaba de pie al lado de la mesita donde se hallaba el teléfono, pero ésa no era la razón real. Ella siempre contestaba las llamadas sin importar quién estuviera más cerca del aparato. Tenía menos que ver con la logística que con sus respectivos deseos de contactar con otra gente. Para ella, la gente en general era un plus, una fuente de estimulación positiva (con excepciones, como la depredadora Sonya Reynolds). Para Gurney, la gente en general era un menos, un derroche de energía (con excepciones, como la alentadora Sonya Reynolds).

—¿Hola? —dijo Madeleine de esa forma agradablemente expectante con la que atendía todas las llamadas: como si le interesara mucho lo que podrían decirle.

Un segundo después su tono cayó a un registro menos entusiasta.

—Sí, está. Un momentito. —Movió el auricular hacia Gurney, lo dejó en la mesa y salió de la habitación.

Era Mark Mellery. Parecía aún más agitado que antes.

—Davey, gracias a Dios que estás ahí. Acabo de llegar a casa y tengo otra de esas malditas cartas.

—¿En el correo de hoy?

La respuesta fue afirmativa, como suponía Gurney. Pero la

pregunta tenía otro propósito. Había descubierto a lo largo de años de interrogar a infinidad de personas histéricas —en escenas del crimen, en salas de urgencias, en toda clase de situaciones caóticas— que la forma más fácil de calmarlas era empezar planteando preguntas fáciles a las que pudieran responder con un sí.

—¿Parece la misma caligrafía?

—Sí.

—¿Y la misma tinta roja?

—Sí, todo es igual, menos las palabras. ¿Te las leo?

—Adelante —dijo—. Léemelo despacio y dime dónde están los saltos de línea.

Las preguntas claras, las instrucciones sencillas y la voz tranquila de Gurney tuvieron el efecto predecible. Mellery sonó como si sus pies volvieran a pisar terreno firme al leer en voz alta el peculiar e inquietante poema, con pequeñas pausas para indicar los finales de las líneas:

No hice lo que hice
por gusto ni dinero,
sino por unas deudas
pendientes de saldar.
Por sangre que es tan roja
como rosa pintada.
Para que todos sepan:
lo que siembran, cosechan.

45

Después de anotarlo en el bloc que había junto al teléfono, Gurney lo releyó con atención, para tratar de comprender el sentido: la personalidad peculiar que acechaba detrás de un intento de venganza y la necesidad de expresarlo en forma de poema.

Mellery rompió el silencio.

—¿En qué estás pensando?

—Estoy pensando que puede que sea el momento de que vayas a la Policía.

—Preferiría no hacerlo. —La agitación estaba reapareciendo—. Te lo expliqué.

—Sé que me lo explicaste. Pero si quieres oír mi mejor consejo, es ése.

—Entiendo lo que estás diciendo, pero te estoy pidiendo una alternativa.

—La mejor alternativa, si puedes costeártela, serían guardaespaldas las veinticuatro horas.

—¿Te refieres a caminar por mi propia casa con un par de gorilas? ¿Cómo diablos explicaría eso a mis huéspedes?

—Puede que «gorilas» sea una exageración.

—Mira, la cuestión es que no miento a mis huéspedes. Si uno de ellos me pregunta quiénes son esas nuevas incorporaciones, tendría que admitir que son guardaespaldas, lo cual, como es natural, suscitaría más preguntas. Sería inquietante, tóxico para la atmósfera que trato de generar aquí. ¿Hay alguna otra táctica que me puedas sugerir?

—Eso depende. ¿Qué quieres lograr?

Mellery respondió con una risa amarga.

—Quizá podrías averiguar quién quiere algo de mí, y qué quiere hacerme, y luego impedir que lo haga. ¿Crees que podrías hacerlo?

Gurney estaba a punto de decir que no estaba seguro de si lo lograría cuando Mellery añadió con repentina intensidad:

—Davey, por el amor de Dios, estoy muerto de miedo. No sé qué demonios está pasando. Eres el tipo más listo que he conocido. Y eres la única persona que sé que no empeorará la situación.

Justo entonces, Madeleine pasó por la cocina con su bolsa de tejer. Recogió su sombrero de paja de jardinera del aparador junto con el último número de *Mother Earth News* y salió por la puerta cristalera con una rápida sonrisa que parecía encendida por el cielo brillante.

—Cuánto pueda ayudarte dependerá de cuánto puedas ayudarme tú —dijo Gurney.

—¿Qué quieres que haga?

—Ya te lo he dicho.

—¿Qué? Ah…, las listas…

—Cuando hayas avanzado, llámame. Veremos cuál será el siguiente paso.

—¿Dave?

—¿Sí?

—Gracias.

—No he hecho nada.

—Me has dado algo de esperanza. Ah, por cierto, he abierto el sobre de hoy con mucho cuidado. Como hacen en la tele. Así que si hay huellas dactilares, no las habré destruido. He usado pinzas y guantes de látex. He puesto la carta en una bolsa de plástico.

7

El agujero negro

Gurney no estaba del todo cómodo con haber aceptado implicarse en el problema de Mark Mellery. Sin duda le atraía el misterio, el desafío de desentrañarlo. Así pues, ¿por qué se sentía inquieto?

Se le ocurrió que debería ir al granero a buscar la escalera para recoger las manzanas, tal como había prometido, pero esta buena intención quedó reemplazada por la idea de que debería preparar su siguiente proyecto artístico para Sonya Reynolds, al menos cargar el retrato de ficha policial del infame Peter Piggert en el programa de retoque de su ordenador. Había estado esperando el desafío de capturar la vida interior de ese Eagle Scout, que no sólo había asesinado a su padre y quince años después a su madre, sino que lo había hecho por motivos relacionados con el sexo, razones que parecían más horrendas que los crímenes en sí.

Gurney fue a la sala que había preparado para su *hobby* de arte policial. Lo que había sido la despensa de la casa de labranza estaba ahora amueblado como un estudio e invadido con una luz fría y sin sombras procedente de una ventana ampliada en la pared orientada al norte. Contempló la bucólica vista. Un hueco en el bosquecillo de arces situado más allá del prado formaba un marco para las colinas azuladas que se desvanecían en la distancia. Le recordó de nuevo las manzanas y regresó a la cocina.

Mientras estaba embrollado en la indecisión, Madeleine entró con su bolsa de tejer.

—Bueno, ¿cuál es el siguiente paso con Mellery? —preguntó.

—No lo he decidido.

—¿Por qué no?

—Bueno…, no es la clase de cosa que quieres que termine haciendo, ¿no?

—Ése no es el problema —dijo Madeleine con una claridad que a él siempre le impresionaba.

—Tienes razón —admitió—. Creo que en realidad el problema es que todavía no puedo poner la etiqueta de normal en nada.

Madeleine esbozó una fugaz sonrisa de comprensión.

Animado, David continuó.

—Ya no soy detective de homicidios, y él no es una víctima. No estoy seguro de lo que soy ni de lo que es él.

—Un viejo compañero de la facultad.

—Pero ¿qué diablos es eso? Recuerda un nivel de camaradería entre nosotros que yo nunca sentí. Además, él no necesita un compañero, necesita un guardaespaldas.

—Quiere al Tío Dave.

—Yo no soy ése.

—¿Estás seguro?

David suspiró.

—¿Quieres que me implique en este asunto de Mellery o no?

—Estás implicado. Puede que todavía no hayas ordenado las etiquetas. No eres un detective oficial, y él no es una víctima oficial de un crimen. Pero el enigma está ahí, y como que me llamo Madeleine que antes o después vas a juntar las piezas. Ése siempre ha sido el resumen, ¿no?

—¿Es eso una acusación? Te casaste con un detective. Yo no simulé ser otra cosa.

—Pensaba que podría haber una diferencia entre un detective y un detective retirado.

—Llevo más de un año retirado. ¿Hago algo que sea propio de un trabajo de detective?

Ella negó con la cabeza, como para decir que la respuesta era dolorosamente obvia.

—¿A qué actividad le dedicas más tiempo?

—No sé a qué te refieres.

—¿Todo el mundo hace retratos de asesinos?

—Es un tema del que sé algo. ¿Quieres que pinte cuadros de margaritas?

—Mejor margaritas que psicópatas homicidas.

—Fuiste tú la que me metió en esto del arte.

—Ah, ya veo. Por mi culpa te pasas estas preciosas mañanas de otoño mirando a los ojos de asesinos en serie.

El broche que le sostenía el pelo levantado y lejos de la cara parecía estar soltándose, y varios mechones de cabello oscuro le caían lante los ojos —lo cual ella, al parecer, no notó—, y le daba una extraña expresión atribulada que le pareció conmovedora.

—¿Por qué estamos discutiendo exactamente?

—Averígualo. Tú eres el detective.

Mirándola, Gurney perdió interés en llevar la discusión más allá.

—Quiero enseñarte algo —dijo—. Vuelvo enseguida.

Salió del estudio y regresó al cabo de un minuto con su copia manuscrita del desagradable poemita que Mellery le había leído por teléfono.

—¿Qué te parece esto?

Ella lo leyó tan deprisa que alguien que no la conociera habría podido pensar que no lo había llegado a leer.

—Suena serio —dijo, devolviéndoselo.

—Estoy de acuerdo.

—¿Qué crees que ha hecho?

—Ah, buena pregunta. ¿Te has fijado en eso?

Ella recitó los dos versos relevantes.

—«No hice lo que hice / por gusto ni dinero.»

Gurney pensó que si Madeleine no tenía memoria fotográfica, poseía algo que se le parecía mucho.

—Entonces, ¿qué es exactamente lo que ha hecho y qué está planeando hacer? —continuó ella en un tono retórico que no invitaba a dar respuesta—. Estoy segura de que lo descubrirás. Puede que incluso termines con un asesinato que resolver, por la forma en que suena esa nota. Luego puedes recopilar los indicios, seguir las pistas, atrapar al asesino, pintar su retrato y dárselo a Sonya para su galería. ¿Cómo es el dicho? ¿No hay mal que por bien no venga?

La sonrisa de Madeleine parecía definitivamente peligrosa.

En momentos como ése, la pregunta que se le ocurría a David era la que menos quería considerar: ¿mudarse al condado de Delaware había sido un gran error?

Sospechaba que había accedido al deseo de ella de vivir en el campo para compensarla por toda la inmundicia que había tenido que tragar como mujer de un policía: siempre postergada por el trabajo. A ella le encantaban los bosques, las montañas, los prados y los espacios abiertos, y David sentía que le debía un nuevo entorno, una nueva vida, y había supuesto que él podría adaptarse a todo. Había un poco de orgullo en ello. O quizá de autoengaño. Tal vez un deseo de desembarazarse de su culpa por medio de un gran gesto. Estúpido, sin lugar a dudas. La verdad era que no se había adaptado bien al cambio. No era tan flexible como ingenuamente había imaginado. Mientras trataba de encontrar un lugar significativo para él mismo en medio de ninguna parte, seguía cayendo instintivamente en aquello en lo que era bueno; quizá demasiado bueno, de un modo obsesivo. Incluso en sus pugnas por apreciar la naturaleza. Los malditos pájaros, por ejemplo. La observación de las aves. Había logrado convertir el proceso de observación e identificación en una vigilancia. Tomaba notas de sus idas y venidas, de sus hábitos, de sus patrones de alimentación, de sus características de vuelo. A cualquiera le habría parecido un recién descubierto amor por las pequeñas criaturas de Dios. Pero no se trataba de eso en absoluto. No era amor, sino análisis. Era sondear.

Descifrar.

Dios santo, ¿de verdad estaba tan limitado?

¿De verdad era demasiado limitado, demasiado pequeño y rígido en su enfoque de la vida como para ser capaz de devolverle a Madeleine aquello de lo cual la había privado su devoción por el trabajo? Y mientras estaba considerando las dolorosas posibilidades, quizás había más cosas que enmendar que sólo cierta obsesión por su trabajo.

O quizá sólo una cosa más.

Aquello de lo que tanto les costaba hablar.

La estrella caída.

El agujero negro cuya terrible gravedad había retorcido su relación.

51

8

La espada y la pared

*E*l radiante clima otoñal se deterioró esa misma tarde. Las nubes, que por la mañana se habían ceñido a ser las clásicas alegres bolas de algodón, se oscurecieron. Se oía un premonitorio fragor de truenos, tan alejados que no quedaba clara la dirección de la que procedían. Eran más como una presencia intangible en la atmósfera que el producto de una tormenta específica; la percepción se fortaleció al persistir durante varias horas, sin que aparentemente se acercaran y sin cesar por completo.

Esa tarde, Madeleine fue a un concierto local con una de sus nuevas amigas de Walnut Crossing. No era un evento al que esperaba que asistiera Gurney, de modo que él no se sintió culpable por quedarse en casa para trabajar en su proyecto.

Poco después de la partida de Madeleine, David se descubrió sentado ante la pantalla de su ordenador, mirando el retrato de la ficha policial de Peter Possum Piggert. Lo único que había hecho hasta entonces era importar el archivo gráfico y configurarlo como un proyecto nuevo, al que le había puesto un nombre pésimamente resultón: *El naufragio de Edipo*.

En la versión de Sófocles de la antigua tragedia, Edipo mata a un hombre que resulta ser su padre, se casa con una mujer que resulta ser su madre y engendra dos hijas con ella, lo que causa gran desgracia a todos los implicados. Para la psicología freudiana, el relato griego es un símbolo de la fase de desarrollo vital de un niño en la cual desea la ausencia (desaparición, muerte) del padre, de modo que él pueda poseer en exclusiva el afecto de su madre. En el caso de Peter Possum Piggert, no obstante, no existía ni ignorancia exculpatoria ni ningún elemento de simbolismo. Sabiendo con exactitud qué estaba haciendo y a quién, Peter, a la edad de quince años, mató a su padre, comenzó una nueva relación con su madre y engendró dos hijas con ella. Pero no se detuvo ahí. Quince años después mató a su madre en una disputa sobre una nueva relación que él había iniciado con las hijas de ambos, a la sazón de trece y catorce años.

La participación de Gurney en la investigación había empezado cuando se descubrió la mitad del cuerpo de la señora Iris Piggert enredado en el mecanismo del timón de un barco que hacía un crucero diario por el Hudson y que se encontraba amarrado en un muelle de Manhattan, y terminó con la detención de Peter Piggert en un complejo de mormones tradicionalistas en el desierto de Utah, adonde había ido a vivir como marido de sus dos hijas.

A pesar de la depravación de los crímenes, macerada en sangre y horror familiar, Piggert siguió siendo una figura serena y taciturna en todos los interrogatorios, y a lo largo del proceso penal que se instruyó contra él, mantuvo bien oculto su Mr. Hyde y un aspecto más de mecánico deprimido que de polígamo parricida e incestuoso.

Gurney miró a Piggert en la pantalla, y éste le devolvió la mirada. Desde la primera vez que lo interrogó, y ahora todavía más, Gurney sentía que el rasgo más importante de aquel hombre era una necesidad (llevada a límites estrambóticos) de controlar su entorno. La gente, incluso la familia —de hecho, más que nada la familia—, formaba parte de ese entorno, y lograr que cumplieran sus deseos era esencial. Si tenía que matar a alguien para reafirmar su control, que así fuera. El sexo, como la gran fuerza impulsora que aparentaba ser, tenía más que ver con el poder que con la lujuria.

Al examinar el semblante impasible en busca de un vestigio del demonio, una ráfaga de viento levantó un remolino de hojas secas. Resbalaron, como si alguien en el patio las estuviera barriendo con una escoba; unas pocas tocaron suavemente en los cristales de la puerta. La agitación de las hojas, unida a los truenos intermitentes, hacía que le costara concentrarse. Le había seducido la idea de quedarse solo durante unas horas para progresar en el retrato, sin alzamientos de cejas ni preguntas desagradables. Sin embargo, se sentía inquieto. Exami-

53

nó los ojos de Piggert, pesados y oscuros —sin nada de la mirada feroz que había animado los ojos de Charlie Manson, el
príncipe del sexo y el crimen de la prensa sensacionalista—,
pero de nuevo le distrajeron el viento y las hojas, y enseguida
el trueno. Más allá del contorno de las colinas, hubo un tenue
destello en el cielo oscuro. Dos versos de uno de aquellos poemas amenazadores se habían estado colando de un modo intermitente en su cerebro. Ahora volvieron a aparecer y se quedaron allí.

> Darás lo que has quitado
> al recibir lo dado.

Al principio era un acertijo imposible. Las palabras eran
demasiado generales; tenían demasiado significado y demasiado poco; aun así, no podía quitárselas de la cabeza.
Abrió el cajón del escritorio y sacó la secuencia de mensajes
que le había dado Mellery. Cerró el ordenador y apartó el teclado para poder colocar los mensajes en orden, empezando por
54   la primera nota

> ¿Crees en el destino? Yo sí, porque pensaba que no volvería a
> verte y, de repente, un día, allí estaba. Todo volvió: cómo sonaba,
> cómo se movía, y más que ninguna otra cosa, cómo pensaba. Si al-
> guien te pidiera que pensaras en un número, yo sé en qué número
> pensarías. ¿No me crees? Te lo demostraré. Piensa en cualquier nú-
> mero del uno al mil: el primero que se te ocurra. Imagínatelo. Aho-
> ra verás lo bien que conozco tus secretos. Abre el sobrecito.

Aunque ya lo había hecho antes, examinó el sobre exterior,
por dentro y por fuera, así como el papel en el que se había escrito el mensaje para comprobar que en ninguna parte había el
menor rastro del número 658 —ni siquiera una marca de
agua—, algo que pudiera proponer el número que parecía haber
surgido de un modo espontáneo en la mente de Mellery. No
había nada semejante. Después podrían realizarse tests más sig-
nificativos, pero por el momento estaba convencido de que lo
que fuera que había permitido al autor de la nota saber que
Mellery elegiría el 658, no era una huella sutil en el papel.

El mensaje contenía una serie de afirmaciones que Gurney enumeró en un bloc:

1. Te conocía en el pasado, pero perdí contacto contigo.
2. Te volví a encontrar, recientemente.
3. Recuerdo muchas cosas de ti.
4. Puedo probar que conozco tus secretos anotando y metiendo en el sobre cerrado el siguiente número que se te ocurrirá.

El tono le asombraba por lo espeluznantemente juguetón, y la referencia a conocer los «secretos» de Mellery podía leerse como una amenaza, reforzada por la petición de dinero en el sobre más pequeño.

> ¿Te sorprende que supiera que ibas a elegir el 658?
> ¿Quién te conoce tan bien? Si quieres la respuesta, primero has de devolverme los 289,87 dólares que me costó encontrarte.
> Envía esa cantidad exacta a:
> P. O. Box 49449, Wycherly, CT 61010
> Envíame EFECTIVO O UN CHEQUE NOMINATIVO
> Hazlo a nombre de X. Arybdis
> (Ése no siempre fue mi nombre.)

Además de la inexplicable predicción del número, la pequeña nota reiteraba la afirmación de un íntimo conocimiento personal y especificaba 289,87 dólares como el coste acarreado por localizar a Mellery (aunque la primera mitad del mensaje lo hacía sonar como un encuentro casual) y como un requisito para que el autor revelara su identidad; ofrecía la alternativa de pagar la cantidad en cheque o en efectivo; daba un nombre para el cheque: X. Arybdis; ofrecía una explicación de por qué Mellery no reconocería el nombre, y proporcionaba un apartado postal en Wycherly al que enviar el dinero. Gurney anotó todo esto en su bloc amarillo, porque le resultaba útil para organizar sus pensamientos.

Había cuatro cuestiones principales. ¿Cómo podía explicarse la predicción numérica sin recurrir a la hipótesis de hipnosis de *El mensajero del miedo* o a fenómenos de percepción extrasensorial? El otro número específico en la nota, 289,87 dólares,

¿tenía algún significado más allá de lo dicho? ¿Por qué la opción de efectivo o cheque, que sonaba como una parodia de un anuncio de *marketing* directo? ¿Y qué tenía ese nombre, Arybdis, que continuaba resonando en un rincón oscuro de la memoria de Gurney? Anotó estas cuestiones junto con las otras notas.

A continuación situó los tres poemas en la secuencia marcada por sus sellos postales.

> ¿Cuántos ángeles brillantes
> bailan sobre un alfiler?
> ¿Cuántos anhelos se ahogan
> por el hecho de beber?
> ¿Has pensado alguna vez
> que el vaso era un gatillo
> y que un día te dirás:
> «Dios mío, cómo he podido»?

> Darás lo que has quitado
> al recibir lo dado.
> Sé todo lo que piensas,
> sé cuándo parpadeas,
> sé dónde has estado,
> sé adónde irán tus pasos.
> Vamos a vernos solos,
> señor 658.

> No hice lo que hice
> por gusto ni dinero,
> sino por unas deudas
> pendientes de saldar.
> Por sangre que es tan roja
> como rosa pintada.
> Para que todos sepan:
> lo que siembran, cosechan.

Lo primero que le asombró fue el cambio en la actitud. El tono juguetón de los dos mensajes en prosa se había tornado de persecutorio en el primer poema, a abiertamente amenazador en el segundo, y a vengativo en el tercero. Dejando de lado la cuestión de la seriedad con que debía tomarse, el mensaje en sí era claro: el autor (¿X. Arybdis?) estaba diciendo que pretendía saldar cuentas con Mellery (¿matarlo?) por una fechoría del pasado relacionada con el alcohol. Mientras Gurney escribía la palabra «matarlo» en las notas que estaba tomando, su atención volvió a saltar a los dos primeros versos del segundo poema:

> Darás lo que has quitado
> al recibir lo dado.

Ahora sabía con exactitud lo que significaban las palabras, y el significado era de una sencillez escalofriante. Por la vida que arrebataste, se te arrebatará la vida. Lo que hiciste a otros, se te hará a ti.

No estaba seguro de si el escalofrío que sentía le convenció de que tenía razón, o bien si saber que tenía razón provocó el escalofrío, pero, en cualquier caso, no tenía duda sobre el significado de los versos. No obstante, esto no respondía al resto de sus preguntas. Sólo las hacía más urgentes, y generaba otras nuevas.

¿La amenaza de un homicidio era sólo una amenaza, concebida para infligir el dolor de la aprensión, o era una declaración de intenciones reales? ¿A qué se estaba refiriendo el autor cuando decía «No hice lo que hice» en el primer verso del tercer poema? ¿Había hecho antes a alguien lo que ahora se proponía hacerle a Mellery? ¿Éste podría haber hecho algo en relación con alguien más con quien el autor ya había tratado? Gurney tomó nota para preguntarle a Mellery si algún amigo o conocido suyo había sido asesinado, asaltado o amenazado.

Ya fuera por el ambiente creado por los destellos de luz detrás de las colinas ennegrecidas, o ya fuera por la siniestra persistencia de los truenos, o por su propio cansancio, la cuestión era que la personalidad oculta detrás de los mensajes estaba emergiendo de las sombras. La indiferencia de la voz en esos poemas, el propósito sangriento, la sintaxis, el odio y el cálculo cuidadosos: antes ya había visto combinadas esas cualidades con un efecto atroz. Al mirar por la ventana del despacho, rodeado por la atmósfera inquietante de la tormenta que se avecinaba, sintió en esos mensajes la absoluta frialdad de un psicópata. Un psicópata que se hacía llamar X. Arybdis.

Por supuesto, cabía la posibilidad de que estuviera equivocado. No sería la primera vez que cierto estado de ánimo, sobre todo por la tarde, en especial cuando estaba solo, provocaba que extrajera conclusiones erróneas.

Aun así..., ¿qué había en el nombre? ¿En qué cajón polvoriento de sus recuerdos rebullía levemente?

Decidió acostarse pronto, mucho antes de que Madeleine regresara del concierto, decidido a devolver las cartas a Mellery al día siguiente y a insistirle de nuevo en que acudiera a la Policía. Las apuestas eran demasiado altas; el riesgo, demasiado palpable. Sin embargo, una vez que estuvo en la cama, le resultó imposible descansar. Su mente era una pista de carreras sin línea de salida ni de meta. Era una sensación con la que estaba familiarizado: un precio que había pagado (eso había llegado a creer) por la intensa atención que dedicaba a cierta clase de desafíos. Una vez que su mente obsesionada caía en esta rutina circular, en lugar de caer vencida por el sueño, sólo le quedaban dos opciones: podía dejar que el proceso siguiera su curso, lo cual quizá se prolongaría tres o cuatro horas, o podía obligarse a levantarse de la cama y vestirse.

Al cabo de unos minutos, estaba en el patio, vestido con tejanos y con un cómodo jersey viejo de algodón. La luna llena detrás del cielo encapotado creaba una tenue iluminación que permitía ver el granero. Decidió caminar en esa dirección, por el camino lleno de surcos del césped.

Más allá del granero se hallaba el estanque. A medio camino se detuvo y oyó el sonido de un coche que subía por el camino desde el pueblo. Calculó que estaría a menos de un kilómetro. En ese tranquilo rincón de los Catskills, donde los esporádicos aullidos de coyotes constituían el sonido más fuerte de la noche, un vehículo podía oírse a gran distancia.

Pronto los faros del coche barrieron la maraña de solidago marchito que bordeaba el prado. Madeleine giró el vehículo hacia el granero, se detuvo en la gravilla crujiente y apagó los faros. Salió y caminó hacia él: con precaución, ajustando las pupilas a la semioscuridad.

—¿Qué estás haciendo? —La pregunta sonó suave, amistosa.

—No podía dormir. La cabeza me iba a mil. Pensaba dar una vuelta por el estanque.

—Creo que va a llover. —Un rugido en el cielo puntuó la observación de Madeleine.

David asintió con la cabeza.

Ella se quedó de pie a su lado en el sendero y respiró profundamente.

—¡Qué bien huele! Vamos a caminar un poco —propuso, cogiéndole del brazo.

Al llegar al estanque, el sendero se ensanchaba en una franja segada. En algún lugar del bosque, ululó un búho, o, más precisamente, se oyó un sonido familiar que ambos pensaron que podría ser un búho cuando lo oyeron por primera vez ese verano, y cada vez estaban más seguros de que se trataba de un búho. Se daba cuenta de que ese proceso de creciente convicción no tenía lógica, pero David también sabía que señalarlo, por interesante que este truco mental pudiera parecerle a él, sería un comentario incordiante y aburrido para ella. Así que no dijo nada, feliz de conocerla lo bastante bien para saber cuándo quedarse callado, y caminaron hasta el otro lado del estanque en un silencio cordial. Ella tenía razón con lo del olor: una maravillosa dulzura en el aire.

Disfrutaban de momentos así de vez en cuando, momentos de sencillo amor y de cercanía silenciosa que le recordaban los primeros años de su matrimonio, los años anteriores al accidente.

«El accidente.» Esa etiqueta densa y genérica con la cual envolvía el suceso en su memoria para impedir que sus detalles afilados le rebanaran el corazón. El accidente —la muerte— que eclipsó el sol y que convirtió su matrimonio en una combinación cambiante de hábito, deber, compañerismo nervioso y raros momentos de esperanza: extrañas ocasiones en que algo brillante y claro como un diamante llegaba hasta ellos, y le recordaba lo que había sido y lo que podría volver a ser posible.

—Siempre pareces estar combatiendo con algo —dijo ella, apretándole con los dedos en torno al interior de su brazo, justo encima del codo.

Acertaba otra vez.

59

—¿Cómo ha ido el concierto? —preguntó al fin Gurney.

—La primera mitad fue barroco, encantador. La segunda mitad era del siglo XX, no tan encantador.

David estaba a punto de meter baza con su propia opinión negativa de la música moderna, pero se lo pensó mejor.

—¿Qué te impide dormir? —preguntó ella.

—No estoy seguro.

Madeleine percibió su escepticismo. Se soltó de su brazo. Algo chapoteó en el estanque a unos metros de ellos.

—No podía quitarme de la cabeza el asunto de Mellery —dijo.

Madeleine no respondió.

—No paraba de darle vueltas en la cabeza a trozos y piezas de todo ese asunto sin llegar a ninguna parte, sólo conseguía sentirme incómodo, demasiado cansado para pensar con claridad.

Una vez más, ella no le ofreció nada, salvo un silencio reflexivo.

—He estado pensando en ese nombre de la nota.

—¿X. Arybdis?

—¿Cómo lo…? ¿Nos oíste mencionarlo?

—Tengo buen oído.

—Lo sé, pero siempre me sorprende.

—Podría no ser realmente X. Arybdis, ¿sabes? —dijo ella de ese modo casual que él sabía que era cualquier cosa menos casual.

—¿Qué?

—Podría no ser X. Arybdis.

—¿Qué quieres decir?

—Estaba sufriendo una de esas atrocidades atonales en la segunda mitad del concierto, pensando que algunos de los compositores modernos tienen que odiar el chelo. ¿Por qué forzar a un instrumento tan hermoso a hacer ruidos tan desagradables? Esos aullidos horribles y deshilvanados…

—¿Y…? —dijo él en voz baja, tratando de impedir que su curiosidad sonara nerviosa.

—Y tendría que haberlo dejado en ese punto, pero no podía, porque tenía que llevar a Ellie.

—¿Ellie?

—Ellie, la que vive al pie de la colina. Era mejor no coger dos coches. Pero ella parecía estar disfrutando, Dios sabe por qué.

—¿Sí?

—Así que me pregunté: «¿Qué puedo hacer para pasar el tiempo y no matar a los músicos?».

Hubo otro chapoteo en el estanque, y ella se detuvo para escuchar. Medio vio, medio sintió su sonrisa. A Madeleine le gustaban las ranas.

—¿Y?

—Y pensé que podía empezar a preparar mi lista de tarjetas de Navidad (casi estamos en noviembre), así que saqué mi pluma y, por detrás de mi programa, en la parte superior, escribí «*Xmas Cards*». No toda la palabra *Christmas*, sino la abreviación X-M-A-S —dijo, deletreándola.

En la oscuridad, David podía sentir más que ver la mirada inquisitiva de su esposa, como si estuviera preguntándole si lo estaba entendiendo.

—Continúa —dijo David.

—Cada vez que veo esa abreviación, me acuerdo del pequeño Tommy Milakos.

—¿Quién?

—Tommy estaba enamorado de mí en noveno grado en Nuestra Señora de la Castidad.

—Pensaba que era Nuestra Señora de las Penas —dijo Gurney con una punzada de irritación.

Madeleine se detuvo para dejar que su chiste pudiera captarse, luego continuó.

—Da igual. Cierto día, la hermana Inmaculada, una mujer muy grande, empezó a gritarme porque abrevié «*Christmas*» como «Xmas» en un cuestionario del santoral católico. Ella decía que cualquiera que escribía de esa manera estaba voluntariamente tachando a Cristo de la Navidad. Estaba furiosa. Pensaba que iba a pegarme. Pero, justo entonces, Tommy (el dulce Tommy de ojos castaños) se levantó de un salto y gritó: «No es una X». La hermana Inmaculada se quedó asombrada. Fue la primera vez que alguien había osado interrumpirla. Ella se lo quedó mirando, pero Tommy le sostuvo la mirada, mi pequeño campeón. «No es una letra inglesa —dijo—. Es una letra griega. Es igual que la "ch" inglesa. Es la primera letra de Cristo en griego.» Y, por supuesto, Tommy Milakos era griego, así que nadie lo puso en duda.

Pese a la oscuridad, David pensó que podía verla sonriendo con dulzura al recordarlo, incluso sospechaba que había oído un pequeño suspiro. Quizá se equivocaba con el suspiro, eso esperaba. Y otra distracción, ¿había delatado Madeleine una preferencia personal por los ojos castaños sobre los azules? «Contente, Gurney, está hablando de noveno grado.»

Madeleine continuó.

—Así que quizá X. Arybdis es, en realidad, «Ch. Arybdis», o quizá «Charybdis». ¿No es eso algo de la mitología griega?

—Sí, lo es —dijo David, tanto para sus adentros como para ella—. Entre Scylla y Charybdis...

—Como entre la espada y la pared.

David asintió.

—Algo así.

—¿Cuál es cuál?

David daba la impresión de que no había oído la pregunta, su mente se aceleraba al examinar las implicaciones que podía tener aquello de Charybdis, jugando con las posibilidades.

—¿Eh? —Se dio cuenta de que Madeleine le había preguntado algo.

—Scylla y Charybdis —dijo ella—. Entre la espada y la pared. ¿Cuál es cuál?

—No es una traducción directa, sino una aproximación al significado. Scylla y Charybdis eran, en realidad, peligros reales cuando se navegaba por el estrecho de Messina. Los barcos tenían que pasar entre ellos y tendían a acabar destrozados. En la mitología, se personalizaban en demonios de destrucción.

—Cuando dices peligros..., ¿a qué te refieres?

—Scylla era el nombre de un saliente rocoso afilado contra el que los barcos chocaban y se hundían.

Al ver que él no continuaba de inmediato, Madeleine insistió.

—¿Y Charybdis?

Gurney se aclaró la garganta. Algo de la idea de Charybdis le resultaba especialmente inquietante.

—Charybdis era una suerte de remolino. Un remolino muy poderoso. Una vez que un hombre quedaba atrapado en él, no lograba salir. Lo tragaba y lo despedazaba.

Recordaba con inquietante claridad una ilustración que había visto años antes en una edición de la *Odisea* que mostraba a un navegante atrapado en el violento torbellino, con el rostro contorsionado por el horror.

Una vez más oyeron esa especie de ululato procedente del bosque.

—Vamos —dijo Madeleine—. Entremos en casa. Se va a poner a llover en cualquier momento.

David se quedó quieto, perdido en sus pensamientos acelerados.

—Vamos —le instó ella—. Antes de que nos empapemos.

La siguió hasta el coche y Madeleine condujo despacio por el prado hasta la casa.

—¿No piensas en todas las «X» que ves como una posible «CH», no?

—Por supuesto que no.

—Entonces ¿por qué...?

—Porque «Arybdis» sonaba griego.

—Claro. Por supuesto.

Madeleine miró hacia él, en el otro asiento, con expresión ilegible, tal vez inducida por la noche nublada. Al cabo de un rato, le dijo con una pequeña sonrisa en la voz.

—¿Nunca dejas de pensar?

Entonces, tal y como ella había pronosticado, empezó a llover.

9

Destinatario desconocido

*D*espués de quedar bloqueado varias horas en la periferia de las montañas, un frente frío invadió la zona, y trajo consigo el azote del viento y de la lluvia. Por la mañana, el suelo apareció cubierto de hojas y el aire estaba cargado con los olores intensos del otoño. Gotitas de agua en la hierba del prado fracturaban la luz del sol en destellos carmesí.

Cuando Gurney caminó hasta su coche, algo le despertó un recuerdo de infancia, el tiempo en que el olor dulce de la hierba era el olor de la paz y la seguridad. Luego desapareció: borrado por sus planes para el día.

Se estaba dirigiendo al Instituto de Renovación Espiritual. Si Mark Mellery iba a resistirse a informar a la Policía, Gurney quería discutir esa decisión con él cara a cara. No era que quisiera lavarse las manos. De hecho, cuanto más lo ponderaba, más curiosidad sentía respecto al lugar prominente que su antiguo compañero de clase ocupaba en el mundo y cómo podría relacionarse con quién y con qué lo estaba amenazando en ese momento. Siempre y cuando tuviera cuidado con no sobrepasar unos límites, Gurney imaginaba que en la investigación habría espacio tanto para él como para la Policía local.

Había llamado a Mellery para avisarle de su visita. Era una mañana perfecta para conducir a través de las montañas. La ruta a Peony lo llevó primero a Walnut Crossing, que, como muchos pueblos de los Catskills había crecido en el siglo XIX en torno a un cruce de carreteras estatales importantes. El cruce permanecía, si bien su importancia había disminuido. El nogal que había dado nombre a la localidad había desaparecido hacía mucho tiempo, junto con la prosperidad de la región. Sin embargo, la depresión económica, pese a su gravedad, tenía una apariencia pintoresca: graneros y silos erosionados, arados oxidados y carros de heno, pastos abandonados en las colinas donde había crecido el solidago, ya casi marchito. La carretera de Walnut Crossing, que en última instancia conducía a Peony, se enroscaba por un valle de postal donde un puñado de viejas granjas buscaban formas innovadoras de sobrevivir. La de Abelard era una de ellas. Encajonada entre el pueblo de Dillweed y el río, estaba consagrada al cultivo ecológico de verduras sin pesticidas, que luego se vendían en el almacén de Abelard, junto con pan fresco, queso de los Catskills y muy buen café. Cuando Gurney aparcó en uno de los espacios de aparcamiento de tierra que había delante del combado porche delantero, sintió, de hecho, la necesidad urgente de tomarse uno de esos cafés.

Al otro lado de la puerta, en el espacio de techo alto, contra la pared de la derecha, Gurney vio una fila de tazas de café y se dirigió hacia ellas. Se llenó un recipiente de casi medio litro, sonriendo al percibir el rico aroma: mejor que el Starbucks y a mitad de precio.

Por desgracia, la idea de Starbucks iba aparejada con la imagen de cierta clase de joven y exitoso cliente de la famosa cadena, y eso inmediatamente le hizo pensar en Kyle, lo que le arrancó una pequeña mueca mental de dolor. Era su reacción estándar. Sospechaba que surgía del deseo frustrado de tener un hijo que pensara que un policía listo merecía admiración, el deseo de que le tuviera más en cuenta a la hora de tomar sus decisiones. Kyle, al que era imposible enseñarle nada, intocable en ese Porsche absurdamente caro que se había costeado con sus absurdamente elevados ingresos de Wall Street a la absurdamente temprana edad de veinticuatro años. Aun así, tenía que llamarlo, aunque el joven sólo quisiera hablarle de su último Rolex o de su viaje de esquí a Aspen.

Gurney pagó su café y regresó al coche. Mientras estaba pensando en la llamada que debía hacer, sonó su teléfono. No le gustaban las coincidencias y le alivió descubrir que no se trataba de Kyle, sino de Mark Mellery.

—Acabo de recibir el correo de hoy. Te he llamado a casa, pero habías salido. Madeleine me ha dado tu móvil. Espero que no te importe que llame.

—¿Cuál es el problema?

—Me han devuelto el cheque. El tipo que tiene el apartado postal en Wycherly donde envié el cheque de 289,87 dólares a Arybdis me lo devolvió con una nota que dice que no hay nadie con ese nombre, que me había equivocado con la dirección. Pero la he comprobado otra vez. Era el número correcto. ¿Davey? ¿Estás ahí?

—Estoy aquí. Estoy tratando de entenderlo.

—Deja que te lea la nota: «Encontré la carta que adjunto en mi apartado postal. Tiene que haber un error en la dirección. Aquí no hay nadie llamado X. Arybdis». Y lo firma: Gregory Dermott. El encabezamiento de la hoja dice: «GD Security Systems», y hay una dirección y un número de teléfono de Wycherly.

Gurney estaba a punto de explicarle que estaba casi seguro de que X. Arybdis no era un nombre real, sino un curioso juego con el nombre de una especie de remolino mitológico que despedazaba a sus víctimas, pero decidió que la cuestión ya era bastante inquietante. Aquello podía esperar hasta que llegara al instituto. Le dijo a Mellery que estaría allí al cabo de una hora.

¿Qué demonios estaba pasando? No tenía sentido. ¿Cuál podía ser el propósito de exigir una cantidad de dinero concreta, pedir que extendieran el cheque a nombre de un oscuro personaje mitológico, y luego que lo enviaran a una dirección equivocada con la posibilidad de que lo devolvieran al remitente? ¿Por qué era necesario ese preámbulo tan complejo y en apariencia inútil a los desagradables poemas que siguieron?

Los aspectos desconcertantes del caso iban incrementándose, y también el interés de Gurney.

10

El lugar perfecto

*P*eony era una ciudad dos veces borrada de la historia que quería reflejar. Estaba al lado de Woodstock, y aspiraba al mismo pasado de camisetas teñidas y psicodelia de concierto de rock, aunque Woodstock, a su vez, nutría su propio sucedáneo de aura gracias a la asociación de su nombre con el concierto de neblina de marihuana que, en realidad, se había celebrado en una granja situada a ochenta kilómetros, en Bethel. La imagen de Peony era el producto de humo y espejos, y sobre estos cimientos quiméricos se habían alzado estructuras comerciales predecibles: librerías New Age, antros de tarotistas, emporios druídicos y Wicca, tiendas de tatuajes, espacios de *performances* artísticas, restaurantes vegetarianos. Constituía un centro de gravedad para niños del *flower power* que ya se acercaban a la senilidad, para pánfilos en viejas furgonetas Volkswagen y chiflados eclécticos vestidos con cualquier cosa, desde piel hasta plumas.

Por supuesto, entre todos estos elementos de extraño colorido había multitud de oportunidades intercaladas para que los turistas se gastaran el dinero: tiendas y comedores cuyos nombres y decoración eran sólo un poco extravagantes y cuyas tarifas estaban concebidas para visitantes con dinero a los que les gustaba imaginar que estaban explorando la vanguardia cultural.

La red de carreteras que irradiaba del distrito comercial de Peony llevaba al dinero. Los precios de las propiedades inmobiliarias se habían duplicado o triplicado después del 11-S, cuando los neoyorquinos de posibles y paranoia galopante quedaron cautivados por la fantasía de un santuario rural. Casas en las colinas que rodeaban el pueblo crecieron en tamaño y número, los Ford Bronco y los Chrevrolet Blazer dejaron paso a los Hummer y a los Land Rover, y quienes llegaban a pasar fines de semana en el campo iban vestidos con lo que Ralph Lauren les decía que llevaba la gente en el campo.

Cazadores, bomberos y maestros cedieron su lugar a abogados, banqueros de inversiones y mujeres de cierta edad cuyos acuerdos de divorcio financiaban sus actividades culturales, tratamientos cutáneos y participación en actividades de expansión mental con gurús de esto y lo otro. De hecho, Gurney sospechaba que el apetito de la población local por las soluciones a los problemas vitales basadas en gurús podría haber persuadido a Mark Mellery de establecer su negocio allí.

Salió de la autopista del condado justo antes del centro del pueblo, siguiendo sus instrucciones de Google Maps para llegar a Filchers Brook Road, que serpenteaba en su ascenso por una colina boscosa. Esto lo llevó en última instancia a un murete de pizarra autóctona de casi un metro veinte de altura situado al borde de la calle. El murete iba en paralelo a la calle, retirado unos tres metros, durante casi medio kilómetro y estaba tapado en parte por un macizo de ásteres azul pálido. En medio de la extensión del pequeño muro había dos aberturas separadas unos quince metros, la entrada y la salida de un camino circular. Un discreto letrero de bronce fijado en la pared de la primera de estas aberturas rezaba: INSTITUTO MELLERY PARA LA RENOVACIÓN ESPIRITUAL.

Cuando dobló por el sendero de entrada pudo comprobar cuál era la estética del lugar. Allá donde miraba, Gurney tenía la impresión de perfección no planeada. Al lado del sendero de grava, las flores de otoño parecían crecer en azarosa libertad. Sin embargo, estaba seguro de que esta imagen despreocupada, no diferente de la de Mellery, recibía una cuidadosa atención. Como en muchas de las casas de ricos discretos, la nota entonada era de meticulosa informalidad, la naturaleza como debería ser, sin que quedara ninguna flor mustia sin podar. Siguiendo el sendero, Gurney llegó a la fachada de una gran mansión georgiana, tan bien cuidada como los jardines.

De pie delante de la casa había un hombre de aspecto altivo con barba pelirroja que lo miraba con interés. Gurney bajó la ventanilla y preguntó dónde se hallaba la zona de aparcamiento. El hombre respondió con acento británico de clase alta que tenía que seguir el camino hasta el final.

Desgraciadamente, éste condujo a Gurney a salir de nuevo a Filchers Brook Road por la otra abertura en el muro de piedra. Dio la vuelta para volver a entrar y siguió otra vez el camino hasta la fachada de la casa, donde el espigado inglés de nuevo lo miró con interés.

—El final del camino me llevó a la calle —dijo Gurney—. ¿No he entendido algo?

—¡Qué estúpido soy! —gritó el hombre con exagerado disgusto que entraba en conflicto con su porte natural—. Creo que lo sé todo, pero la mayor parte del tiempo me equivoco.

Gurney tenía el pálpito de que podría estar en presencia de un loco. También en ese punto se fijó en una segunda figura. A la sombra de un rododendro gigante, observándolos con intensidad, había un hombre bajo y fornido, con aspecto de que podría estar esperando para una prueba de *Los Soprano*.

—Ah —gritó el inglés, señalando con entusiasmo camino adelante—, allí tiene su respuesta. Sarah lo llevará bajo su ala protectora. ¡Es la persona adecuada para usted! —Dicho esto, con gran teatralidad, se volvió y se alejó, seguido a cierta distancia por el gánster de cómic.

Gurney siguió conduciendo hasta encontrarse con la mujer que estaba junto al sendero, con expresión solícita en su rostro regordete. Su voz exudaba empatía.

—Dios mío, Dios mío, lo hemos tenido conduciendo en círculos. No es una forma bonita de darle la bienvenida. —El nivel de preocupación en sus ojos era alarmante—. Deje que le aparque el coche, así podrá ir directo a la casa.

—No es necesario. ¿Podría decirme dónde está la zona de aparcamiento?

—¡Por supuesto! Usted sígame. Me aseguraré de que no se pierda esta vez. —Su tono hacía que la tarea pareciera de mayores proporciones de lo que uno podría imaginar.

La mujer le hizo una señal a Gurney para que la siguiera. Fue un ademán amplio, como si estuviera guiando una caravana. En la otra mano, a un costado, llevaba un paraguas cerrado. Su ritmo deliberado expresaba preocupación ante la posibilidad de que Gurney la perdiera de vista. Al llegar a un hueco entre

69

los arbustos, se hizo a un lado, y señaló a Gurney un estrecho desvío del sendero que pasaba a través de los arbustos. Cuando Gurney llegó a su altura, ella extendió el paraguas hacia su ventana abierta.

—¡Cójalo! —gritó.

Gurney se detuvo, desconcertado.

—Ya sabe lo que dicen del clima de montaña —explicó ella.

—No me hará falta.

Gurney pasó junto a la mujer y accedió a la zona de aparcamiento, un lugar que parecía capaz de acomodar el doble de coches de los que había allí, que David cifró en dieciséis. El espacio rectangular estaba enclavado entre las ubicuas flores y arbustos. Una gran haya situada en un extremo separaba la zona de aparcamiento de un granero rojo de tres plantas, cuyo color era vívido bajo el sol inclinado.

Eligió un espacio entre dos gargantuescos monovolúmenes. Mientras estaba aparcando, reparó en una mujer que observaba el proceso desde detrás de un lecho de dalias. Al salir del coche, Gurney sonrió educadamente. Era una mujer primorosa como una violeta, de huesos pequeños y rasgos delicados, con un aspecto anticuado. Si fuera una actriz, pensó Gurney, sería una candidata natural para representar a Emily Dickinson en *La bella de Armherst*.

—Me preguntaba si podría decirme dónde puedo encontrar a Mark… —Pero la violeta lo interrumpió con su propia pregunta.

—¿Quién coño le ha dicho que puede aparcar aquí?

11

Un peculiar ministerio

*D*esde la zona de aparcamiento, Gurney siguió un camino de adoquines rodeando la mansión georgiana —que supuso que se utilizaría como oficina y centro de conferencias del instituto— hasta una pequeña casa también de estilo georgiano situada unos ciento cincuenta metros detrás de la mansión. Un pequeño letrero dorado junto al camino anunciaba: RESIDENCIA PRIVADA.

Mark Mellery abrió la puerta antes de que Gurney llamara. Vestía la misma clase de atuendo informal que había llevado en su visita a Walnut Crossing. Contra el fondo de la arquitectura y el paisaje del instituto, la indumentaria le daba un aura de caballero.

—¡Me alegro de verte, Davey!

Gurney entró en un espacioso vestíbulo de suelo de castaño amueblado con antigüedades, y Mellery lo condujo hasta un estudio situado en la parte de atrás de la casa. Un fuego que crepitaba en la chimenea perfumaba la sala con un rastro de humo de cerezo.

Dos sillones de orejas situados uno frente a otro a derecha e izquierda de la chimenea y el sofá colocado de cara al hogar formaban una zona de asientos en forma de U. Cuando se hubieron acomodado en los sillones, Mellery le preguntó a Gurney si había tenido algún problema para encontrar el camino. Le contó las tres peculiares conversaciones que había tenido, y Mellery le explicó que los tres individuos eran huéspedes del instituto y que su conducta respondía a una parte de su terapia de autodescubrimiento.

—En el curso de su estancia —explicó Mellery—, cada huésped representa diez papeles diferentes. Un día puede ser el

Liante: parece que ése era el papel que Worth Partridge, el caballero británico, estaba representando cuando lo abordaste. Otro día él podría ser el Solícito, ése es el papel que representaba Sarah, que quería aparcarte el coche. Otro es el Confrontador. Parece que la última dama con la que te has encontrado estaba representando ese papel con un exceso de entusiasmo.

—¿Cuál es el objetivo?

Mellery sonrió.

—La gente representa ciertos roles en sus vidas. El contenido de los roles (los guiones, si lo prefieres) es coherente y predecible, aunque, por lo general, es inconsciente y rara vez se ve como una cuestión de elección.

Estaba entusiasmándose con aquella explicación, a pesar de que la había pronunciado centenares de veces.

—Lo que hacemos aquí es simple, aunque muchos de nuestros huéspedes lo consideran profundo. Hacemos que cobren conciencia de los roles que desempeñan inconscientemente, de cuáles son los beneficios y costes de estos roles, y de cómo afectan a otros. Una vez que nuestros huéspedes ven sus patrones de conducta con claridad, los ayudamos a que comprendan que cada modelo es una elección. Pueden retenerlo o descartarlo. Después (y ésta es la parte más importante), les proporcionamos un programa de acción para sustituir modelos defectuosos por otros más sanos.

Gurney se fijó en que la ansiedad del hombre había retrocedido mientras hablaba. El tema en cuestión había puesto un brillo evangélico en su mirada.

—Por cierto, todo esto podría sonarte familiar. Modelo, elección y cambio son las tres palabras de las que más se abusa en el mundo raído de la autoayuda. Sin embargo, nuestros huéspedes nos cuentan que lo que hacemos aquí es diferente, el núcleo es diferente. Justo el otro día, uno de ellos me dijo: «Dios lleva este instituto de la mano».

Gurney trató de mantener su voz carente de escepticismo.

—La experiencia terapéutica que proporcionas ha de ser muy fuerte.

—A algunos se lo parece.

—He oído que algunas terapias fuertes buscan mucho la confrontación.

—Aquí no —dijo Mellery—. Nuestro enfoque es suave y cordial. Nuestro pronombre favorito es «nosotros», no «tú». Hablamos de nuestros fallos, temores y limitaciones. Nunca señalamos a nadie ni acusamos a nadie de nada. Creemos que las acusaciones tienden a fortalecer los muros de negación más que a romperlos. Después de que te mires alguno de mis libros, comprenderás mejor la filosofía.

—Sólo pensaba que en ocasiones podrían ocurrir cosas sobre el terreno, por así decirlo, que no formen parte de la filosofía.

—Lo que decimos es lo que hacemos.

—¿Ninguna confrontación?

—¿Por qué insistes tanto?

—Me pregunto si alguna vez le has dado a alguien una patada en las pelotas tan fuerte como para que desee devolvértela.

—Nuestra línea de actuación rara vez enfada a nadie. Además, sea quien sea mi amigo por correspondencia, forma parte de mi vida anterior a este instituto.

—Tal vez sí, tal vez no.

Una expresión de perplejidad apareció en el semblante de Mellery.

—Tiene fijación por mis días de bebida, algo que hice borracho, así que fue antes de que fundara el instituto.

—O bien podría ser alguien implicado contigo en el presente que leyera sobre tu alcoholismo en tus libros y que quiera asustarte.

Mientras la mirada de Mellery vagaba por una nueva lista de posibilidades, entró una mujer joven. Tenía unos ojos verdes de expresión inteligente y el cabello rojizo recogido en una cola de caballo.

—Siento interrumpir. Pensaba que tal vez querrías ver tus mensajes de teléfono.

Le entregó a Mellery una pequeña pila de notas rosas. Por la expresión de sorpresa del hombre, Gurney tuvo la sensación de que no lo interrumpían con frecuencia.

—Al menos —dijo ella, arqueando una ceja de manera elocuente—, puede que quieras mirar el de encima.

Mellery lo leyó dos veces, luego se inclinó hacia delante y le pasó el mensaje por encima de la mesa a Gurney, quien también lo leyó dos veces.

73

En la línea «A», se leía: señor Mellery.

En la línea «De», decía: X. Arybdis.

En el espacio asignado a «Mensaje», figuraban las siguientes líneas:

> De todas las verdades
> que recordar no puedes,
> hay dos más verdaderas:
> todo acto tiene un precio,
> todo precio se paga.
> Te llamaré esta noche
> para verte en noviembre
> o, si no, en diciembre.

Gurney le preguntó a la joven si ella misma había tomado el mensaje. Ella miró a Mellery.

—Lo siento —dijo éste—, debería haberos presentado. Sue, éste es un viejo y buen amigo mío, Dave Gurney. Dave, te presento a mi maravillosa asistente, Susan MacNeil.

—Encantado, Susan.

Ella sonrió educadamente y dijo:

—Sí, fui yo quien tomó el mensaje.

—¿Hombre o mujer?

Ella vaciló.

—Es extraño que lo pregunte. Mi primera impresión fue que era un hombre. Un hombre con una voz alta. Luego ya no estaba segura. La voz cambió.

—¿Cómo?

—Al principio sonó como un hombre que trataba de parecer como una mujer. Después tuve la idea de que podría ser una mujer tratando de sonar como un hombre. Había algo no natural en la voz, algo forzado.

—Interesante —dijo Gurney—. Una cosa más, ¿anotó todo lo que dijo esta persona?

Ella vaciló.

—No estoy segura de haberle entendido.

—Me parece —dijo, sosteniendo la hojita rosa— que este mensaje le fue dictado cuidadosamente, incluso los saltos de línea.

—Exacto.

—Así que tuvo que decirle que la disposición de las líneas era importante, que tenía que escribirlas exactamente como él las dictaba.

—Oh, ya veo. Sí, me ha dicho dónde empezar cada línea nueva.

—¿Dijo algo más que no esté escrito aquí?

—Sí..., bueno, dijo otra cosa. Antes de colgar, preguntó si trabajaba en el instituto directamente para el señor Mellery. Le dije que sí. Entonces él me contestó: «Debería buscar nuevas oportunidades de empleo. He oído que la renovación espiritual es una industria agonizante». Y se rio, como si le hiciera mucha gracia. Luego me dijo que me asegurara de que el señor Mellery recibía el mensaje enseguida. Por eso lo he traído desde el despacho. —Echó una mirada de preocupación a Mellery—. Espero que lo haya hecho bien.

—Sin duda —dijo Mellery, imitando a un hombre que controla la situación.

—Susan, me he fijado en que habla de «él» —dijo Gurney—. ¿Significa que está segura de que era un hombre?

—Eso creo.

—¿Dio alguna indicación de a qué hora de esta noche planea llamar?

—No.

—¿Hay algo más que recuerde, cualquier cosa, no importa lo trivial que sea?

Arrugó un poco el entrecejo.

—Me ha dado escalofríos, una sensación de que no era muy amable.

—¿Parecía enfadado? ¿Duro? ¿Amenazador?

—No, no es eso. Era educado, pero...

Gurney esperó mientras ella buscaba las palabras adecuadas.

—Quizá demasiado educado. Quizás era la voz extraña. No estoy segura de qué me provocó esa sensación. Me asustó.

Después de salir para volver al despacho situado en el edificio principal, Mellery miró al suelo entre sus pies.

—Es hora de ir a la Policía —dijo Gurney, eligiendo este momento para manifestar su opinión.

—¿La Policía de Peony? Dios, suena a un número de cabaret *gay*.

75

Gurney no hizo caso del endeble intento de soltar una gracia.

—No sólo estamos tratando con unas pocas cartas raras y una llamada de teléfono. Estamos ante alguien que te odia, que quiere saldar cuentas contigo. Estás en su punto de mira, y tal vez él está a punto de apretar el gatillo.

—¿X. Arybdis?

—Más bien el inventor del alias X. Arybdis.

Gurney le explicó lo que había recordado, con la ayuda de Madeleine, sobre el letal Charybdis del mito griego. Además, había sido incapaz de encontrar el registro de ningún X. Arybdis en Connecticut o en cualquier estado vecino mediante ningún directorio o motor de búsqueda de Internet.

—¿Un remolino? —preguntó Mellery con inquietud.

Gurney asintió.

—Dios santo —dijo Mellery.

—¿Qué ocurre?

—Mi peor fobia es morir ahogado.

76

12

La importancia de la honradez

Mellery estaba de pie junto a la chimenea, recolocando con la ayuda de un atizador los troncos que ardían.

—¿Por qué devolvieron el cheque? —preguntó, volviendo al tema como la lengua vuelve a un diente afilado—. El tipo es muy meticuloso (Dios mío, mira la caligrafía, como la de un contable), no es la clase de persona que se equivoca al escribir la dirección. Así que lo hizo a propósito. ¿Qué propósito? —Se volvió—. Davey, ¿qué demonios está pasando?

—¿Puedo ver la nota con la que se devolvió el cheque, la que me leíste por teléfono?

Mellery se acercó a un pequeño escritorio estilo Sheraton situado al otro lado de la habitación, llevando consigo el atizador, pero sin reparar en él hasta que estuvo allí.

—Dios mío —musitó, mirando a su alrededor, frustrado. Encontró un lugar en la pared donde podía apoyarlo antes de coger un sobre del cajón del escritorio y llevárselo a Gurney.

Dentro de un sobre exterior grande dirigido a Mellery estaba el sobre que Mellery le había enviado a X. Arybdis al apartado postal 49449 de Wycherly, y dentro de ese sobre había un cheque nominativo por importe de 289,87 dólares. El sobre exterior contenía asimismo una hoja de papelería de calidad con encabezado de GD Security Systems que incluía un número de teléfono, con el breve mensaje impreso que Mellery le había leído antes a Gurney por teléfono. La carta estaba firmada por Gregory Dermott, sin indicación de su título.

—¿No has hablado con el señor Dermott? —preguntó Gurney.

—¿Por qué iba a hacerlo? Quiero decir, si la dirección está equivocada, está equivocada. ¿Qué tiene que ver con él?

—Sólo Dios lo sabe —dijo Gurney—. Pero vale la pena hablar con él. ¿Tienes un teléfono a mano?

Mellery sacó el último modelo de BlackBerry que llevaba enganchado en el cinturón y se lo pasó. Gurney introdujo el número del encabezado. Tras dos tonos estaba conectado con una grabación: «Esto es GD Security Systems, al habla Greg Dermott. Deje su nombre, su número y la hora que mejor le vaya para que le devuelva la llamada y un breve mensaje. Puede empezar ahora». Gurney apagó el teléfono y se lo devolvió a Mellery.

—Lo que he de decir sería difícil de explicar en un mensaje —dijo Gurney—. No soy tu empleado ni un representante legal, ni siquiera detective privado con licencia, y no trabajo en la Policía. Y respecto a esto último, la Policía es lo que necesitas: aquí mismo, ahora mismo.

—Pero supongamos que ése es su objetivo: inquietarme lo suficiente para que llame a la Policía, armar follón, avergonzar a mis huéspedes. Quizá que llame a la Policía y crear agitación es lo que quiere, precisamente, este psicópata. Llevar los elefantes a la cacharrería y observar todo lo que se rompe.

—Si es todo lo que quiere —dice Gurney—, da gracias.

Mellery reaccionó como si le hubieran abofeteado.

—¿De verdad crees que está planeando hacer… algo serio?

—Es muy posible.

Mellery asintió lentamente, como si la deliberación del gesto pudiera tapar su miedo.

—Hablaré con la Policía —dijo—, pero no hasta que reciba la llamada esta noche de Charybdis, o de como quiera que se llame.

Viendo el escepticismo de Gurney, continuó:

—Quizá la llamada telefónica lo aclarará todo; quizá nos permita saber con quién estamos tratando, qué es lo que quiere. Puede que al final no tengamos que implicar a la Policía, e incluso si lo hacemos, tendremos más información para darles. En cualquier caso, tiene sentido esperar.

Gurney sabía que tener a la Policía presente para monitorizar la llamada real podría ser importante, pero también sabía que en ese punto ningún argumento racional convencería a Mellery. Decidió avanzar a un detalle táctico.

—En el caso de que Charybdis llamara esta noche, sería útil grabar la conversación. ¿Tienes alguna clase de dispositivo de grabación (aunque sea un casete) que podamos usar para conectar con un supletorio?

—Tenemos algo mejor —dijo Mellery—. Todos nuestros teléfonos tienen memoria de grabación. Puedes grabar cualquier llamada con sólo pulsar un botón.

Gurney lo miró con curiosidad.

—¿Te preguntas por qué hay tal sistema? Tuvimos un huésped difícil hace unos años. Se formularon algunas acusaciones, y nos acosaron con llamadas de teléfono que eran cada vez más trastornadas. Para abreviar una larga historia, nos aconsejaron que grabáramos las llamadas. —Algo en la expresión de Gurney lo detuvo—. Oh, no, ¡veo lo que estás pensando! Créeme, ese lío no tiene nada que ver con lo que está ocurriendo ahora. Se resolvió hace mucho.

—¿Estás seguro?

—El individuo implicado está muerto. Suicidio.

—¿Recuerdas las listas en las que te pedí que trabajaras? Listas de relaciones que impliquen conflictos graves o acusaciones.

—No tengo ni un solo nombre que pueda leer en conciencia.

—Acabas de mencionar un conflicto, al final del cual alguien se suicidó. ¿No te parece eso un conflicto grave?

—Era un individuo con problemas. No hubo ninguna relación entre su disputa con nosotros, que era producto de su imaginación, y su suicidio.

—¿Cómo lo sabes?

—Mira, es una historia complicada. No todos nuestros huéspedes son el paradigma de la salud mental. No voy a apuntar el nombre de cada persona que alguna vez haya expresado un sentimiento negativo en mi presencia. ¡Es una locura!

Gurney se apoyó en su silla y se frotó con suavidad los ojos, que se le estaban empezando a resecar por el fuego.

Cuando Mellery volvió a hablar, su voz dio la impresión de proceder de un lugar diferente dentro de sí mismo, un lugar menos custodiado.

—Hay una palabra que usaste cuando me enumeraste las listas. Dijiste que debería escribir los nombres de gente que

79

conocía con la que tenía problemas no resueltos. Bueno, me he estado diciendo a mí mismo que los conflictos del pasado se han resuelto. Quizá no lo están. Tal vez por resuelto sólo significaba que no pensaba más en ellos. —Negó con la cabeza—. Dios, Davey, ¿qué sentido tienen estas listas en todo caso? No te ofendas, pero ¿qué pasa si algunos polis guiados por los músculos más que por la cabeza empiezan a hacer preguntas, y remueven viejos resentimientos? ¡Dios! ¿Alguna vez has sentido que el suelo resbalara bajo tus pies?

—De lo único que hemos estado hablando es de poner nombres en un papel. Es una forma de poner los pies en el suelo. No has de mostrar los nombres a nadie si no quieres. Confía en mí, es un ejercicio útil.

Mellery, aturdido, hizo un gesto de asentimiento.

—Has dicho que no todos tus huéspedes son modelos de salud mental.

—No quería dar la impresión de que estamos dirigiendo una institución psiquiátrica.

—Lo entiendo.

—O incluso que nuestros huéspedes tienen un número inusual de problemas emocionales.

—Entonces, ¿quién viene aquí?

—Gente con dinero que busca paz mental.

—¿Lo consiguen?

—Creo que sí.

—Además de «rico» y «angustiado», ¿qué otras palabras describen a tu clientela?

Mellery se encogió de hombros.

—Inseguros, a pesar de la personalidad agresiva que acompaña al éxito. No se gustan a sí mismos: es lo principal que estamos tratando.

—¿Cuál de tus huéspedes actuales crees que es capaz de hacerte daño físicamente?

—¿Qué?

—¿Cuánto sabes a ciencia cierta de cada persona que actualmente está aquí, o de la gente que tiene reservas para el mes que viene?

—Si estás hablando de comprobaciones de sus historiales, no es algo que hagamos. Lo que sabemos es lo que ellos nos cuentan, o lo que nos cuenta la gente que los deriva. Parte de ello es superficial, pero no curioseamos. Tratamos con lo que están dispuestos a contarnos.

—¿Qué clase de personas hay aquí ahora mismo?

—Un inversor inmobiliario de Long Island, un ama de casa de Santa Bárbara, un hombre que podría ser el hijo de un hombre que podría ser el cabeza de una familia del crimen organizado, un encantador quiropráctico de Hollywood, una estrella de rock de incógnito, un banquero de inversiones retirado de treinta y tantos años..., y una docena más.

—¿Están aquí para conseguir una «renovación espiritual»?

—De un modo o de otro, han descubierto las limitaciones del éxito. Todavía sufren miedos, obsesiones, culpa, vergüenza. Han descubierto que ni todos los Porsche ni todo el Prozac del mundo les dan la paz que están buscando.

Gurney sintió una pequeña puñalada al acordarse del Porsche de Kyle.

—Entonces tu misión es llevar serenidad a los ricos y famosos.

—Es fácil hacer que suene ridículo. Pero no estaba persiguiendo el olor del dinero. Puertas abiertas y corazones abiertos me llevaron aquí. Mis clientes me encontraron, no al revés. No lo preparé para ser el gurú de Peony Mountain.

—Aun así, te juegas mucho.

Mellery asintió.

—Aparentemente, eso incluye mi vida. —Miró al fuego menguante—. ¿Puedes darme algún consejo para manejar la llamada de esta noche?

—Haz que hable todo lo posible.

—¿Así se podrá localizar la llamada?

—La tecnología ya no funciona así. Has visto películas viejas. Hazle hablar, porque cuantas más cosas diga, más podría revelar y más posibilidades podrías tener de reconocer su voz.

—Si lo hago, ¿debo decirle que sé quién es?

—No. Saber algo que él no cree que sabes podría ser una ventaja para ti. Sólo mantén la calma y alarga la conversación.

—¿Estarás en casa esta noche?

—Planeo estarlo, por el bien de mi matrimonio como mínimo. ¿Por qué?

81

—Porque acabo de acordarme de que nuestros teléfonos tienen otra característica curiosa que nunca usamos. El nombre comercial es «conferencia rebotada». Lo que te permite invitar a otro participante a una conferencia después de que alguien te haya llamado.

—¿Y?

—Con una teleconferencia ordinaria, todos los participantes necesitan ser llamados desde la fuente inicial. Pero el sistema de rebote supera eso. Si alguien te llama, puedes añadir a otros participantes al llamarlos desde tu número sin desconectar con la persona que te llamó, de hecho, sin que sepa que lo estás haciendo. Según me explicaron, la llamada a la parte añadida sale por una línea separada; después de que se establece la conexión, se combinan las dos señales. Probablemente estoy equivocado respecto a la explicación técnica, pero la cuestión es que cuando Charybdis llame esta noche, puedo llamarte y tú podrás oír la conversación.

—Bien. Seguro que estaré en casa.

—Genial. Te lo agradezco. —Sonrió como un hombre que experimenta un alivio momentáneo de un dolor crónico.

Fuera sonó varias veces una campana. Tenía el timbre fuerte y metálico de una vieja campana de barco. Mellery miró el delgado reloj de oro de su muñeca.

—He de prepararme para la conferencia de la tarde —dijo con un pequeño suspiro.

—¿Cuál es el tema?

Mellery se levantó de su sillón de orejas, alisó unas pocas arrugas de su jersey de cachemir y, no sin cierto esfuerzo, esbozó una sonrisa genérica.

—La importancia de la honradez.

El clima había seguido borrascoso sin llegar nunca a templarse. Hojas marrones revoloteaban sobre la hierba. Mellery había ido al edificio principal después de dar las gracias a Gurney una vez más. Le había insistido en que mantuviera la línea del teléfono libre esa noche, se había disculpado por su agenda y le había extendido una invitación de última hora.

—Mientras estás aquí por qué no te das una vuelta y te haces una idea del lugar.

Gurney, de pie en el elegante porche de Mellery, se subió la cremallera de la chaqueta. Decidió aceptar la sugerencia y dirigirse al aparcamiento dando un rodeo, siguiendo la amplia curva de los jardines que rodeaban la casa. Un sendero de musgo lo llevó por detrás de la casa a un césped esmeralda, más allá del cual un bosque de arces se adentraba en el valle. Un muro de mampostería formaba una línea de demarcación entre la hierba y el bosque. En el punto medio del muro, una mujer y dos hombres parecían ocupados en la actividad de plantar y cubrir con mantillo.

Mientras Gurney caminaba hacia ellos por el amplio césped, vio que los hombres, que llevaban sendas palas, eran jóvenes y latinos, y que la mujer, vestida con botas verdes hasta las rodillas y una cazadora marrón, era mayor y estaba al mando. Había varias bolsas de bulbos de tulipán, cada una de un color diferente, abiertas sobre un carro de jardín plano. La mujer estaba mirando a sus trabajadores con impaciencia.

—¡Carlos! —gritó—. Roja, blanca, amarilla… Roja, blanca, amarilla —le dijo en español. Luego lo repitió en inglés, pero sin dirigirse a nadie en particular—. Roja, blanca, amarilla… Roja, blanca, amarilla. No es una secuencia tan difícil, ¿no?

Suspiró filosóficamente ante la ineptitud de los sirvientes y luego sonrió con benignidad cuando se le acercó Gurney.

—Creo que una flor que se abre es la visión más sanadora de la Tierra —anunció con el acento característico de la clase alta de Long Island—. ¿No está de acuerdo?

Antes de que Gurney tuviera ocasión de responder, ella le tendió la mano y dijo:

—Soy Caddy.

—Dave Gurney.

—¡Bienvenido al Cielo en la Tierra! Creo que no le había visto antes.

—Sólo he venido a pasar el día.

—¿En serio? —Algo en el tono parecía estar exigiendo una explicación.

—Soy amigo de Mark Mellery.

La mujer torció el gesto.

—¿Ha dicho Dave Gurney?

—Sí.

—Bueno, estoy segura de que ha mencionado su nombre, pero no me suena. ¿Conoce a Mark desde hace mucho?

—Desde la facultad. ¿Puedo preguntar qué está haciendo aquí?

—¿Qué hago aquí? —Levantó las cejas asombrada—. Vivo aquí. Es mi casa. Soy Caddy Mellery. Mark es mi marido.

13

Nada de lo que sentirse culpable

Aunque era mediodía, las nubes cada vez más gruesas daban al valle la sensación de un anochecer de invierno. Gurney puso en marcha la calefacción del coche porque tenía las manos heladas. Cada año las articulaciones de sus dedos se le estaban poniendo más sensibles, lo que le recordaba la artritis de su padre. Las flexionó abriéndolas y cerrándolas sobre el volante.

«Un gesto idéntico.»

Recordaba haberle preguntado en una ocasión a ese hombre taciturno e inalcanzable si le dolían los nudillos hinchados.

—Es sólo la edad, no hay nada que hacer —le había contestado su padre, en un tono que desalentaba la discusión.

Su mente vagó de nuevo hacia Caddy. ¿Por qué Mellery no le había hablado de su nueva esposa? ¿No quería que hablara con ella? Y si no había mencionado que estaba casado, ¿qué más podría haber omitido?

Y entonces, por una oscura asociación mental, se preguntó por qué la sangre era roja como una rosa pintada. Trató de recordar el texto completo del tercer poema: «No hice lo que hice / por gusto ni dinero, / sino por unas deudas / pendientes de saldar. / Por sangre que es tan roja / como rosa pintada. / Para que todos sepan: / lo que siembran, cosechan».

Una rosa era un símbolo del color rojo. ¿Qué añadía al llamarla «rosa pintada»? ¿Se suponía que eso tenía que hacerla sonar más roja? ¿O más parecida a la sangre?

La ansiedad de Gurney para llegar a casa se intensificó por el hambre. Era media tarde, y lo único que había tomado en todo el día era el café de la mañana en Abelard.

A Madeleine, pasar demasiado tiempo sin comer le hacía

sentir náuseas; a él lo volvía más sentencioso, un estado mental difícil de reconocer en uno mismo. Gurney había descubierto algunos barómetros para calibrar su humor, y uno de ellos estaba localizado en el lado occidental de la carretera, a las afueras de Walnut Crossing. La Camel's Hump era una galería de arte que presentaba el trabajo de pintores, escultores y otros espíritus creativos locales. Su función barométrica era simple. Una mirada a la ventana le producía, cuando estaba de buen humor, una apreciación de la excentricidad de sus vecinos artísticos; cuando estaba de mal humor le daba una comprensión nítida de su vacuidad. Aquél era un día de vacuidad: una advertencia justa al girar por la carretera que iba a llevarlo hacia el hogar y la esposa, un motivo para pensárselo dos veces antes de expresar opiniones fuertes.

Las señales de la nevada de la mañana, desaparecidas hacía mucho de la autopista del condado y las partes bajas del valle, estaban presentes en parches de nieve dispersos a lo largo del camino de tierra que se elevaba a través de una depresión en las colinas y terminaba en el granero y el prado de Gurney. Las franjas de nubes daban al prado una sensación monótona e invernal. Vio con una chispa de irritación que habían conducido el tractor desde el granero y lo habían aparcado junto al cobertizo que albergaba sus accesorios: la segadora, el perforador, el quitanieves. La puerta del cobertizo había quedado abierta, señalando de manera irritante el trabajo por hacer.

David entró en la casa por la puerta de la cocina. Madeleine estaba sentada junto a la chimenea en el otro extremo de la sala. La bandeja en la mesita de café —con su corazón de manzana, cabos y semillas de uvas, cáscara de queso cheddar y migas de pan— sugería que acababa de consumir un agradable almuerzo. Aquello le recordó el hambre que tenía. Madeleine levantó la mirada del libro, le ofreció una sonrisita.

David fue al lavabo y dejó correr el agua hasta que la temperatura descendió al nivel gélido que a él le gustaba. Era consciente de una sensación de transgresión —un desafío a la opinión de Madeleine de que beber agua demasiado fría no era bueno—, seguida por otra de vergüenza, al darse cuenta de que podía ser lo bastante mezquino, hostil e infantil para saborear un combate tan delirante. Tenía la urgencia de cambiar de tema, hasta que reparó en que no había ningún tema que cambiar. Habló de todos modos.

—Veo que has llevado el tractor hasta el cobertizo.

—Quería ponerle el quitanieves.

—¿Hubo algún problema?

—Pensaba que sería mejor tenerlo colocado antes de que hubiera una tormenta de nieve de verdad.

—Me refería a cuál es el problema de colocarlo.

—Es pesado. Pensaba que, si esperaba, podrías ayudarme.

Él asintió de un modo ambiguo, pensando: «Ya estás otra vez presionándome para hacer un trabajo que has empezado tú, aunque sabías que yo tendré que acabarlo». Consciente de los peligros de su humor, pensó que lo más sensato sería no decir nada. Llenó el vaso con agua muy fría del grifo y se la bebió despacio.

Mirando a su libro, Madeleine dijo:

—Ha llamado esa mujer de Ithaca.

—¿Mujer de Ithaca?

Ella no hizo caso de la pregunta.

—¿Te refieres a Sonya Reynolds? —preguntó David.

—Exacto. —Su voz era tan aparentemente desinteresada como la de él.

—¿Qué quería? —preguntó.

—Buena pregunta.

—¿Qué quiere decir «buena pregunta»?

—Quiero decir que no especificó qué quería. Dijo que podías llamarla a cualquier hora antes de medianoche.

David detectó una pulla clara en la última palabra.

—¿Ha dejado un número?

—Aparentemente cree que ya lo tienes.

David volvió a llenarse el vaso con agua helada y se la bebió, deteniéndose a reflexionar entre trago y trago. La situación de Sonya era emocionalmente problemática, pero no veía forma de tratar con eso, a no ser que fuera abandonando el proyecto de arte de los retratos policiales que formaba la base de su relación con la galería, y no estaba dispuesto a hacerlo.

Tomando cierta distancia de estas extrañas conversaciones con Madeleine, descubrió que su propia incomodidad y su falta de confianza eran desconcertantes. No dejaba de ser curioso

87

que un hombre tan profundamente racional como él se enredara tan sin remedio, que fuera tan emocionalmente frágil. Sabía de sus cientos de entrevistas con sospechosos de crímenes que los sentimientos de culpa siempre subyacen en esa clase de enredos, en esa clase de confusión. Pero la verdad era que no había hecho nada de lo que sentirse culpable.

«Nada de lo que sentirse culpable.» Ahí radicaba el problema, en lo absoluto de esa afirmación. Quizá no había hecho nada recientemente por lo que sentirse culpable —nada sustancial, nada que se le ocurriera de inmediato—, pero si el contexto se extendía a quince años, su declaración de inocencia sonaría dolorosamente falsa.

Dejó el vaso de agua en el fregadero, se secó las manos, caminó hasta la puerta cristalera y miró al mundo gris. Un mundo entre el otoño y el invierno. La nieve fina volaba como arena en el patio. Si alargaba la vista a los últimos quince años, difícilmente podría alegar inocencia, porque tendría que recordar el accidente. Como si se apretara una herida para juzgar el estado de la infección, se obligó a sustituir la expresión «el accidente» por las palabras específicas que tanto le costaba pronunciar:

«La muerte de nuestro hijo de cuatro años».

Dijo las palabras en voz muy baja, para sus adentros, poco más que un susurro. La voz en sus propios oídos sonó erosionada y hueca, como la voz de otra persona.

No podía soportar los pensamientos y las sensaciones que acompañaban a esas palabras. Trató de apartarlas aferrándose a la siguiente distracción.

Tras aclararse la garganta y volverse desde la puerta cristalera hacia Madeleine, que estaba al otro lado de la sala, dijo con un exceso de entusiasmo.

—¿Y si nos ocupamos del tractor antes de que oscurezca?

Madeleine levantó la mirada de su libro. Si aquella alegría artificial de su tono le había sonado inquietante o reveladora, no lo dejó entrever.

Montar la pala quitanieves supuso una hora de resoplar, dar golpes, tirar, engrasar y ajustar, después de lo cual Gurney continuó hasta pasar una segunda hora partiendo troncos para la pila de leña mientras Madeleine preparaba una cena de sopa de calabaza y costillas de cerdo a la brasa con zumo de manzana. Luego hicieron fuego, se sentaron uno al lado del otro en el sofá en la acogedora sala de estar contigua a la cocina y se dejaron llevar a la clase de serenidad somnolienta que sigue al trabajo duro y la buena comida.

Ansiaba creer que estos pequeños oasis de paz presagiaban un retorno a la relación que habían tenido, que las evasiones emocionales y colisiones de años recientes eran, en cierto modo temporales, pero era una creencia que le costaba sostener. En ese mismo momento, esa esperanza frágil estaba siendo suplantada, trozo a trozo, momento a momento, por la clase de ideas en las que su mente de detective se concentraba con mayor comodidad: ideas sobre la prevista llamada telefónica de Charybdis y la tecnología de teleconferencias que le permitiría escuchar.

—Es una noche perfecta para hacer fuego —dijo Madeleine, que se apoyó suavemente en él.

David sonrió y trató de volver a concentrarse en las llamas naranjas y en la calidez simple y suave del brazo de su esposa. El cabello de Madeleine tenía un olor maravilloso, y David tuvo la fantasía pasajera de que podía perderse en él para siempre.

—Sí —respondió—. Perfecto.

Cerró los ojos, deseando que la bondad del momento contrarrestara esas energías mentales que siempre lo conducían a resolver enigmas. Para Gurney, lograr incluso una pequeña satisfacción era irónicamente una lucha. Envidiaba el apego entusiasta de Madeleine por el instante fugaz y el placer que encontraba en ello. Para él, vivir el momento siempre era nadar contracorriente: su mente analítica prefería de un modo natural los reinos de la probabilidad y la posibilidad.

Se preguntaba si era una forma de escape heredada o aprendida. Probablemente ambas cosas se reforzaban entre sí. Posiblemente…

¡Dios santo!

Se sorprendió a sí mismo en el acto absurdo de analizar su propensión al análisis. Otra vez se arrepintió y trató de estar presente en la sala. «Que Dios me ayude a estar aquí», se dijo, aunque tenía poca fe en la plegaria. Esperaba que no lo hubiera dicho en voz alta.

Sonó el teléfono. Lo sintió como una moratoria, un permiso para darse un respiro de la batalla.

Se levantó del sofá y fue al estudio a responder.

—Davey, soy Mark.

—¿Sí?

—He estado hablando con Caddy. Me ha dicho que se ha encontrado contigo hoy, en el jardín de meditación.

—Sí.

—Ah…, bueno…, la cuestión es… Me siento avergonzado, ¿sabes?, por no habértela presentado. —Hizo una pausa, como si esperara respuesta, pero Gurney no dijo nada.

—¿Dave?

—Estoy aquí.

—Bueno…, en fin, quería pedirte disculpas por no presentarte. Ha sido irreflexivo por mi parte.

—No hay problema.

—¿Estás seguro?

—Seguro.

—No pareces contento.

90

—No estoy descontento, sólo un poco sorprendido de que no la mencionaras.

—Ah…, sí…, supongo que tenía tantas cosas en la cabeza que no se me ocurrió. ¿Sigues ahí?

—Estoy aquí.

—Tienes razón, debe parecer peculiar que no la mencionara. No se me ocurrió. —Hizo una pausa, luego añadió con una risa extraña—. Supongo que a un psicólogo le parecería interesante que alguien olvide mencionar que está casado.

—Mark, deja que te pregunte algo. ¿Me estás diciendo la verdad?

—¿Qué? ¿Por qué me preguntas esto?

—Me estás haciendo perder el tiempo.

Hubo un prolongado silencio.

—Mira —dijo Mellery con un suspiro—, es una larga historia. No quería involucrar a Caddy en este…, en este lío.

—¿De qué lío estamos hablando exactamente?

—Las amenazas, las insinuaciones.

—¿No sabe nada de las cartas?

—¿Para qué? Sólo se asustaría.

—Ha de conocer tu pasado. Está en tus libros.

—Hasta cierto punto. Pero estas amenazas son otra historia. Sólo quería ahorrarle la preocupación.

Eso le sonó casi plausible. Casi.

—¿Hay algún elemento en concreto de tu pasado que estés especialmente ansioso de ocultar a Caddy, a la Policía o a mí?

Esta vez la indecisión, antes de que Mellery dijera que no, contradecía de un modo tan evidente la negativa que Gurney se rio.

—¿Qué tiene tanta gracia?

—No sé si eres el peor mentiroso que he conocido, Mark, pero estás entre los elegidos.

Después de otro largo silencio, Mellery empezó a reír también: una risa suave, compungida, que sonó más como un sollozo ahogado. Dijo con voz desinflada:

—Cuando todo lo demás falla, es el momento de decir la verdad. La verdad es que, poco antes de que Caddy y yo nos casáramos, tuve una breve aventura con una mujer que se alojaba aquí. Pura locura por mi parte. Salió mal, como cualquier persona cuerda podría haber predicho.

—¿Y?

—Y eso fue todo. Sólo de pensarlo… Me recuerda a todo el ego subido, a la lujuria y al pésimo juicio de mi pasado.

—Quizá me estoy perdiendo algo —dijo Gurney—. ¿Qué tiene eso que ver con no decirme que estabas casado?

—Vas a pensar que estoy paranoico. Pero llegué a pensar que la aventura podría estar relacionada en cierto modo con este asunto de Charybdis. Temía que si sabías de Caddy, querrías hablar con ella, y… la última cosa en el mundo que quiero es que ella quede expuesta a lo que podría estar relacionado con mi ridícula e hipócrita aventura.

—Ya veo. Por cierto, ¿quién es el dueño del instituto?

—¿El dueño? ¿En qué sentido?

—¿Cuántos sentidos hay?

—En espíritu, yo soy el dueño del instituto. El programa está basado en mis libros y cintas.

—¿En espíritu?

—Legalmente, Caddy es la dueña de todo: de la propiedad inmobiliaria y de otros activos tangibles.

91

—Interesante. Así que tú eres el artista del trapecio, pero Caddy es la dueña del circo.

—Podrías decirlo así —replicó Mellery con frialdad—. Ahora he de colgar. Puedo recibir la llamada de Charybdis en cualquier momento.

Y la llamada llegó justo tres horas después.

14

Compromiso

$\mathcal{M}$adeleine había llevado su bolsa de tejer al sofá y estaba absorta en uno de los tres proyectos que mantenía en distintos estados de finalización. Gurney se había acomodado en un sillón contiguo y estaba hojeando las seiscientas páginas del manual del usuario del *software* de manipulación fotográfica, pero le costaba concentrarse en ello. Los troncos de la estufa de leña se habían reducido a brasas, de las cuales se alzaban llamitas rosas que temblaban y desaparecían.

Cuando sonó el teléfono, Gurney se apresuró a ir al estudio y levantó el aparato.

La voz de Mellery sonaba baja y nerviosa.

—¿Dave?

—Estoy aquí.

—Está en la otra línea. La grabadora está en marcha. Voy a conectarte. ¿Preparado?

—Adelante.

Al cabo de un momento, Gurney oyó una extraña voz a media frase.

—… lejos durante cierto tiempo. Pero quiero que sepas quién soy.

El tono de voz era alto y tenso; el ritmo del habla, extraño y artificial. Había un acento, parecía extranjero, pero no específico, como si las palabras se pronunciaran mal con el objeto de disfrazar la voz.

—Esta tarde te he dejado algo. ¿Lo tienes?

—¿Qué? —La voz de Mellery sonó quebradiza.

—¿Todavía no lo tienes? Lo recibirás. ¿Sabes quién soy?

—¿Quién eres?

—¿De verdad quieres saberlo?

—Por supuesto. ¿De qué te conozco?

—¿El número seiscientos cincuenta y ocho no te dice quién soy?

—No tiene ningún sentido para mí.

—¿En serio? Pero lo elegiste, de entre todos los números que podrías haber elegido.

—¿Quién demonios eres?

—Hay un número más.

—¿Qué? —La voz de Mellery se elevó a causa del miedo y la exasperación.

—He dicho que hay un número más. —La voz parecía divertida, sádica.

—No lo entiendo.

—Piensa en otro número, que no sea el seiscientos cincuenta y ocho.

—¿Por qué?

—Piensa en un número, que no sea el seiscientos cincuenta y ocho.

—De acuerdo. He pensado un número.

—Bien. Estamos haciendo progresos. Ahora, susurra el número.

—Lo siento, ¿qué?

—Susurra el número.

—¿Que lo susurre?

—Sí.

—Diecinueve. —El susurro de Mellery sonó alto y áspero. Fue recibido con una larga risa carente de humor.

—Bien, muy bien.

—¿Quién eres?

—¿Aún no lo sabes? Tanto dolor y no tienes ni idea. Pensaba que esto podría ocurrir. He dejado algo para ti antes. Una notita. ¿Seguro que no la tienes?

—No sé de qué estás hablando.

—Ah, pero sabías que el número era el diecinueve.

—Me has dicho que piense en un número.

—Pero era el número correcto, ¿no?

—No lo entiendo.

—¿Cuándo has mirado el buzón?

—¿Mi buzón? No lo sé. Esta tarde.

—Será mejor que mires otra vez. Recuerda, te veré en noviembre o, si no, en diciembre. —Las palabras fueron seguidas por un sonido suave de desconexión.

—Hola —gritó Mellery—. ¿Estás ahí? ¿Estás ahí? —Cuando habló otra vez, parecía estar exhausto—. ¿Dave?

—Estoy aquí —dijo Gurney—. Cuelga, mira el correo y vuelve a llamarme.

En cuanto Gurney colgó, el teléfono volvió a sonar. Lo levantó.

—¿Sí?

—¿Papá?

—¿Perdón?

—¿Eres tú?

—¿Kyle?

—Sí. ¿Estás bien?

—Bien. Es que estoy en medio de algo.

—¿Va todo bien?

—Sí. Perdona que sea tan brusco. Estoy esperando una llamada que he de recibir dentro de un minuto. ¿Puedo llamarte luego?

—Claro. Sólo quería ponerte al día de algunas cosas, cosas que me han pasado, cosas que estoy haciendo. No hemos hablado desde hace mucho tiempo.

—Te llamaré en cuanto pueda.

—Claro, de acuerdo.

—Perdón. Gracias. Te llamo enseguida.

Gurney cerró los ojos y respiró hondo varias veces. Dios, las cosas tenían una curiosa manera de apilarse. Por supuesto, era culpa suya, por dejar que sucediera tal cosa. Su relación con Kyle era un desastre, fría y distante.

Kyle era fruto de su primer matrimonio, su breve historia con Karen; recordar aquella relación, veintidós años después del divorcio, todavía le inquietaba. Su incompatibilidad resultó obvia desde el principio para cualquiera que los conociera, pero una determinación rebelde (o incapacidad emocional, tal como pensaba a altas horas de la madrugada en las noches de insomnio) los había conducido a una unión desafortunada.

Kyle se parecía a su madre, tenía sus mismos instintos manipuladores y su ambición material, y, por supuesto, el nom-

95

bre que ella había insistido en ponerle: Kyle. Gurney nunca había logrado sentirse a gusto con eso. A pesar de la inteligencia del joven y de su precoz éxito en el mundo financiero, Kyle aún le parecía como un nombre ensimismado de niño bonito de culebrón. Además, la existencia de su hijo era un recordatorio constante del matrimonio, le recordaba que había allí una parte poderosa de sí mismo que no lograba entender: la parte que había querido casarse con Karen.

Cerró los ojos, deprimido por no entender qué le impulsó a todo aquello y por haber reaccionado negativamente ante su propio hijo.

Sonó el teléfono. Levantó el auricular, temeroso de que fuera otra vez Kyle, pero era Mellery.

—¿Davey?

—Sí.

—Había un sobre en el correo. Mi nombre y mi dirección están escritos en él, pero no hay sello ni matasellos. Deben de haberlo dejado en mano. ¿He de abrirlo?

—¿Parece que haya algo que no sea papel?

—¿Como qué?

—Lo que sea, cualquier cosa que no sea una carta.

—No. Parece completamente plano, como si no hubiera nada dentro. No hay ningún objeto extraño, si es a eso a lo que te refieres. ¿He de abrirlo?

—Adelante, pero detente si ves algo que no sea papel.

—Vale. Lo he abierto. Sólo una hoja. Mecanografiada. Blanca, sin encabezamiento. —Hubo unos segundos de silencio—. ¿Qué? ¿Qué demonios…?

—¿Qué es?

—Es imposible. No hay forma…

—Léemela.

Mellery la leyó con voz incrédula.

—«Te dejo esta nota por si te pierdes mi llamada. Si aún no sabes quién soy, sólo piensa en el número diecinueve. ¿Te recuerda a alguien? Y recuerda: te veré en noviembre, o si no, en diciembre.»

—¿Nada más?

—Nada más. Es lo que dice: «sólo piensa en el número diecinueve». ¿Cómo diablos podía saberlo? ¡No es posible!

—Pero ¿es lo que dice?

—Sí. Pero lo que estoy diciendo es… No sé lo que estoy diciendo… Quiero decir…, no es posible… Dios, Davey, ¿qué demonios está pasando?

—No lo sé. Todavía no. Pero vamos a averiguarlo.

Algo había encajado: no la solución, todavía se hallaba lejos de eso, pero algo dentro de él se había movido. Ahora estaba comprometido completamente con aquel caso.

Madeleine estaba de pie en el umbral del estudio, y lo vio. Vio el brillo en los ojos de su marido —el fuego de esa mente incomparable— y, como siempre, eso la llenó de asombro y soledad.

El reto intelectual que presentaba el nuevo misterio del número —y la inyección de adrenalina que generó— mantuvo a Gurney despierto hasta bien pasada la medianoche, pese a que se había acostado a las diez. Dio vueltas, inquieto, hacia uno y otro lado de la cama. Su mente no conseguía evadirse de aquel problema, como el hombre que sueña que no puede encontrar la llave de su casa, y que la rodea y trata repetidamente de abrir cada puerta y ventana cerradas.

Entonces empezó a volver a notar el gusto de la nuez moscada de la sopa de calabaza que habían tomado para cenar, y que se añadía a esa sensación de pesadilla.

«Si aún no sabes quién soy, piensa en el número diecinueve.» Y ése era el número en el que pensó Mellery. El número que pensó antes de abrir la carta. Imposible. Pero había ocurrido.

El problema de la nuez moscada seguía empeorando. Se levantó tres veces a beber agua, pero la nuez moscada se resistía a ceder. Y entonces la mantequilla también se convirtió en un problema. Mantequilla y nuez moscada. Madeleine usaba mucho esas dos cosas para preparar su sopa de calabaza. Ya se lo había mencionado al terapeuta de ambos. Su antiguo terapeuta. En realidad, un terapeuta al que sólo habían visto dos veces, cuando estaban discutiendo acerca de si David debería retirarse y pensaron (incorrectamente, como resultó) que una tercera parte podría aportar mayor claridad a sus deliberaciones. David trató de recordar ahora cómo había surgido la cues-

97

tión de la sopa, cuál era el contexto, por qué se había sentido dispuesto a mencionar algo tan nimio.

Fue la sesión en que Madeleine había hablado de él como si no estuviera en la sala. Había empezado hablando de cómo dormía. Le había contado al terapeuta que una vez que se dormía, rara vez se despertaba hasta la mañana. Ah, sí, eso era. Fue entonces cuando él dijo que la única excepción eran las noches en que ella hacía sopa de calabaza y él no dejaba de notar en la boca el gusto de la mantequilla y la nuez moscada. Sin embargo, ella continuó, sin hacer caso de la estúpida interrupción, dirigiendo sus comentarios al terapeuta, como si fueran adultos discutiendo ante un niño.

Madeleine repitió que en cuanto se dormía, rara vez se despertaba hasta la mañana, y que eso no le sorprendía porque sólo ser quién era parecía implicar un esfuerzo diario extenuante. Nunca se sentía cómodo ni a gusto. Era un hombre tan bueno, tan decente y, sin embargo, tan cargado de culpa por ser humano… Tan torturado por sus errores e imperfecciones. El registro sin par de éxitos en su profesión quedaba oscurecido en su mente por un puñado de fracasos. Siempre estaba pensando. Pensando sin tregua en los problemas —uno detrás de otro—, como Sísifo mientras empujaba la roca montaña arriba, una y otra vez. Se aferraba a la vida como si ésta fuera un extraño enigma por resolver. Pero no todo en la vida era un enigma, había dicho ella, mirándolo, dirigiéndose por fin a él en lugar de al terapeuta. Había cosas que se abordaban de otras maneras. Misterios, no enigmas. Cosas que amar, no que descifrar.

Recordar los comentarios de Madeleine mientras yacía en la cama tuvo un extraño efecto en él. Estaba completamente absorto por el recuerdo, al mismo tiempo inquieto y exhausto por ello. Al final, el recuerdo se desvaneció junto con el sabor de la mantequilla y la nuez moscada, y David se deslizó a un sueño inquieto.

Hacia la mañana, Madeleine medio lo despertó al levantarse de la cama. Se sonó la nariz con suavidad en silencio. Por un segundo, David se preguntó si había estado llorando, pero era una idea nebulosa, fácilmente sustituible por la más probable explicación de que estaba sufriendo una de sus alergias de otoño. Era vagamente consciente de que ella había ido al lavabo y que se había puesto el albornoz. Poco después, oyó o imaginó —no estaba seguro de cuál de las dos cosas— sus pisadas en las escaleras del sótano. Poco después de eso, ella pasó de largo en silencio junto a la puerta del dormitorio. Cuando la primera luz del alba se extendió por la habitación hasta el pasillo, ella apareció, como un espectro, con algo en las manos, algún tipo de caja.

A él todavía le pesaban los párpados por el agotamiento y dormitó una hora más.

15

Dicotomías

*C*uando se levantó, no fue porque sintiera que había descansado —ni siquiera estaba del todo despierto—, sino porque levantarse parecía preferible a hundirse de nuevo en un sueño que lo había dejado sin ningún recuerdo de sus detalles, pero con una sensación clara de claustrofobia. Era como una de las resacas que había experimentado en sus días de facultad.

Se obligó a ducharse, lo cual sólo mejoró levemente su humor; luego se vistió y fue a la cocina. Le alivió ver que Madeleine había preparado suficiente café para los dos. Ella estaba sentada a la mesa del desayuno, pensativa, mirando por la puerta cristalera y sosteniendo su gran taza esférica humeante con ambas manos, como para calentárselas. Se sirvió una taza de café y se sentó frente a ella.

—Buenos días —dijo.

Ella esbozó una vaga sonrisita por toda respuesta.

David siguió la mirada de su esposa por el jardín hasta la ladera boscosa situada al otro extremo del pasto. Un viento enfurecido estaba desnudando los árboles de las pocas hojas que les quedaban. Por lo general, los vientos fuertes ponían nerviosa a Madeleine, desde que un enorme roble cayó en la carretera delante de su coche el día que se habían mudado a Walnut Crossing, pero esa mañana parecía demasiado preocupada para fijarse.

Al cabo de un minuto o dos, Madeleine se volvió hacia él, y su expresión se intensificó como si acabara de reparar en algo de su atuendo o de su porte.

—¿Adónde vas? —preguntó.

David vaciló.

—A Peony. Al instituto.

—¿Por qué?

—¿Por qué? —La voz de David sonó áspera por la irritación—. Porque Mellery todavía se niega a informar de su problema a la policía local, y quiero empujarle un poco más en esa dirección.

—Eso puedes hacerlo por teléfono.

—No tan bien como cara a cara. Además, quiero recoger copias de todos los mensajes escritos y una copia de su grabación de la llamada de anoche.

—¿No está FedEx para eso?

Él la miró.

—¿Qué problema hay en que vaya al instituto?

—El problema no es adónde vas, sino por qué vas.

—¿Para convencerlo de que acuda a la Policía? ¿Para recoger los mensajes?

—¿De verdad crees que vas a conducir hasta Peony sólo para eso?

—¿Por qué demonios más?

Ella le dedicó una mirada larga, casi compasiva, antes de responder.

101

—Vas —dijo— porque te has enganchado a esto y no puedes soltarlo. Vas porque no puedes quedarte al margen.

Entonces ella cerró los ojos muy despacio. Era como el difuminado del final de una película.

David no sabía qué decir. Con mucha frecuencia, Madeleine terminaba así las discusiones, diciendo o haciendo algo que parecía saltar por encima del hilo de sus ideas y dejándolo en silencio.

Esta vez pensó que conocía la razón del efecto que le causaba, al menos parte de la razón. En su tono había oído un eco de su discurso al terapeuta, el discurso que de manera tan vívida había recordado unas horas antes. La coincidencia le resultaba inquietante. Era como si el presente y el pasado de Madeleine, se hubieran unido contra él para susurrarle uno en cada oído.

Se quedó un buen rato en silencio.

Al final, Madeleine llevó las tazas de café al fregadero y las lavó. A continuación, en lugar de dejarlas en el escurreplatos como solía hacer, las secó y volvió a colocarlas en el armarito que había sobre el aparador.

Sin dejar de mirar en el armarito, como si hubiera olvidado por qué estaba allí, preguntó.

—¿A qué hora te vas?

Él se encogió de hombros y miró por la estancia como si la respuesta adecuada pudiera estar en una de las paredes. Al hacerlo, su mirada se vio atraída por un objeto situado en la mesita de café que había delante de la chimenea, al fondo de la sala. Era una caja de cartón, del mismo tamaño y forma de las que podían conseguirse en una licorería. Sin embargo, lo que de verdad captó su atención y la retuvo fue la cinta blanca que rodeaba la caja y quedaba anudada por encima con un sencillo lazo blanco.

Dios bendito. Eso era lo que ella había traído del sótano.

Aunque la caja parecía más pequeña de cómo la recordaba de hacía tantos años y el cartón de un marrón más oscuro, la cinta era inconfundible, inolvidable. Los hindúes tenían razón: el blanco y no el negro era el color natural para penar.

Sintió un vacío en los pulmones, como si la gravedad le estuviera dejando sin aliento, y atrajera su alma hacia abajo. Danny. Los dibujos de Danny. «Mi pequeño Danny.» David tragó saliva y apartó la mirada, la desvió de tan inmensa pérdida. Se sentía demasiado débil para moverse. Miró a través de la puerta cristalera, tosió, se aclaró la garganta, trató de sustituir recuerdos agitados con sensaciones inmediatas, trató de regir la mente diciendo algo, oyendo su propia voz, quebrando el espantoso silencio.

—No creo que llegue tarde —dijo. Le hizo falta toda su fuerza, toda su voluntad, para levantarse de la silla—. Debería estar en casa a tiempo para comer —añadió sin sentido, sin apenas saber lo que estaba diciendo.

Madeleine lo observó con una sonrisa lánguida que no llegaba a ser una sonrisa y no dijo nada.

—Será mejor que me vaya —dijo él—. He de llegar a tiempo a esto.

A ciegas, casi tropezando, la besó en la mejilla y se dirigió al coche. Se olvidó de coger la chaqueta.

El paisaje era diferente esa mañana, más invernal, con el color del otoño casi desaparecido de los árboles. Claro que él apenas lo notó. Estaba conduciendo maquinalmente, casi sin ver, consumido por la imagen de la caja, por el recuerdo de su contenido, por el significado de su presencia en la mesa.

¿Por qué? ¿Por qué ahora, después de tantos años? ¿Con qué fin? ¿En qué estaba pensando Madeleine? Había atravesado Dillweed, había pasado por Abelard sin apenas fijarse. Se sentía mareado. Tenía que concentrarse en otra cosa, calmarse.

Concéntrate en adónde vas, en por qué vas. Trató de forzar su mente en la dirección de los mensajes, los poemas, el número diecinueve. Mellery pensando en el número diecinueve. Encontrándolo en la carta. ¿Cómo podía haberlo hecho? Era la segunda vez que Arybdis o Charybdis —o como fuera que se llamara— lograba algo imposible. Había ciertas diferencias entre los dos casos, pero el segundo era tan desconcertante como el primero.

La imagen de la caja en la mesita del café le desconcertaba sin piedad, así como el contenido de la caja: recordaba haberlo empaquetado hacía tanto tiempo… Los garabatos a lápiz de Danny. Oh, Dios. La hoja de cositas naranjas que Madeleine había insistido en que eran caléndulas. Y el gracioso dibujo que podría haber sido un globo verde o quizás un árbol o un chupachup. Oh, Jesús.

103

Antes de darse cuenta, estaba aparcando en la cuidada zona de estacionamiento de gravilla del instituto, sin que apenas hubiera registrado el recorrido en su conciencia. Miró a su alrededor, tratando de centrarse, batallando por colocar su mente en el mismo lugar que su cuerpo.

Poco a poco se relajó, sintiéndose casi adormilado, con la vacuidad que solía seguir a una emoción intensa. Miró su reloj. La cuestión es que había llegado justo a tiempo. Al parecer, esa parte de él funcionaba sin intervención consciente, como un sistema nervioso autónomo. Cerró el coche, preguntándose si el frío habría llevado al interior a los jugadores de rol, y enfiló el serpenteante camino que conducía a la casa. Como en su anterior visita, Mellery abrió la puerta antes de que él llamara.

Gurney entró para refugiarse del viento.

—¿Alguna novedad?

Mellery negó con la cabeza y cerró la antigua y pesada puerta, pero no antes de que media docena de hojas secas se deslizaran al otro lado del umbral.

—Vamos al despacho —dijo—. Hay café, zumo…

—Un café está bien —dijo Gurney.

Una vez más eligieron los sillones de orejas situados junto al fuego. En la mesa baja que había entre ellos se hallaba un gran sobre de papel Manila. Haciendo un gesto hacia él, Mellery dijo:

—Fotocopias de los mensajes escritos y una grabación de la llamada. Ahí lo tienes todo.

Gurney cogió el sobre y se lo colocó en el regazo.

Mellery lo miró con expectación.

—Deberías ir a la Policía —dijo Gurney.

—Ya hemos discutido eso antes.

—Hemos de volver a hacerlo.

Mellery cerró los ojos y se masajeó la frente como si le doliera. Cuando abrió de nuevo los ojos, parecía haber tomado una decisión.

—Ven a mi conferencia esta mañana. Es la única forma de que lo entiendas. —Habló rápidamente como para desalentar cualquier objeción—. Lo que ocurre aquí es muy sutil, muy frágil. Enseñamos a nuestros huéspedes qué es la conciencia, la paz, la claridad. Ganarnos su confianza es fundamental. Los estamos exponiendo a algo que puede cambiar sus vidas. Pero es como escribir en el cielo. En un cielo en calma es legible, pero a la que haya un poco de viento se vuelve un galimatías. ¿Entiendes lo que te estoy diciendo?

—No estoy seguro.

—Tú ven a la conferencia —le rogó Mellery.

Eran exactamente las 10.00 cuando Gurney siguió a Mellery a una gran sala situada en la planta baja del edificio principal. Parecía la sala de estar de un caro hotel rural. Había una docena de sillones y media docena de sofás orientados hacia una gran chimenea. La mayoría de los veinte asistentes ya estaban sentados. Unos pocos se entretuvieron en un aparador en el que había una cafetera de plata y una bandeja con *croissants*.

Mellery caminó con aire desenvuelto hasta un lugar situado delante de la chimenea y se encaró a su público. Los que estaban junto al aparador se apresuraron a ocupar sus asientos y todos se sumieron en un silencio expectante. Mellery señaló a Gurney un sillón situado junto a la chimenea.

—Os presento a David —anunció Mellery, que sonrió en dirección a Gurney—. Quiere saber más sobre lo que hacemos, de modo que le he invitado a sentarse con nosotros en nuestra reunión matinal.

Varias voces ofrecieron amables saludos, y todas las caras exhibieron sonrisas, la mayoría de las cuales parecían auténticas. Él captó la mirada de la mujer de aspecto frágil que lo había abordado de manera obscena el día anterior. Parecía recatada e incluso se ruborizó un poco.

—Los roles que han dominado nuestras vidas —empezó Mellery sin más preámbulo— son aquellos en los que no reparamos. Las necesidades que nos arrastran de un modo más implacable son aquellas de las que somos menos conscientes. Para ser felices y libres hemos de ver los roles que desempeñamos por lo que son, y sacar a la luz del día nuestras necesidades ocultas.

Estaba hablando de un modo calmado y directo que captaba por completo la atención de su público.

—El primer escollo en nuestra búsqueda es el de suponer que ya nos conocemos, que conocemos nuestros motivos, que sabemos por qué nos sentimos de este modo frente a las circunstancias y la gente que nos rodea. Para poder progresar, necesitaremos tener una mente más abierta. Para descubrir la verdad en mí mismo, debo dejar de insistir en que ya la conozco. Nunca quitaré la roca de mi camino si no logro verla tal y como es.

Justo cuando Gurney estaba pensando que esta última observación estaba expandiendo la niebla New Age, la voz de Mellery se alzó con brusquedad.

—¿Sabéis cuál es esa roca? Esa roca es la imagen que tenemos de nosotros mismos, de quien creemos que somos. La persona que creo que soy mantiene encerrada a la persona que soy en realidad, sin luz ni comida ni amigos. La persona que creo que soy ha estado tratando de asesinar a la persona que soy en realidad desde el nacimiento de ambas.

Mellery hizo una pausa, aparentemente sobrecogido por una emoción desesperada. Miró a su público, y ellos apenas parecían respirar. Cuando reanudó el discurso, su voz había bajado a un tono de conversación, pero todavía estaba cargado de sentimiento.

—La persona que creo que soy está aterrorizada de la persona que soy en realidad, aterrorizada de lo que los demás puedan pensar de esa persona. ¿Qué me harían si supieran qué clase de persona soy realmente? ¡Es mejor estar a salvo! ¡Es mejor esconder la persona real, matar de hambre a la persona real, enterrar a la persona real!

De nuevo hizo una pausa y dejó que el fuego errático de su mirada remitiera.

—¿Cuándo empieza todo? ¿Cuándo nos convertimos en ese conjunto de gemelos disfuncionales: la persona inventada en nuestra cabeza y la persona real encerrada y agonizante? Creo que empieza muy pronto. Sé que en mi propio caso los gemelos estaban bien establecidos, cada uno en su propio lugar inquieto, cuando tenía nueve años. Os contaré una historia y pido disculpas a aquellos que ya me la han oído contar.

Gurney echó un vistazo por la sala, notando entre los rostros atentos unas cuantas sonrisas de reconocimiento. La perspectiva de escuchar una de las historias de Mellery por segunda o tercera vez, lejos de aburrir o molestar a nadie, sólo parecía incrementar su anticipación. Era como la respuesta de un niño pequeño a la promesa de que iban a volver a explicarle su cuento favorito.

—Un día, cuando me iba a la escuela, mi madre me dio un billete de veinte dólares para que hiciera unas compras al volver a casa por la tarde: una botella de leche y una barra de pan. Cuando salí de la escuela a las tres, me detuve en un pequeño puesto que había junto al patio de la escuela y me compré una Coca-Cola antes de ir al colmado. Era un lugar al que iban algunos de los chicos después de clase. Puse el billete de veinte dólares sobre el mostrador para pagar la Coca-Cola, pero antes de que el hombre del mostrador lo cogiera para darme el cambio, uno de los otros chicos se acercó y lo vio: «Eh, Mellery, ¿de dónde has sacado los veinte pavos?», dijo. Bueno, resulta que el chico era el más fuerte de cuarto, que era el curso en el que estaba. Yo tenía nueve años, y él, once. Había repetido dos veces y daba miedo, no era alguien con el que debería salir o hablar siquiera. Se metía en un montón de peleas, y contaban que se colaba en casas ajenas para robar. Cuando me preguntó de dónde había sacado el dinero, iba a decirle que me lo había dado mi madre para comprar leche y pan, pero temía que se burlara de mí, que me llamara niño de mamá, y quise decir algo que lo impresionara, así que dije que lo había robado. Me miró con interés, lo cual me hizo sentir bien. Entonces me preguntó a quién se lo había robado, y le dije lo primero que se me ocurrió. Le dije que se lo había robado a mi madre. Él asintió, sonrió y se alejó. Bueno, yo me sentí aliviado e incómodo al mismo tiempo. Al día siguiente, me había olvidado. Pero al cabo de una semana, se me acercó en el patio y me dijo: «Eh, Mellery, ¿has robado más dinero a tu madre?». Le dije que no. Y él me contestó: «¿Por qué no le robas otros veinte pavos?». Yo no sabía qué decir, me limité a mirarlo. Entonces él puso una sonrisa que daba miedo y me soltó: «Róbale veinte dólares y dámelos, o le contaré a tu madre que le robaste veinte dólares la semana pasada». Sentí que se me helaba la sangre.

—Dios mío —dijo una mujer con cara de caballo que estaba en un sillón color borgoña, al otro lado de la chimenea, mientras otros murmullos de empática rabia hacían eco en la sala.

—¡Qué capullo! —gruñó un hombre corpulento con mirada asesina.

—Sentí pánico. Imaginaba que acudía a mi madre y le contaba que le había robado veinte dólares. Lo absurdo de aquello (lo improbable que era que ese pequeño gánster se acercara a mi madre) nunca se me ocurrió. Mi mente estaba demasiado sobrecargada de miedo, miedo a que se lo contara y miedo a que mi madre lo creyera. No tenía ninguna confianza en la verdad. Así pues, en este estado de pánico irreflexivo, tomé la peor decisión posible. Robé veinte dólares del bolso de mi madre esa noche y se los di a él al día siguiente. Por supuesto, la semana siguiente me volvió a pedir lo mismo. Y también la siguiente. Y así sucesivamente durante seis semanas, hasta que por fin mi padre me pilló *in fraganti* mientras cerraba el cajón de arriba de la cómoda de mi madre con un billete de veinte dólares en la mano. Confesé. Les conté a mis padres toda la historia horrible y vergonzosa. Pero la cosa empeoró. Llamaron a nuestro pastor, monseñor Reardon, y me llevaron a la rectoría de la iglesia para que volviera a contar la historia. La noche siguiente, el pastor nos hizo acudir otra vez que nos reuniéramos con el pequeño chantajista y con sus padres, y volver a contar la historia. Ni siquiera eso fue el final. Mis padres me dejaron sin paga semanal durante un año para que les devolviera el dinero que había robado. Cambió la forma en que me veían. El chantajista inventó una versión de los hechos para contársela a todo el mundo en la escuela. Tal historia lo dejaba a él como a una especie de Robin Hood, y a mí, como una rata chivata. Y de cuando en cuando, me hacía una mueca gélida que sugería que algún día podría empujarme desde el tejado de un bloque de pisos.

Mellery se detuvo en su relato y se masajeó la cara con las palmas de las manos, como si soltara los músculos que habían estado tensos por el recuerdo.

El hombre fornido negó con la cabeza sombríamente y repitió:

—¡Qué capullo!

—Eso era exactamente lo que pensé —dijo Mellery—. ¡Qué capullo manipulador! Cuando me acordaba de ese lío, mi siguiente idea era siempre: «¡Qué capullo!». Era todo lo que podía pensar.

—Tenías razón —dijo el hombre fornido con una voz que sonaba acostumbrada a que lo escucharan—. Eso es exactamente lo que era.

—Eso es exactamente lo que era —coincidió Mellery, aumentando la intensidad—, exactamente lo que era. Pero yo nunca pasé de lo que él era para preguntarme qué era yo. Era tan obvio lo que era él que nunca me pregunté lo que era yo. ¿Quién diantre era aquel niño de nueve años y por qué hizo lo que hizo? No basta con decir que estaba asustado. ¿Asustado de qué, exactamente? ¿Y quién se creía que era?

Gurney se sorprendió al descubrirse atrapado por el relato. Mellery había captado su atención por completo, como la del resto de los presentes en la sala. Había pasado de ser un observador a ser un participante en esta repentina búsqueda de sentido, motivo, identidad. Mellery había empezado a pasearse por delante del enorme hogar mientras hablaba, como si lo impulsaran recuerdos y preguntas que no lo dejaban tranquilo. Las palabras salieron trastabillando de su boca.

108

—Cuando pensaba en ese chico (en mí a la edad de nueve años), pensaba en él como una víctima, una víctima de chantaje, una víctima de su propio deseo inocente de amor, admiración, aceptación. Lo único que quería era caerle bien al chico grande. Era una víctima de un mundo cruel. Pobre niño, pobre ovejita en las fauces de un tigre.

Mellery dejó de pasear y se volvió para mirar a su público. Ahora habló con voz suave.

—Pero ese niño era también algo más. Era un mentiroso y un ladrón.

El público estaba dividido entre los que parecían querer protestar y los que asentían con la cabeza.

—Mintió cuando le preguntaron de dónde había sacado los veinte dólares. Aseguró que era un ladrón para impresionar a alguien al que suponía un ladrón. Luego, enfrentado a la amenaza de que lo acusaran de ladrón ante su madre, se convirtió en un ladrón real antes de que ella pensara que lo era. Lo que más le preocupaba era controlar lo que la gente pensaba de él. En comparación con lo que pensaban los demás, no le importaba mucho si era un mentiroso o un ladrón, ni qué efecto tendría su conducta en la gente a la que mentía o robaba. Dejad que lo exprese de este modo. No le importaba lo suficiente para impedir que mintiera o robara. Sólo le importaba lo suficiente para corroerle como ácido su autoestima cuando mentía y robaba. Únicamente le importaba lo suficiente para hacer que se odiara a sí mismo y deseara estar muerto.

Mellery se quedó unos segundos en silencio para dejar que sus comentarios calaran y luego continuó.

—Esto es lo que quiero que hagáis. Elaborad una lista de gente a la que no soportáis, de gente con la que estáis enfadados, de gente que os ha hecho daño, y preguntaos: «¿Cómo me metí en esa situación? ¿Cómo me metí en esa relación? ¿Cuáles eran mis motivos? ¿Qué le habrían parecido mis acciones en la situación a un observador imparcial?». No os concentréis, repito, no os concentréis en las cosas terribles que hizo la otra persona. No estamos buscando a alguien a quien culpar. Eso lo hemos hecho toda la vida y no nos ha llevado a ninguna parte. Lo único que logramos fue una lista larga e inútil de gente a la que culpar por todo lo que nos fue mal. La verdadera pregunta,

109

la única pregunta que importa es: «¿Dónde estaba yo en todo esto? ¿Cómo abrí la puerta que daba a la habitación?». Cuando tenía nueve años abrí la puerta a mentir para ganar admiración. ¿Cómo abristeis vosotros la puerta?

La mujer pequeña que había insultado a Gurney estaba cada vez más desconcertada. Levantó la mano con incertidumbre y preguntó.

—¿No ocurre en ocasiones que una persona mala hace algo terrible a una persona inocente, entra en su casa y roba, por ejemplo? Eso no sería culpa de la persona inocente, ¿no?

Mellery sonrió.

—Les ocurren cosas malas a buenas personas. Pero esas buenas personas no se pasan el resto de sus vidas sintiendo rabia y reproduciendo una y otra vez su resentida cinta de vídeo del robo. Las confrontaciones personales que más nos inquietan, aquellas de las que no podemos desprendernos, son en las que desempeñamos un papel que no estamos dispuestos a reconocer. Por eso el dolor dura, porque nos negamos a mirar su fuente. No podemos separarnos, porque nos negamos a mirar al punto de vinculación.

Mellery cerró los ojos, al parecer reuniendo fuerzas para continuar.

—El peor dolor en nuestras vidas procede de los errores que nos negamos a reconocer: cosas que hemos hecho que están tan en desarmonía con quienes somos que no podemos contemplarlas. Nos convertimos en dos personas en una sola piel, dos personas que no se soportan. El mentiroso y la persona que desprecia a los mentirosos. El ladrón y la persona que desprecia a los ladrones. No hay dolor como el dolor de esa batalla, que arde bajo el nivel de conciencia. Salimos corriendo para huir, pero corre con nosotros. Allá adonde vayamos, la batalla nos acompaña.

Mellery caminó adelante y atrás por delante de la chimenea.

—Haced lo que os he dicho. Confeccionad una lista de personas a las que culpáis por los problemas de vuestra vida. Cuanto más enfadados estéis con ellos, mejor. Anotad sus nombres. Cuanto más convencidos estéis de vuestra propia inocencia, mejor. Anotad lo que hicieron y cómo os hirieron. Luego preguntaos cómo abristeis la puerta. Si vuestra primera idea es que este ejercicio no tiene sentido, preguntaos por qué estáis tan ansiosos de rechazarlo. Recordad que no se trata de absolver a otras personas de sus culpas. No tenéis poder para absolverlas. La absolución corresponde a Dios, no a vosotros. Vuestra tarea se reduce a una pregunta: «¿Cómo abrí la puerta?».

Hizo una pausa y miró por la sala, para establecer contacto visual con el máximo posible de huéspedes.

—¿Cómo abrí yo la puerta? La felicidad para el resto de vuestras vidas depende de lo honradamente que respondáis esta pregunta.

Se detuvo, en apariencia exhausto, y anunció una pausa «para tomar café, té, el aire, ir al lavabo, etcétera». Cuando la gente se levantó de los sofás y sillones y fue saliendo, Mellery miró inquisitivamente a Gurney, que permaneció sentado.

—¿Ha ayudado algo? —preguntó.

—Ha sido impresionante.

—¿En qué sentido?

—Eres un orador excepcional.

Mellery asintió, de un modo ni modesto ni inmodesto.

—¿Has visto lo frágil que es todo esto?

—¿Te refieres a la relación de comunicación que estableces con tus huéspedes?

—Supongo que «relación de comunicación» es una expresión tan buena como otra cualquiera, siempre y cuando te refieras a una combinación de confianza, identificación, conexión, apertura, fe, esperanza y amor; y siempre y cuando entiendas lo delicadas que son estas flores, sobre todo cuando empiezan a abrirse.

Gurney estaba pasándolo mal tomando una decisión sobre Mark Mellery. Si el tipo era un charlatán, era el mejor con el que se había encontrado.

Mellery levantó una mano y llamó a una mujer joven que estaba junto a la cafetera.

—Ah, Keira, ¿puedes hacerme un favor enorme y llamar a Justin?

—¡Por supuesto! —dijo ella sin vacilar, hizo una pirueta y partió en su búsqueda.

—¿Quién es Justin? —preguntó Gurney.

—Un joven sin el que cada vez soy más incapaz de estar. En

111

un principio llegó aquí como huésped cuando tenía veintiún años, es el más joven que admitimos. Volvió tres veces, y la tercera vez ya no se fue.

—¿Qué hace?

—Supongo que podrías decir que hace lo mismo que yo.

Gurney miró a Mellery con expresión socarrona.

—Justin, desde su primera visita aquí, estaba en la longitud de onda correcta, siempre entendía lo que se estaba diciendo, los matices, todo. Es un joven perspicaz, contribuye de manera asombrosa en todo lo que hacemos. El mensaje del instituto estaba hecho para él, y él estaba hecho para el mensaje. Tiene futuro con nosotros, si quiere.

—Mark Jr. —dijo Gurney, más para sí mismo que otra cosa.

—¿Disculpa?

—Suena al hijo ideal. Absorbe y aprecia todo lo que ofreces.

Un joven de aspecto delgado e inteligente entró en la sala y se dirigió hacia ellos.

—Justin, quiero presentarte a un viejo amigo, Dave Gurney.

El joven extendió la mano con una combinación de afectuosidad y timidez.

112

Después de estrecharse las manos, Mellery llevó a Justin a un lado y habló con él en voz baja.

—Quiero que te ocupes del siguiente tramo de media hora, dales varios ejemplos de dicotomías internas.

—Encantado —dijo el joven.

Gurney esperó hasta que Justin fue al aparador a buscar café, y luego le dijo a Mellery.

—Si tienes tiempo, hay una llamada que me gustaría que hagas antes de que me vaya.

—Volvamos a la casa.

Estaba claro que Mellery quería poner distancia entre sus huéspedes y cualquier cosa que pudiera estar relacionada con sus dificultades presentes.

Por el camino, Gurney le dijo que quería que llamara a Gregory Dermott y le pidiera más detalles sobre la historia y seguridad de su apartado postal, así como sobre cualquier recuerdo adicional que pudiera tener en relación con el cheque de 289,87 dólares, extendido a nombre de X. Arybdis, que había devuelto. En concreto, ¿había alguien más en la empresa de

Dermott autorizado a abrir el correo? ¿La llave estaba siempre en su posesión? ¿Había una segunda llave? ¿Cuánto tiempo llevaba alquilando ese apartado? ¿Alguna vez había recibido un cheque por error? ¿Los nombres de Arybdis o Charybdis, o de Mark Mellery, tenían algún significado para él? ¿Alguien le había dicho alguna vez algo sobre el Instituto de Renovación Espiritual?

Al ver que Mellery estaba empezando a parecer sobrecargado, Gurney sacó una ficha del bolsillo y se la entregó.

—Las preguntas están todas aquí. Puede que el señor Dermott no tenga ganas de responderlas, pero merece la pena intentarlo.

Mientras caminaban, entre lechos de flores marchitas, Mellery parecía hundirse cada vez más en sus preocupaciones. Cuando alcanzaron el patio que había detrás de la casa elegante, se detuvo y habló en el tono bajo de quien teme que lo escuchen.

—No dormí nada anoche. Esa cuestión del «diecinueve» ha estado volviéndome completamente loco.

—¿No se te ha ocurrido ninguna relación? ¿Ningún posible significado?

—Nada. Tonterías. Un terapeuta me dio una vez un cuestionario de veinte preguntas para descubrir si tenía problemas con la bebida y puntué diecinueve. Mi primera mujer tenía diecinueve años cuando nos casamos. Cosas así: asociaciones aleatorias, nada que nadie pudiera predecir qué pensaría, por muy bien que me conociera.

—Sin embargo, alguien lo hizo.

—¡Eso es lo que me está volviendo loco! Mira los hechos. Dejan un sobre cerrado para mí en mi buzón. Recibo una llamada telefónica en la que se me dice que está ahí y que piense en el número que quiera. Pienso en el diecinueve. Voy al buzón a coger el sobre y la carta del sobre menciona el número diecinueve. Exactamente el número en el que he pensado. Podía haber sido el 71.951. Pero pensé en el diecinueve, y ése era el número que salía en la carta. Dices que las experiencias extrasensoriales son una chorrada, pero ¿cómo puedes explicarlo de otro modo?

Gurney replicó en un tono tan calmado como agitado era el de Mellery.

113

—Se nos escapa algo. Estamos mirando el problema de un modo que nos está haciendo formular la pregunta equivocada.

—¿Cuál es la pregunta correcta?

—Cuando lo descubra, serás el primero en saberlo. Pero te garantizo que no tendrá nada que ver con las experiencias extrasensoriales.

Mellery negó con la cabeza; el gesto recordaba más un temblor que una forma de expresión. Luego miró atrás, a su casa y al patio en el que estaba. Su mirada inexpresiva decía que no estaba seguro de cómo habían llegado allí.

—¿Podemos entrar? —sugirió Gurney.

Mellery volvió a concentrarse y dio la sensación de que recordaba algo.

—Se me había olvidado (lo siento) que Caddy está en casa esta tarde. No puedo... O sea, sería mejor que..., lo que quiero decir es que no podré hacer ahora mismo la llamada a Dermott. Tendré que hacerla sobre la marcha.

—Pero ¿la harás hoy?

—Sí, sí, por supuesto. Sólo he de buscar el momento adecuado. Te llamaré en cuanto hable con él.

Gurney asintió, mirando en los ojos de su antiguo compañero, viendo en ellos el temor que provoca una vida que se derrumba.

—Una pregunta antes de irme. He oído que le pedías a Justin que hablara de dicotomías internas y me estaba preguntando a qué te referías.

—No te has perdido gran cosa —dijo Mellery torciendo un poco el gesto—. Dicotomía se refiere a una división, una dualidad con algo. Lo uso para describir los conflictos internos.

—¿Como el doctor Jekill y Mr. Hyde?

—Sí, pero va más allá. Los seres humanos estamos cargados de conflictos internos. Forman nuestras relaciones, crean nuestras frustraciones, arruinan nuestras vidas.

—Dame un ejemplo.

—Puedo darte un centenar. El conflicto más simple es el conflicto entre la forma en que nos vemos nosotros mismos y la forma en que nos ven los demás. Por ejemplo, si estamos discutiendo y tú me gritas, vería la causa en tu incapacidad de controlar tu temperamento. En cambio, si yo te grito a ti, no veré la causa en mi temperamento, sino en tu provocación, algo en ti frente a lo cual mi grito es una respuesta apropiada.

—Interesante.

—Parece que tendemos a creer que mi situación causa mis problemas y, en cambio, es tu personalidad la que causa los tuyos. Esto crea problemas. Mi deseo de tenerlo todo a mi manera parece tener sentido, mientras que tu deseo de tenerlo todo a tu manera parece infantil. Un mejor día sería uno en el que yo me sienta bien y tú te comportes mejor. La forma en que veo las cosas es la forma en que son. La forma en que las ves tú está sesgada por tus planes.

—Ya lo entiendo.

—Esto es sólo el principio, apenas araña la superficie. La mente es una masa de contradicciones y conflictos. Mentimos para conseguir que otros confíen en nosotros. Escondemos nuestro verdadero ser en una persecución de la intimidad. Perseguimos la felicidad de formas que nos alejan de ella. Cuando nos equivocamos, luchamos a brazo partido por demostrar que tenemos razón.

Absorto en el contenido de su programa, Mellery hablaba con brío y elocuencia. Incluso en medio de su presente tensión, tenía el poder de concentrarse.

—Tengo la impresión —dijo Gurney— de que estás hablando de una fuente de dolor personal, no sólo de la condición humana en general.

Mellery asintió lentamente.

—No hay dolor peor que tener a dos personas viviendo en un cuerpo.

115

16

El final del principio

Gurney tenía una sensación incómoda. Le había acompañado de manera intermitente desde la visita inicial de Mellery a Walnut Crossing. Ahora se dio cuenta con desazón de que respondía al anhelo de la relativa claridad de un crimen real; de una escena del crimen que pudiera peinar y examinar, medir y diagramar, de huellas dactilares y de pisadas, de cabellos y fibras que analizar e identificar; de testigos que interrogar, sospechosos que localizar, coartadas que comprobar, relaciones que investigar, un arma que hallar, proyectiles para balística. Nunca antes se había sentido tan frustrantemente comprometido en un problema tan ambiguo desde el punto de vista legal, con tantas obstrucciones al procedimiento normal.

Durante el trayecto de descenso de la montaña desde el instituto al pueblo, especuló con los temores de Mellery: por un lado, un acechador malevolente; por otro, una intervención policial perjudicial para sus huéspedes. La convicción de Mellery de que el remedio sería peor que la enfermedad mantenía la cuestión en el limbo.

Gurney se preguntó si Mellery sabía más de lo que contaba. ¿Sabía de algo que hubiera hecho en el pasado que pudiera ser la causa de la presente campaña de amenazas e insinuaciones? ¿El doctor Jekyll sabía lo que había hecho Mr. Hyde?

El tema de la conferencia de Mellery, de dos mentes en guerra dentro de un mismo cuerpo, le interesaba por otras razones. Resonaba en él desde hacía años la percepción de que esas divisiones del alma son con frecuencia evidentes en el rostro, y más patentes aún en los ojos, y sus esfuerzos artísticos con los retratos policiales habían reforzado esa sensación. Una y otra vez había visto caras que eran, en realidad, dos caras. El fenómeno resultaba más fácil de observar en una fotografía. Lo único que tenías que hacer era cubrir de manera alternativa cada mitad de la cara con una hoja de papel, pasando por el centro de la nariz, de manera que sólo vieras un ojo cada vez. Luego anotabas una descripción del carácter de la persona que veías a la izquierda, y otra de la que veías a la derecha. Era asombroso lo diferentes que podían ser esas descripciones. Un hombre podría parecer pacífico, tolerante y sabio en un lado, y resentido, frío y manipulador en el otro. En las caras en las que se podía observar un destello de malicia que conducía al asesinato, ese destello muchas veces estaba presente en un ojo y ausente del otro. Quizá nuestros cerebros estaban preparados para combinar las características dispares de los dos ojos, haciendo que las diferencias entre ellos resultaran difíciles de ver, pero en las fotografías lo difícil era pasarlas por alto.

Gurney recordó la foto de Mellery que aparecía en la cubierta de su libro. Tomó nota mentalmente de examinar mejor los ojos cuando llegara a casa. También recordaba que tenía que devolver la llamada de Sonya Reynolds, que Madeleine había mencionado con cierta malicia. A unos kilómetros de Peony, aparcó en una zona de gravilla y hierba que separaba la carretera del Esopus Creek, sacó el móvil y marcó el número de la galería de Sonya. Después de cuatro tonos, una voz suave lo invitó a dejar un mensaje tan largo como deseara.

—Sonya, soy Dave Gurney. Sé que te prometí un retrato esta semana, y espero llevártelo el sábado, o al menos enviarte por *mail* un archivo gráfico del que puedas imprimir una muestra. Casi está terminado, pero todavía no estoy satisfecho. —Hizo una pausa, consciente del hecho de que su voz había bajado a ese registro más suave que provocaba una mujer atractiva, un hábito que le había señalado Madeleine en cierta ocasión. Se aclaró la garganta y continuó—. La esencia de todo esto es el carácter. La cara debería ser consistente con el asesinato, sobre todo los ojos. En eso estoy trabajando. Por eso tardo tanto.

Hubo un clic en la línea y apareció la voz de Sonya, sin aliento.

—David, estoy aquí. No he llegado al teléfono, pero he oído lo que has dicho. Y entiendo perfectamente que necesitas

117

hacerlo bien. Pero sería genial que pudieras entregarlo el sábado. Hay un festival el domingo, mucho tráfico en la galería.

—Lo intentaré. Puede que sea a última hora.

—¡Perfecto! Cerraré a las seis, pero estaré trabajando aquí otra hora más. Ven entonces. Tendremos tiempo de hablar.

Le sorprendió que la voz de Sonya pudiera hacer que cualquier cosa sonara como una proposición sexual. Por supuesto, sabía que estaba poniendo demasiada imaginación en la situación. También sabía que estaba siendo estúpido.

—A las seis está bien —se oyó decir, al tiempo que recordaba que la oficina de Sonya con sus grandes sofás y alfombras afelpadas estaba amueblada más como una sala íntima que como un negocio.

Dejó el teléfono de nuevo en la guantera y se sentó mirando el valle. Como de costumbre, la voz de Sonya había interrumpido sus pensamientos racionales, y su mente parecía ir de un lado a otro: la oficina demasiado acogedora de Sonya, la inquietud de Madeleine, la imposibilidad de que alguien supiera por adelantado el número en el que pensaría otra persona, rojo como la sangre, como una rosa pintada, tú y yo tenemos una cita señor 658, Charybdis, el apartado postal equivocado, el temor de Mellery a la Policía, Peter Piggert (el cabrón asesino en serie), Justin (el joven encantador), la rica y entrada en años Caddy, doctor Jekyll y Mr. Hyde, y esto y lo otro, sin venir a cuento, vueltas y más vueltas. Bajó la ventanilla del lado del pasajero, el que daba al río, se recostó, cerró los ojos y trató de concentrarse en el sonido del agua que discurría por el lecho rocoso.

Le espabiló una llamada en la ventanilla cerrada, junto a su oreja. Levantó la cabeza y se encontró con una cara inexpresiva y rectangular, con los ojos ocultos detrás de unas gafas de espejo, el semblante ensombrecido por el ala rígida de un sombrero gris de policía. Bajó la ventanilla.

—¿Algún problema, señor? —La pregunta sonó más amenazadora que solícita y el «señor» más rutinario que educado.

—No, gracias. Sólo necesitaba cerrar los ojos un momento. —Miró el reloj del salpicadero. El momento, vio, había durado quince minutos.

—¿Adónde se dirige?

—A Walnut Crossing.

—Ya veo. ¿Ha bebido algo hoy, señor?

—No, agente, no he bebido.

El hombre asintió y dio un paso atrás para mirar por encima del coche. La boca, el único rasgo visible que podía traicionar su actitud, era desdeñosa, como si considerara la negativa de Gurney respecto a la bebida una mentira transparente y pronto fuera a encontrar pruebas que lo corroboraran. Caminó con exagerada pausa en torno a la parte de atrás del coche, luego por el lado del pasajero, rodeó la parte delantera y al fin volvió a la ventanilla de Gurney. Después de un largo silencio evaluativo, habló con una amenaza contenida más apropiada de una obra de Harold Pinter que de una comprobación de rutina de un vehículo.

—¿Es consciente de que ésta no es una zona de aparcamiento autorizado?

—No me he dado cuenta —dijo Gurney sin levantar la voz—. Sólo pretendía parar un minuto o dos.

—¿Puedo ver su carné de conducir y sus papeles, por favor?

Gurney los sacó de su cartera y se los pasó por la ventanilla. No era su hábito en tales situaciones presentar pruebas de su estatus de detective de primer grado retirado del Departamento de Policía de Nueva York, con las conexiones que eso podría implicar, pero percibió, cuando el agente se volvía caminando hacia su coche patrulla, una arrogancia que se salía de lo habitual y una hostilidad que se traduciría como mínimo en un retraso injustificable. De modo que sacó reticentemente otra tarjeta de la cartera.

—Espere un momento, agente, ésta también podría ser útil.

El agente cogió la tarjeta con precaución. Entonces Gurney vio un atisbo de cambio en las comisuras de la boca del policía, y no en la dirección de la amistad. Parecía una combinación de decepción y rabia. El policía se lo devolvió todo, tarjeta, carné de conducir y papeles por la ventanilla con expresión desdeñosa.

—Que pase un buen día, señor —dijo en un tono que expresaba el sentimiento opuesto. Volvió a su vehículo, dio un rápido giro de ciento ochenta grados y se alejó por donde había venido.

No importaba lo sofisticadas que fueran las pruebas psicológicas, pensó Gurney, ni lo elevados que fueran los requisitos educativos, no importaba lo rigurosa que fuera la formación en la academia, siempre habría policías que no deberían ser policías. En este caso, el policía no había cometido ninguna infracción específica, pero había algo duro y lleno de odio en él —Gurney podía sentirlo, verlo en su semblante—, y era sólo cuestión de tiempo antes de que colisionara con su imagen especular. Entonces ocurriría algo terrible. Entre tanto, mucha gente se vería retrasada e intimidada sin objetivo alguno. Era uno de esos policías que hacía que a la gente no le gustara la Policía.

Quizá Mellery tuviera cierta razón.

Durante los siguientes siete días, el invierno llegó al norte de los Catskills. Gurney pasó la mayor parte de su tiempo en el estudio, alternando entre el proyecto de las fotos policiales y un minucioso examen de las notas de Charybdis, moviéndose con soltura entre esos dos mundos y desviándose repetidamente de las ideas de los dibujos de Danny y del caos interior que los acompañaban. Lo obvio habría sido hablar de ello con Madeleine, descubrir por qué había decidido plantear la cuestión —literalmente sacarla del sótano— y por qué estaba esperando con esa paciencia tan peculiar a que él dijera algo. Pero no podía reunir la determinación necesaria. Así que lo apartaba de su mente y volvía a la cuestión de Charybdis. Al menos en eso podía pensar sin sentirse perdido, sin que se le acelerara el pulso.

Reflexionaba con frecuencia, por ejemplo, sobre la tarde siguiente a su última visita al instituto. Como había prometido, Mellery lo había llamado a casa esa noche y le había relatado la conversación que había mantenido con Gregory Dermott de GD Security Systems. Dermott había sido lo bastante amable como para responder a todas sus preguntas —las que había escrito Gurney—, pero la información no llevaba a ninguna parte. El hombre tenía alquilado el apartado postal desde hacía aproximadamente un año, desde que había trasladado su negocio de consultoría de Hartford a Wycherly; nunca había tenido ningún problema antes, y desde luego ni cartas ni cheques mal dirigidos; era la única persona con acceso al buzón; los nombres Arybdis, Charybdis y Mellery no significaban nada para él; nunca había oído hablar del instituto. Al insistirle sobre la cuestión de si alguien más de su compañía podía haber usado el buzón de manera no autorizada, Dermott había explicado que eso era imposible, porque no había nadie más en su compañía. GD Security Systems y Gregory Dermott eran una sola cosa. Era consultor de seguridad de muchas empresas con bases de datos sensibles que requerían protección contra los *hackers*. Nada de lo que dijo arrojó ninguna luz sobre la cuestión del cheque mal dirigido.

Y tampoco las búsquedas de historial de Internet que había realizado Gurney. Las fuentes concurrían en los puntos principales: Gregory Dermott tenía una licenciatura en Ciencias por el MIT, una reputación sólida como experto en informática y una lista de clientes de primer orden. Ni él ni GD Security estaban relacionados en modo alguno con ningún pleito, juicio, embargo, ni tenían mala prensa, ni en el presente ni en el pasado. En resumen, era una presencia impoluta en un campo impoluto. Sin embargo, alguien, por alguna razón todavía impenetrable, se había apropiado de su número de apartado postal. Gurney no dejaba de plantearse la misma pregunta desconcertante: ¿por qué pedir que se envíe un cheque a alguien que casi con toda seguridad lo va a devolver?

Le deprimía no parar de pensar en ello, seguir caminando por ese callejón sin salida como si a la décima vez fuera a descubrir algo que no había descubierto a la novena. Pero era mejor que pensar en Danny.

La primera nevada importante de la temporada se produjo el primer viernes de noviembre. Empezó con unos copos dispersos que cayeron al anochecer, y fue incrementándose en las siguientes dos horas, para luego disminuir. Paró en torno a medianoche.

Cuando Gurney estaba volviendo a la vida con su café del sábado por la mañana, el disco pálido del sol se estaba elevando sobre un risco boscoso a un par de kilómetros al este. No había

121

soplado viento durante la noche, y todo lo que había fuera, desde el patio al tejado del granero, estaba cubierto con casi diez centímetros de nieve.

No había dormido bien. Se había quedado atrapado durante horas en un bucle interminable de preocupaciones enlazadas. Algunas, que ahora se disolvían a la luz del día, implicaban a Sonya. En el último momento, él había pospuesto su planeado encuentro *after-hours*. La incertidumbre de lo que podría ocurrir allí —su incertidumbre sobre lo que quería que ocurriera— le habían hecho aplazarlo.

Se sentó, como había hecho durante la semana anterior, de espaldas a la sala donde la caja atada con una cinta que contenía los dibujos de Danny descansaba sobre la mesita. Dio un sorbo al café y miró el prado, cubierto por un manto blanco.

La visión de la nieve siempre le recordaba su olor. En un impulso fue a la puerta cristalera y la abrió. La sensación gélida del aire le arrancó una cadena de recuerdos: nieve apilada hasta la altura del pecho en las calles; sus manos rosadas, que le dolían de tanto hacer bolas; trozos de hielo metidos en la lana de los puños de la chaqueta; ramas de árboles que se combaban hasta el suelo; coronas de Navidad en las puertas; calles vacías; luminosidad allí donde miraba.

Era una cosa curiosa del pasado: cómo se apilaba esperándote, en silencio, invisible, casi como si no estuviera allí. Podías verte tentado a pensar que había desaparecido, que ya no existía. Entonces, como un faisán que sale al descubierto, rugiría en una explosión de sonido, color y movimiento, asombrosamente vivo.

Quería rodearse del olor de la nieve. Descolgó su chaqueta de la percha que había junto a la puerta, se la puso y salió. La capa de nieve era demasiado gruesa para los zapatos normales que llevaba, pero no quería cambiárselos en ese momento. Caminó hacia el estanque. Cerró los ojos y respiró hondo. Había caminado menos de cien metros cuando oyó que se abría la puerta de la cocina y la voz de Madeleine que lo llamaba.

—¡David, vuelve!

Se dio la vuelta y vio a su mujer a medio salir por la puerta, con expresión de alarma. Empezó a regresar.

—¿Qué pasa?

—¡Corre! —dijo ella—. En la radio… ¡Mark Mellery está muerto!

—¿Qué?

—Mark Mellery ha muerto, acaban de decirlo por la radio. ¡Lo han asesinado! —Retrocedió hasta la casa.

—Dios mío —dijo Gurney, que sintió una opresión en el pecho. Corrió los últimos metros hasta la casa y entró en la cocina sin quitarse los zapatos cubiertos de nieve—. ¿Cuándo ha sido?

—No lo sé. Esta mañana, anoche, no lo sé. No lo han dicho.

Escuchó. La radio seguía encendida, pero el locutor había pasado a otra noticia, algo relacionado con una bancarrota corporativa.

—¿Cómo ha sido?

—No lo han dicho. Sólo han dicho que aparentemente ha sido un homicidio.

—¿Alguna otra información?

—No. Sí. Algo sobre el instituto donde ocurrió. El Instituto Mellery para la Renovación Espiritual, en Peony, Nueva York. Han dicho que la Policía está allí.

—¿Nada más?

—Creo que no. ¡Qué espantoso!

Gurney asintió lentamente, pero su mente volaba.

—¿Qué vas a hacer? —preguntó ella.

Contempló las diversas opciones que tenía, y desechó todas, menos una.

—Informar al oficial al mando de mi relación con Mellery. Lo que ocurra después es cosa suya.

Madeleine respiró profundamente y pareció tratar de esbozar una sonrisa que aparentase valentía, pero apenas lo logró.

123

SEGUNDA PARTE

Juegos macabros

17

Un charco de sangre

*E*ran exactamente las 10.00 cuando Gurney llamó a la comisaría de Policía de Peony para comunicar su nombre, dirección, número de teléfono y ofrecer un breve resumen de su relación con la víctima. El agente con el que habló, el sargento Burkholtz, le dijo que la información se pasaría al equipo del Departamento de Investigación Criminal de la Policía del estado que se había encargado del caso.

Gurney supuso que podrían contactar con él en el curso de las siguientes veinticuatro o cuarenta y ocho horas. Le sorprendió recibir la llamada al cabo de menos de diez minutos. La voz le resultaba familiar, pero no consiguió situarla de inmediato. Además, el hombre se presentó sin mencionar su nombre.

—Señor Gurney, habla el investigador jefe en la Escena del Crimen de Peony. Tengo entendido que tiene información para nosotros.

Gurney vaciló. Estaba a punto de pedir al agente que se identificara —una cuestión de procedimiento normal— cuando el timbre de voz, de repente, generó un recuerdo del rostro y el nombre que lo acompañaba. El Jack Hardwick que recordaba de un sensacional caso en el que habían trabajado juntos era un hombre enérgico y soez, de rostro colorado, con el pelo muy corto y prematuramente blanco, y con unos ojos claros de perro malamut. Era un bromista implacable, y pasar media hora con él podía parecerte medio día; de un día en que no parabas de desear que terminara. Sin embargo, también era listo, duro, incansable y políticamente incorrecto con ganas.

—Hola, Jack —dijo Gurney, disimulando su sorpresa.

—Cómo... ¡Coño! ¡Alguien te lo ha dicho! ¿Quién coño te lo ha dicho?

—Tienes una voz memorable, Jack.

—¡Voz memorable, las pelotas! ¡Si han pasado diez años, joder!

—Nueve.

La detención de Peter Possum Piggert había sido uno de los logros más sonados en la carrera de Gurney, el que le había valido su ascenso al preciado rango de detective de primer grado, y la fecha era de las que recordaba.

—¿Quién te lo ha dicho?

—Nadie me lo ha dicho.

—¡Y un cuerno!

Gurney se quedó en silencio, recordando la propensión de Hardwick a tener siempre la última palabra y las conversaciones estúpidas que se prolongaban indefinidamente hasta que lo conseguía.

Después de tres largos segundos, Hardwick continuó en un tono menos combativo.

—Nueve malditos años. Y de repente apareces de la nada, justo en medio de lo que podría ser el caso de homicidio más sensacional en el estado de Nueva York desde que pescaste la mitad de abajo de la señora Piggert en el río. Es una coincidencia de cojones.

—En realidad era la mitad de arriba, Jack.

Después de un breve silencio, el teléfono explotó con la larga risa de rebuzno, que era la marca de la casa de Hardwick.

—¡Ah! —gritó sin aliento al final del rebuzno—. Davey, Davey, Davey, siempre tan detallista.

Gurney se aclaró la garganta.

—¿Puedes decirme cómo murió Mark Mellery?

Hardwick vaciló, atrapado en el incómodo espacio que hay entre la relación personal y la normativa, allí donde los polis habitaban durante la mayor parte de sus vidas y se ganaban la mayor parte de sus úlceras. Optó por ser completamente sincero; no porque se requiriera decir la verdad sin tapujos (Gurney no tenía posición oficial en el caso y no tenía derecho a ninguna información), sino porque esa verdad era de lo más escabroso.

—Alguien le cortó el cuello con una botella rota.

Gurney gruñó como si le hubiera dado un puñetazo en el corazón. Su primera reacción, no obstante, fue rápidamente reemplazada por algo más profesional. La respuesta de Hardwick había colocado en su sitio una de las piezas sueltas en la mente de Gurney.

—¿Era por casualidad una botella de whisky?

—¿Cómo demonios lo sabes? —El tono de Hardwick viajó en cuatro palabras del asombro a la acusación.

—Es una larga historia. ¿Quieres que me pase por ahí?

—Será mejor que lo hagas.

El sol, que esa mañana era visible como un disco frío detrás de una capa gris de nubes invernales, había quedado oscurecido casi por completo por un cielo grumoso y plomizo. La luz sin sombras provocaba una sensación ominosa, el rostro de un universo frío, indiferente como el hielo.

A Gurney este hilo de pensamiento le parecía de lo más extravagante y lo dejó de lado al detener su coche detrás de la fila de vehículos policiales aparcados de manera irregular en el arcén cubierto de nieve, delante del Instituto Mellery para la Renovación Espiritual. La mayoría de ellos llevaban la insignia azul y amarilla de la Policía del estado de Nueva York, incluida una furgoneta del laboratorio forense regional. Dos eran coches blancos del Departamento del Sheriff y otros dos coches patrulla verdes de la Policía de Peony. Gurney recordó la broma de Mellery de que sonaba como el nombre de un cabaret *gay*, así como la expresión de su rostro en el momento en que lo había dicho.

Los macizos de ásteres, apretados entre los coches y el murete de pizarra, habían quedado reducidos por la severidad del invierno a una masa embarullada de brotes marrones que mostraban extraños florecimientos de nieve algodonosa. Gurney bajó del coche y se dirigió a la entrada. Un agente de ceño paramilitar y uniformado con pulcritud custodiaba la puerta de entrada. Gurney reparó en que quizá tenía uno o dos años menos que su propio hijo.

—¿Puedo ayudarle, señor?

Las palabras eran educadas, pero la expresión no.

—Me llamo Gurney y he venido a ver a Jack Hardwick.

El joven parpadeó dos veces al oír aquellos dos nombres. Su

129

expresión sugería que al menos uno de ellos le estaba provocando un reflujo ácido.

—Espere un momento —dijo, sacando un *walkie-talkie* del cinturón—. Tendrán que escoltarle.

Al cabo de tres minutos llegó el escolta, un investigador del DIC que parecía un imitador de Tom Cruise. A pesar del frío del invierno, sólo llevaba un chaleco negro que le colgaba abierto por encima de una camisa negra y tejanos. Conociendo el estricto código de vestimenta de la Policía del estado, Gurney supuso que esa indumentaria informal significaba que lo habían hecho venir directamente a la escena del crimen cuando estaba fuera de servicio o en una actividad encubierta. El borde de una Glock de nueve milímetros en una funda de hombro de color negro mate, visible bajo el chaleco, parecía una afirmación de actitud tanto como una herramienta de trabajo.

—¿Detective Gurney?

—Retirado —dijo Gurney, como si añadiera una nota al pie.

—¿Sí? —dijo Tom Cruise sin interés—. Ha de estar bien. Sígame.

Cuando siguió a su guía por el camino que rodeaba el edificio principal y se dirigía hacia la residencia que había detrás de éste, le sorprendió la diferencia que una nevada de diez centímetros había causado en la apariencia del lugar. Había creado un lienzo simplificado y había eliminado detalles superfluos. Caminar por el minimalismo del paisaje blanco era como pisar un planeta recién creado; una idea en absurda discordancia con la realidad enrevesada que tenía ante sí. Rodearon la vieja casa georgiana donde Mellery había vivido y se detuvieron de golpe al borde del patio cubierto de nieve donde había perdido la vida.

El lugar de su muerte era obvio. La nieve aún conservaba la impresión de un cuerpo, y en torno a la zona de la cabeza y los hombros de esa importa se extendía una enorme mancha de sangre. Gurney había visto antes ese asombroso contraste rojo y blanco. El recuerdo indeleble correspondía a la mañana de Navidad de su primer año en el cuerpo. Un policía alcohólico al que su mujer le había cerrado la puerta de su casa se suicidó disparándose en el corazón, sentado sobre un montón de nieve.

Gurney eliminó de su mente la vieja imagen y centró su aguzada mirada profesional en la escena que tenía ante sí.

Un especialista en huellas se había arrodillado junto a una fila de pisadas en la nieve, al lado de la mancha de sangre principal, y estaba rociándolas con algo. Desde su posición, Gurney no veía la etiqueta de la lata, pero suponía que era cera para huellas de nieve, un producto químico que se utilizaba para estabilizar las huellas en la nieve lo suficiente para la aplicación posterior de un compuesto para moldes dentales. Las huellas en la nieve eran extremadamente frágiles, pero cuando se trataban con cuidado proporcionaban un nivel de detalle extraordinario. Aunque había sido testigo del proceso con cierta frecuencia, no pudo menos que admirar la mano firme y la intensa concentración del especialista.

Habían colocado cinta policial amarilla en un polígono irregular en torno a la mayor parte del patio, incluida la puerta trasera de la casa. Habían establecido pasillos de la misma cinta amarilla a ambos lados del patio: para incluir y preservar las rutas de llegada y partida de un conjunto distinto de pisadas procedentes de la dirección del enorme granero situado al lado de la casa, que llegaban a la zona de la mancha de sangre y luego se alejaban del patio, por encima del césped cubierto con un manto de nieve, hacia el bosque.

La puerta trasera de la casa estaba abierta. Un miembro del equipo de la Escena del Crimen estaba en el umbral. Parecía estudiar el patio desde la perspectiva de la casa. Gurney sabía exactamente lo que el hombre estaba haciendo. Cuando estabas en la escena del crimen, tendías a pasar mucho tiempo sólo en captar una sensación, muchas veces intentando verla como podría haberla visto la víctima en sus momentos finales. Había reglas claras y bien entendidas para localizar y recoger indicios —sangre, armas, huellas dactilares, huellas de pisadas, cabello, fibras, desconchaduras de pintura, sustancias minerales o vegetales fuera de lugar, etcétera—, pero también había un problema de enfoque fundamental. Por decirlo de un modo sencillo, tenías que permanecer con la mente abierta respecto a lo que había ocurrido, dónde había ocurrido exactamente y cómo había ocurrido, porque si saltabas a conclusiones demasiado apresuradas, era fácil perderse indicios que no encajaban en tu visión del escenario. Al mismo tiempo, debías empezar a desarrollar al menos una hipótesis amplia para guiar tu búsqueda de pruebas. Uno podía cometer dolorosos errores por convencerse demasiado deprisa de cómo era el escenario de un crimen, pero también podía perderse mucho tiempo y recursos de personal peinando con un cepillo fino varios kilómetros cuadrados buscando Dios sabe qué.

Lo que hacían los buenos detectives —lo que Gurney estaba seguro que estaba haciendo el detective del umbral— era una especie de inconsciente ir adelante y atrás entre una perspectiva inductiva y otra deductiva. ¿Qué veo aquí y qué secuencia de hechos sugieren estos datos? Y, si ese escenario es válido, ¿qué pruebas adicionales debería buscar y dónde debería buscarlas?

La clave del proceso, según Gurney se había convencido después de mucho ensayo y error, estaba en mantener el justo equilibrio entre observación e intuición. El mayor peligro era el ego. Un detective supervisor que se queda indeciso sobre la posible explicación de los datos de una escena del crimen podría desperdiciar tiempo al no concentrar los esfuerzos del equipo en una dirección concreta lo bastante pronto, pero el tipo que sabe, el que a primera vista anuncia con agresividad lo que ha ocurrido exactamente en una habitación salpicada de sangre y pone a todo el mundo a probar que tiene razón, puede terminar causando problemas muy graves, entre los que la pérdida de tiempo sería el menos importante.

Gurney se preguntó qué enfoque prevalecería en ese momento.

Fuera de la barrera de cinta amarilla, en el lado más alejado de la mancha de sangre, Jack Hardwick estaba dando instrucciones a dos hombres jóvenes de aspecto demasiado serio: uno de ellos era el aspirante a Tom Cruise que acababa de conducirlo hasta allí, y el otro parecía su hermano gemelo. En los nueves años transcurridos desde que habían trabajado juntos en el infame caso Piggert, la edad de Hardwick parecía haberse duplicado. El rostro era más rojo y más gordo; el cabello, más escaso; y la voz había desarrollado esa clase de aspereza que es consecuencia del tabaco y del tequila.

—Hay veinte huéspedes —estaba diciendo a los dobles de los personajes de *Top Gun*—. Cada uno de vosotros se ocupa de nueve de ellos. Declaraciones preliminares, nombres, direcciones, números de teléfono. Verificad datos. Dejadme a Patty Cakes y al quiropráctico. También hablaré con la viuda. A las cuatro de la tarde me ponéis al día.

Intercambiaron más comentarios entre ellos en voz demasiado baja para que Gurney les oyera, puntuados por la risa crispante de Hardwick. El joven que lo había escoltado desde la puerta delantera hizo un último comentario, ladeando la cabeza significativamente en dirección a Gurney. Acto seguido, el dúo partió hacia el edificio principal.

Cuando se perdieron de vista, Hardwick se volvió y ofreció a Gurney un saludo a medio camino entre una sonrisa y una mueca. Sus extraños ojos azules, que habían sido brillantemente escépticos, parecían cargados de un cinismo cansado.

—Que me aspen si no es el profesor Dave —dijo con voz áspera, rodeando la zona encintada en dirección a Gurney.

—Sólo un humilde instructor —le corrigió Gurney, que se preguntó qué más habría tratado de averiguar Hardwick sobre su puesto de profesor de Criminología en la universidad estatal, que ocupaba después de dejar el Departamento de Policía de Nueva York.

—Ahórrate la humildad. Eres una estrella, amigo, y lo sabes.

Se estrecharon las manos sin demasiado afecto. A Gurney le sorprendió que la actitud bromista del viejo Hardwick se hubiera retorcido hasta convertirse en algo tóxico.

—No hay muchas dudas sobre el lugar de la muerte —comentó Gurney, que señaló con la cabeza hacia la mancha de sangre.

Estaba ansioso por ir al grano, informar a Hardwick de lo que sabía y largarse de allí.

—Hay dudas sobre todo —proclamó Hardwick—. Muerte y duda son las dos únicas certezas de la vida.

Al no obtener respuesta de Gurney, continuó:

—Te garantizo que habrá menos dudas sobre el lugar de la muerte que acerca de otras cosas. Maldito lunático. La gente de aquí habla de la víctima como si fuera del Deepdick Chopup en la tele.

133

—¿Te refieres a Deepak Chopra?

—Sí, Dipcock o lo que sea. Dios, ¡dame un respiro!

A pesar de aquella incómoda reacción, que estaba ganando terreno en su interior, Gurney no dijo nada.

—¿A qué demonios viene la gente a lugares como éste? ¿A escuchar a un capullo New Age con un Rolls-Royce que habla sobre el significado de la vida?

Hardwick negó con la cabeza ante la estupidez humana, sin dejar de mirar con el ceño fruncido a la parte de atrás de la casa, como si la arquitectura del siglo XVIII tuviera buena parte de la culpa.

La irritación superó la reticencia de Gurney.

—Por lo que yo sé —dijo con voz plana—, la víctima no era ningún capullo.

—No he dicho que lo fuera.

—Me lo había parecido.

—Estaba haciendo una observación general. Estoy seguro de que tu colega era una excepción.

Hardwick le estaba sacando de quicio.

—No era mi colega.

134

—Tenía esa impresión por el mensaje que le dejaste a la Policía de Peony y que amablemente me pasaron. Parece que vuestra relación venía de lejos.

—Lo conocí en la universidad, no había tenido contacto con él desde hacía veinticinco años y recibí un mensaje suyo de correo electrónico hace dos semanas.

—¿Sobre qué?

—Unas cartas que recibió en el buzón. Estaba inquieto.

—¿Qué clase de cartas?

—Poemas, sobre todo. Poemas que sonaban como amenazas.

La revelación hizo que Hardwick se detuviera a pensar antes de continuar.

—¿Qué quería de ti?

—Consejo.

—¿Qué consejo le diste?

—Le aconsejé que llamara a la Policía.

—Supongo que no lo hizo.

El sarcasmo irritó a Gurney, pero se contuvo.

—Había otro poema —dijo Hardwick.

—¿Qué quieres decir?

—Un poema, una sola hoja de papel que dejaron sobre el cadáver, con una roca como pisapapeles. Todo muy limpio.

—Es muy preciso. Un perfeccionista.

—¿Quién?

—El asesino. Posiblemente muy trastornado, pero sin duda un perfeccionista.

Hardwick miró a Gurney con interés. La actitud socarrona había desaparecido, al menos temporalmente.

—Antes de que vayamos más allá, he de saber cómo supiste lo de la botella rota.

—Sólo una corazonada.

—¿Sólo una corazonada de que era una botella de whisky?

—Four Roses, para ser más precisos —dijo Gurney, sonriendo con satisfacción cuando vio los ojos desorbitados de Hardwick.

—Explica cómo lo sabes —exigió Hardwick.

—Fue un poco un salto mental, basado en referencias en los poemas —dijo Gurney—. Lo verás cuando los leas. —En respuesta a la pregunta que se estaba formando en el rostro del otro hombre, agregó—: Encontrarás los poemas junto con otros dos mensajes en el cajón del escritorio del estudio. Al menos, ése fue el último sitio donde vi que los guardaba Mellery. Es la habitación con la chimenea grande, la que da al salón central.

Hardwick continuó mirándolo como si hacerlo fuera a resolver alguna cuestión importante.

—Ven conmigo —dijo al fin—, quiero enseñarte algo.

Lo guio con un silencio inusual hasta la zona de aparcamiento, situada entre el enorme granero y la calle, y se detuvo donde ésta se unía al sendero circular y donde empezaba un pasillo de cinta policial amarilla.

—Éste es el lugar más cercano a la calle donde podemos distinguir con claridad las huellas de pisadas que creemos que pertenecen al asesino. Pasó un quitanieves por la calle y por el sendero después de que la nevada parara en torno a las dos de la mañana. No sabemos si el criminal entró en la propiedad antes o después de que lo limpiaran. Si fue antes, cualquier huella en la calle exterior o en el sendero habría quedado borrada por el rastrillo. Si fue después, no habrían quedado huellas. Pero desde este punto, las huellas son perfectamente claras y fáciles de seguir por la parte de atrás del granero, al patio, a través de la zona abierta que lleva al bosque, por el bosque, hasta un manto de agujas de pino junto a Babble Road.

—¿No hizo ningún esfuerzo por ocultarlas?

—No —dijo Hardwick, que parecía molesto—. Ninguno. A menos que se me esté escapando algo.

Gurney lo miró con curiosidad.

—¿Cuál es el problema?

—Dejaré que lo veas tú mismo.

Caminaron a lo largo del pasillo de cinta amarilla, siguiendo las huellas hasta el otro lado del granero. Las pisadas, claramente marcadas en la por lo demás impoluta capa de ocho centímetros de nieve, eran de botas de montaña grandes (Gurney calculó que serían del número cuarenta y cinco o cuarenta y seis). A la persona que había llegado por ahí a altas horas de la mañana no le había importado que se fijaran en su recorrido.

Mientras rodeaban el granero por la parte de atrás, Gurney vio que habían vetado una zona más ancha con cinta amarilla. Un fotógrafo de la Policía estaba tomando fotos con una cámara de alta resolución mientras un especialista con traje protector blanco y un gorro en la cabeza esperaba su turno con un *kit* de recopilación de indicios. Cada foto se hacía al menos dos veces, con y sin regla en el marco para conocer la escala, y los objetos se fotografiaban a varias distancias focales: amplias para establecer la posición relativa con los demás objetos de la escena; normal para presentar el objeto; y de cerca para captar el detalle.

El centro de su atención era una silla plegable endeble de las que vendían en cualquier tienda de saldos. Las huellas conducían directamente a la silla. Delante de ella, clavadas en la nieve, había una docena de colillas de cigarrillo. Gurney se agachó para examinarlas y vio que eran de la marca Marlboro. Las huellas continuaban luego desde la silla, rodeando un matorral de rododendros hacia el patio donde todo parecía indicar que se había cometido el homicidio.

—Dios mío —dijo Gurney—. Se quedó ahí sentado fumando.

—Sí. Un poco de relajación antes de cortarle el cuello a la víctima, según parece. Supongo que tu ceja levantada es una forma de preguntar de dónde ha salido la sillita de mierda. Yo también me lo pregunté.

—¿Y?

—La mujer de la víctima aseguró que no la había visto antes. Parecía horrorizada por su baja calidad.

—¿Qué? —Gurney usó la palabra como un látigo. Los comentarios desdeñosos de Hardwick se habían convertido en uñas en una pizarra.

—Sólo un poco de frivolidad. —Se encogió de hombros—. No puedes dejar que una degollación te deprima. Pero, en serio, probablemente fue la primera vez en su pija vida que Caddy Smythe-Westerfield Mellery se acercaba tanto a una silla tan barata.

Gurney lo sabía todo del humor policial y de lo necesario que era para enfrentarse a los horrores rutinarios del trabajo, pero había ocasiones en que le crispaba los nervios.

—¿Me estás diciendo que el asesino llevó su propia silla de playa?

—Eso parece —dijo Hardwick, que hizo una mueca por lo absurdo.

—Y después de que terminara de fumar (¿cuántos?, ¿una docena de Marlboros?), ¿se acercó a la puerta trasera de la casa, atrajo a Mellery para que saliera al patio y le cortó la garganta con una botella rota? ¿Ésa es la reconstrucción hasta ahora?

Hardwick asintió con reticencia, como si empezara a sentir que el escenario del crimen sugerido por los indicios parecía un poco disparatado. Y la cosa iba a peor.

—En realidad —dijo—, decir que le cortó la garganta es expresarlo con suavidad. A la víctima la apuñalaron en la garganta al menos una docena de veces. Cuando los ayudantes del forense estaban trasladando el cadáver a la furgoneta para llevárselo a la autopsia, casi se les cayó la puta cabeza.

Gurney miró en dirección al patio y, aunque estaba completamente oscurecida por los rododendros, la imagen de la enorme mancha de sangre volvió a su mente tan llena de color

137

y agudeza como si estuviera mirándola a la luz de los focos.

Hardwick lo observó durante un rato, mordiéndose el labio en pose reflexiva.

—De hecho —dijo por fin—, ésa no es la parte más rara. La parte rara de verdad viene después, cuando sigues las huellas.

138

18

Pisadas a ninguna parte

*H*ardwick acompañó a Gurney desde la parte de atrás del granero, pasando en torno a los setos y el patio, en dirección hacia donde las huellas del presunto agresor salían de la escena del crimen y continuaban por el césped cubierto de nieve que se extendía desde la parte trasera de la casa hasta el borde del bosque de arces, que estaba situado a varios centenares de metros.

No lejos del patio, mientras iban siguiendo las pisadas en dirección al bosque, se encontraron con otro técnico de pruebas, vestido con un mono de plástico hermético, gorro quirúrgico y una mascarilla diseñada para proteger los restos de ADN u otros indicios.

Estaba agachado a unos tres metros de las pisadas y levantaba con unas pinzas de acero inoxidable lo que al parecer eran unas astillas de cristal marrón. Ya había metido en bolsas otras tres piezas de cristal similares y un fragmento lo bastante grande de una botella de whisky para ser reconocible como tal.

—El arma homicida, probablemente —dijo Hardwick—, pero tú, as de los detectives, ya lo sabías. Hasta sabías que era Four Roses.

—¿Qué hace aquí, en el jardín? —preguntó Gurney, sin hacer caso del tono punzante de Hardwick.

—Joder, pensaba que ya lo sabrías. Si hasta sabías cuál era la puta marca...

Gurney aguardó, cansado, como si estuviera esperando que se abriera un programa de ordenador lento.

—Parece —respondió Hardwick por fin— que se la llevó y la dejó aquí de camino al bosque. ¿Por qué lo hizo? Es una pregunta excelente. Quizá no se dio cuenta de que aún la tenía en la mano. No sé, había apuñalado a la víctima con ella una docena de veces. Eso podría haber absorbido su atención. Después, mientras camina por el césped, se fija en que aún la lleva y la tira. Al menos eso aún tiene algún sentido.

Gurney asintió, no del todo convencido, pero incapaz de ofrecer una explicación mejor.

—¿Es éste el elemento raro de verdad que has mencionado?

—¿Esto? —dijo Hardwick con una risa que más pareció un ladrido—. Todavía no has visto nada.

Al cabo de diez minutos, y después de recorrer ochocientos metros, los dos hombres llegaron a un lugar en el bosque de arces, muy cerca de una pequeña arboleda de pinos blancos.

Al principio, Gurney no estaba seguro de por qué Hardwick lo había llevado allí. De repente lo vio y empezó a estudiar el suelo de alrededor con creciente asombro. Lo que veía no tenía sentido. Las huellas que habían estado siguiendo simplemente se interrumpían. La clara progresión de pisadas en la nieve, una detrás de otra, con un recorrido de casi un kilómetro, simplemente terminaba. Toda la nieve de alrededor estaba prístina, inmaculada, sin tocar por ningún pie humano ni por objeto alguno. La senda de pisadas se detenía a unos tres metros del árbol más cercano. Los vehículos pasaban a al menos cien metros de distancia, por la carretera más cercana.

—¿Me estoy perdiendo algo?

—Lo mismo que todos los demás —dijo Hardwick, sonando aliviado de que a Gurney no se le hubiera ocurrido una explicación sencilla que se le hubiera escapado a él y a su equipo.

Gurney examinó el terreno en torno a la huella final. Justo más allá de la bien definida huella había una pequeña zona de múltiples huellas solapadas, todas aparentemente hechas por el mismo par de botas de montaña que habían creado las claras pistas que habían estado siguiendo. Era como si el asesino hubiera caminado expresamente hasta ese lugar, se hubiera quedado quieto, pasando el peso del cuerpo de un pie al otro durante unos minutos, quizás esperando algo o a alguien y luego… se hubiera evaporado.

La lunática posibilidad de que Hardwick le estuviera gastando una broma se le pasó por la cabeza, pero la descartó.

Modificar la escena de un crimen para echarse unas risas sería extralimitarse demasiado, incluso para un personaje tan estrambótico como aquél.

Así que lo que estaban mirando era tal cual lo veían.

—Si los periódicos se enteran lo convertirán en una abducción extraterrestre —dijo Hardwick, como si las palabras tuvieran un gusto metálico en su boca—. Los periodistas se cernirán sobre esto como moscas en un cubo de mierda de vaca.

—¿Tienes una teoría más presentable?

—Mis esperanzas están depositadas en la mente aguda del más reverenciado de los detectives de homicidios en la historia del Departamento de Policía de Nueva York.

—Déjate de historias —dijo Gurney—. ¿El equipo de registro ha encontrado algo?

—Nada que dé sentido a esto. Pero tomaron muestras de nieve del lugar donde aparentemente estaba de pie. No parece haber ninguna materia extraña visible, aunque quizá los técnicos de laboratorio encuentren algo. También comprobaron los árboles y la carretera que pasa por detrás de esos pinos. Mañana examinarán todo lo que haya a treinta metros a la redonda.

—Pero de momento nada…

—Cero.

—Entonces, ¿qué te queda? ¿Preguntar a todos los huéspedes del instituto y a los vecinos si alguien vio un helicóptero que bajara una cuerda en el bosque?

—Nadie lo vio.

—¿Lo has preguntado?

—Me he sentido como un idiota, pero sí. El hecho es que, esta mañana, alguien llegó caminando, casi con toda certeza el asesino. Se detuvo aquí. Si un helicóptero o la grúa más grande del mundo no se lo llevó, ¿dónde coño está?

—Así pues —empezó Gurney—, ni helicóptero, ni cuerdas, ni túneles secretos…

—Exacto —dijo Hardwick, cortándolo—. Y no hay pruebas de que se fuera saltando en un saltador de muelle.

—Lo cual nos deja…

—Lo cual nos deja con nada. Cero. Ni una puta posibilidad real. Y no me digas que una vez que el asesino llegó hasta aquí, volvió caminando hacia atrás, perfectamente, poniendo el pie

141

en cada huella sin fallar ni una vez, sólo para volvernos locos.
—Hardwick miró desafiante a Gurney, como si pudiera proponer exactamente eso—. Y aun si eso fuera posible, que no lo es, el asesino se habría encontrado con las dos personas que para entonces ya habían llegado a la escena. Caddy, la mujer, y Patty, el gánster.

—O sea, que es todo imposible —dijo Gurney como si tal cosa.

—¿Qué es imposible? —preguntó Hardwick, listo para una pelea.

—Todo —dijo Gurney.

—¿De qué demonios estás hablando?

—Cálmate, Jack. Hemos de encontrar un punto de partida que tenga sentido. Lo que parece haber ocurrido no puede haber ocurrido. Por lo tanto, lo que parece que ha ocurrido no ha ocurrido.

—¿Me estás diciendo que esto no son huellas de pisadas?

—Te estoy diciendo que hay algo mal en la forma en que lo estamos mirando.

—¿Eso es una huella o no es una huella? —soltó Hardwick, exasperado.

—A mí me parece una huella —dijo Gurney en un tono agradable.

—Entonces, ¿qué estás diciendo?

Gurney suspiró.

—No lo sé, Jack. Sólo tengo la sensación de que estamos planteando las preguntas equivocadas.

Algo en la suavidad de su tono tranquilizó a Hardwick. Ningún hombre miró al otro ni dijo nada durante varios segundos. Entonces Hardwick levantó la mano como si hubiera recordado algo.

—Casi me olvido de enseñarte la guinda del pastel. —Metió la mano en el bolsillo lateral de su chaqueta de piel y sacó un sobre de recolección de pruebas.

A través del plástico transparente, en una hoja de papel blanco, Gurney vio la clara caligrafía en tinta roja.

—No la saques —dijo Hardwick—, sólo léela.

Gurney obedeció. Después la volvió a leer. Y una tercera vez, para aprendérsela de memoria.

Escapé por la nieve.
Busca y rebusca, idiota.
Pregunta: ¿adónde fui?
Escoria de la Tierra,
mira mi nacimiento:
renace la venganza
por los niños que lloran,
por los desamparados.

—Es nuestro hombre —dijo Gurney, devolviéndole el sobre—. El tema de la venganza, ocho versos, vocabulario elitista, puntuación perfecta, caligrafía delicada. Igual que todos los demás, hasta cierto punto.

—¿Hasta cierto punto?

—Hay un elemento nuevo en éste: una indicación de que el asesino odia a alguien más además de a la víctima.

Hardwick miró la nota guardada dentro de la bolsita, frunciendo el ceño ante la sugerencia de que se le había pasado algo significativo.

—¿A quién? —preguntó.

—A ti —dijo Gurney, sonriendo por primera vez en todo el día.

143

Escoria de la tierra

*E*ra injusto, por supuesto, una pequeña licencia teatral para decir que el asesino había puesto sus miras igualmente en Mark Mellery y en Jack Hardwick. Lo que Gurney quería decir, explicó mientras regresaban caminando a la escena del crimen desde el lugar donde estaban las huellas interrumpidas en el bosque, era que el asesino parecía apuntar parte de su hostilidad a la Policía que investigaba el crimen. Lejos de inquietar a Hardwick, el reto implícito lo cargó de energía. El destello combativo de su mirada gritaba.

—¡Pedazo cabrón!

Entonces Gurney le preguntó si recordaba el caso de Jason Strunk.

—¿Por qué?

—¿No te suena Satanic Santa? ¿O, como lo llamaban otros genios de los medios, Cannibal Claus?

—Sí, sí, claro, me acuerdo. Aunque en realidad no era caníbal. Sólo arrancaba a mordiscos los dedos de los pies.

—Sí, pero eso no era todo, ¿no?

Hardwick esbozó una mueca.

—Me parece recordar que después de arrancar los dedos, cortaba los cuerpos con una sierra, metía los trozos en bolsas de plástico (muy pulcro), los ponía en cajas de regalo de Navidad y los enviaba por correo. Así se desembarazaba de ellos. No tenía problemas con la sepultura.

—¿Y no recuerdas a quién se los enviaba?

—Eso fue hace veinte años. Ni siquiera estaba en el departamento. Lo leí en los periódicos.

—Los enviaba a direcciones particulares de detectives de homicidios del barrio en el que habían vivido las víctimas.

—¿Direcciones particulares? —Hardwick dedicó a Gurney una mirada horrorizada. Asesinato, canibalismo moderado y disección con una sierra podía perdonarse, pero no ese giro final.

—Odiaba a los polis —continuó Gurney—. Le encantaba sacarlos de quicio.

—Me doy cuenta de que mandarles un pie por correo podía conseguir ese objetivo.

—Es especialmente inquietante cuando tu mujer abre el buzón.

El tono extraño captó la atención de Hardwick.

—¡Joder! Era tu caso. Te mandó un trozo de cadáver y ella abrió el buzón.

—Sí.

—¡Joder! ¿Por eso se divorció de ti?

Gurney lo miró con curiosidad.

—¿Te acuerdas de que mi primera mujer se divorció de mí?

—De algunas cosas me acuerdo. De lo que leo, poco. Pero si alguien me cuenta algo personal, de esa clase de cosas nunca me olvido. Igual que sé que eras hijo único, que tu padre nació en Irlanda, que la aborrecía, que nunca te contaba nada de allí, y que bebía demasiado.

145

Gurney lo miró a los ojos.

—Me lo contaste cuando estábamos trabajando en el caso Piggert.

Gurney no estaba seguro de si estaba más consternado por haber revelado esa peculiar información familiar, por olvidar que lo había hecho o porque Hardwick la recordara.

Siguieron caminando hacia la casa bajo un cielo que se iba oscureciendo, a través de la nieve polvo que una brisa intermitente había empezado a arremolinar. Gurney trató de sacudirse un escalofrío e intentó volver a concentrarse en la materia que lo ocupaba.

—Volviendo al tema —dijo—, la última nota de este asesino es una especie de desafío a la Policía y podría ser algo significativo.

Hardwick era la clase de hombre que sólo volvía al tema de su interlocutor cuando a él le venía en gana.

—Entonces, ¿por eso se divorció de ti? ¿Recibió la polla de un tío en una caja?

No era asunto de Hardwick, pero Gurney decidió responder.

—Teníamos un montón de problemas más. Podría darte una lista de mis quejas, y su lista sería aún más larga. Pero creo que, en resumen, se horrorizó al darse cuenta de lo que significaba estar casada con un poli. Algunas mujeres lo descubren poco a poco. La mía tuvo una revelación.

Habían llegado al patio de atrás. Dos técnicos de pruebas estaban sacando la nieve que había alrededor de la mancha de sangre, ahora más marrón que roja, y examinaban las losas que descubrían durante el proceso.

—Bueno, de todas maneras —dijo Hardwick, como si dejara de lado una complicación innecesaria—, Strunk era un asesino en serie, y éste no lo parece.

Gurney asintió de un modo vacilante. Sí, Jason Strunk era un asesino en serie típico, y quien había matado a Mark Mellery parecía cualquier cosa menos eso. Strunk tenía escaso o nulo conocimiento anterior de sus víctimas. Bien se podía decir que no tenía nada que se pareciera a una «relación» previa con ellas. Las elegía en función de si se adecuaban a ciertas características físicas y de su disponibilidad cuando necesitaba actuar: por una coincidencia de urgencia y oportunidad. El asesino de Mellery, no obstante, lo conocía lo bastante para torturarlo con alusiones a su pasado, incluso lo conocía lo suficiente para predecir qué número se le ocurriría en determinadas circunstancias. Parecía haber compartido una relación íntima con su víctima, lo cual no era propio de los asesinos en serie. Además, no había informes conocidos de asesinatos recientes similares, aunque eso habría que investigarlo con más atención.

—No parece un caso en serie —coincidió Gurney—. Dudo que empieces a encontrar pulgares en tu buzón. Pero hay algo desconcertante en que se dirija a ti, al agente al mando de la investigación, como «escoria de la Tierra».

Rodearon la casa hasta la puerta delantera para evitar entorpecer a los que examinaban la escena del crimen en el patio. Había un agente uniformado del Departamento del Sheriff apostado en el umbral para controlar el acceso a la casa. Allí el viento era más intenso, y el hombre estaba dando pisotones y aplaudiendo con las manos enguantadas para entrar un poco en calor. Su obvia incomodidad torció la sonrisa con la que saludó a Hardwick.

—¿Hay café en camino?

—Ni idea. Pero eso espero —dijo Hardwick, que se sorbió sonoramente la nariz para que no le goteara. Se volvió hacia Gurney—. No te entretendré mucho más. Sólo quiero que me enseñes las notas que me has dicho que estaban en el estudio, y que te asegures de que están todas.

Dentro de la hermosa casa de suelo de castaño, todo estaba tranquilo. Más que nunca, la casa olía a dinero.

147

Un amigo de la familia

*U*n pintoresco fuego ardía en la chimenea de piedra y de ladrillos, y el aire de la sala estaba endulzado con una elegante nota de humo de cerezo. Una pálida pero serena Caddy Mellery compartía el sofá con un hombre bien vestido de setenta y pocos años.

Cuando entraron Gurney y Hardwick, el hombre se levantó del sofá con sorprendente facilidad para su edad.

—Buenas tardes, caballeros —dijo. Las palabras tenían una entonación refinada, vagamente del sur—. Soy Carl Smale, un viejo amigo de Caddy.

—Soy el investigador jefe Hardwick, y él es Dave Gurney, amigo del difunto marido de la señora Mellery.

—Ah, sí, el amigo de Mark. Caddy me lo estaba contando.

—Lamentamos molestarlos —dijo Hardwick, mirando en torno a la sala mientras hablaba. Sus ojos se fijaron en el pequeño escritorio Sheraton apoyado en la pared opuesta a la chimenea—. Hemos de acceder a algunos papeles, posiblemente relacionados con el crimen, y tenemos motivos para creer que están en ese escritorio. Señora Mellery, lamento importunarla con preguntas como ésta, pero ¿le importa que eche un vistazo?

La mujer cerró los ojos. No estaba claro que entendiera la pregunta.

Smale volvió a sentarse en el sofá, junto a ella, y colocó su mano sobre el antebrazo de la señora Mellery.

—Estoy seguro de que Caddy no tiene inconveniente.

Hardwick vaciló.

—¿Está hablando… como representante de la señora Mellery?

La reacción de la señora Mellery fue casi invisible —tan sólo arrugó levemente la nariz—, como la respuesta de una mujer sensible a una palabra grosera durante un banquete.

La viuda abrió los ojos y habló a través de una sonrisa triste.

—Estoy seguro de que se da cuenta de que éste es un momento difícil. Confío en Carl. Diga lo que diga, es más sensato que cualquier cosa que pueda decir yo.

Hardwick insistió.

—¿El señor Smale es su abogado?

Ella se volvió hacia Smale con una benevolencia que Gurney sospechaba que el Valium había ayudado a consolidar. Dijo:

—Ha sido mi abogado, mi representante en la enfermedad y en la salud, en los buenos y los malos tiempos, durante más de treinta años. Dios mío, Carl, ¿no es aterrador?

Smale sonrió con nostalgia a la viuda, luego se dirigió a Hardwick con una crispación nueva en su tono.

—Por supuesto, puede examinar esta sala para buscar materiales que pudieran estar relacionados con su investigación. Naturalmente nos gustaría recibir una lista de cualquier objeto que deseen llevarse.

Aquello de «esta sala» no se le escapó a Gurney. Smale no estaba concediendo a la Policía una orden de registro completa. Al parecer, tampoco se le había escapado a Hardwick, a juzgar por la dura mirada que dedicó al atildado hombrecillo del sofá.

—Todas las pruebas de las que tomamos posesión estarán perfectamente inventariadas.

El tono de Hardwick transmitía la parte no expresada del mensaje: «No le damos una lista de cosas que deseamos llevarnos. Le damos una lista de las cosas que nos estamos llevando».

Smale, que obviamente era capaz de percibir mensajes implícitos como aquél, sonrió. Se volvió hacia Gurney y preguntó con su voz cansina.

—Dígame, ¿es usted el mismísimo Dave Gurney?

—Soy el único que tuvieron mis padres.

—Bueno, bueno, bueno. ¡Un detective de leyenda! Es un placer conocerle.

Gurney, a quien de manera inevitable esta clase de reconocimiento le resultaba incómoda, no dijo nada.

Caddy Mellery rompió el silencio.

—Debo pedir disculpas, pero tengo una migraña terrible y he de acostarme.

—La comprendo —dijo Hardwick—, pero necesito su ayuda con unos pocos detalles.

Smale miró a su cliente con preocupación.

—¿No podría esperar una hora o dos? La señora Mellery está sufriendo.

—Mis preguntas no la ocuparán más de dos o tres minutos. Créame, preferiría no entrometerme, pero un retraso crearía problemas.

—¿Caddy?

—No pasa nada, Carl. Ahora o después no cambia nada. —Cerró los ojos—. Le escucho.

—Lamento hacerle pensar en estas cosas —dijo Hardwick—, ¿le importa que me siente aquí? —Señaló el sillón de orejas que estaba más cerca del lado del sofá que ocupaba Caddy.

—Adelante. —Aún tenía los ojos cerrados.

150   Hardwick se sentó en el borde del cojín. Interrogar a los allegados de la víctima era una labor incómoda para cualquier policía. Sin embargo, él no parecía demasiado molesto por la tarea.

—Quiero repasar algo que me ha contado esta madrugada para asegurarme de que no estoy confundido. Ha dicho que el teléfono sonó poco después de la una de la mañana, que usted y su marido estaban durmiendo en ese momento.

—Sí.

—¿Y sabe la hora porque...?

—Miré el reloj. Me pregunté quién podía llamarnos a esa hora.

—¿Y su marido contestó?

—Sí.

—¿Qué dijo?

—Dijo «hola, hola, hola», tres o cuatro veces. Luego colgó.

—¿Le dijo si el que llamaba había dicho algo?

—No.

—¿Y al cabo de unos minutos, oyó un grito animal en el bosque?

—Un chillido.

—¿Un chillido?

—Sí.

—¿Qué diferencia hay entre chillar y gritar?

—Gritar... —Se detuvo y se mordió con fuerza el labio inferior.

—¿Señora Mellery?

—¿Va a haber muchas más preguntas así? —preguntó Smale.

—Sólo he de saber lo que oyó.

—Gritar es más humano. Gritar es lo que hago cuando... —Parpadeó como para quitarse una mota del ojo antes de continuar—. Era una especie de animal. Pero no fue en el bosque. Sonó más cerca de la casa.

—¿Cuánto tiempo se prolongó ese grito..., chillido?

—Un minuto o dos, no estoy segura. Paró después de que Mark bajó.

—¿Dijo lo que iba a hacer?

—Dijo que iba a ver qué era. Nada más. Sólo... —Paró de hablar y empezó a respirar lenta y profundamente.

—Lo siento, señora Mellery. Ya casi he terminado.

—Sólo quería ver de qué se trataba, nada más.

—¿Oyó algo más?

Caddy Mellery se tapó la boca, agarrándose las mejillas y la mandíbula en un aparente esfuerzo por controlarse. Aparecieron manchas rojas y blancas bajo sus uñas debido a la fuerza de su agarre.

Cuando habló, las palabras sonaron en sordina a causa de la mano.

—Estaba medio dormida, pero sí oí algo, algo como un aplauso, como si alguien hubiera aplaudido. Nada más. —Continuó sosteniéndose la cara como si la presión fuera su único alivio.

—Gracias —dijo Hardwick, levantándose del sillón de orejas—. Reduciremos al mínimo nuestras intrusiones. Por ahora, lo único que he de hacer es examinar ese escritorio.

Caddy Mellery levantó la cabeza y abrió los ojos. Su mano cayó sobre el regazo. Dejó ver las marcas lívidas de sus dedos en las mejillas.

151

—Detective —dijo con voz frágil pero decidida—, puede llevarse todo lo que sea relevante, pero, por favor, respete nuestra intimidad. La prensa es irresponsable. El legado de mi marido es de suma importancia.

21

Prioridades

—Si nos empantanamos en esta poesía estaremos dando vueltas a una farola hasta el año que viene —dijo Hardwick.

Pronunció la palabra «poesía» como si fuera la peor clase de lodo.

Los mensajes del asesino estaban dispuestos en una gran mesa en medio de la sala de reuniones del instituto, ocupado por el equipo DIC. Aquélla era su ubicación sobre el terreno para la fase inicial intensiva de la investigación.

Estaba la carta inicial en dos partes de X. Arybdis en la que hacía la inexplicable predicción de que el número en el que pensaría Mellery sería el seiscientos cincuenta y ocho y en la cual solicitaba 289,87 dólares para cubrir los gastos que le había conllevado localizarlo. Estaban los tres poemas cada vez más amenazadores que habían ido llegando por correo. (El tercero era el que el propio Mellery había guardado en una bolsita de plástico, como le había dicho a Gurney, para preservar cualquier huella dactilar.) También estaban dispuestos en secuencia el cheque devuelto de 289,87 dólares junto con la nota de Gregory Dermott que indicaba que no existía ningún X. Arybdis en esa dirección; el poema que el asesino había dictado por teléfono al asistente de Mellery; una cinta de casete de la conversación telefónica que el asesino había mantenido con Mellery esa misma tarde, durante la cual éste mencionaba el número diecinueve; la carta hallada en el buzón del instituto en la que se predecía que Mellery elegiría el diecinueve, y el poema final hallado junto al cadáver. Eran un buen número de pruebas.

—¿Sabes algo de la bolsa de plástico? —preguntó Hardwick. Sonó tan poco entusiasta respecto a ella como había sonado antes con la poesía.

—En ese momento, Mellery estaba muy asustado —dijo Gurney—. Me dijo que estaba tratando de conservar posibles huellas dactilares.

Hardwick negó con la cabeza.

—¡Esa mierda de *CSI*! El plástico parece mejor que el papel. Pero si guardas pruebas en bolsas de plástico, se pudren, porque atrapan la humedad. Capullos.

Un policía uniformado con una placa de la Policía de Peony en la gorra y expresión agobiada apareció en la puerta.

—¿Sí? —dijo Hardwick, desafiando al visitante a regalarle otro problema.

—El equipo técnico necesita acceso. ¿Está bien?

Hardwick asintió, pero su atención había vuelto a la colección de amenazas en forma de poema extendida sobre la mesa.

—Bonita caligrafía —dijo, arrugando el rostro en una mueca de desagrado—. ¿Qué te parece, Dave? ¿Crees que quizá tengamos una monja homicida entre manos?

154 Al cabo de medio minuto, los técnicos aparecieron en la sala de reuniones con sus bolsas de pruebas, un portátil y una impresora de código de barras para hacerse cargo de todos los elementos temporalmente dispuestos sobre la mesa y etiquetarlos. Hardwick solicitó que se hicieran fotocopias de cada uno de los elementos antes de que los enviaran al laboratorio de Albany para llevar a cabo una inspección de huellas y análisis de caligrafía, papel y tinta, con especial atención a la nota dejada sobre el cadáver.

Gurney se mantuvo en un discreto segundo plano, observando a Hardwick en acción en su papel de supervisor de la escena del crimen. La forma en que un caso se resolvía al cabo de meses, o incluso años, dependía de lo bien que el tipo al mando de la escena hacía su trabajo en las primeras horas del proceso. En opinión de Gurney, Hardwick estaba realizando un excelente trabajo. Lo observó debatiendo sobre la documentación de las imágenes y localizaciones del fotógrafo para asegurarse de que todas las zonas relevantes de la propiedad se habían cubierto, incluidas partes clave del perímetro, entradas y salidas, todas las huellas de pisadas e indicios físicos visibles (silla plegable, colillas, botella rota), el cuerpo mismo in situ y la nieve empapada de sangre que lo rodeaba. Hardwick también pidió al fotógrafo que encargara fotos aéreas del conjunto de la propiedad y de su entorno; no era una parte normal del proceso, pero, dadas las circunstancias, particularmente el conjunto de huellas que no conducían a ninguna parte, tenía sentido.

Además, Hardwick departió con los dos detectives más jóvenes para cerciorarse de que habían llevado a cabo los interrogatorios que les había asignado. Se reunió con el jefe técnico para revisar la lista de recolección de pruebas, luego dispuso que uno de sus detectives se encargara de que llevaran un perro a la escena a la mañana siguiente, lo cual para Gurney era una señal de que el problema de las pisadas estaba muy presente en la mente de Hardwick. Por último, examinó el registro de entrada y salida de la escena del crimen realizado por el agente apostado en la puerta principal para asegurarse de que no había personal inapropiado en el interior del perímetro. Tras observar que Hardwick asimilaba y evaluaba, priorizaba y dirigía, Gurney concluyó que todavía era tan competente bajo presión como lo había sido durante su anterior colaboración. Podía ser un cabrón con barba de tres días, pero no cabía duda de que era eficiente.

155

A las cuatro y cuarto, Hardwick le soltó:

—Ha sido un día largo, y ni siquiera cobras. ¿Por qué no te vas a tu casa de campo? —Luego, como si de una reacción tardía se tratara, como si una idea le hubiera tendido una emboscada, dijo—: Me refiero a que no te estamos pagando. ¿Te estaban pagando los Mellery? Mierda, apuesto a que sí. El talento famoso no sale barato.

—No tengo licencia. No podría cobrar ni aunque quisiera. Además, trabajar como detective privado es la última cosa que quiero hacer en este mundo.

Hardwick lo fulminó con una mirada de incredulidad.

—De hecho, ahora mismo creo que aceptaré tu sugerencia y terminaré por hoy.

—¿Crees que podrías pasarte por la central regional mañana a mediodía?

—¿Cuál es el plan?

—Dos cosas. Primero, necesitamos una declaración: tu historia con la víctima, la parte de hace mucho y la actual. Ya sabes de qué va. Segundo, me gustaría que vinieras a una reunión, una orientación para que todo el mundo esté en la misma frecuencia. Informes preliminares sobre la causa de la muerte, interrogatorios a testigos, sangre, huellas, arma homicida, etcétera. Teorías iniciales, prioridades, pasos que seguir. Un tipo como tú podría ser de gran ayuda para ponernos en la pista correcta e impedir que desperdiciemos dinero del contribuyente. Sería un crimen que no compartieras tu supersabiduría de la gran metrópoli con pringados como nosotros. Mañana a mediodía. Estaría bien que pudieras traer tu declaración.

Parecía que tenía que comportarse como un listillo. Definía su lugar en el mundo: listillo Hardwick, Unidad de Delitos Graves, Departamento de Investigación Criminal, Policía del Estado de Nueva York. Sin embargo, Gurney sentía que debajo de todas las tonterías, Hardwick de verdad quería su ayuda para un caso que estaba volviéndose más extraño de hora en hora.

Gurney condujo la mayor parte del camino de vuelta a casa ajeno a su entorno. Hasta que llegó a la parte alta del valle, más allá de la tienda de Abelard en Dillweed, no fue consciente de que las nubes que se habían formado por la mañana se habían disuelto, y en su lugar el sol que brillaba en su ocaso iluminaba la ladera oeste de las colinas. Los campos de maíz nevados que bordeaban el río serpenteante estaban bañados en una gama tan rica de tonos pastel que sus ojos se ensancharon al contemplar la vista. Después, con sorprendente velocidad, el sol de coral descendió por debajo de la cumbre opuesta, y el brillo quedó extinguido. Una vez más, los árboles sin hojas eran negros, la nieve de un blanco imperturbable.

Al frenar al acercarse a la salida, se fijó en un cuervo que estaba en el arcén. El cuervo se había posado en algo elevado unos centímetros del nivel del asfalto. Al situarse a la altura del ave, Gurney la miró más de cerca. El cuervo estaba encima de una zarigüeya muerta. Extrañamente, si se tenía en cuenta la habitual cautela de los cuervos, ni se alejó volando ni mostró ninguna señal de inquietud al ver el coche que pasaba. El ave inmóvil tenía un aspecto expectante, y daba al extraño retablo una cualidad onírica.

Gurney giró por el camino y redujo la marcha al enfilar el lento y serpenteante ascenso: su mente estaba ocupada por la imagen del cuervo negro posado sobre la zarigüeya muerta en el crepúsculo mortecino, vigilante, a la expectativa.

Estaba a tres kilómetros —cinco minutos— de la intersección con su propiedad. Cuando llegó al estrecho sendero de la granja que conducía del granero a la casa, la atmósfera se había tornado más gris y fría. Un espectral remolino de nieve avanzó hasta casi alcanzar el bosque oscuro antes de disolverse.

Aparcó más cerca de la casa de lo habitual, se subió el cuello para protegerse del frío y se apresuró a entrar por la puerta de atrás. En cuanto entró en la cocina, fue consciente de que el peculiar silencio señalaba la ausencia de Madeleine. Era como si ella llevara a su alrededor el tenue zumbido de una corriente eléctrica, una energía que llenaba un espacio cuando estaba presente y dejaba un vacío palpable cuando no lo estaba.

Había otra cosa más en el aire, además, el residuo emocional de esa mañana, la presencia oscura de la caja procedente del sótano, la caja que todavía permanecía sobre la mesita de café en el extremo oscuro de la sala, con su delicada cinta blanca.

Fue al cuarto de baño que había junto a la despensa y después directamente al estudio. Comprobó los mensajes de teléfono. Sólo había uno. La voz era la de Sonya, satinada, como un chelo: «Hola David. Tengo un cliente que está cautivado por tu obra. Le dije que estabas completando otra pieza, y me gustaría poder decirle cuándo estará disponible. Cautivado no es un término demasiado fuerte, y el dinero no parece que importe. Llámame lo antes que puedas. Hemos de pensar esto juntos. Gracias, David».

Estaba empezando a reproducir el mensaje cuando oyó que la puerta de atrás se abría y se cerraba. Apretó el botón de STOP en la máquina para impedir que la voz de Sonya se reprodujera y preguntó:

—¿Eres tú?

No hubo respuesta, lo cual le molestó.

—Madeleine —dijo, más alto de lo que necesitaba.

157

Oyó una voz que le respondía, pero era demasiado baja para entender lo que decía. Era una voz que, en sus momentos hostiles, había calificado de «pasiva agresivamente baja». Su primera inclinación fue la de quedarse en el escritorio, pero le pareció infantil, así que fue a la cocina.

Madeleine se volvió hacia él desde el perchero del otro lado de la estancia, donde estaba colgando su parka naranja. Todavía tenía salpicaduras de nieve en los hombros, lo cual significaba que había estado caminando entre los pinos.

—Está precioso fuera —dijo, pasándose los dedos por su grueso cabello castaño, atusándoselo donde la capucha de la parka se lo había chafado.

Entró en la despensa, salió al cabo de un minuto y miró por las encimeras.

—¿Dónde has puesto las pacanas?

—¿Qué?

—¿No te pedí que compraras pacanas?

—Me parece que no.

—Quizá no. ¿O quizá no me oíste?

—No tengo ni idea —dijo David. Le estaba costando mucho seguir la conversación, dadas las circunstancias—. Te traeré algunas mañana.

—¿De dónde?

—De Abelard.

—¿En domingo?

—Dom..., sí, es verdad, está cerrado. ¿Para qué las necesitas?

—Me toca hacer el postre.

—¿Qué postre?

—Elizabeth prepara la ensalada y hornea el pan; Jan hace el chili, y yo cocino el postre. —Se le oscurecieron los ojos—. ¿Te has olvidado?

—¿Van a venir aquí mañana?

—Exacto.

—¿A qué hora?

—¿Tiene importancia?

—He de presentar mi declaración por escrito al equipo del DIC a mediodía.

—¿En domingo?

—Es una investigación de homicidio —dijo con apatía, y esperaba que sin sarcasmo.

Madeleine asintió con la cabeza.

—Así que estarás todo el día fuera.

—Parte del día.

—¿Qué parte?

—Dios, ya sabes cómo son estas cosas.

La tristeza y la rabia que competían entre sí en los ojos de Madeleine le dolieron más que una bofetada.

—O sea, que supongo que mañana llegarás a casa a la hora que llegues, y quizá cenarás con nosotros, o quizá no —dijo Madeleine.

—He de entregar una declaración firmada como testigo antefacto en un caso de homicidio. No es algo que quiera hacer. —Su voz se levantó de un modo abrupto, asombroso, escupiéndole las palabras—. Hay algunas cosas en la vida que hay que hacer. Se trata de una obligación legal, no de una cuestión de preferencia. ¡Yo no escribí la maldita ley!

Madeleine lo miró con un cansancio tan repentino como la furia de él.

—Aún no te das cuenta, ¿verdad?

—¿De qué?

—De que tu cerebro está tan ocupado con el asesinato, el caos, la sangre, los monstruos, los mentirosos y los psicópatas que no te queda sitio para nada más.

159

22

Dejando las cosas claras

*E*sa noche pasó dos horas leyendo y corrigiendo su declaración. Contaba de un modo sencillo —sin adjetivos, emociones ni opiniones— su relación con Mark Mellery: su amistad ocasional en la universidad y cómo habían contactado de nuevo, el mensaje de correo electrónico de Mellery en el que le solicitaba una reunión o su inflexible negativa a poner el asunto en manos de la Policía.

Se tomó dos tazas de café fuerte mientras preparaba la declaración y, como resultado, durmió fatal. Tenía frío, sudor, nervios, sed, un dolor huidizo que pasaba inexplicablemente de una pierna a la otra; la sucesión de incomodidades de la noche proporcionó un maligno semillero para pensamientos que le inquietaban, sobre todo relativos al dolor que había advertido en los ojos de Madeleine.

Sabía que todo procedía de la idea que ella tenía acerca de cuáles eran las verdaderas prioridades de su marido. Madeleine se estaba quejando de que cuando los roles de su vida chocaban, Dave, el detective, siempre se imponía a Dave, el marido. Su jubilación no había traído ninguna diferencia. Estaba claro que ella había confiado, y quizás había creído, en lo contrario. Pero ¿cómo podía dejar de ser lo que era? ¿Cómo podía convertirse en alguien que no era? Su mente trabajaba de manera excepcional en determinado sentido, y las mayores satisfacciones de su vida procedían de la aplicación de ese don intelectual. Poseía un cerebro de una lógica privilegiada y una antena bien sintonizada para la discrepancia. Estas cualidades lo convertían en un detective formidable. También creaban el cojín de abstracción que le permitía mantener una tolerable distancia con los horrores de su profesión. Otros policías disponían de otros cojines: alcohol, solidaridad fraternal, cinismo. El escudo de Gurney era su capacidad para entender las situaciones como retos intelectuales y los crímenes como ecuaciones por resolver. Así era David Gurney. No era algo que pudiera dejar de ser simplemente por retirarse. En eso estaba pensando cuando por fin se quedó dormido una hora antes del alba.

Situada cien kilómetros al este de Walnut Crossing, quince kilómetros más allá de Peony, en un risco con vistas al Hudson, la comisaría central de la Policía del estado daba la impresión de ser una fortaleza recién erigida. Su enorme fachada de piedra gris y estrechas ventanas parecía diseñada para resistir el Apocalipsis. Gurney se preguntó si la arquitectura estaba influida por la histeria del 11-S, que había generado proyectos incluso más estúpidos que las comisarías inexpugnables.

Dentro, la luz fluorescente potenciaba al máximo el aspecto severo de los detectores de metales, cámaras cenitales, garitas de vigilancia a prueba de balas y suelo de hormigón pulido. Había un micrófono para comunicarse con el guardia de la garita, que en realidad era más una sala de control que contenía una fila de monitores correspondientes a las distintas cámaras de seguridad. Las luces, que proyectaban un brillo frío en todas las superficies duras, daban al guardia una palidez de agotamiento. Incluso su pelo incoloro se percibía enfermo por la iluminación antinatural. Parecía que estuviera a punto de vomitar.

Gurney habló al micrófono, conteniendo la urgencia de preguntarle al guardia si estaba bien.

—Soy David Gurney. Tengo una cita con Jack Hardwick.

El guardia le entregó un pase temporal para las instalaciones, así como una hoja de visitas que debía firmar y devolverle a través de una estrecha ranura situada en la base de la formidable pared de cristal que iba desde el techo hasta el mostrador que los separaba. El hombre levantó el teléfono, consultó una lista pegada con celo en un lateral del mostrador, marcó una extensión de cuatro dígitos, dijo algo que Gurney no pudo oír y volvió a dejar el teléfono en su lugar.

Al cabo de un minuto, se abrió una puerta gris de acero situada en la pared al lado de la cabina y apareció el mismo policía de paisano que lo había escoltado el día anterior en el instituto. Hizo una señal a Gurney sin dar la menor indicación de que lo hubiera reconocido y lo condujo por un pasillo gris y anodino hasta otra puerta de acero, que abrió.

Entraron en una gran sala de conferencias sin ventanas: sin ventanas sin duda para mantener a los reunidos a salvo del vuelo de cristales en caso de atentado terrorista. Gurney era un poco claustrofóbico y odiaba los espacios sin ventanas, detestaba a los arquitectos que pensaban que eso era una buena idea.

Su lacónico guía fue derecho a la cafetera del rincón. La mayoría de los asientos de la alargada mesa de conferencias ya estaban destinados a personas que todavía no estaban en la sala. Había chaquetas colgadas de los respaldos en cuatro de las diez sillas, y otras tres habían sido reservadas, pues estaban inclinadas hacia la mesa. Gurney se quitó la parka fina que llevaba y la colocó en el respaldo de una de las sillas libres.

Se abrió la puerta y Hardwick entró, seguido por una mujer pelirroja de aspecto aplicado, vestida con un traje unisex, y el otro aspirante de Tom Cruise, que fue a reunirse con su colega junto a la cafetera. La mujer, que llevaba un ordenador portátil y una gruesa carpeta, se sentó en una silla libre y colocó sus cosas en la mesa delante de ella. Hardwick se acercó a Gurney, con el semblante en un extraño punto medio entre la anticipación y el desdén.

—Tengo una sorpresa para ti, colega —susurró de un modo crispante—. Nuestro precoz fiscal del distrito, el más joven en la historia del condado, nos honrará con su presencia.

Gurney sintió ese antagonismo reflejo hacia Hardwick, y no era desproporcionado, teniendo en cuenta la acidez sin sentido del hombre. A pesar de su esfuerzo por no dejar entrever reacción alguna, sus labios se tensaron al hablar:

—¿Acaso no era de esperar que se implicara en un caso así?

—No he dicho que no lo esperara —murmuró Hardwick—. Sólo he dicho que tenía una sorpresa para ti.

Miró las tres sillas inclinadas en el centro de la mesa y, con el labio curvado que se estaba convirtiendo en parte de su fisonomía, comentó a nadie en particular.

—Los tronos de los tres sabios.

SÉ LO QUE ESTÁS PENSANDO

Justo entonces, se abrió la puerta y entraron tres hombres.

Hardwick los identificó *sotto voce* al oído de Gurney. Parecía que tenía una vocación frustrada por la ventriloquia, teniendo en cuenta su habilidad para hablar sin mover los labios.

—Capitán Rod Rodriguez, capullo servicial —dijo el susurro incorpóreo, al tiempo que un hombre achaparrado con bronceado de salón, sonrisa floja y ojos malevolentes entraba en la sala y sostenía la puerta al hombre más alto que iba detrás: un tipo delgado y alerta cuya mirada barrió la sala y se posó durante no más de un segundo en cada individuo—. Fiscal del distrito Sheridan Kline —dijo el susurro—, quiere ser el gobernador Kline.

El tercer hombre, que se movía furtivamente detrás de Kline, prematuramente calvo y que irradiaba todo el encanto de un bol de chucrut frío, era:

—Stimmel, el segundo de Kline.

Rodriguez los condujo hasta las sillas inclinadas y le ofreció el lugar central a Kline, quien lo tomó como algo normal. Stimmel se sentó a la izquierda del fiscal; Rodriguez, a su derecha. Este último miró el resto de las caras de los presentes a través de unas gafas de fina montura metálica. El cabello grueso y negro, que crecía desde la frente en una inmaculada mata, estaba obviamente teñido. Dio unos golpecitos en la mesa con los nudillos, mirando a su alrededor para asegurarse de que captaba la atención de todos.

—Nuestra agenda dice que esta reunión empieza a las doce del mediodía y el reloj dice que son las doce del mediodía. Si son tan amables de tomar asiento…

Hardwick se sentó al lado de Gurney. El grupo de la cafetera se acercó a la mesa y en cuestión de medio minuto todos habían ocupado sus sillas. Rodriguez miró a su alrededor con acritud, como para sugerir que los verdaderos profesionales no habrían tardado tanto en conseguirlo. Al ver a Gurney, su boca se retorció de un modo que podía interpretarse como una sonrisa rápida o una mueca de dolor. Su expresión acre se profundizó ante la visión de la única silla vacía. Enseguida continuó.

—No hace falta que les diga que un caso de homicidio de perfil alto ha caído en nuestras manos. Estamos aquí para asegurarnos de que estamos todos aquí. —Hizo una pausa, como

163

para comprobar quién era capaz de apreciar su ingenio zen. Luego lo tradujo para las mentes obtusas—. Estamos aquí para asegurarnos de que estamos todos en la misma longitud de onda desde el primer día en este caso.

—Segundo día —murmuró Hardwick.

—¿Disculpa? —dijo Rodriguez.

Los gemelos Cruise intercambiaron expresiones de confusión equivalentes.

—Hoy es el segundo día, señor. Ayer fue el primer día, y fue un día de perros.

—Obviamente, estaba utilizando una figura retórica. A lo que me refiero es a que tenemos que estar en la misma onda desde el principio de este caso. Hemos de marchar todos al mismo paso. ¿Me estoy explicando?

Hardwick asintió inocentemente. Rodriguez le dio la espalda de un modo teatral para dirigir sus comentarios a las personas más serias de la mesa.

—Por lo poco que sabemos en este punto, el caso promete ser difícil, complejo, sensible y potencialmente escandaloso. Me han dicho que la víctima era un autor y conferenciante de éxito. La familia de su esposa tiene fama de ser inmensamente rica. Entre la clientela del Instituto Mellery se cuentan personajes ricos, obstinados y que suelen dar problemas. Cualquiera de estos factores podría crear un circo mediático. Si juntamos los tres nos encontramos con un enorme reto. Las cuatro claves para el éxito serán organización, disciplina, comunicación y más comunicación. Lo que vean, lo que oigan, lo que concluyan es inútil si no queda registrado e informado de manera adecuada. Comunicación y más comunicación.

Miró a su alrededor. Sus ojos se entretuvieron más tiempo en Hardwick, identificándolo de manera no demasiado sutil como el principal infractor de las normas de registrar e informar. Hardwick estaba examinándose una peca en el dorso de su mano derecha.

—No me gusta la gente que dobla las normas —continuó Rodriguez—. A largo plazo, quienes doblan las normas causan más problemas que aquellos que las rompen. Quienes doblan las normas siempre aseguran que lo hacen para cumplir con el trabajo. La realidad es que lo hacen por su propia conveniencia.

Lo hacen porque carecen de disciplina, y la falta de disciplina destruye las organizaciones. Así que escúchenme, alto y claro: en este caso vamos a seguir las normas. Usaremos nuestras listas de verificación. Rellenaremos los informes con detalle. Los entregaremos a tiempo. Todo irá por los canales adecuados. Todas las cuestiones legales se dirigirán a la oficina del fiscal del distrito Kline antes (repito, antes) de acometer ninguna acción cuestionable. Comunicación, comunicación, comunicación.

Lanzó las palabras como una sucesión de obuses de artillería a una posición enemiga. Como pensó que había sofocado toda resistencia, se volvió con empalagosa deferencia al fiscal del distrito, quien se había mostrado cada vez más inquieto durante la arenga, y dijo:

—Sheridan, sé que quieres implicarte en este caso de un modo muy personal. ¿Hay algo que quieras decirle a nuestro equipo?

Kline sonrió ampliamente, con lo que, a gran distancia, podía tomarse equivocadamente por cariño. De cerca, lo que se percibía era el narcisismo radiante de un político.

—Lo único que quiero decir es que estoy aquí para ayudar. Ayudar en lo que pueda. Ustedes son los profesionales. Profesionales formados, experimentados y de talento. Ustedes conocen su trabajo. Es su función.

El atisbo de una risa alcanzó el oído de Gurney. Rodriguez pestañeó. ¿Era posible que sintonizara tan bien la frecuencia de Hardwick?

—Pero estoy de acuerdo con Rod. Puede ser un gran espectáculo, un espectáculo muy difícil de manejar. No cabe la menor duda de que saldrá por la tele, y va a haber mucha gente observando. Prepárense para los titulares sensacionalistas: «Sangriento asesinato de un gurú New Age». Nos guste o no, caballeros, es un candidato para los diarios sensacionalistas. No quiero que parezcamos capullos como los que jodieron el caso JonBenét en Colorado o como los capullos que jodieron el caso Simpson. Vamos a tener muchas bolas en el aire en esta investigación, y si empiezan a caer, vamos a tener un buen lío en las manos. Esas bolas...

La curiosidad de Gurney sobre su disposición final quedó

165

insatisfecha. Kline se calló por la intrusión de la llamada de un teléfono móvil, que atrajo la atención de todos y diversos grados de irritación. Rodriguez miró mientras Hardwick buscaba en su bolsillo, sacaba el aparato ofensivo y recitaba con seriedad el mantra del capitán:

—Comunicación, comunicación, comunicación.

Luego pulsó el botón y habló al teléfono.

—Aquí Hardwick… Adelante… ¿Dónde?… ¿Coinciden con las pisadas?… ¿Alguna indicación de cómo llegaron allí?… ¿Alguna idea de por qué lo hizo?… Muy bien, llévalas al laboratorio cuanto antes… No hay problema. —Pulsó el botón de colgar y miró pensativamente el teléfono.

—¿Y bien? —dijo Rodriguez, con su mirada torcida por la curiosidad.

Hardwick dirigió su respuesta a la mujer pelirroja con el traje unisex que tenía el portátil abierto sobre la mesa y que lo estaba observando con expectación.

—Noticias de la escena del crimen. Han encontrado las botas del asesino, o al menos unas botas de montaña que coinciden con las huellas de pisadas que se alejan del cadáver. Las botas van de camino a tu gente del laboratorio.

La pelirroja asintió y empezó a escribir en su teclado.

—Pensaba que me habías dicho que las huellas iban a la mitad de ninguna parte y se interrumpían —dijo Rodriguez, como si hubiera pescado a Hardwick en alguna clase de mentira.

—Sí —respondió Hardwick, sin mirarlo.

—Entonces, ¿dónde encontraron estas botas?

—En medio de la misma ninguna parte. En un árbol cercano al lugar donde terminaban las huellas. Colgadas de una rama.

—¿Me estás diciendo que nuestro asesino se subió a un árbol, se quitó las botas y las dejó allí?

—Eso parece.

—Bueno…, dónde…, quiero decir, ¿qué hizo entonces?

—No tenemos ni la más remota idea. Quizá las botas nos señalen la dirección correcta.

A Rodriguez se le escapó una risa nerviosa.

—Esperemos que algo lo haga. Entre tanto, hemos de volver a nuestra agenda. Sheridan, creo que te han interrumpido.

—Con las bolas en el aire —dijo el susurro de ventrílocuo.

—No me han interrumpido en realidad —dijo Kline con la inequívoca sonrisa de que podía sacar ventaja de cualquier cosa—. La verdad es que prefiero escuchar, sobre todo noticias que llegan de la escena del crimen. Cuanto mejor comprenda el problema, más podré ayudar.

—Como gustes, Sheridan. Hardwick, parece que has concitado la atención de todos. Podrías informarnos del resto de los hechos, con la máxima brevedad posible. El fiscal del distrito está siendo generoso con su tiempo, pero tiene muchos asuntos entre manos. Tenlo en cuenta.

—Muy bien, señores, hemos oído al jefe. Ésta es la versión comprimida, por una sola vez. Ni ensoñaciones ni preguntas estúpidas. Escuchen.

—¡Uf! —Rodriguez levantó las dos manos—. No quiero que nadie sienta que no puede hacer preguntas.

—Es una figura retórica, señor. Me refiero a que no quiero robarle más tiempo del necesario al fiscal del distrito. —El nivel de respeto con que articuló el título de Kline era lo bastante exagerado como para, al mismo tiempo, sugerir un insulto y permanecer ambiguamente seguro.

167

—Muy bien, muy bien —dijo Rodriguez con ademán de impaciencia—. Adelante.

Hardwick citó de forma rotunda los datos disponibles.

—Durante un periodo de tres o cuatro semanas antes del homicidio, la víctima recibió varias comunicaciones escritas de tono inquietante o amenazador, así como dos llamadas telefónicas: una tomada y transcrita por la recepcionista del instituto; la otra tomada y grabada por la víctima. Se distribuirán copias de estas comunicaciones. La mujer de la víctima, Cassandra (llamada Caddy), informa que en la noche del homicidio ella y su marido se despertaron a la una a causa de una llamada de teléfono de alguien que colgó.

Cuando Rodriguez estaba abriendo la boca, Hardwick respondió anticipándose a la pregunta.

—Estamos en contacto con la compañía telefónica para acceder a los registros de llamadas de fijo y de móvil de la noche del crimen y de los momentos de las dos llamadas anteriores. No obstante, dado el nivel de planificación implícito en la ejecución de este crimen, me sorprendería que el asesino dejara una pista telefónica útil.

—Ya veremos —dijo Rodriguez.

Gurney concluyó que el capitán era un hombre cuyo máximo imperativo era dar la sensación de que controlaba cualquier situación o conversación en la que se viera inmerso.

—Sí, señor —dijo Hardwick con ese toque de exagerada deferencia, demasiado sutil para que lo acusaran, a la que era adepto.

—En cualquier caso, al cabo de un par de minutos les molestaron sonidos cercanos a la casa, sonidos que ella describe como chillidos animales. Cuando volví y le pregunté otra vez sobre ello, dijo que podrían ser unos mapaches que se peleaban. Su marido acudió a investigar. Al cabo de un minuto, ella oyó lo que describe como una bofetada ahogada, y poco después ella misma fue a investigar. Encontró a su marido tumbado en el patio, junto a la puerta de atrás. La sangre se extendía en la nieve desde las heridas que tenía en la garganta. Ella gritó (al menos cree que gritó), trató de detener la hemorragia, no lo consiguió y corrió a la casa para llamar a Emergencias.

168

—¿Sabes si cambió la posición del cuerpo cuando trató de detener la hemorragia? —Rodriguez hizo que sonara como una pregunta trampa.

—Dice que no lo recuerda.

Rodriguez se mostró escéptico.

—Yo la creo —dijo Hardwick.

Rodriguez se encogió de hombros de un modo que concedía escaso valor a las creencias de otros hombres. Mirando sus notas, Hardwick continuó con su relato carente de emoción.

—La Policía de Peony fue la primera en llegar a la escena, seguida por un coche del Departamento del Sheriff y por el agente Calvin Maxon, de la comisaría local. Se contactó con el DIC a la 1.56. Yo llegué a la escena a las 2.20, y el forense llegó a las 3.25.

—Hablando de Thrasher —dijo Rodriguez, enfadado—, ¿ha llamado a alguien para decir que llegaría tarde?

Gurney examinó la fila de rostros de la mesa. Parecían tan habituados al extraño nombre del forense que nadie reaccionó. Nadie mostró tampoco ningún interés en la pregunta, dando a entender que el médico forense era una de esas personas que llegan siempre tarde. Rodriguez miró a la puerta de la sala de conferencias, por la cual Thrasher debería haber entrado diez minutos antes, montando en cólera por perturbar su agenda.

Como si hubiera estado acechando detrás de ella, esperando a que el humor del capitán hirviera, la puerta se abrió y entró en la sala un hombre desgarbado con un maletín bajo el brazo, un vaso de café en la mano y al parecer en medio de una frase.

—... retrasos en la construcción, hombres trabajando. ¡Ajá! Eso decían los carteles. —Sonrió con brillantez a varias personas—. Aparentemente la palabra trabajar significa estar allí de pie rascándose la entrepierna. Mucho rato. No veía que nadie cavara o pavimentara. Yo no lo he visto. Un montón de zopencos incompetentes que bloqueaban la calle. —Miró a Rodriguez por encima de unas gafas de lectura torcidas—. ¿No se supone que la Policía del estado debería hacer algo al respecto, capitán?

Rodriguez reaccionó con la sonrisa cansada de un hombre serio que se ve obligado a tratar con idiotas.

—Buenas tardes, doctor Thrasher.

El forense dejó maletín y café en la mesa, delante de la silla libre. Su mirada vagó por la sala hasta posarse en el fiscal del distrito.

—Hola, Sheridan —dijo con cierta sorpresa—. Empiezas pronto con éste, ¿eh?

—¿Tienes alguna información interesante para nosotros, Walter?

—Sí, la verdad es que sí. Al menos una pequeña sorpresa.

Rodriguez estaba ansioso por mantener el control de la reunión. Entonces, sólo para llevarla a un lugar hacia el que ya se encaminaba dijo teatralmente.

—Bueno, veo aquí una oportunidad de sacar partido del retraso del doctor. Hemos estado escuchando un resumen de todo lo relacionado con el descubrimiento del cadáver. El último dato que he oído tenía que ver con la llegada del forense a la escena. Bueno, como acaba de llegar aquí, ¿por qué no incorporarlo a la narración?

—Gran idea —dijo Kline, sin retirar la mirada de Thrasher.

169

El forense empezó a hablar como si desde el primer momento su intención hubiera sido presentar su exposición en el momento de su llegada.

—Recibirán el espantoso informe escrito dentro de una semana, caballeros. Hoy les voy a dar el esqueleto.

Si aquello pretendía ser un chiste, caviló Gurney, pasó sin ser apreciado. Quizá lo repetía con tanta frecuencia que el público se había vuelto sordo.

—Un homicidio interesante —continuó Thrasher, estirándose hacia su vaso de café.

Tomó un largo y reflexivo sorbo y volvió a dejar el vaso en la mesa. Gurney sonrió. Esa cigüeña arrugada de cuello largo tenía gusto por la sincronía y el drama.

—Las cosas no son exactamente como parecían al principio —continuó el forense.

Hizo una pausa hasta que la sala estuvo al borde de explotar de impaciencia.

—El examen inicial del cadáver *in situ* inducía a la hipótesis de que la causa de la muerte había sido el seccionamiento de la arteria carótida por múltiples cortes y heridas de punción, infligidos con una botella rota, descubierta posteriormente en la escena. Sin embargo, los resultados iniciales de la autopsia indican que la causa de la muerte fue el corte de la arteria carótida por una sola bala disparada casi a quemarropa en el cuello de la víctima. Las heridas de la botella rota fueron posteriores al disparo y se infligieron después de que la víctima hubiera caído al suelo. Hubo un mínimo de catorce heridas de punción, quizás hasta veinte, varias de las cuales dejaron astillas de vidrio en el tejido del cuello. Cuatro de ellas atravesaron por completo los músculos y la tráquea, y aparecieron por la parte posterior del cuello.

Hubo un silencio en la mesa, acompañado de varias miradas intrigadas y de desconcierto. Rodriguez juntó las yemas de los dedos en forma de campana. Fue el primero en hablar.

—¿Un disparo?

—Un disparo —dijo Thrasher, con el alivio de un hombre que amaba descubrir lo imprevisible.

Rodriguez miró acusadoramente a Hardwick.

—¿Cómo es que ninguno de tus testigos oyó el disparo?

Me has dicho que había al menos veinte huéspedes en la propiedad. Además, ¿cómo es que no lo oyó la mujer?

—Lo oyó.

—¿Qué? ¿Desde cuándo lo sabes? ¿Por qué no me lo habías dicho?

—Ella lo oyó, pero no sabía que lo había oído —dijo Hardwick—. Dijo que oyó algo como una bofetada ahogada. En ese momento no sabía qué había oído realmente, y a mí tampoco se me ocurrió hasta este preciso instante.

—¿Ahogada? —dijo Rodriguez con incredulidad—. ¿Me estás diciendo que usó un silenciador?

El nivel de atención de Sheridan Kline subió un peldaño.

—¡Eso lo explica! —gritó Thrasher.

—¿Qué explica? —preguntaron al unísono Rodriguez y Hardwick.

Los ojos de Thrasher brillaron de triunfo.

—Los rastros de plumas de ganso en la herida.

—Y en las muestras de sangre de la zona que rodeaba el cadáver. —La voz de la pelirroja era tan poco específica en cuanto a su sexo como su traje.

Thrasher asintió.

—Por supuesto, también estaría allí.

—Todo esto es muy sugerente —dijo Kline—. ¿Alguno de los que entienden lo que se ha dicho puede tomarse un momento para explicármelo?

—Plumas —atronó Thrasher, como si Kline fuera duro de oído.

La expresión de profunda perplejidad de Kline empezó a petrificarse.

Hardwick habló como si acabara de comprender la verdad.

—El amortiguamiento de los disparos combinado con la presencia de plumas sugiere que el efecto silenciador podría haberse producido envolviendo la pistola en alguna clase de material acolchado, tal vez una chaqueta de esquí o una parka.

—¿Estás diciendo que un arma puede silenciarse sólo metiéndola dentro de una chaqueta de esquí?

—No exactamente. Lo que estoy diciendo es que si empuño la pistola en una mano y la envuelvo una y otra vez (sobre todo en torno al cañón) con un material acolchado lo bastante

171

grueso, es posible que alguien diga que el disparo suena como un bofetón, si lo escucha desde el interior de una casa bien aislada con las ventanas cerradas.

La explicación pareció satisfacer a todo el mundo menos a Rodriguez.

—Quiero ver los resultados de algunos test antes de creerme eso.

—¿No crees que fuera un silenciador real? —Kline sonó decepcionado.

—Podría haberlo sido —dijo Thrasher—. Pero entonces tendríamos que explicar todas esas partículas microscópicas de alguna otra forma.

—Así pues —dijo Kline—, el asesino dispara a la víctima a bocajarro.

—No a bocajarro —lo interrumpió Thrasher—. A bocajarro implica contacto entre el cañón y la víctima, y no hay indicios de eso.

—Entonces, ¿desde qué distancia?

—Es difícil decirlo. Había unas cuantas quemaduras de pólvora de punto único en el cuello, que situarían el arma a un metro y medio, pero las quemaduras no eran lo bastante numerosas para formar un patrón. La pistola podría haber estado incluso más cerca, con las quemaduras de pólvora minimizadas por el material que envolvía el cañón.

—Creo que no se ha recuperado ninguna bala. —Rodriguez dirigió su crítica a un punto en el aire situado entre Thrasher y Hardwick.

La mandíbula de Gurney se tensó. Había trabajado para hombres como Rodriguez, hombres que confundían su obsesión por el control con liderazgo y su negatividad con tenacidad.

Thrasher respondió primero.

—La bala no dio en las vértebras. En el tejido del cuello en sí no hay mucho que pueda frenarla. Tenemos un orificio de entrada y otro de salida; ninguno de los cuales fue fácil de encontrar, por cierto, con todas las heridas infligidas después.

Si estaba esperando cumplidos, pensó Gurney, no era el lugar adecuado. Rodriguez pasó su mirada inquisitiva a Hardwick, cuyo tono se situó de nuevo al borde de la insubordinación.

—No buscamos una bala. No teníamos razones para pensar que hubiera una bala.

—Bueno, ahora las tienes.

—Excelente observación, señor —dijo Hardwick con un atisbo de burla.

Sacó su teléfono móvil, marcó un número y se alejó de la mesa. A pesar de su voz baja, estaba claro que estaba hablando con un agente de la Escena del Crimen y solicitando que, de un modo prioritario, buscaran la bala. Cuando regresó a la mesa, Kline preguntó si había alguna posibilidad de recuperar una bala disparada en el exterior.

—Normalmente no —dijo Hardwick—, pero en este caso hay posibilidades. Considerando la posición del cadáver, probablemente le dispararon con su espalda dando a la casa. Si no se desvió mucho, podremos encontrarla en el lateral de madera.

Kline asintió lentamente.

—Pues muy bien, como empezaba a decir hace un minuto, sólo para que me quede claro: el asesino dispara a la víctima desde una corta distancia, ésta cae al suelo, con la arteria carótida seccionada; le brota sangre del cuello. Entonces el asesino saca una botella rota, se agacha junto al cadáver y lo apuñala con ella catorce veces. ¿Es ésa la imagen? —preguntó con incredulidad.

—Al menos catorce veces —dijo Thrasher—, probablemente más. Cuando se solapan los cortes resulta difícil contarlos.

—Lo entiendo, pero a lo que voy es a por qué.

—¿El móvil? —dijo Thrasher, como si el concepto fuera en el mismo par científico que la interpretación de los sueños—. No es mi área. Pregúnteles a mis amigos del DIC.

Kline se volvió hacia Hardwick.

—Una botella rota es un arma de conveniencia, un arma del momento, un sustituto de barra de bar de un cuchillo o una pistola. ¿Por qué un hombre que ya tenía una pistola cargada sintió la necesidad de usar una botella rota, y por qué la usó después de que ya había matado a su víctima con la pistola?

—¿Para asegurarse de que estaba muerto? —ofreció Rodriguez.

—Entonces, ¿por qué no dispararle otra vez? ¿Por qué no dispararle en la cabeza? ¿Por qué no le disparó en la cabeza para empezar? ¿Por qué en el cuello?

173

—Quizá fue un disparo pésimo.

—¿Desde un metro y medio? —Kline se volvió hacia Thrasher—. Estamos seguros de la secuencia. ¿Primero el disparo y después los cortes?

—Sí, hasta un nivel razonable de certeza profesional, como decimos en un juicio. Las quemaduras de pólvora, aunque limitadas, son claras. Si la zona del cuello ya hubiera estado cubierta de sangre de los cortes en el momento del disparo, es poco probable que pudieran haberse producido quemaduras tan marcadas.

—Y habríais encontrado la bala.

La pelirroja lo dijo de un modo tan de pasada que sólo unas pocas personas lo oyeron. Kline era una de ellas. Gurney era otra. Se había estado preguntando cuándo se le iba a ocurrir eso a alguien. Hardwick era difícil de interpretar, pero no parecía sorprendido.

—¿Qué quiere decir ? —preguntó Kline.

La mujer respondió sin levantar la mirada de la pantalla del portátil.

174

—Si le acuchillaron catorce veces en el cuello como parte del asalto inicial, con cuatro de las heridas atravesándolo por completo, difícilmente habría permanecido de pie. Y si le dispararon desde arriba cuando él ya estaba con la espalda en el suelo, la bala habría estado justo debajo de él.

Kline le dedicó una mirada de evaluación. A diferencia de Rodriguez, pensó Gurney, era lo bastante lúcido para respetar la inteligencia.

Rodriguez hizo un esfuerzo por recuperar las riendas.

—¿De qué calibre de bala estamos hablando, doctor?

Thrasher miró por encima de las gafas de leer que le resbalaban por la nariz.

—¿Qué he de hacer para que entiendan los rudimentos de la patología?

—Ya lo sé, ya lo sé —dijo Rodriguez malhumorado—, la carne es flexible, se contrae, se expande, no puede ser exacto, etcétera, etcétera. Pero qué diría, estaba cerca de un veintidós o de un cuarenta y cuatro… Haga una estimación.

—No me pagan para calcular. Además, nadie recuerda durante más de cinco minutos que era sólo una estimación. Lo que recuerdan es que el forense dijo algo de un veintidós y que resulta que se equivocó. —Hubo un frío destello de recuerdo en sus ojos, pero lo único que dijo fue—: Cuando saquen la bala de la parte de atrás de la casa y la lleven a balística, lo sabrán…

—Doctor —lo interrumpió Kline como un niño pequeño que pregunta al señor Sabio—, ¿es posible estimar el intervalo exacto entre el disparo y las subsiguientes cuchilladas?

El tono de la pregunta pareció aplacar a Thrasher.

—Si el intervalo entre ambos fuera sustancial, y ambas heridas sangraran, habríamos encontrado sangre en dos estadios diferentes de coagulación. En este caso, diría que los dos tipos de heridas se produjeron en una secuencia lo bastante corta para hacer que esa clase de comparación resulte imposible. Lo único que puedo decir es que el intervalo fue relativamente corto, pero sería difícil determinar si fue de diez segundos o de diez minutos. Pero es una buena pregunta de patología —concluyó, para diferenciarla de la pregunta del capitán.

La boca del capitán se retorció.

—Si es lo único que tiene para nosotros por el momento, doctor, no lo entretendré más. ¿Recibiré el informe escrito dentro de no más de una semana desde hoy?

—Creo que es lo que he dicho.

Thrasher recogió su abultado maletín de la mesa, saludó al fiscal del distrito con una sonrisa de labios finos y abandonó la sala.

175

23

Sin rastro

—*P*or ahí sale un grano en el culo patológico —dijo Rodriguez.

Examinó los rostros de las personas que estaban sentadas a la mesa, en busca de alguien que apreciara su ingenio, pero sólo las perennes sonrisas de los gemelos Cruise se acercaron a proporcionar algo semejante. Kline puso fin al silencio pidiendo a Hardwick que continuara la narración de la escena del crimen en la que estaba inmerso antes de que hubiera aparecido el forense.

—Exactamente lo que estaba pensando, Sheridan —intervino Rodriguez—. Hardwick, sigue donde lo has dejado y cíñete a los hechos clave. —La advertencia insinuaba que eso no era algo que Hardwick hiciera normalmente.

Gurney reparó en lo previsible que eran las actitudes del capitán: hostil con Hardwick, adulador con Kline, presuntuoso en general.

Hardwick habló con rapidez.

—El rastro más visible del asesino era un conjunto de huellas de pisadas que entraban por la puerta principal, atravesaban la zona de aparcamiento, rodeaban el granero por detrás, donde se interrumpían ante una silla de playa…

—¿En la nieve? —preguntó Kline.

—Exacto. Se encontraron colillas de cigarrillo en el suelo delante de la silla.

—Siete —dijo la pelirroja del portátil.

—Siete —repitió Hardwick—. Las huellas continuaban desde la silla…

—Discúlpeme, detective, pero ¿los Mellery tienen sillas de camping en la nieve? —preguntó Kline.

—No, señor. Parece que el asesino se trajo la silla.

—¿Se la trajo?

Hardwick se encogió de hombros.

Kline negó con la cabeza.

—Lamento interrumpir. Adelante.

—No lo lamentes, Sheridan. Pregúntale lo que quieras. Mucho de este material tampoco tiene sentido para mí —dijo Rodriguez, con una expresión que le atribuía la carencia de sentido a Hardwick.

—Las huellas de pisadas siguen desde la silla hasta el lugar de encuentro con la víctima.

—¿Se refiere al lugar donde mataron a Mellery, señor? —preguntó Kline.

—Sí, señor. Y desde allí pasan por una abertura en el seto, recorren el prado y se adentran en el bosque, donde finalmente terminan a casi un kilómetro de la casa.

—¿Qué quiere decir «terminan»?

—Se detienen. No van más allá. Hay una pequeña zona donde la nieve está pisada, como si el individuo se quedara allí un buen rato, pero no hay más huellas, ni de salida ni de llegada de ese lugar. Como ha oído hace un rato, las botas que dejaron las huellas se encontraron colgadas de un árbol cercano, sin ninguna señal de lo que había ocurrido al individuo que las llevaba.

Gurney estaba observando la cara de Kline y vio en ella una combinación de desconcierto ante el enigma y la sorpresa por esta incapacidad de ver cualquier solución. Hardwick estaba abriendo la boca para continuar cuando la pelirroja habló otra vez con una voz pausada y sin inflexiones, una voz perfectamente situada a medio camino de lo masculino y lo femenino.

—En este punto deberíamos decir que el dibujo de las suelas de las botas coincide con las huellas en la nieve. El laboratorio determinará si las huellas son suyas.

—¿Puede ser tan definitivo con las huellas dejadas en la nieve? —preguntó Kline.

—Ah, sí —dijo con su primer atisbo de entusiasmo—. Las huellas en la nieve son las mejores de todas. La nieve comprimida puede capturar detalles demasiado finos para ser percibidos a simple vista. Nunca mate a nadie en la nieve.

—Lo recordaré —dijo Kline—. Lamento otra vez interrumpir, detective. Por favor, continúe.

—Éste podría ser un buen momento para informar sobre las pruebas recogidas hasta ahora. ¿Le parece bien, capitán?

Una vez más, a Gurney, el tono de Hardwick le sonó como una sutil falta de respeto.

—Me gustaría disponer de algunos datos —dijo Rodriguez.

—Un momento, que abro el archivo —dijo la pelirroja, pulsando unas pocas teclas en su ordenador—. ¿Quiere los elementos en algún orden en especial?

—¿Qué tal por orden de importancia?

Sin mostrar ninguna reacción al tono condescendiente del capitán, la mujer empezó a leer de la pantalla del ordenador.

—Elemento probatorio número uno: una silla de playa, hecha de tubos de aluminio ligero con tejido de plástico. El examen inicial de materiales extraños descubrió unos pocos milímetros de Tyvek atrapado en el pliegue entre el asiento y el apoyabrazos.

—¿Se refiere al material con el que aíslan las casas? —preguntó Kline.

—Es una barrera antihumedad que se aplica sobre planchas de conglomerado, pero también en otros productos, en especial en monos de pintor. Ése fue el único material extraño descubierto, el único indicador de que se había usado la silla.

—¿Ni huellas, ni pelo, ni sudor, ni saliva, ni abrasiones, nada de nada? —preguntó Rodriguez, como si sospechara que su gente no había mirado lo bastante bien.

—Ni huellas, ni pelo, ni sudor, ni saliva, ni abrasiones, pero yo no diría nada de nada —respondió ella, que pareció dejar que el tono de la pregunta del capitán pasara sin tocarla, como el puñetazo de un borracho—. La mitad de la tela de la silla ha sido sustituida, todas las tiras horizontales.

—Pero has dicho que nunca se había usado.

—No hay ninguna señal de uso, pero las cinchas sin duda han sido sustituidas.

—¿Qué posible razón puede haber para eso?

Gurney estuvo tentado de ofrecer una explicación, pero Hardwick la expresó en palabras antes.

—Ella ha dicho que todas las cinchas eran blancas. Esa clase de silla normalmente tiene dos colores de cinchas entrelazadas para crear un patrón: azul y blanco, verde y blanco, algo así. Quizá no quería ningún color.

Rodriguez mascó la idea como si fuera un chicle rancio.

—Adelante, sargento Wigg. Tenemos mucho que hacer antes de comer.

—Elemento número dos: siete colillas de cigarrillos de la marca Marlboro, también sin rastros humanos.

Kline se inclinó hacia delante.

—¿No hay rastros de saliva? ¿No hay huellas dactilares parciales? ¿Ni siquiera aceite de piel?

—Nada.

—¿No es extraño?

—Extremadamente. Elemento número tres: una botella de whisky rota, incompleta, marca Four Roses.

—¿Incompleta?

—Aproximadamente la mitad de la botella estaba de una sola pieza. Eso y todos los restos recuperados suman algo menos de dos tercios de una botella completa.

—¿No hay huellas? —preguntó Rodriguez.

—No hay huellas; en realidad no es una sorpresa, considerando la ausencia de huellas en la silla y los cigarrillos. Había una sustancia presente, además de la sangre de la víctima: una minúscula huella de detergente en una fisura a lo largo del borde roto del cristal.

—¿Qué significa? —preguntó Rodriguez.

—La presencia del detergente y la ausencia de una porción de la botella sugiere que la rompieron en algún otro sitio y la lavaron antes de llevarla a la escena.

—Entonces, ¿ese alocado apuñalamiento fue tan premeditado como el disparo?

—Eso parece. ¿Continúo?

—Por favor —dijo Rodriguez, haciendo que la palabra sonara ruda.

—Elemento número cuatro: la vestimenta de la víctima, incluida ropa interior, bata y mocasines, todo manchado con su propia sangre. Tres cabellos extraños hallados en la bata, posiblemente de la mujer de la víctima, aún sin identificar. Elemento número cinco: muestras de sangre recogidas del suelo que había alrededor del cadáver. Se están llevando a cabo las pruebas: hasta el momento todas las muestras coinciden con la sangre de la víctima. Elemento número seis: trozos de cristal roto tomados de la losa de debajo del cuello de la víctima. Esto es coherente con el hallazgo de la autopsia inicial: cuatro heridas de punción de la botella de cristal atravesaron el cuello de delante atrás, y la víctima estaba en el suelo en el momento del acuchillamiento.

Kline tenía los ojos entrecerrados, como un hombre que conduce de cara al sol.

—Me está dando la impresión de que alguien ha cometido un crimen extremadamente violento, un crimen que implica disparar, apuñalar (más de una docena de heridas profundas, algunas causadas con gran fuerza) y, aun así, el asesino consiguió hacer todo esto sin dejar ni un solo rastro, no intencionado, de sí mismo.

Uno de los gemelos Cruise habló por primera vez, en una voz sorprendentemente aguda en relación con su aspecto de hombre.

—¿Qué ocurre con la silla de playa, la botella, las huellas de pisadas, las botas?

El rostro de Kline se retorció con impaciencia.

—He dicho rastros no intencionados. Esas cosas las dejó allí a propósito.

El joven se encogió de hombros como si fuera un truco de sofistería.

—El elemento número siete se divide en subcategorías —dijo la sargento sin género Wigg (aunque tal vez no sin sexo, observó Gurney, notando los interesantes ojos y la boca finamente esculpida)—. El artículo número siete incluye comunicaciones recibidas por la víctima que podrían ser relevantes para el crimen, incluida la nota final hallada en el cadáver.

—He hecho copias de todas ellas —anunció Rodriguez—. Las entregaré en el momento apropiado.

—¿Qué están buscando en ellas? —le preguntó Kline a Wigg.

—Huellas dactilares, hendiduras en el papel…

—¿Como impresiones de un cuaderno?

—Correcto. También estamos haciendo un test de identificación de tinta en las cartas manuscritas y un segundo test de identificación de impresión en la carta que se generó con un procesador de textos: la última recibida antes del asesinato.

—También tenemos expertos examinando la caligrafía, el vocabulario y la sintaxis —intervino Hardwick—, y estamos consiguiendo un análisis de huella de sonido de la conversación telefónica grabada por la víctima. Wigg ya tiene una impresión preliminar, y la revisaremos hoy mismo.

—También examinaremos las botas que se han encontrado hoy, en cuanto lleguen al laboratorio. Es todo por ahora —concluyó Wigg, que pulsó una tecla de su ordenador—. ¿Alguna pregunta?

—Yo tengo una —dijo Rodriguez—. Como hemos discutido presentar estos indicios en orden de importancia, me estaba preguntando por qué has puesto la silla en primer lugar.

—Sólo es una corazonada, señor. No podemos saber cómo encaja todo hasta que encaje. En este momento es difícil decir qué pieza del puzle...

—Pero has puesto la silla plegable en primer lugar —la interrumpió Rodriguez—. ¿Por qué?

—Parecía ilustrar el rasgo más asombroso del caso.

—¿Qué significa eso?

—La planificación —dijo Wigg con suavidad.

Gurney pensó que tenía la habilidad de responder al interrogatorio del capitán como si se tratara de una serie de preguntas objetivas hechas sobre papel, sin hacer caso de las expresiones faciales arrogantes ni de las entonaciones insultantes. Había una curiosa pureza en esa carencia de implicación emocional, en esa inmunidad a la provocación mezquina. Y captaba la atención de la gente. Gurney se fijó en que todos los presentes, salvo Rodriguez, estaban inconscientemente inclinados hacia delante.

—No sólo la planificación —continuó ella—, sino lo extraño de ella. Llevar una silla plegable a un asesinato. Fumarse siete cigarrillos sin tocarlos ni con los dedos ni con los labios. Romper una botella, lavarla y llevarla a la escena para apuñalar con ella un cadáver. Por no mencionar las pisadas imposibles y cómo el autor del crimen desapareció en el bosque. Es como si el hombre fuera una especie de genio del crimen. No es sólo una silla de playa, sino una silla con la mitad de las cinchas retiradas y sustituidas. ¿Por qué? ¿Porque lo quería todo blanco? ¿Porque sería menos visible en la nieve? ¿Porque sería menos visible contra el traje de pintor de Tyvek que probablemente llevaba? Pero si era una cuestión de visibilidad, ¿por qué se sentó en una silla de playa a fumar cigarrillos? No estoy segura de por qué, pero no me sorprendería que la silla resultara ser clave para desenredar todo esto.

Rodriguez negó con la cabeza.

—La clave para resolver este crimen será la disciplina policial, el procedimiento y la comunicación.

—Apuesto por la silla —susurró Hardwick, guiñando un ojo a Wigg.

El comentario tuvo efecto en el rostro del capitán, pero antes de que éste pudiera hablar se abrió la puerta de la sala de conferencias y entró un hombre que sostenía un disco de ordenador brillante.

—¿Qué es? —soltó Rodriguez.

—Me ha dicho que le traiga cualquier resultado de huellas dactilares en cuanto lo tuviera, señor.

—¿Y?

—Los tenemos —dijo, sosteniendo el disco—. Será mejor que echen un vistazo. Quizá la sargento Wigg podría…

Extendió el disco tentativamente hacia el portátil de Wigg. Ella lo insertó y pulsó un par de teclas.

—Interesante —dijo.

—Prekowski, ¿te importaría explicar qué tenemos aquí?

—Krepowski, señor.

—¿Qué?

—Me llamo Krepowski.

—Bueno, bien. Ahora, ¿puedes hacer el favor de contarnos si han encontrado alguna huella?

El hombre se aclaró la garganta.

—Bueno, sí y no —dijo.

Rodriguez suspiró.

—¿Quieres decir que son demasiado borrosas para ser útiles?

—Son mucho más que borrosas —dijo el hombre—. De hecho, no son huellas.

—Bueno, ¿qué son?

—Supongo que podríamos llamarlas manchas. Parece que

el tipo usó las yemas de los dedos para escribir, usando el aceite de la piel de sus dedos como si fuera tinta invisible.

—¿Para escribir? ¿Escribir qué?

—Mensajes de una sola palabra. Uno en la parte de atrás de cada uno de los poemas que envió a la víctima. Una vez que logramos químicamente que las palabras fueran visibles, las fotografiamos y copiamos las imágenes en el disco. Se ve muy claro en pantalla.

Con un leve rastro de diversión en los labios, la sargento Wigg rotó lentamente su portátil hasta que la pantalla quedó directamente frente a Rodriguez. Había tres hojas de papel en la foto, colocadas una junto a la otra: eran las caras de atrás de las hojas en las que se habían escrito los tres poemas, ordenados en la secuencia en que se había recibido. En cada una de las tres hojas había una única palabra con letras manchadas mayúsculas.

POLI NECIO VIL

183

24

Crimen del año

—¿*Q*ué coño...? —dijeron los chicos Cruise, excitados al mismo tiempo.

Rodriguez torció el gesto.

—¡Joder! —gritó Kline—. Esto se pone más interesante a cada minuto que pasa. Este tipo está declarando la guerra.

—Es un chalado —dijo Cruise I.

—Un chalado listo y despiadado que quiere plantear batalla a la Policía. —Estaba claro que a Kline todo aquello le resultaba excitante.

—¿Y qué? —dijo Cruise II.

—He dicho antes que era probable que este crimen generara el interés de los medios. Borren eso. Puede ser el crimen del año, quizás el crimen de la década. Todos los elementos de este asunto son un imán para los medios.

Los ojos de Kline destellaron con las posibilidades. Estaba tan inclinado hacia delante en su silla que tenía las costillas apoyadas en el borde de la mesa. Entonces, tan de repente como se había encendido su entusiasmo, lo contuvo, recostándose con expresión reflexiva, como si una alarma privada le hubiera advertido de que un asesinato era un asunto trágico y que debía tratarse como tal.

—El elemento antipolicial podría ser significativo —dijo con sobriedad.

—No cabe duda —coincidió Rodriguez—. Me gustaría saber si alguno de los huéspedes del instituto tenía ideas antipoliciales. ¿Qué me dices de eso, Hardwick?

El investigador jefe musitó una carcajada de una sola sílaba.

—¿Qué tiene tanta gracia?

—La mayoría de los huéspedes que interrogamos sitúan a la Policía a medio camino entre agentes del fisco y lombrices de tierra.

Gurney se maravilló de que, de algún modo, Hardwick hubiera conseguido expresar que eso era exactamente lo que pensaba él del capitán.

—Me gustaría ver esas declaraciones.

—Están en su buzón de entrada. Pero puedo ahorrarle un poco de tiempo. Las declaraciones son inútiles. Nombre, rango y número de serie. Todos estaban dormidos. Nadie vio nada. Nadie oyó nada, salvo Pasquale Villadi, alias Doughboy, alias Patty Cakes. Dice que no podía dormir. Abrió la ventana para que entrara un poco de aire fresco y oyó aquella «bofetada ahogada», y supuso lo que era. —Hardwick pasó una pila de papeles que tenía en su carpeta y sacó uno, al tiempo que Kline volvía a echarse adelante en su asiento—. «Sonó como si hubieran disparado a alguien», dijo. Lo dijo como si tal cosa, como si fuera un ruido familiar para él.

Los ojos de Kline estaban brillando otra vez.

—¿Me está diciendo que había un tipo de la mafia presente en el momento del crimen?

—Presente en la propiedad, no en la escena del crimen —dijo Hardwick.

—¿Cómo lo sabe?

—Porque despertó al instructor ayudante de Mellery, Justin Bale, un joven que tiene una habitación en el edificio que alberga los dormitorios de los huéspedes. Villadi le dijo que había oído un ruido procedente de la dirección de la casa de Mellery. Pensaba que podría tratarse de un intruso y le sugirió echar un vistazo. Cuando se hubieron vestido y tras cruzar los jardines hasta la casa, Caddy Mellery ya había descubierto el cuerpo de su marido y había entrado para llamar a Emergencias.

—¿Villadi no le dijo a ese Bale que había oído un disparo?
—Kline estaba empezando a sonar como si estuviera en la sala de un tribunal.

—No. Nos lo dijo a nosotros cuando lo interrogamos al día siguiente. Pero para entonces ya habíamos encontrado la botella ensangrentada y todos esos cortes tan evidentes, pero ninguna herida de bala visible y ninguna otra arma, así que no seguimos la cuestión del disparo enseguida. Supusimos que Patty era el típico tipo que piensa en pistolas y que podría haber sacado esa conclusión precipitada.

—¿Por qué no le dijo a Bale que pensaba que había sido un disparo?

—Dijo que no quería asustarlo.

—Muy considerado —dijo Kline con sorna. Miró al estoico Stimmel, sentado a su lado. Éste hizo remedo de la sorna—. Si hubiera…

—Pero te lo dijo a ti —interrumpió Rodriguez—. Lástima que no prestaras atención.

Hardwick reprimió un bostezo.

—¿Qué demonios está haciendo un tipo de la mafia en un sitio que vende «renovación espiritual»? —preguntó Kline.

Hardwick se encogió de hombros.

—Dice que le encanta ese sitio. Va una vez al año a calmar los nervios. Dice que es un pedazo de cielo y que Mellery era un santo.

—¿De verdad dijo eso?

—De verdad lo dijo.

—¡Este caso es asombroso! ¿Algún otro huésped interesante?

El destello irónico que a Gurney le resultaba tan inexplicablemente desagradable asomó a los ojos de Hardwick.

—Si se refiere a chalados arrogantes, infantiles, podridos por las drogas, sí, hay unos cuantos «huéspedes interesantes», además de la viuda Onassis.

Mientras sopesaba, quizá, cómo se comportarían los medios en relación con una escena del crimen tan sensacional, la mirada de Kline se posó en Gurney, que estaba sentado en diagonal a él, al otro lado de la mesa. Al principio su expresión permaneció tan desconectada como si estuviera mirando una silla vacía. Luego inclinó la cabeza con curiosidad.

—Un momento —dijo—. Dave Gurney, policía de Nueva York. Rod me dijo quién iba a asistir a esta reunión, pero acabo de registrar el nombre. ¿No es usted el tipo del que la revista *New York* publicó un artículo hace unos años?

Hardwick respondió primero.

—Es nuestro chico. El titular hablaba de un «superdetective».

—Ahora me acuerdo —exclamó Kline—. Resolvió esos grandes casos de asesinos en serie: el lunático de la Navidad que enviaba trozos de cadáveres y Porky Pig, o como demonios se llamara.

—Peter Possum Piggert —aclaró Gurney con voz suave.

Kline lo miró con abierto asombro.

—¿Así que este Mellery al que han asesinado resulta que es el mejor amigo del detective estrella del Departamento de Policía de Nueva York encargado de atrapar a asesinos en serie? —El interés que aquello podía despertar en los medios se hacía más importante por momentos.

—Participé hasta cierto punto en ambos casos —dijo Gurney con una voz tan carente de entusiasmo como cargada lo estaba la de Kline—. Igual que mucha otra gente. En cuanto a que Mellery era mi mejor amigo, sería triste de ser cierto, considerando que no habíamos hablado desde hacía veinticinco años, e incluso entonces...

—Pero —lo interrumpió Kline— cuando se vio en apuros, recurrió a usted.

187

Gurney asimiló las caras de la mesa, que mostraban diversos grados de respeto y envidia, y se maravilló del poder seductor de una narración tan simplificada. «Asesinato sangriento del amigo de un gran policía» apelaba de manera instantánea a esa parte del cerebro a la que le gustan los dibujos animados y que odia la complejidad.

—Sospecho que acudió a mí porque era el único policía que conocía.

Kline tenía aspecto de no estar dispuesto a abandonar tan fácilmente, podría volver sobre el tema más tarde, pero por el momento quería seguir adelante.

—Fuera cual fuese su relación, su contacto con la víctima le otorga un punto de vista del que nadie más disfruta.

—Por eso lo quería aquí hoy —dijo Rodriguez en su estilo de aquí mando yo.

Una erupción de carcajada empezó a salir de la garganta de Hardwick, seguido por un susurro que apenas captó el oído de Gurney.

—Odiaba la idea hasta que le ha gustado a Kline.

Rodriguez continuó.

—Lo tengo programado para que nos dé su declaración a continuación y conteste a las preguntas que puedan surgir, que podrían ser bastantes. Para evitar eventuales interrupciones, tomémonos cinco minutos para ir al lavabo.

—Se caga en ti, Gurney —dijo el susurro incorpóreo, perdido en medio del sonido de sillas que se separaban de la mesa.

188

25

Interrogando a Gurney

Gurney tenía la teoría de que en los lavabos los hombres se comportaban como si estuvieran en vestuarios o en ascensores, es decir, o bien con ruidosa familiaridad, o bien con incómoda distancia. Ése era un grupo de ascensor. Hasta que no volvieron todos a la sala de conferencias, nadie habló.

—Bueno, ¿cómo se hizo tan famoso un tipo tan modesto? —preguntó Kline, sonriendo con un encanto ensayado.

—No soy tan modesto, y estoy seguro de que no soy tan famoso —dijo Gurney.

—Si todos se sientan —intervino Rodriguez con brusquedad—, verán que tienen delante los mensajes que la víctima recibió. Mientras nuestro testigo presenta su relato, pueden consultar los mensajes que se estén discutiendo. —Tras una breve señal con la cabeza a Gurney, concluyó—. Cuando esté preparado.

A Gurney ya no le sorprendía la excesiva diligencia del hombre, pero todavía le escocía. Miró en torno a la mesa, para establecer contacto visual con todos menos con su guía en la escena del crimen, que estaba pasando ruidosamente su pila de papeles, y Stimmel, el ayudante del fiscal, que estaba sentado mirando al espacio como un sapo ensimismado.

—Como ha indicado el capitán, hay mucho que tratar. Creo que será mejor que haga un resumen de los hechos en orden cronológico, y que reserven sus preguntas hasta que haya terminado. —Vio la cabeza de Rodriguez levantándose para protestar, pero se contuvo en el momento en que Kline asentía aprobatoriamente al procedimiento propuesto.

Con su claridad y sencillez habituales (le habían dicho más de una vez que podría haber sido profesor de lógica), Gurney resumió en veinte minutos toda la historia, desde lo del mensaje de correo en el que Mellery pedía verlo, pasando por la serie de desconcertantes comunicados y las reacciones de la víctima, hasta la llamada telefónica del asesino y la nota en el buzón (la que mencionaba el número diecinueve).

Kline escuchó extasiado todo el tiempo y fue el primero en hablar cuando terminó.

—¡Es una historia de venganza épica! El asesino estaba obsesionado con saldar cuentas con Mellery por algo horrible que hizo años atrás cuando estaba borracho.

—¿Por qué esperar tanto? —preguntó la sargento Wigg, que a Gurney le resultaba más interesante cada vez que hablaba.

Los ojos de Kline brillaban con posibilidades.

—Quizá Mellery reveló algo en uno de sus libros. Tal vez fue así como el asesino descubrió que era responsable de algún suceso trágico que no había relacionado con él antes. O quizás el éxito de Mellery fue la gota que colmó el vaso, lo que el asesino no pudo soportar. O quizá, como decía la primera nota, el asesino sólo se lo encontró un día por la calle. Un resentimiento en ascuas volvió a cobrar vida. El enemigo se cruza en el visor del rifle y... bang.

—Bang las pelotas —soltó Hardwick.

—¿Tiene una opinión diferente, investigador jefe Hardwick? —inquirió Kline con una sonrisa nerviosa.

—Cartas cuidadosamente compuestas, misterios numéricos, instrucciones para enviar el cheque a una dirección equivocada, una serie de poemas cada vez más amenazadores, mensajes ocultos a la Policía que sólo podían descubrirse a través de química de dactiloscopia, colillas de cigarrillo quirúrgicamente limpias, una herida de bala oculta, un rastro de pisadas imposible y una puta silla de playa, ¡por el amor de Dios! Es un bang muy retrasado.

—No pretendía excluir la premeditación —dijo Kline—. Pero en este punto estoy más interesado en el motivo básico que en los detalles. Quiero comprender la relación entre el asesino y su víctima. Comprender la conexión es normalmente la clave de una condena.

Esta respuesta de sermón generó un incómodo silencio que Rodriguez se encargó de romper.

—¡Blatt! —espetó al guía de Gurney, que estaba mirando

sus copias de los dos primeros mensajes como si hubieran caído en su regazo desde el espacio exterior—. Pareces perdido.

—No lo entiendo. El criminal envía una carta a la víctima, le dice que piense en un número y que luego mire en un sobre cerrado. Piensa en el seiscientos cincuenta y ocho, mira en el sobre y allí está: seiscientos cincuenta y ocho. ¿Están diciendo que ocurrió de verdad?

Antes de que nadie pudiera responder, su compañero intervino.

—Y dos semanas después el tipo vuelve a hacerlo, esta vez por teléfono. Le dice que piense en un número y que luego mire en el buzón. La víctima piensa en el número diecinueve, mira en el buzón, y allí está el número en medio de una carta del criminal. Es raro de cojones.

—Tenemos la grabación que hizo la víctima de la llamada real —intervino Rodriguez, que lo dijo como si fuera un logro personal—. Pon la parte del número, Wigg.

Sin hacer comentarios, la sargento pulsó unas pocas teclas, y tras un intervalo de dos o tres segundos la llamada entre Mellery y su acosador —la que Gurney había escuchado a través del chisme de llamada de conferencia de Mellery— sonó. Quienes estaban sentados a la mesa se quedaron absortos por el acento extraño de la voz del que llamaba, por el miedo tenso que desprendía la de Mellery.

191

—Susurra el número.
—¿Que lo susurre?
—Sí.
—Diecinueve.
—Bien, muy bien.
—¿Quién eres?
—¿Aún no lo sabes? Tanto dolor y no tienes ni idea. Pensaba que esto podría ocurrir. He dejado algo para ti antes. Una notita. ¿Seguro que no la tienes?
—No sé de qué estás hablando.
—Ah, pero sabías que el número era el diecinueve.
—Me has dicho que piense en un número.
—Pero era el número correcto, ¿no?
—No lo entiendo.

Al cabo de un momento, la sargento Wigg pulsó dos teclas y dijo:

—Nada más.

Gurney se sintió apenado, enfadado y mareado.

Blatt puso las palmas hacia arriba, en un gesto de confusión.

—¿Qué diablos era eso, un hombre o una mujer?

—Casi con certeza, un hombre —dijo Wigg.

—¿Cómo demonios lo sabe?

—Realizamos un análisis de voz esta mañana, y la impresión muestra más tensión a medida que aumenta la frecuencia.

—¿Y?

—El tono varía de manera considerable de una fase a otra, incluso de palabra a palabra, y en cada caso la voz es mesurablemente menos tensa en frecuencias más graves.

—¿Lo que significa que la persona que llamaba se estaba tensando para hablar en un registro alto y que los tonos más bajos le salían con más naturalidad? —preguntó Kline.

—Exacto —contestó Wigg en su voz ambigua, pero no carente de atractivo—. No es una prueba concluyente, pero es lo que sugiere con fuerza.

192

—¿Y el ruido de fondo? —preguntó Kline.

También era una pregunta que Gurney tenía *in mente*. Había apreciado varios sonidos de vehículos, lo situaba la llamada en una zona abierta, quizás en una calle concurrida o en el exterior de un centro comercial.

—Sabremos más después de que mejoremos el sonido, pero ahora mismo parece que hay tres niveles: la conversación, el tráfico y el zumbido de algún tipo de motor.

—¿Cuánto tardará? —preguntó Rodriguez.

—Depende de la complejidad de los datos capturados —dijo Wigg—. Calculo que entre doce y veinticuatro horas.

—Que sean doce.

Después de un silencio embarazoso, algo para lo que Rodriguez tenía talento, Kline formuló una pregunta a la sala.

—¿Y el asunto de los susurros? ¿Quién se suponía que no tenía que oír a Mellery diciendo el número diecinueve? —Se volvió hacia Gurney—. ¿Alguna idea?

—No. Pero dudo que tenga nada que ver con que alguien lo oyera.

—¿Por qué lo dice? —lo retó Rodriguez.

—Porque susurrar es una forma torpe de que no te oigan —susurró Gurney, de un modo bastante audible para subrayar su tesis—. Es como otros elementos peculiares del caso.

—¿Como qué? —insistió Rodriguez.

—Bueno, por ejemplo, ¿por qué la incertidumbre de la nota de referirse a noviembre o diciembre? ¿Por qué una pistola y una botella rota? ¿Por qué el misterio en las pisadas? Y otro pequeño detalle que no se menciona, ¿por qué no hay huellas de animales?

—¿Qué? —Rodriguez parecía desconcertado.

—Caddy Mellery dijo que ella y su marido oyeron sonidos de animales que chillaban, como si pelearan detrás de la casa, por eso él fue al piso de abajo y miró por la puerta de atrás. Pero no había huellas de animales cerca, y habrían sido muy obvias en la nieve.

—Nos estamos encallando. No veo qué importancia puede tener la presencia o ausencia de huellas de mapaches o de lo que estemos hablando.

—Dios —dijo Hardwick, sin hacer caso a Rodriguez y dedicando a Gurney una sonrisa de admiración—. Tienes razón. No había ni una señal en esa nieve que no estuviera hecha por la víctima o el asesino. ¿Por qué no me fijé en eso?

Kline se volvió hacia su ayudante.

—Nunca he visto un caso con tantos indicios y que tan pocos tengan sentido. —Negó con la cabeza—. O sea, ¿cómo demonios consiguió el asesino hacer eso con los números? ¿Y por qué dos veces? —Miró a Gurney—. ¿Está seguro de que los números no tenían ningún sentido para Mellery?

—Seguro al noventa por ciento, lo más seguro que puedo estar de algo.

—Volviendo a la imagen global —dijo Rodriguez—, estaba pensando en la cuestión del motivo que has mencionado antes, Sheridan...

El teléfono de Hardwick sonó. Lo sacó del bolsillo y se lo llevó a la oreja antes de que Rodriguez pudiera protestar.

—Mierda —dijo, después de escuchar unos diez segundos—. ¿Estás seguro? —Miró en torno a la mesa—. No hay bala. Han revisado el muro de atrás de la casa centímetro a centímetro. Nada.

—Que miren dentro de la casa —dijo Gurney.

—Pero dispararon fuera.

—Ya lo sé, pero probablemente Mellery no cerró la puerta. Una persona ansiosa en una situación como esa preferiría dejar la puerta abierta. Diles a los técnicos que consideren las posibles trayectorias y cualquier pared interior que hubiera estado en la línea de fuego.

Hardwick transmitió rápidamente las instrucciones y colgó.

—Buena idea —dijo Kline.

—Muy buena —secundó Wigg.

—Respecto a esos números —intervino Blatt, cambiando abruptamente de asunto—, casi seguro que ha de ser algún tipo de hipnosis o percepción extrasensorial.

—No creo —dijo Gurney.

—Pero ha de serlo. ¿Qué más podría ser?

Hardwick compartía la opinión de Gurney al respecto y respondió antes.

—Dios, Blatt, ¿cuándo fue la última vez que la Policía del estado investigó un crimen que implicara un control mental místico?

—¡Pero sabía lo que el tipo estaba pensando!

Esta vez Gurney respondió antes, a su manera conciliadora.

—Parece que alguien sabía exactamente lo que Mellery estaba pensando, pero apuesto a que nos estamos saltando algo y que resultará ser mucho más simple que leer la mente.

—Deje que le pregunte algo, detective Gurney. —Rodriguez se estaba recostando en su silla, con el puño derecho metido en la palma izquierda delante de su pecho—. Se estaban acumulando con rapidez, a través de una serie de cartas amenazadoras y llamadas telefónicas, pruebas que indicaban que Mark Mellery era el objetivo de un acosador homicida. ¿Por qué no llevó estas pruebas a la Policía antes del asesinato?

El hecho de que Gurney hubiera anticipado la pregunta y estuviera preparado para responderla no disminuyó su picor.

—Agradezco el título de detective, capitán, pero entregué ese título junto con mi placa y mi arma hace dos años. En cuanto a informar del asunto a la Policía mientras estaba ocurriendo, no se podía hacer nada práctico sin la cooperación de Mark Mellery, y dejó claro que él no colaboraría.

—¿Está diciendo que no podría haber puesto la situación en conocimiento de la Policía sin su permiso? —La voz de Rodriguez estaba subiendo, su actitud parecía más tensa.

—Me dejó claro que no quería a la Policía implicada, que consideraba la idea de la intrusión policial en el asunto más destructiva que útil y que tomaría todas las medidas necesarias para impedirlo. Si yo hubiera informado del asunto, él habría puesto impedimentos y se habría negado a seguir comunicándose conmigo.

—Sus posteriores conversaciones con usted no le hicieron mucho bien, ¿no?

—Desgraciadamente, capitán, tiene razón en eso.

La suavidad, la ausencia de resistencia en la respuesta de Gurney dejó a Rodriguez momentáneamente desequilibrado. Sheridan Kline entró en el espacio vacío.

—¿Por qué se oponía a que la Policía se implicara?

—Consideraba que la Policía era demasiado torpe e incompetente, incapaz de lograr algo positivo. Creía que era poco probable que lo hicieran sentir más seguro, y que, en cambio, era muy probable que perjudicaran la imagen de su instituto.

—Eso es ridículo —dijo Rodriguez, ofendido.

—Elefantes en una cacharrería, eso es lo que siempre repetía. Estaba decidido a no cooperar con la Policía, no quería que ésta entrara en su propiedad, no quería el contacto policial con sus huéspedes, ni informar personalmente. Parecía dispuesto a tomar medidas legales ante el menor atisbo de interferencia policial.

—Bien, sin embargo, lo que me gustaría saber… —empezó Rodriguez, pero lo cortó otra vez el familiar tono del teléfono de Hardwick.

—Hardwick… Sí… ¿Dónde…? Fantástico… Vale, bien. Gracias. —Se puso el teléfono en el bolsillo y le anunció a Gurney en una voz lo bastante alta para que todos lo oyeran—: Han encontrado la bala. En una pared interior. De hecho, en el centro del salón de la casa, en una línea directa desde la puerta de atrás, que estaba aparentemente abierta cuando dispararon.

—Felicidades —le dijo la sargento Wigg a Gurney. Luego, dirigiéndose a Hardwick, añadió—: ¿Alguna idea del calibre?

—Creen que es un trescientos cincuenta y siete, pero esperaremos a Balística.

Kline parecía preocupado. Dirigió una pregunta a nadie en particular.

—¿Mellery podría haber tenido otras razones para no querer a la Policía cerca?

Blatt, con expresión aturdida, añadió su propia pregunta:

—¿Qué demonios significa eso de unos elefantes en una cacharrería?

196

26
Un cheque en blanco

Cuando Gurney llegó a su granja de las afueras de Walnut Crossing, después de conducir a lo largo de los Catskills, el agotamiento lo había envuelto en una niebla emocional en la que se confundían hambre, sed, frustración, tristeza y dudas sobre sí mismo. Noviembre caminaba hacia el invierno y los días se hacían inquietantemente más cortos, sobre todo en los valles, donde las montañas circundantes propiciaban anocheceres tempranos. El coche de Madeleine no estaba en su sitio junto a la cabaña del jardín. La nieve, parcialmente fundida por el sol de mediodía y congelada de nuevo por el frío de la tarde, crujía bajo los zapatos.

La casa estaba sumida en un silencio sepulcral. Gurney encendió la lámpara de encima de la mesita de la cocina. Recordó que Madeleine había dicho algo sobre la cancelación de su cena-fiesta prevista debido a alguna reunión a la que todas las mujeres querían asistir, pero los detalles se le escapaban. Así que, al fin y al cabo, no había ninguna necesidad de las malditas pacanas. Puso un saquito de té Darjeeling en una taza, la llenó en el grifo y la metió en el microondas. Movido por el hábito, se dirigió a su sillón, situado en el otro lado de la cocina rústica. Se hundió en él y apoyó los pies en un taburete de madera. Dos minutos después, el sonido del timbre del microondas quedó absorbido en la textura de un sueño en sombras.

Lo despertó el sonido de las pisadas de Madeleine.

Era una percepción hipersensible, quizá, pero algo en las pisadas sonaba a enfado. Le parecía que su dirección y su proximidad indicaban que debía de haberlo visto en la silla, pero que no había querido hablar con él.

Abrió los ojos a tiempo de verla salir de la cocina y dirigirse a su dormitorio. Se estiró, se levantó de las profundidades del sillón, fue al aparador a buscar un pañuelo de papel y se sonó la nariz. Oyó que se cerraba la puerta de un armario, con un exceso de ímpetu, y al cabo de un minuto Madeleine regresó a la cocina. Se había cambiado la blusa de seda por un jersey suelto.

—Estás despierto —dijo.

A David le pareció una crítica por haberse quedado dormido.

Madeleine encendió una fila de luces situadas sobre la encimera y abrió la nevera.

—¿Has comido? —Sonó como una acusación.

—No, he tenido un día agotador. Cuando he llegado a casa sólo me he hecho una taza de… Oh, mierda, se me olvidó.

Se acercó al microondas, sacó una taza de té oscuro y frío y la vació con bolsita y todo en el fregadero.

Madeleine fue al fregadero, recogió la bolsa de té y, haciéndose notar, la tiró a la basura.

—Yo también estoy muy cansada. —Negó con la cabeza en silencio un momento—. No entiendo por qué esos estúpidos del pueblo creen que es buena idea construir una prisión horrorosa, rodeada por alambre de púas, en medio del condado más hermoso del estado.

Entonces David lo recordó. Ella le había dicho que por la mañana pensaba asistir a una reunión en el pueblo en la cual debía discutirse otra vez sobre aquella controvertida propuesta. La cuestión era si el pueblo debería competir para convertirse en sede de una instalación que para sus oponentes era una «prisión», pero que para quienes la apoyaban era un «centro de tratamiento». La batalla de la nomenclatura surgía del lenguaje burocrático ambiguo que autorizaba ese proyecto piloto para una nueva clase de institución. Iba a ser conocido como ETCE (Entorno Terapéutico Correccional del Estado) y su propósito dual consistía en la encarcelación y rehabilitación de personas condenadas por delitos relacionados con las drogas. De hecho, el lenguaje burocrático era impenetrable y dejaba mucho espacio para la interpretación y la discusión.

Era un tema demasiado delicado como para que pudieran

hablar de él. No porque él no compartiera el deseo de Madeleine de mantener el ETCE fuera de Walnut Crossing, sino porque no se estaba uniendo a la batalla con la intensidad con que ella pensaba que debería hacerlo.

—Probablemente hay media docena de personas a las que les vendría de fábula —dijo adustamente—, y todos los demás en el valle (y todos los que tengan que pasar por el valle) tendrían que sufrir la presencia de ese miserable adefesio durante el resto de sus vidas. ¿Y por qué? Por la «rehabilitación» de una panda de camellos. ¡Dame un respiro!

—Hay otras ciudades que compiten por ello. Con un poco de suerte, alguna ganará.

Madeleine sonrió sombríamente.

—Claro, si sus ayuntamientos son aún más corruptos que el nuestro, podría ocurrir.

Pensó que su indignación era una forma de presionarle, así que David decidió intentar cambiar de tema.

—¿Quieres que haga una par de tortillas? —Vio que el hambre de Madeleine pugnaba brevemente con su rabia residual. Ganó el hambre.

—Sin pimiento verde —le advirtió—. No me gusta.

—¿Por qué compras?

—No lo sé. Desde luego, para las tortillas no.

—¿Quieres escalonias?

—Sin escalonias.

Madeleine puso la mesa mientras él batía los huevos y calentaba las sartenes.

—¿Quieres tomar algo? —preguntó David.

Ella negó con la cabeza. David sabía que ella nunca bebía nada durante las comidas, pero lo preguntó de todos modos. Una manía peculiar, pensó, seguir haciendo esa pregunta.

Ninguno de los dos soltó más de unas pocas palabras, hasta que ambos terminaron de comer y apartaron los platos vacíos hacia el centro de la mesa con un empujoncito ritual.

—Cuéntame cómo te ha ido el día —dijo ella.

—¿El día? ¿Te refieres a mi reunión con el superequipo de homicidios?

—¿No te han impresionado?

—Ah, me han impresionado. Si alguien quiere escribir un

199

libro sobre dinámica disfuncional, dirigida por el capitán infernal, basta con que ponga una grabadora en ese sitio y transcriba la cinta palabra por palabra.

—¿Peor que cuando te retiraste?

Tardó en responder, no porque no estuviera seguro de la respuesta, sino por la entonación cargada que había detectado en la palabra «retiraste». Decidió responder a las palabras en lugar de al tono.

—Había cierta gente difícil en la ciudad, pero el capitán infernal opera con una arrogancia y una inseguridad completamente distintas. Está desesperado por impresionar al fiscal del distrito, no tiene respeto por su propia gente ni interés real en el caso. Cada pregunta, cada comentario, era hostil o parecía fuera de lugar; por lo general las dos cosas.

Ella lo miró de un modo especulativo.

—No me sorprende.

—¿Qué quieres decir?

Madeleine se encogió de hombros ligeramente. Daba la sensación de que estuviera serenándose para expresar lo menos posible.

—Sólo que no me sorprende. Si hubieras vuelto a casa y me hubieras dicho que habías pasado el día con el mejor equipo de homicidios que habías conocido, eso sí me habría sorprendido. Eso es todo.

David sabía mejor que bien que eso no era todo. Pero era lo bastante lúcido para darse cuenta de que ella era más lista que él y que no había forma de convencerla para que dijera más de lo que estaba dispuesta a decir.

—Bueno —dijo—, el hecho es que fue agotador y poco alentador. Ahora mismo intento quitármelo de la cabeza y hacer algo completamente diferente.

Lo dijo sin premeditación alguna. Y lo siguió un blanco mental. Pasar a algo completamente diferente no era tan fácil como decirlo. Las dificultades del día continuaban arremolinándose ante él, junto con la reacción enigmática de Madeleine. En ese momento, la opción que durante la semana anterior había estado poniendo a prueba su resistencia, la opción que de manera desesperada había mantenido lejos de su vista, pero no del todo lejos de su mente, se interpuso de nuevo. Esta vez, de manera inesperada, sintió una inyección de determinación para acometer aquello que había estado evitando.

—La caja… —dijo.

Tenía la garganta cerrada. La voz le salió áspera al sacar a relucir el tema antes de que el temor pudiera volver a atraparlo, antes de que supiera siquiera cómo terminar la frase.

Madeleine levantó la cabeza desde su plato vacío —calmada, curiosa, atenta—, esperando que continuara.

—Sus dibujos… Qué… O sea, ¿por qué…? —Pugnó por sonsacar una pregunta racional de la confusión que le atenazaba el corazón.

El esfuerzo era innecesario. La capacidad de Madeleine para leerle sus pensamientos con sólo mirarle siempre excedía su capacidad de articularlos.

—Hemos de decir adiós. —Su voz era suave, relajada.

Miró la mesa. Nada en la mente de David se estaba formando en palabras.

—Ha pasado mucho tiempo —dijo—. Danny ya no está, y nunca le dijimos adiós.

David asintió, de un modo casi imperceptible. Su sentido del tiempo se estaba disolviendo, su mente estaba extrañamente vacía.

Cuando sonó el teléfono, sintió como si lo estuvieran despertando, tirando de él para devolverlo al mundo, un mundo de problemas familiares, mensurables, descriptibles. Madeleine aún estaba en la mesa con él, pero no estaba seguro de cuánto tiempo habían estado sentados allí.

—¿Quieres que lo coja yo? —preguntó.

—No importa. Yo lo cojo. —Vaciló, como un ordenador que recarga información, luego se levantó, un poco tambaleante, y fue al estudio.

—Gurney.

Responder al teléfono de esa manera, de la forma en que lo había hecho durante muchos años en Homicidios, era un hábito que le resultaba difícil de romper.

La voz que lo saludó era clara, agresiva, artificialmente afectuosa. Le recordó la vieja norma de la técnica de ventas: sonríe siempre cuando hables por teléfono porque hace que tu voz suene más cordial.

201

—Dave, me alegro de que esté ahí. Soy Sheridan Kline. Espero no interrumpir su cena.

—¿En qué puedo ayudarle?

—Iré al grano. Creo que es usted la clase de persona con la que puedo ser completamente sincero. Conozco su reputación. Esta tarde me ha parecido ver por qué goza de ella. Me ha impresionado. Espero que no se esté ruborizando.

Gurney se estaba preguntando adónde quería ir a parar.

—Está siendo muy amable.

—Amable no. Sincero. Le llamo porque este caso requiere a alguien de su capacidad y me encantaría encontrar una forma de sacar partido de su talento.

—Sabe que estoy retirado, ¿no?

—Eso me dijeron. Y estoy seguro de que volver a la vieja rutina es lo último que desea. No estoy sugiriendo nada por el estilo. Tengo la sensación de que este caso se va a volver muy grande, y me encantaría contar con usted.

—No estoy seguro de qué me está pidiendo que haga.

—Idealmente —dijo Kline—, me gustaría que descubriera quién mató a Mark Mellery.

—¿No es eso lo que hace el DIC de la Unidad de Delitos Graves?

—Claro. Y con un poco de suerte, al final tienen éxito.

—Pero…

—Pero me gustaría aumentar mis posibilidades. Este caso es demasiado importante para dejarlo a merced de los procedimientos habituales. Quiero disponer de un as en la manga.

—No veo cómo encajaría yo.

—¿No se ve trabajando para el DIC? No se preocupe. Supongo que Rod no es su tipo. No, me informaría a mí personalmente. Podemos tratarlo como algún tipo de investigador adjunto o consultor de mi oficina, lo que usted prefiera.

—¿De qué cantidad de mi tiempo estamos hablando?

—Depende de usted.

Como Gurney no respondía, continuó.

—Estoy seguro de que Mark Mellery le admiraba y confiaba en usted. Le pidió que le ayudara con un depredador. Yo le estoy pidiendo que me ayude con el mismo depredador. Le estaré agradecido con lo que pueda darme.

«Este tipo es raro —pensó Gurney—. Tiene la lección de la sinceridad bien aprendida.»

—Hablaré con mi mujer de esto. Le llamaré por la mañana. Deme un número donde pueda localizarle —dijo.

La sonrisa en la voz era enorme.

—Le daré el teléfono de mi casa. Tengo la sensación de que se levanta temprano, como yo. A partir de las seis de la mañana, puede llamarme.

Cuando regresó a la cocina, Madeleine estaba sentada a la mesa, pero su humor había cambiado. Estaba leyendo el *Times*. Él se sentó frente a ella en ángulo recto, de manera que estaba de cara a la vieja estufa Franklin. Miró hacia ella sin verla realmente y empezó a masajearse la frente como si la decisión que debía tomar tuviera algo que ver con un nudo en un músculo.

—No es tan difícil, ¿no? —soltó Madeleine, sin levantar la mirada del periódico.

—¿Qué?

—Lo que estás pensando.

—El fiscal del distrito parece ansioso por que le ayude.

—¿Y por qué no iba a estarlo?

—Normalmente no harían participar a un *outsider* en algo como esto.

—Pero tú no eres cualquier *outsider*.

—Supongo que mi relación con Mellery marca la diferencia.

Ella inclinó la cabeza, como si lo escrutara con su visión de rayos X.

—Ha sido muy halagador —dijo Gurney, tratando de no sonar complacido.

—Probablemente sólo estaba describiendo tu talento con precisión.

—Comparado con el capitán Rodriguez, todo el mundo pinta bien.

Ella sonrió ante su extraña humildad.

—¿Qué te ha ofrecido?

—Un cheque en blanco, en realidad. Trabajaría a través de su oficina. Aunque tendré que ir con mucho cuidado de no pisarle el juanete a nadie. Le dije que lo habría decidido mañana por la mañana.

—¿Decidir qué?

203

—Si quiero hacer esto o no.

—¿Estás de broma?

—¿Crees que es una mala idea?

—Quiero decir que si estás de broma cuando dices que todavía no lo has decidido.

—Hay mucho en juego.

—Más de lo que crees, pero es obvio que vas a hacerlo. —Volvió a su diario.

—¿Qué quiere decir eso de más de lo que creo? —preguntó al cabo de un buen rato.

—A veces las elecciones tienen consecuencias que no prevemos.

—¿Como qué?

Su mirada triste le dijo a David que era una pregunta estúpida.

Al cabo de una pausa, afirmó:

—Creo que le debo algo a Mark.

Un destello de ironía se añadió a la mirada de Madeleine.

—¿Por qué pones esa cara?

—Es la primera vez que te oigo llamarle por el nombre.

204

27

Conociendo al fiscal

El edificio de la oficina del fiscal del distrito, que ostentaba esa insulsa denominación desde 1935, había sido anteriormente el manicomio Bumblebee, fundado en 1899 por la generosidad (y locura temporal, según argumentaron en vano sus familiares desheredados) del británico sir George Bumblebee. El edificio de ladrillo rojo, oscurecido por un siglo de hollín, se alzaba con aspecto siniestro en la plaza del pueblo. Se hallaba a un kilómetro y medio de la comisaría central de la Policía del estado y a una hora y cuarto de Walnut Crossing.

El interior era aún menos atractivo que el exterior, por la razón opuesta. En la década de los sesenta lo habían modernizado, aunque habían mantenido la estructura externa. Candelabros sucios y zócalos de madera de arce fueron sustituidos por fluorescentes deslumbrantes y muros de mampostería blancos. A Gurney se le ocurrió que la dura iluminación moderna podría servir para mantener a raya los fantasmas desquiciados de sus anteriores inquilinos; una extraña idea en la que pensar para un hombre que iba de camino a negociar los detalles de un contrato laboral, así que se concentró en lo que Madeleine le había dicho esa mañana cuando estaba saliendo:

—Él te necesita a ti más que tú a él.

Sopesó la frase mientras esperaba a pasar por el elaborado sistema de seguridad del vestíbulo. Franqueada esa barrera, siguió una serie de flechas hasta una puerta en cuyo panel de vidrio esmerilado se leían las palabras FISCAL DEL DISTRITO en elegantes letras negras.

Dentro, la mujer del escritorio de recepción le sostuvo la mirada cuando entró. Gurney sabía que el hecho de que un hombre eligiera a una mujer como asistente se basaba en competencia, sexo o prestigio. La mujer que tenía delante parecía ofrecer esas tres cosas. A pesar de que rondaría los cincuenta años, su cabello, piel, maquillaje, ropa y figura estaban tan bien cuidados que sugerían una atención al aspecto físico que era casi eléctrico. Su mirada de valoración era fría al mismo tiempo que sensual. Un pequeño rectángulo de latón colocado sobre su mesa indicaba que se llamaba Ellen Rackoff.

Antes de que ninguno de los dos hablara, se abrió una puerta situada a la derecha del escritorio y Sheridan Kline entró en la sala de recepción. Saludó con algo parecido al afecto.

—¡Las nueve en punto clavadas! No me sorprende. Me da la sensación de que es una persona que hace exactamente lo que dice que va a hacer.

—Es más fácil que la alternativa.

—¿Qué? Ah, sí, sí, por supuesto. —Sonrisa más grande, pero menos afectuosa—. ¿Té o café?

—Café.

—Yo también. Nunca he entendido el té. ¿Es más de perros o de gatos?

—De perros, supongo.

—¿Se ha fijado alguna vez en que la gente a la que le gustan los perros toma café? ¿El té es para los amantes de los gatos?

Gurney no creía que valiera la pena reflexionar sobre ello. Kline hizo un gesto para que lo siguiera a su oficina, luego extendió el gesto en dirección a un sofá de piel de estilo contemporáneo, se acomodó en un sillón a juego situado al otro lado de una mesa baja de cristal y sustituyó su sonrisa por una expresión de seriedad casi cómica.

—Dave, deje que le diga lo contento que estoy de que haya decidido ayudarnos.

—Suponiendo que haya un papel adecuado para mí.

Kline pestañeó.

—La cuestión territorial es muy delicada —dijo Gurney.

—No podría estar más de acuerdo. Deje que le sea franco, que hable con la bata abierta, como se dice.

Gurney disimuló una mueca en una sonrisa educada.

—La gente que conozco en el Departamento de Policía de Nueva York me cuenta cosas impresionantes de usted. Fue el investigador principal en algunos de los casos más sonados, el hombre clave, el tipo que lo comprendió todo; sin embargo, cuando llegó el momento de las felicitaciones, siempre cedió el mérito a otro. Se dice que tenía el mayor talento y el menor ego del departamento.

Gurney sonrió, no por el cumplido, que sabía que era calculado, sino por la expresión de Kline, que parecía sinceramente desconcertado por la noción de reticencia a aceptar las medallas.

—Me gusta el trabajo. No me gusta ser el centro de atención.

Kline miró un buen rato como si estuviera tratando de identificar un aroma esquivo en su comida; al final se rindió.

Se inclinó hacia delante.

—Dígame, ¿cómo cree que puede ser importante en este caso?

Ésa era la cuestión crítica. Pensar en una buena respuesta le había ocupado la mayor parte del trayecto desde Walnut Crossing.

—Como analista consultor.

—¿Qué significa eso?

—El equipo de investigación del DIC es responsable de recopilar, inspeccionar y preservar pruebas, interrogar testigos, seguir pistas, comprobar coartadas y formular hipótesis de trabajo en relación con la identidad, los movimientos y motivos del asesino. Esa última pieza es crucial, y es en la que creo que puedo ayudar.

—¿Cómo?

—Examinar los hechos de una situación compleja y desarrollar una narración razonable es la única parte de mi trabajo en la que era bueno.

—Lo dudo.

—Otras personas son mejores a la hora de interrogar a sospechosos, descubrir indicios en la escena…

—¿Como balas que nadie más sabía dónde buscar?

—Eso ha sido suerte. Normalmente, hay alguien mejor que yo en cada pequeño elemento de una investigación. Ahora bien, cuando se trata de encajar las piezas, de ver lo que importa y lo que no, eso puedo hacerlo. En el departamento no siem-

207

pre tenía razón, pero la tenía con bastante frecuencia para marcar una diferencia.

—Así que tiene un ego, al fin y al cabo.

—Si quiere llamarlo así. Conozco mis limitaciones y mis virtudes.

También sabía de sus años de interrogatorios que ciertas personalidades respondían a ciertas actitudes, y no se equivocaba con Kline. La mirada del hombre reflejaba una comprensión más cómoda de ese aroma exótico que había estado tratando de etiquetar.

—Deberíamos discutir la compensación —dijo Kline—. Había pensado en una tarifa horaria que hemos establecido con ciertas categorías de consultores en el pasado. Puedo ofrecerle setenta y cinco dólares por hora, más gastos (gastos dentro de lo razonable) a partir de ahora mismo.

—Está bien.

Kline tendió su mano de político.

—Estoy ansiando trabajar con usted. Ellen ha reunido un paquete de formularios, declaraciones juradas y acuerdos de confidencialidad. Tardará un rato si quiere leer lo que firma. Ella le llevará a un despacho libre. Hay detalles que tendremos que trabajar sobre la marcha. Personalmente le pondré al día de cualquier información que reciba del DIC o de mi propia gente, y le incluiré en las reuniones generales como la de ayer. Si ha de hablar con personal de investigación, hágalo a través de mi oficina. Para hablar con testigos, sospechosos, personas de interés, lo dicho, a través de mi oficina. ¿Le parece bien?

—Sí.

—No malgasta palabras. Yo tampoco. Ahora que estamos trabajando juntos, deje que le pregunte algo. —Kline se recostó y juntó los dedos, dando más peso a su pregunta—. ¿Por qué dispararía a alguien antes y luego lo acuchillaría catorce veces?

—Un número alto suele apuntar a un acto de rabia o a un esfuerzo a sangre fría de crear una apariencia de rabia. La cifra exacta podría no ser significativa.

—Pero dispararle antes...

—Sugiere que el propósito de los cortes con el cristal era distinto al homicidio.

—No le sigo —dijo Kline, que inclinó la cabeza como un ave curiosa.

—A Mellery le dispararon de cerca. La bala le seccionó la arteria carótida. No había señales en la nieve de que dejaran caer la pistola o la arrojaran al suelo. Por lo tanto, el asesino debió de tomarse su tiempo para quitar el material con el que había envuelto el cañón para amortiguar el sonido y luego guardarse el arma en un bolsillo o en una cartuchera antes de pasar a la botella rota y colocarse en situación de apuñalar a la víctima, ahora tendida inconsciente en la nieve. La herida de la arteria estaría salpicando mucha sangre en ese momento. Así pues, ¿por qué molestarse con la botella? No era para matar a la víctima, que a efectos prácticos ya estaba muerta. No, el objetivo del asesino tuvo que ser, o bien eliminar las pruebas del disparo…

—¿Por qué? —preguntó Kline, moviéndose hacia delante en su silla.

—No sé por qué. Es sólo una posibilidad. Pero es más probable, dado el contenido de las notas que precedieron a la agresión y las molestias que se tomó llevando la botella rota, que el apuñalamiento tenga algún significado ritual.

—¿Satánico? —La expresión de terror convencional de Kline apenas ocultaba su apetito por el potencial mediático de semejante móvil.

—Lo dudo. Por locas que parezcan las notas, no me suenan tan locas en ese sentido particular. No, me refiero a «ritual» en el sentido de que cometer el asesinato de un modo específico era importante para él.

—¿Una fantasía de venganza?

—Podría ser —dijo Gurney—. No sería el primer asesino en pasar meses o años imaginando cómo sería saldar cuentas con alguien.

Kline parecía preocupado.

—Si la parte clave del ataque era el apuñalamiento, ¿por qué molestarse con la pistola?

—Incapacitación instantánea. Quería asegurarse, y una pistola es una forma más segura que una botella rota para incapacitar a la víctima. Después de toda la planificación que acompañaba este asunto, no quería que algo saliera mal.

Kline asintió, luego saltó a otra pieza del rompecabezas.

—Rodriguez insiste en que el asesino es uno de los huéspedes.

Gurney sonrió.

—¿Cuál?

—No está preparado para decirlo, pero apostaría su dinero en ello. ¿No está de acuerdo?

—La idea no es completamente absurda. Los huéspedes se alojan en los terrenos del instituto, lo cual los pone a todos, si no en la escena, al menos convenientemente cerca de ella. Son, sin lugar a dudas, un grupo extraño: drogadictos, emocionalmente erráticos, al menos uno con relaciones con la mafia.

—Pero…

—Hay problemas prácticos.

—¿Cómo cuáles?

—Huellas de pisadas y coartadas, para empezar. Todos coinciden en que la nevada empezó alrededor del anochecer y continuó hasta la medianoche. Las huellas de las pisadas del asesino entraron en la propiedad desde la calle después de que la nevada hubiera cesado por completo.

—¿Cómo puede estar seguro de eso?

—Las huellas están en la nieve, pero no hay nieve nueva en las huellas. Para que uno de los huéspedes hubiera dejado esas huellas, tendría que haber salido del edificio principal antes de que cayera la nevada, porque no hay huellas en la nieve que se alejen de la casa.

—En otras palabras…

—En otras palabras, habrían echado en falta a alguien ausente desde el anochecer a la medianoche. Pero eso no ocurrió.

—¿Cómo lo sabe?

—Oficialmente no lo sé. Digamos que oí un rumor de Jack Hardwick. Según los resúmenes de los interrogatorios, cada individuo es visto por al menos otros seis individuos en distintos momentos de la tarde. Así que, a menos que todos estén mintiendo, nadie se ausentó.

Kline parecía reticente a dejar de lado la posibilidad de que todos estuvieran mintiendo.

—Quizás alguien de la casa contó con ayuda —dijo.

—¿Quiere decir que alguien de la casa contrató a un sicario?

—Algo así.

—Si fuera así, ¿para qué estar allí?

—No le sigo.

—La única razón de que los huéspedes sean sospechosos en cualquier grado es su proximidad física al asesinato. Si alguien contrató a un sicario para que cometiera el crimen, ¿por qué ponerse tan cerca para empezar?

—¿Excitación?

—Supongo que es concebible —dijo Gurney con una obvia falta de entusiasmo.

—Muy bien, olvidémonos de los huéspedes por el momento —dijo Kline—. ¿Qué tal un golpe mafioso preparado por alguien que no fuera uno de los huéspedes?

—¿Es la segunda teoría de Rodriguez?

—Cree que es una posibilidad. Por su expresión, intuyo que no comparte esta opinión.

—No le veo la lógica. No creo que se le hubiera ocurrido siquiera si Patty Cakes no fuera uno de los huéspedes. Primero, ahora mismo no se sabe nada de Mark Mellery que pudiera convertirlo en objetivo de la mafia...

—Espere un momento. Supongamos que el gurú persuasivo consiguiera que uno de sus huéspedes (alguien como Patty Cakes) le confesara algo, ya sabe, en pro de la armonía interior o de la paz espiritual o del rollo que Mellery le estuviera vendiendo a esta gente.

—¿Y?

—Y quizá después, cuando llega a casa, el tipo se pone a pensar que a lo mejor ha sido un poco impulsivo con tanta honradez y franqueza. La armonía con el universo puede ser algo fantástico, pero quizá no merezca el riesgo de que alguien posea información que podría causarte graves problemas. Quizá cuando está lejos del encanto del gurú, el tipo vuelve a pensar de un modo más pragmático. Tal vez contrata a alguien para eliminar el riesgo que le preocupa.

—Es una hipótesis interesante.

—Pero...

—Pero no hay ningún sicario en el mundo que se moleste con la clase de enigmas que tenemos en este asesinato. Los hombres que matan por dinero no se molestan en colgar

211

las botas en las ramas de árboles ni dejan poemas en los cadáveres.

Kline dio la impresión de que podría rebatir tal opinión, pero se detuvo cuando alguien abrió la puerta tras una somera llamada. La elegante criatura de la recepción entró con una bandeja lacada en la cual había dos tazas de porcelana con sus correspondientes platitos, una elegante cafetera, un delicado azucarero, una jarrita de leche y un plato Wedgwood con cuatro galletas. Puso la bandeja en la mesita de café.

—Ha llamado Rodriguez —dijo la mujer, mirando a Kline. Luego, como si respondiera a una pregunta telepática, añadió—: Está en camino, ha dicho que llegaría dentro de cinco minutos.

Kline miró a Gurney como si estuviera tratando de interpretar su reacción.

—Rod me ha llamado antes —explicó—. Parecía ansioso por manifestar algunas opiniones sobre el caso. Le sugerí que se pasara mientras usted seguía aquí. Quiero que todo el mundo sepa lo mismo al mismo tiempo. Cuanto más sepamos, mejor. Sin secretos.

—Buena idea —dijo Gurney, sospechando que Kline quería tenerlos allí al mismo tiempo por una razón que nada tenía que ver con la franqueza, más bien por su afición a controlarlo todo mediante el conflicto y la confrontación.

La asistente de Kline salió del despacho, pero no antes de que Gurney captara la sonrisa de Mona Lisa en su rostro, que confirmaba lo que había pensado.

Kline sirvió sendos cafés. La porcelana parecía antigua y cara; sin embargo, él la manejaba sin ningún orgullo ni preocupación, lo cual reforzaba en Gurney la impresión de que el maravilloso fiscal del distrito era de buena cuna y de que las fuerzas del orden constituían un paso hacia algo más consecuente con su origen patricio. ¿Qué era lo que Hardwick le había susurrado en la reunión del día anterior? Algo sobre un deseo de ser gobernador. Quizás el viejo y cínico Hardwick tuviera razón otra vez. O puede que Gurney estuviera viendo demasiadas cosas sólo en la manera en que un hombre sostenía una taza.

—Por cierto —dijo Kline, apoyándose en la silla—, que la

bala en la pared, la que pensaban que era una trescientos cincuenta y siete, no lo era. Era sólo una hipótesis basada en el tamaño del agujero en la pared. Balística dice que es una treinta y ocho especial.

—Es raro.

—Muy común, en realidad. El arma estándar en la mayoría de departamentos de Policía hasta los años ochenta.

—Calibre común, pero elección rara.

—No le sigo.

—El asesino se tomó muchas molestias para amortiguar el sonido del disparo, para hacerlo lo más silencioso posible. Si el ruido era una preocupación, una treinta y ocho especial era una elección de arma rara. Una veintidós habría tenido mucho más sentido.

—Quizás es la única arma que tenía.

—Quizá.

—Pero ¿no lo cree?

—Es un perfeccionista. Tuvo que asegurarse bien de que contaba con la pistola adecuada.

Kline dedicó a Gurney su mirada de contrainterrogatorio en un juicio.

—Se está contradiciendo. Primero ha dicho que las pruebas muestran que quería que el disparo fuera lo más silencioso posible. Luego que eligió el arma equivocada para eso. Ahora está diciendo que no es la clase de tipo que elegiría un arma equivocada.

—Un disparo silencioso era importante. Pero quizás algo era más importante.

—¿Como qué?

—Si hay un aspecto ritual en este asunto, la elección de la pistola formaría parte de ello. La obsesión por cometer el crimen de determinada manera podría ser prioritaria sobre el problema del sonido. El asesino lo haría del modo en que se sentía obligado a hacerlo y se ocuparía del sonido lo mejor posible.

—Cuando dice ritual, oigo psicópata. ¿Cómo de loco cree que está este tipo?

—Loco no es un término que me resulte útil —dijo Gurney—. Jeffrey Dahmer fue considerado legalmente sano, y se

213

comía a sus víctimas. A David Berkowitz le juzgaron legalmente sano, y mataba a gente porque su perro satánico le decía que lo hiciera.

—¿Cree que es con eso con lo que estamos tratando?

—No exactamente. Nuestro asesino es vengativo y obsesivo; obsesivo hasta el punto de la perturbación emocional, pero probablemente no hasta el punto de comerse partes de cadáveres ni de seguir las órdenes de un perro. Es obvio que está muy enfermo, pero no hay nada en las notas que refleje los criterios del *DSM* para la psicosis.

Alguien llamó a la puerta.

Kline torció el gesto en ademán reflexivo, frunció los labios, pareció sopesar la opinión de Gurney, o quizá sólo estaba tratando de dar la impresión de ser un hombre que no se distraía con facilidad por una simple llamada a la puerta.

—Adelante —dijo finalmente en voz alta.

La puerta se abrió, y entró Rodriguez. El capitán no logró ocultar por completo su desagrado al ver a Gurney.

—¡Rod! —bramó Kline—. Qué bien que hayas venido. Siéntate.

Eligió un sillón situado de cara a Kline, tras evitar de forma llamativa el sofá en el que estaba sentado Gurney.

El fiscal del distrito sonrió de buena gana. Gurney supuso que era por la perspectiva de ser testigo de un choque entre dos puntos de vista bien diferentes.

—Rod quería venir a compartir su perspectiva actual sobre el caso. —Parecía un árbitro que presenta un boxeador a otro.

—Estoy deseando oírlo —dijo Gurney con voz tranquila.

No lo bastante tranquila para evitar que Rodriguez la interpretara como una provocación encubierta. No requería que lo instaran más a compartir su punto de vista.

—Todo el mundo se ha concentrado en los árboles —dijo, en voz lo bastante alta para hacerse oír en una sala mucho más grande que la oficina de Kline—. ¡Estamos olvidando el bosque!

—¿El bosque es…? —preguntó Kline.

—El bosque tiene que ver con la enorme cuestión de la oportunidad. Todo el mundo se estaba liando con especulaciones y con la locura de pequeños detalles del método. Nos estamos distrayendo de la cuestión número uno: una casa llena de drogadictos y otros repugnantes criminales con fácil acceso a la víctima.

Gurney se preguntó si la reacción era resultado de la sensación del capitán de que su control del caso estaba amenazado o si había algo más.

—¿Qué está sugiriendo que podría hacerse? —preguntó Kline.

—He ordenado que se vuelva a interrogar a todos los huéspedes, y he encargado un análisis de antecedentes más profundo. Vamos a estudiar a fondo las vidas de esos locos cocainómanos. Creo que puedo afirmar que uno de ellos lo hizo, y es sólo cuestión de tiempo hasta que descubramos quién fue.

—¿Qué le parece, Dave? —El tono de Kline era demasiado informal, como si estuviera tratando de ocultar el placer derivado de provocar una batalla.

—Volver a los interrogatorios y realizar comprobaciones de historial podría ser útil —dijo Gurney sin entusiasmo.

—¿Útil pero no necesario?

—No lo sabremos hasta que lo hayamos hecho. También podría ser útil considerar la cuestión de la oportunidad o del acceso a la víctima en un contexto más amplio. Por ejemplo, los hoteles o los hostales cercanos podrían ser un lugar casi tan conveniente como los cuartos de huéspedes del instituto.

—Apuesto a que fue un huésped —dijo Rodriguez—. Cuando un nadador desaparece en aguas infestadas de tiburones, no es porque lo haya secuestrado un tipo que pasaba haciendo esquí acuático. —Miró a Gurney, cuya sonrisa interpretó como un reto—. ¡Pongámonos serios!

—¿Estamos mirando los hostales, Rod? —preguntó Kline.

—Estamos mirándolo todo.

—Bien. Dave, ¿hay algo más que pueda estar en su lista de prioridades?

—Nada que no esté ya proyectado. Trabajo de laboratorio con la sangre; fibras extrañas en el cadáver y el entorno de la víctima; marca, disponibilidad y cualquier peculiaridad de las botas; coincidencias balísticas en el proyectil; análisis de la grabación de la llamada del sospechoso a Mellery, con mejoras en los sonidos de fondo, e identificación del origen de la torre de transmisión, si fue una llamada de móvil; registros de llamadas

215

de fijos y móviles de los actuales huéspedes; análisis caligráfico de las notas, con identificación de papel y tinta; perfil psicológico basado en las comunicaciones y el *modus operandi* del asesino; comprobación cruzada de las cartas amenazadoras en la base de datos del FBI. Creo que eso es todo. ¿Me he olvidado de algo, capitán?

Antes de que Rodriguez pudiera responder, lo cual no parecía tener prisa por hacer, la asistente de Kline abrió la puerta y entró en el despacho.

—Disculpe, señor —dijo con una deferencia que parecía destinada al consumo público—. Está aquí la sargento Wigg para ver al capitán.

Rodriguez torció el gesto.

—Que pase —dijo Kline, cuyo apetito para la confrontación parecía no tener límites.

La pelirroja sin género de la comisaría central del DIC llevaba el mismo vestido azul liso y el mismo portátil.

—¿Qué quieres, Wigg? —preguntó Rodriguez, más enfadado que curioso.

—Hemos descubierto algo, señor, y creo que es importante informarle.

—¿Y bien?

—Es sobre las botas, señor.

—¿Las botas?

—Las botas del árbol, señor.

—¿Qué pasa con ellas?

—¿Puedo poner esto en la mesa de café? —preguntó Wigg, en referencia a su portátil.

Rodriguez miró a Kline. Éste le dio su permiso.

Treinta segundos y unas pocas pulsaciones después, los tres hombres estaban mirando en una pantalla partida dos fotos de huellas de botas aparentemente idénticas.

—Las de la izquierda son las huellas reales de la escena. Las de la derecha son las huellas hechas en la misma nieve con las botas recuperadas del árbol.

—Así que las botas que marcaron la senda son las que encontramos al final de la senda. No hacía falta que vinieras hasta esta reunión para decírnoslo.

Gurney no pudo resistirse a interrumpir.

—Creo que la sargento Wigg ha venido a decirnos lo contrario.

—¿Está diciendo que las botas del árbol no eran las botas que llevaba el asesino? —preguntó Kline.

—Eso no tiene ningún sentido —dijo Rodriguez.

—Pocas cosas tienen sentido en este caso —dijo Kline—. ¿Sargento?

—Las botas son de la misma marca, del mismo estilo, del mismo número. Ambos pares son nuevos. Pero son sin duda pares distintos. La nieve, especialmente la nieve a cinco grados bajo cero, proporciona un medio excelente para inspeccionar el detalle. El detalle relevante en este caso es una minúscula deformidad en esta porción de las pisadas.

La sargento señaló con un lápiz afilado a una casi imperceptible mancha en el tacón de la bota de la derecha, la del árbol.

—Esta deformidad, que probablemente se produjo durante el proceso de manufactura, aparece en todas las huellas que hicimos con esta bota, pero no así en ninguna de las huellas de la escena. La única explicación plausible es que las hicieron botas diferentes.

217

—Seguramente podría haber otras explicaciones —dijo Rodriguez.

—¿Cuál se le ocurre, señor?

—Sólo estoy señalando la posibilidad de que algo esté siendo pasado por alto.

Kline se aclaró la garganta.

—Por el bien de la discusión, supongamos que la sargento Wigg tiene razón y estamos tratando con dos pares: un par que llevaba el asesino y otro que deja colgado en el árbol al final de la senda. ¿Qué cuernos significa? ¿Qué nos dice?

Rodriguez miró la pantalla del ordenador con resentimiento.

—Nada que nos sirva para encontrar al asesino.

—¿Dave?

—Me dice lo mismo que la nota dejada sobre el cadáver. Es sólo otra clase de nota. Dice: «Pilladme si podéis, pero no podréis, porque soy más listo que vosotros».

—¿Cómo demonios un segundo par de botas le dice eso? —Había rabia en la voz de Rodriguez.

Gurney respondió con una calma casi adormilada; aquélla

era su reacción característica frente a la ira, al menos desde que tenía uso de razón.

—Solas no me dirían nada. Pero si las añadimos a los otros detalles peculiares, la imagen completa parece cada vez más un juego elaborado.

—Si es un juego, el objetivo es distraernos, y está teniendo éxito —se burló Rodriguez.

Cuando Gurney no respondió, Kline lo azuzó.

—Tiene aspecto de no estar de acuerdo con eso.

—Creo que el juego es más que una distracción. Creo que es lo principal.

Rodriguez se levantó de su silla con cara de asco.

—A menos que me necesites para algo, Sheridan. He de volver a mi oficina.

Después de estrechar la mano de Kline de un modo adusto, se marchó. Kline ocultó cualquier posible reacción a la abrupta partida.

—Bueno, dígame —continuó al cabo de un momento, inclinándose hacia Gurney—, ¿qué deberíamos hacer que no estemos haciendo? Está claro que no ve la situación igual que Rod.

Gurney se encogió de hombros.

—No hay nada malo en investigar con más atención a los huéspedes. Habría que hacerlo, en algún momento. Pero el capitán ha depositado más esperanzas que yo en que eso conduzca a una detención.

—¿Está diciendo que es básicamente una pérdida de tiempo?

—Es un proceso de eliminación necesario. Simplemente no creo que el asesino sea uno de los huéspedes. El capitán sigue enfatizando la importancia de la oportunidad, la supuesta conveniencia de que el asesino estuviera en la propiedad. Pero yo lo veo como un inconveniente: demasiadas opciones de que lo vean saliendo de su habitación o volviendo a ella, demasiadas cosas que ocultar. ¿Dónde guardaría la silla plegable, las botas, la botella, la pistola? Los riesgos y complicaciones serían inaceptables para esta clase de individuo.

Kline alzó una ceja con curiosidad, y Gurney continuó.

—En una escala de personalidad desorganizada a organizada, este tipo revienta la escala de la organización. Su atención al detalle es extraordinaria.

—¿Se refiere e cambiar las cinchas de la silla de playa para hacer que sea toda blanca y reducir su visibilidad en la nieve?

—Sí, también es muy tranquilo bajo presión. No salió corriendo de la escena del crimen, se fue caminando. Las huellas de pisadas desde el patio al bosque muestran tan poca prisa que parece que estuviera paseando.

—Ese furioso apuñalamiento de la víctima con una botella de whisky rota no me suena tranquilo.

—Si hubiera ocurrido en un bar, tendría razón. Pero recuerde que la botella estaba cuidadosamente preparada de antemano, incluso lavada y limpia de huellas dactilares. Diría que la aparición de la furia estaba tan planificada como todo lo demás.

—Muy bien —coincidió lentamente Kline—. Tranquilo, calmado, organizado, ¿qué más?

—Un perfeccionista en la forma de comunicarse. Educado, con gusto por el lenguaje y la métrica. Sólo entre nosotros, no es más que una conjetura, diría que los poemas tienen una extraña formalidad que percibo como el afectado refinamiento que en ocasiones se ve en la sofisticación de primera generación.

—¿De qué demonios está hablando?

—Hijo educado de padres no educados, desesperado por distinguirse. Pero como he dicho, es sólo una conjetura y no tengo ninguna prueba sólida.

—¿Algo más?

—Buenos modales por fuera, cargado de odio por dentro.

—¿Y no cree que sea uno de los huéspedes?

—No. Desde su punto de vista, la ventaja de una mayor proximidad quedaría superada por la desventaja de un mayor riesgo.

—Es usted un hombre muy lógico, detective Gurney. ¿Cree que el asesino es tan lógico?

—Oh, sí. Tan lógico como enfermizo. Se sale de la escala en las dos cosas.

28

Regreso a la escena del crimen

*L*a ruta de Gurney desde la oficina de Kline a su casa pasaba por Peony, de modo que decidió hacer una parada en el instituto.

La identificación temporal que la asistente de Kline le había proporcionado le sirvió para que el policía de la verja le dejara pasar sin formular ninguna pregunta. Mientras Gurney respiraba el aire gélido, reflexionó que el día era siniestramente similar al de la mañana posterior al crimen. La capa de nieve, que en los días anteriores se había fundido en parte, había aparecido nuevamente. Las precipitaciones nocturnas, comunes en las cotas altas de los Catskills, habían refrescado y blanqueado el paisaje.

Gurney decidió volver a recorrer la ruta del asesino, pensando que podría reparar en algo de los alrededores que se le hubiera pasado. Continuó por la senda, a través de la zona de aparcamiento, rodeó la parte trasera del granero donde habían encontrado la silla de playa. Miró a su alrededor, tratando de comprender por qué el asesino había elegido ese lugar para sentarse. El ruido de una puerta que se abría y se cerraba con fuerza y una voz severa y familiar interrumpieron su concentración.

—¡Dios! Tendríamos que lanzar un ataque aéreo y arrasar esa puta casa.

Pensando que era mejor dar a conocer su presencia, Gurney pasó a través del alto seto que separaba la zona del granero del patio trasero de la casa. El sargento Hardwick y el investigador *Tom Cruise* Blatt lo saludaron con miradas hostiles.

—¿Qué demonios estás haciendo aquí? —preguntó Hardwick.

—Un contrato temporal con el fiscal. Sólo quería echar otro vistazo a la escena. Lamento interrumpir, pero pensaba que te gustaría saber que estaba aquí.

—¿En los arbustos?

—Detrás del granero, en el lugar en el que se sentó el asesino.

—¿Para qué?

—Sería mejor preguntarse para qué estaba él ahí.

Hardwick se encogió de hombros.

—¿Acechando en las sombras? ¿Fumándose un cigarrillo en su puta silla de playa? ¿Esperando el momento adecuado?

—¿Qué haría que el momento fuera adecuado?

—¿Qué diferencia habría?

—No estoy seguro. Pero ¿por qué esperar ahí? ¿Y por qué llegar tan pronto a la escena como para que hiciera falta llevar una silla?

—Quizá quería esperar hasta que los Mellery se fueran a dormir. Tal vez deseaba vigilar hasta que se apagaran todas las luces.

—Según Caddy Mellery, se fueron a acostar y apagaron las luces horas antes. Y la llamada de teléfono que los despertó fue, casi a ciencia cierta, del asesino, lo cual significa que los quería despiertos, no dormidos. Y si quería saber cuándo se apagarían las luces, ¿por qué situarse en uno de los pocos lugares desde donde no se ven las ventanas del piso de arriba? De hecho, desde la posición de la silla, apenas se ve la casa.

—¿Qué demonios se supone que significa todo esto? —bravuconeó Hardwick, traicionado por una expresión de inquietud en los ojos.

—Significa, o bien que un criminal muy listo y muy cuidadoso se tomó muchas molestias para hacer algo sin sentido, o bien que nuestra reconstrucción de lo que ocurrió aquí está equivocada.

Blatt, que había seguido la conversación como si fuera un partido de tenis, miró a Hardwick. Éste tenía pinta de estar saboreando un gusto amargo en la boca.

—¿Alguna posibilidad de que consigas algo de café?

Blatt frunció los labios a modo de queja, pero retrocedió hacia la casa, presumiblemente para hacer lo que le habían pedido.

Hardwick se tomó su tiempo para encender un cigarrillo.

—Hay algo más que no tiene sentido. Estaba mirando un

221

informe sobre los datos de las huellas de pisadas. El espacio entre las huellas que vienen de la calle hasta la posición de la silla que estaba detrás del granero promedia ocho centímetros más que entre las huellas que iban del cadáver al bosque.

—¿Significa que el criminal caminó más deprisa cuando llegó que cuando se fue?

—Exactamente eso.

—O sea, ¿que tenía más prisa para llegar al granero y sentarse a esperar que para alejarse de la escena después del crimen?

—Ésa es la interpretación de los datos que hace Wigg, y no se me ocurre ninguna otra.

Gurney negó con la cabeza.

—Te estoy diciendo, Jack, que nuestras lentes están desenfocadas. Y por cierto, hay otro dato extraño que me inquieta. ¿Dónde se encontró exactamente la botella de whisky?

—A unos treinta metros del cadáver, siguiendo las huellas que se alejaban.

—¿Por qué allí?

—Porque es allí donde la dejó. ¿Cuál es el problema?

—¿Por qué llevarla? ¿Por qué no dejarla junto al cadáver?

—Un descuido. En el calor del momento no se dio cuenta de lo que tenía en la mano. Cuando cayó en la cuenta, la tiró. No veo el problema.

—Quizá no lo hay. Pero las pisadas son muy regulares, relajadas, sin prisa: como si estuviera siguiendo un plan.

—¿Adónde coño quieres ir a parar? —Hardwick estaba mostrando la frustración de un hombre que trata de que no se le caiga la compra de una bolsa rota.

—En este caso, todo ajusta a la perfección, todo está bien planeado, todo es muy cerebral. Mi instinto me dice que todo está donde está por alguna razón.

—¿Me estás diciendo que llevó el arma treinta metros y la soltó allí por una razón premeditada?

—Eso diría.

—¿Qué maldita razón podría tener?

—¿Qué efecto tuvo en nosotros?

—¿De qué estás hablando?

—Este tipo está tan centrado en la Policía como lo estaba en

Mark Mellery. ¿Se te ha ocurrido que las singularidades de la escena del crimen podrían formar parte de un juego que está jugando con nosotros?

—No, no se me ha ocurrido. Francamente, es bastante descabellado.

Gurney contuvo las ganas de formular su hipótesis:

—Entiendo que el capitán Rod todavía piensa que nuestro hombre es uno de los huéspedes.

—Sí, «uno de los lunáticos del manicomio» es como lo ha dicho.

—¿Estás de acuerdo?

—¿En que son lunáticos? Completamente. ¿En que uno de ellos es el asesino? Quizá.

—¿Y quizá no?

—No estoy seguro, pero no se lo digas a Rodriguez.

—¿Tiene algún candidato favorito?

—Cualquiera de los drogadictos le serviría. Ayer continuaba con que el Instituto Mellery para la Renovación Espiritual no era más que un centro de rehabilitación no regulado para capullos ricos.

—No veo la conexión.

—¿Entre qué?

—¿Qué tiene que ver exactamente la drogadicción con el asesinato de Mark Mellery?

Hardwick dio una última calada pensativa al cigarrillo, luego lanzó la colilla a la tierra húmeda, bajo el seto de hojas de acebo. Gurney reflexionó que era algo que no haría nadie en la escena de un crimen, ni siquiera después de que la hubieran peinado, pero era exactamente la clase de cosas de Hardwick a las que se había acostumbrado en su anterior colaboración. Tampoco le sorprendió que se acercara al seto para apagar la colilla en ascuas con la punta del zapato. Ésa era la forma que tenía de darse tiempo para pensar en lo que iba a decir, o a no decir, a continuación. Cuando la colilla quedó apagada y bien enterrada en el suelo, Hardwick habló.

—Probablemente no tiene mucho que ver con el asesinato, pero sí mucho que ver con Rodriguez.

—¿Algo de lo que puedas hablar?

—Tiene una hija en Greystone.

223

—¿El hospital mental de Nueva Jersey?

—Sí. Daño permanente. Drogas de club, metanfetamina, crac. Se frió unos cuantos circuitos cerebrales y trató de matar a su madre. Según la forma en que lo ve Rodriguez, cualquier drogadicto en el mundo es responsable de lo que le haya ocurrido. No es un tema con el que pueda ser razonable.

—Entonces, ¿cree que un adicto mató a Mellery?

—Eso es lo que quiere que haya ocurrido, y eso es lo que piensa.

Una ráfaga de aire húmedo, aislada, barrió el patio desde el seto cubierto de nieve. Gurney sintió un escalofrío y se metió las manos en los bolsillos de la chaqueta.

—Pensaba que sólo quería impresionar a Kline.

—Eso también. Para lo capullo que es, es bastante complicado. Fanático del control. Un repugnante manojo de ambiciones. Completamente inseguro. Obsesionado con castigar a los adictos. Y no está muy contento contigo, por cierto.

—¿Por alguna razón específica?

—No le gustan los desvíos del procedimiento estándar. No le gustan los tipos listos. No le gusta que haya nadie más cerca de Kline que él. A saber qué más no le gusta.

—No parece el marco mental ideal para dirigir una investigación.

—Sí, bueno, ¿qué más novedades hay en el mundo de la justicia criminal? Pero sólo porque un tipo sea un capullo no significa que siempre se equivoque.

Gurney aceptó este elemento de sabiduría *hardwickiana* sin hacer comentarios, luego cambió de tema.

—¿El foco en los huéspedes significa que se están descuidando otras vías?

—¿Como cuáles?

—Como hablar con gente de la zona. Moteles, posadas, hostales…

—No se está descuidando nada —dijo Hardwick, que de repente se puso a la defensiva—. Se contactó con los hogares (no hay tantos, menos de una docena en la carretera entre el pueblo y el instituto) en las primeras veinticuatro horas, en un esfuerzo que no produjo ninguna información. Nadie oyó nada, nadie vio nada ni recordó nada. Un par de personas creyeron oír coyotes. Un par más pensaron haber oído ulular un búho.

—¿A qué hora fue eso?

—¿A qué hora fue qué?

—Lo del búho.

—No tengo ni idea, porque ellos no tenían ni idea. En plena noche, fue lo más que se aproximaron.

—¿Alojamientos?

—¿Qué?

—¿Alguien ha comprobado los alojamientos de la zona?

—Hay un motel justo a la salida del pueblo, un edificio destartalado que frecuentan los cazadores. Estaba vacío esa noche. Los únicos otros lugares en un radio de cinco kilómetros son dos hostales. Uno está cerrado en invierno. El otro, si no recuerdo mal, tenía una habitación reservada la noche del crimen: un avistador de pájaros y su madre.

—¿Un avistador de pájaros en noviembre?

—Me pareció extraño, así que consulté algunas webs de avistamiento de aves. Parece que los que van en serio prefieren el invierno: no hay hojas en las ramas, mejora la visibilidad, hay muchos faisanes, búhos, perdices nivales, carboneros capirotados, bla, bla, bla.

—¿Hablaste con ellos?

—Blatt habló con uno de los propietarios, una pareja de maricas con nombres idiotas, ninguna información útil.

—¿Nombres idiotas?

—Uno de ellos era Peachpit o algo así.

—¿Peachpit?

—Algo así. No..., Plumstone, eso es. Paul Plumstone, ¿Puedes creerlo?

—¿Alguien habló con los observadores de pájaros?

—Creo que se marcharon antes de que Blatt pasara por allí, pero no estoy seguro.

—¿Nadie hizo el seguimiento?

—Joder. ¿Qué coño iban a saber? Si quieres visitar a los Peachpit, adelante. El sitio se llama The Laurels, está dos kilómetros montaña abajo desde el instituto. Tengo una cantidad limitada de hombres asignados a este caso y no puedo perder el tiempo persiguiendo a cualquier persona que haya pasado por Peony.

225

—Claro.

El significado de la respuesta de Gurney era, a lo sumo, vaga, pero pareció apaciguar un poco a Hardwick, que dijo en un tono casi cordial:

—Hablando de personal, he de volver al trabajo. ¿Qué has dicho que estabas haciendo aquí?

—Pensaba que si me paseaba otra vez sobre el terreno se me podría ocurrir algo.

—¿Ésa es la metodología del as de la resolución de crímenes del Departamento de Policía de Nueva York? ¡Es patético!

—Lo sé, Jack, lo sé. Pero ahora mismo es lo mejor que puedo hacer.

Hardwick volvió a entrar en la casa negando con la cabeza en un exagerado gesto de incredulidad.

Gurney inhaló el olor húmedo de la nieve y, como siempre, éste desplazó por un momento todos los pensamientos racionales, agitando una poderosa emoción infantil para la cual no tenía palabras. Enfiló el césped blanco hacia el bosque. El olor de la nieve lo arrulló con recuerdos; recuerdos de historias que su padre le había leído cuando tenía cinco o seis años, historias de su padre que eran más vívidas para él que cualquier otra cosa de su vida real, historias de pioneros, cabañas en el monte, sendas en el bosque, indios buenos, indios malos, ramitas rotas, huellas de mocasines en la hierba, el tallo roto de un helecho que ofrecía indicios cruciales del paso del enemigo y los gritos de los pájaros del bosque, algunos reales, otros imitados por los indios a modo de comunicaciones en código: imágenes muy concretas, ricas en detalles. Era irónico, pensó, que los recuerdos de las historias que su padre le había contado en su infancia hubieran sustituido la mayoría de sus recuerdos del hombre mismo. Por supuesto, además de contarle historias, su padre nunca había tenido mucho que ver con él. Más que nada, su padre trabajaba. Trabajaba e iba a lo suyo.

Trabajaba e iba a lo suyo. Una frase capaz de resumir una vida. De hecho, describía su propia conducta con la misma precisión que la de su padre. En las barreras que había erigido para no reconocer esas similitudes estaban apareciendo, últimamente, grandes fisuras. Sospechaba no sólo que se estaba convirtiendo en su padre, sino que lo había hecho hacía tiempo.

Trabajaba e iba a lo suyo. Qué pequeño y gélido el sentido de su vida. Qué humillante era ver cuánto de su tiempo en la Tierra podía incluirse en una frase tan corta. ¿Qué clase de marido era si sus energías estaban tan circunscritas? ¿Y qué clase de padre? ¿Qué clase de padre está tan absorto en sus prioridades profesionales que...? No, basta de eso.

Gurney se adentró en el bosque, siguiendo la que recordaba que era la ruta de las pisadas, ahora medio borrada por la nieve fresca. Cuando estuvo en el bosque de árboles de hoja perenne, donde, de manera inverosímil, terminaba la senda, inhaló la fragancia de pino, escuchó el profundo silencio del lugar y esperó la inspiración. No le llegó. Disgustado tras haber esperado lo contrario, se forzó a revisar por vigésima vez lo que sabía en realidad de los sucesos de la noche del crimen. ¿Que el asesino había entrado a pie en la propiedad desde la calle? ¿Que llevaba una 38 especial de la Policía, una botella de Four Roses rota, una silla plegable, un par de botas extra y un reproductor de sonido con los chillidos animales que sacaron a Mellery de la cama? ¿Que llevaba un mono de Tyvek, guantes y una gruesa chaqueta de pluma que podría haber usado para amortiguar el ruido? ¿Que se sentó detrás del granero a fumar cigarrillos? ¿Que hizo salir a Mellery al patio, lo mató de un tiro y luego se encarnizó apuñalándolo con una botella al menos catorce veces? ¿Que luego caminó tranquilamente por el césped y se dirigió ochocientos metros hacia el bosque, colgó un par de botas adicional en la rama de un árbol y desapareció sin dejar rastro?

El rostro de Gurney se había convertido en una mueca, en parte por el deprimente frío húmedo del día, y en parte porque ahora, con más claridad que nunca, se dio cuenta de que lo que «sabía» del crimen no tenía el menor sentido.

227

29

Hacia atrás

*N*oviembre era el mes que menos le gustaba, un mes de luz menguante, un mes de incertidumbre que se arrastraba entre el otoño y el invierno.

Esta percepción parecía exacerbar la sensación de que estaba dando tumbos en la niebla en el caso Mellery, sin que pudiera ver algo que tenía delante de sus narices.

Cuando llegó a casa desde Peony ese día, decidió, de manera atípica, compartir su confusión con Madeleine, que estaba sentada a la mesa de pino con unos restos de té y pastel de arándanos.

—Me gustaría conocer tu *input* de algo —dijo, lamentando de inmediato haber elegido esa palabra. A Madeleine no le gustaban las palabras como *input*.

Ella inclinó la cabeza con curiosidad, que David tomó como una invitación.

—El Instituto Mellery ocupa cuarenta hectáreas entre Filchers Brook Road y Thornbush Lane, en la colina que domina el pueblo. Hay treinta y pico hectáreas de bosque, quizá cuatro hectáreas de jardines, macizos de flores, una zona de aparcamiento y tres edificios: el centro de conferencias principal, que también incluye las oficinas y las habitaciones de huéspedes, la residencia privada de Mellery y un granero para el material de mantenimiento.

Madeleine levantó la mirada hacia el reloj colgado en la pared de la cocina, y él se apresuró:

—Los agentes encargados encontraron un conjunto de pisadas que entraban en la propiedad por Filchers Brook Road y conducían a una silla que había detrás del granero. Desde la silla continuaban hasta el lugar donde mataron a Mellery y desde allí a un punto situado a ochocientos metros en dirección al bosque, donde se detenían. No hay más pisadas. No hay rastro de cómo el individuo que dejó esas huellas pudo salir sin dejar más rastros.

—¿Es una broma?

—Estoy describiendo las pruebas reales de la escena.

—¿Y qué hay de la otra calle que mencionaste?

—Thornbush Lane está a treinta metros de la última huella.

—El oso ha vuelto —dijo Madeleine, después de un breve silencio.

—¿Qué? —Gurney la miró, sin comprenderla.

—El oso. —Hizo una señal hacia la ventana lateral.

Entre la ventana y sus jardineras aletargadas, con los bordes incrustados de escarcha, el soporte curvado de acero de un comedero de pájaros estaba caído, y el comedero en sí, partido por la mitad.

—Me ocuparé de eso después —dijo Gurney, enfadado por el comentario irrelevante—. ¿Qué te parece el problema de la pisada?

Madeleine bostezó.

—Creo que es estúpido, y la persona que lo hizo está loca.

—Pero ¿cómo lo hizo?

—Es como el truco de los números.

—¿Qué quieres decir?

—O sea, ¿qué importa cómo lo hiciera?

—Cuéntame más —dijo Gurney, con su curiosidad en un nivel ligeramente más alto al de su irritación.

—El cómo no importa. La cuestión es por qué, y la respuesta es obvia.

—¿Y la respuesta obvia es...?

—Quería demostrar que sois un montón de idiotas.

La respuesta le produjo dos sensaciones contrapuestas: complacido porque ella estuviera de acuerdo con él en que la Policía era un objetivo en el caso, pero no tan contento por el énfasis que puso en la palabra «idiotas».

—Tal vez caminó hacia atrás —sugirió encogiéndose de hombros—. Quizás el lugar al que pensáis que llegan las huellas es el lugar desde el que salen, y el lugar del que creéis que salen es el lugar al que llegan.

Estaba entre las posibilidades que Gurney había considerado y descartado.

—Hay dos problemas. Primero, sólo traslada la cuestión de cómo las huellas se detienen en medio de ninguna parte a cómo pueden empezar en medio de ninguna parte. En segundo lugar, las huellas están espaciadas de un modo muy uniforme. Es difícil imaginar a alguien caminando hacia atrás ochocientos metros por el bosque sin tropezar ni una vez.

Luego se le ocurrió que incluso el más leve signo de interés por parte de Madeleine era algo que quería alentar, así que añadió con afecto:

—Pero en realidad es una idea muy interesante, así que, por favor, no dejes de pensar en ello.

A las dos de la madrugada, mientras miraba por el rectángulo de la ventana de su habitación, apenas iluminada por un cuarto de luna tras una nube, era Gurney el que todavía estaba pensando; y todavía le daba vueltas a la observación de Madeleine de que la dirección en la cual las pisadas señalaban y la dirección del movimiento eran cuestiones independientes. Eso era cierto, pero ¿cómo ayudaba a la interpretación de los datos? Incluso si alguien pudiera caminar tanto hacia atrás por un terreno irregular sin dar un solo traspié, que nadie podía, esa hipótesis sólo servía para convertir el inexplicable final de una senda en un inexplicable comienzo.

¿O sí ayudaba?

«Supongamos…»

«Pero eso sería poco probable. Aun así, sólo supón por el momento…»

Por citar a Sherlock Holmes: «Cuando has eliminado lo imposible, lo que queda, por improbable que parezca, tiene que ser la verdad».

—¿Madeleine?

—¿Hum?

—Perdona que te despierte. Es importante.

Su respuesta fue un gran suspiro.

—¿Estás despierta?

—Ahora sí.

—Escucha. Supón que el asesino no entra en la propiedad desde la calle principal, sino desde la calle de atrás. Supón que llega varias horas antes del crimen, de hecho, justo antes de que empiece a nevar. Supón que camina hasta la pequeña pineda desde la calle de atrás con su sillita plegable y la otra parafernalia, se pone su mono de Tyvek y sus guantes de látex, y espera.

—¿En el bosque?

—En la pineda, en el lugar donde pensamos que terminan las pisadas. Se sienta allí y aguarda hasta que deja de nevar, poco después de medianoche. Entonces se levanta, coge su silla, su botella de whisky, su pistola y su minigrabadora con los chillidos de animales y camina ochocientos metros hasta la casa. Por el camino, llama a Mellery desde el móvil para asegurarse de que esté lo bastante despierto como para oír los chillidos animales...

—Espera un momento. Pensaba que habías dicho que no podía caminar hacia atrás en el bosque.

—No lo hizo. No tenía que hacerlo. Tenías razón en separar la orientación punta-talón de las pisadas de su dirección real, pero hemos de hacer otra separación. Supongamos que las suelas de los zapatos estuvieran separadas de la parte superior.

—¿Cómo?

—Lo único que tenía que hacer el asesino era arrancar las suelas de un par de botas y pegarlas en el otro: al revés. Así pudo caminar fácilmente hacia delante y dejar una limpia senda de huellas tras de sí que parecieran ir en la dirección de la que venía.

—¿Y la silla plegable?

—Se la lleva al patio. Quizá pone los distintos elementos encima mientras envuelve la pistola con la parka, a modo de silenciador parcial. Entonces reproduce la cinta de los chillidos animales para atraer a Mellery a la puerta de atrás. Hay variaciones sobre la forma exacta en que podría hacerlo, pero el resumen es que consigue tener a Mellery en el patio, le apunta y le dispara. Cuando Mellery cae, el asesino coge la botella rota y lo apuñala repetidamente con ella. Luego vuelve a lanzar la botella hacia las huellas de pisadas que hizo en su camino al patio: pisadas que, aparentemente, se alejan de éste.

—¿Por qué no dejarla junto al cadáver, o llevársela?

231

—No se la llevó porque quería que la encontráramos. La botella de whisky forma parte del juego, es parte del argumento de todo esto. Y apuesto a que la lanzó hacia las huellas de pisadas que parecían alejarse para poner la guinda en el pastel de ese pequeño engaño particular.

—Es un detalle muy sutil.

—Como sutil es el detalle de dejar un par de botas en lo que aparentemente sería el final de la senda, pero, por supuesto, las dejó allí al empezar.

—Entonces, ¿no eran las botas que dejaron las huellas?

—No, pero eso ya lo sabíamos. El laboratorio del DIC encontró una minúscula diferencia entre la suela de una de las botas y las huellas dejadas en la nieve. Al principio no tenía sentido. Pero encaja en esta versión revisada de los hechos, a la perfección.

Madeleine no dijo nada durante unos momentos, pero David casi podía sentir su mente absorbiendo, evaluando, probando el nuevo escenario en busca de puntos débiles.

—¿Y después de lanzar la botella, qué?

—Entonces va desde el patio a la parte de atrás del granero, pone allí la silla plegable y lanza un puñado de colillas en el suelo delante de ella para que parezca que ha estado sentado allí antes del crimen. Se quita el mono de Tyvek y los guantes de látex, se pone la parka, rodea la parte de atrás del granero (dejando esas malditas pisadas al revés), sale a Filchers Brook Road, donde la brigada municipal ha quitado la nieve, de manera que no deja huellas allí, y camina hasta su coche en Thornbush Lane, o baja al pueblo, o lo que sea.

—¿La Policía de Peony vio a alguien cuando subían por la carretera?

—Aparentemente no, pero podría haberse metido fácilmente por el bosque o… —Hizo una pausa para considerar las opciones.

—¿O…?

—No es la posibilidad más probable, pero me han dicho que hay un hostal en la montaña que se supone que iba a investigar el DIC. Suena extraño después de casi decapitar a su víctima, pero nuestro maniaco homicida podría simplemente haber vuelto paseando hasta ese acogedor hostal.

Se quedaron tumbados en silencio uno al lado del otro en la oscuridad durante varios minutos, con la mente de Gurney yendo y viniendo con velocidad por su reconstrucción del crimen como un hombre que acaba de botar una canoa casera y está comprobándola con atención en busca de posibles fugas. Cuando estuvo seguro de que no tenía agujeros importantes, le preguntó a Madeleine qué pensaba.

—El adversario perfecto —dijo ella.

—¿Qué?

—El adversario perfecto.

—¿Qué significa?

—Te encantan los enigmas. A él también. Es un matrimonio divino.

—¿O infernal?

—Lo que sea. Por cierto, hay algo raro en esas notas.

—Raro..., ¿en qué?

Madeleine tenía una forma de saltar en su cadena de asociaciones libres que en ocasiones lo dejaba muy rezagado.

—Las notas que me enseñaste, las que el asesino le envió a Mellery, las dos primeras y luego los poemas. Estaba tratando de recordar exactamente qué decía cada una.

—¿Y?

—Y me estaba costando, aunque tengo buena memoria. Hasta que me di cuenta de por qué. No hay nada real en ellas.

—¿Qué quieres decir?

—No hay nada específico. Ninguna mención de lo que Mellery hizo en realidad ni de quién resultó herido. ¿Por qué ser tan vago? No hay nombres, ni fechas, ni referencias concretas a nada. Es peculiar, ¿no?

—Los números seiscientos cincuenta y ocho y diecinueve son muy específicos.

—Pero no significaban nada para Mellery, salvo por el hecho de que pensó en ellos. Y eso ha de ser un truco.

—Si lo era, no he logrado descubrirlo.

—Ah, pero lo harás. Eres muy bueno conectando los puntos. —Bostezó—. Nadie es mejor que tú en eso. —No había ironía detectable en su voz.

Gurney se quedó tumbado en la oscuridad al lado de su mujer, relajándose aunque fuera por un instante en la comodi-

233

dad de su elogio. Entonces su mente empezó a examinar a conciencia las notas del asesino, revisando su lenguaje a la luz de la observación de Madeleine.

—Eran lo bastante específicas para asustar a Mellery —dijo. Suspiró somnoliento.

—O lo bastante inespecíficas.

—¿Qué quieres decir?

—No lo sé. Quizá no había ningún suceso específico sobre el cual ser específico.

—Pero si Mellery no hizo nada, ¿por qué lo mató?

Ella emitió un ruidito con la garganta que era el equivalente a encogerse de hombros.

—No lo sé. Sólo sé que hay algo que no cuadra en esas notas. Es hora de dormir.

30

Cabaña Esmeralda

*C*uando se levantó, al alba, pensó que hacía semanas, meses quizá, que no se sentía tan reconfortado. Podría ser una exageración decir que había desentrañado el misterio de la bota y que así había tirado la primera ficha de dominó, pero era eso lo que sentía al conducir por el condado hacia el este, en dirección al sol naciente, de camino al hostal de Filchers Brook Road, en Peony.

Se le ocurrió que interrogar a «los maricas» sin hablar antes con la oficina de Kline o con el DIC podría considerarse una interpretación laxa de las reglas. Pero qué demonios, si alguien quería darle una colleja después, sobreviviría. Además, tenía la sensación de que las cosas empezaban a irle de cara. «Hay una marea en los asuntos de los hombres...»

A un kilómetro del cruce de Filchers Brook, sonó su teléfono. Era Ellen Rackoff.

—El fiscal del distrito tiene una información que quiere que le transmita. Me ha pedido que le diga que la sargento Wigg del laboratorio del DIC ha mejorado la cinta que grabó Mark Mellery de la llamada telefónica que recibió del asesino. ¿Conoce la llamada?

—Sí —dijo Gurney, recordando la voz camuflada y que Mellery pensó en el número diecinueve y luego descubrió que ese número estaba en la carta que el asesino le había dejado en el buzón.

—El informe de la sargento Wigg dice que el análisis de la onda de sonido muestra que los ruidos de fondo del tráfico en la cinta estaban regrabados.

—¿Repítalo?

—Según Wigg, la cinta contiene dos generaciones de sonido. La voz del que llamaba y el sonido de fondo de un motor (que ella dice que sin duda es el motor de un automóvil) eran la primera generación. O sea, eran sonidos en vivo, del momento de la transmisión de la llamada. Pero los otros sonidos de fondo, sobre todo los del tráfico que pasaba, eran de segunda generación. O sea, estaban siendo reproducidos en una grabadora durante la llamada en vivo. ¿Está usted ahí, detective?

—Sí, sí, sólo estaba… tratando de entender algo de eso.

—¿Quiere que se lo repita?

—No, la he oído. Es… muy interesante.

—El fiscal del distrito Kline opinaba que podría pensar eso. Le gustaría que usted lo llamara cuando averigüe qué significa.

—Seguro que lo haré.

Dobló por Filchers Brook Road y al cabo de un kilómetro y medio localizó un letrero a su izquierda que proclamaba que la perfectamente cuidada propiedad de detrás era The Laurels. El cartel era una graciosa placa oval, con letras de caligrafía delicada. Un poco más allá del cartel había un espaldar en forma de arco sobre el que crecía laurel de montaña. Un estrecho sendero pasaba a través del arco. Aunque las flores habían desaparecido meses atrás, cuando Gurney pasó conduciendo por la abertura, una jugarreta mental añadió un aroma floral, y un posterior salto le recordó el comentario del rey Duncan sobre el castillo de Macbeth, donde esa noche sería asesinado: «Este castillo tiene un agradable emplazamiento…».

Detrás del espaldar había una pequeña zona de aparcamiento de gravilla tan bien rastrillada como en un jardín zen. Una senda de la misma gravilla prístina conducía desde la zona de aparcamiento hasta la puerta delantera de una inmaculada casa de tejas de cedro. En lugar de timbre, había una antigua aldaba de hierro. Cuando Gurney fue a cogerla, la puerta se abrió y reveló la presencia de un hombre pequeño de ojos alerta e inquisidores. Todo en él parecía recién lavado, desde el polo de color lima a su piel rosada, pasando por un cabello de tono demasiado rubio para aquel rostro de mediana edad.

—Ah —dijo con la satisfacción nerviosa de un hombre cuyo pedido de pizza llega, por fin, veinte minutos tarde.

—¿Señor Plumstone?

—No, yo no soy el señor Plumstone —dijo el hombreci-

SÉ LO QUE ESTÁS PENSANDO

llo—. Soy Bruce Wellstone. La aparente armonía entre los nombres es pura coincidencia.

—Ya veo —dijo Gurney, desconcertado.

—Y usted, supongo que es policía.

—Investigador especial Gurney, de la oficina del fiscal. ¿Quién le dijo que venía?

—El policía que llamó por teléfono. No tengo buena memoria para los nombres. Pero ¿por qué estamos en el umbral? Pase.

Gurney lo siguió por un corto pasillo hasta una zona de asientos amueblada con recargado estilo victoriano. Se preguntaba quién podría haber sido el policía del teléfono, y dejó ver en su mirada un atisbo de duda.

—Lo siento —dijo Wellstone, evidentemente malinterpretando la expresión de Gurney—. No estoy familiarizado con el procedimiento en casos como éste. ¿Preferiría ir directamente a la Cabaña Esmeralda?

—¿Disculpe?

—A la Cabaña Esmeralda.

—¿Qué cabaña esmeralda?

—La escena del delito.

—¿Qué delito?

—¿No le han dicho nada?

—¿De qué?

—De por qué está aquí.

—Señor Wellstone, no quiero ser rudo, pero quizá debería empezar por el principio y decirme de qué está hablando.

—¡Esto es exasperante! Se lo conté todo al sargento por teléfono. De hecho, se lo conté todo dos veces, porque no parecía entender lo que le estaba diciendo.

—Ya veo su frustración, señor, pero quizá podría decirme qué le dijo.

—Que me habían robado mis chapines de rubí. ¿Tiene idea de lo que cuestan?

—¿Sus chapines de rubí?

—Dios mío, no le han dicho nada, ¿verdad? —Wellstone empezó a respirar profundamente como si tratara de contener algún tipo de ataque. Cerró los ojos. Cuando volvió a abrirlos, parecía reconciliado con la ineptitud de la policía y le habló a

Gurney con la voz de un maestro de escuela primaria—. Me robaron mis chapines de rubí, que valen mucho dinero, de la Cabaña Esmeralda. Aunque no tengo pruebas, no me cabe duda de que los robó el último huésped que la ocupó.

—¿Esta cabaña esmeralda forma parte del establecimiento?

—Por supuesto que sí. Toda la propiedad se llama The Laurels por razones obvias. Hay tres edificios: la casa principal, en la que estamos, más dos cabañas, que son la Cabaña Esmeralda y la Cabaña Miel. La decoración de la primera de ellas se basa en *El mago de Oz*, la mejor película que se ha rodado jamás. —El brillo en sus pupilas parecía retar a Gurney a mostrar su desacuerdo—. El elemento central de la decoración era una espléndida reproducción de los zapatos mágicos de Dorothy. Esta mañana los he echado en falta.

—¿Y denunció esto a…?

—A ustedes, por supuesto, porque aquí está.

—¿Llamó al Departamento de Policía de Peony?

—Desde luego que no llamé al Departamento de Policía de Chicago.

—Tenemos dos problemas distintos aquí, señor Wellstone. La Policía de Peony sin duda vendrá en relación con el robo. Pero yo no estoy aquí por eso. Estoy investigando un asunto diferente, y necesito plantearle algunas preguntas. A un detective de la Policía del estado que pasó el otro día le dijeron (un tal señor Plumstone, creo) que hace tres noches se alojó aquí una pareja de avistadores de aves, un hombre y su madre.

—¡Ése fue!

—¿Qué?

—¡El que me robó los chapines de rubí!

—¿El avistador de aves le robó los zapatos?

—El avistador de aves, el ladrón, el cabrón manilargo, sí, él.

—¿Y la razón de que no se lo mencionara al detective de la Policía del estado…?

—No lo mencioné porque no lo sabía. Le he dicho que no he descubierto el robo hasta esta mañana.

—Entonces, ¿no ha estado en la cabaña desde que el hombre y su madre pidieron la cuenta?

—No pidieron la cuenta, simplemente se fueron en algún momento del día. Habían pagado por adelantado, así que, ya ve, no había necesidad de nada más. Nos esforzamos para que exista cierta civilizada informalidad aquí, lo cual por supuesto hace que la traición de nuestra confianza resulte mucho más irritante. —Hablar de ello había llevado a Wellstone al borde de ahogarse en su propia bilis.

—¿Es normal esperar tanto antes de...?

—¿Antes de preparar una habitación? Es normal en esta época del año. Noviembre es nuestro mes más flojo. La siguiente reserva de la Cabaña Esmeralda es para la semana de Navidad.

—¿El hombre del DIC no pasó por la cabaña?

—¿El hombre del DIC?

—El detective que estuvo aquí hace dos días, del Departamento de Investigación Criminal.

—Ah, bueno, habló con el señor Plumstone, no conmigo.

—¿Quién es exactamente el señor Plumstone?

—Ésa es una excelente pregunta. Es una pregunta que yo mismo me he estado planteando. —Lo dijo con amargura, luego negó con la cabeza—. Lo siento. No debo permitir que cuestiones emocionales no pertinentes se entrometan en un asunto policial. Paul Plumstone es mi socio. Somos los dueños de The Laurels. Al menos somos socios en este momento.

—Ya veo —dijo Gurney—. Volviendo a mi pregunta, ¿el hombre del DIC fue a la cabaña?

—¿Por qué iba a hacerlo? Es decir, aparentemente estaba aquí por ese horrible crimen en el instituto. Quería saber si habíamos visto a algún personaje sospechoso merodeando. Paul (el señor Plumstone) le dijo que no y el detective se fue.

—¿No le insistió para que le diera información específica sobre sus huéspedes?

—¿Los avistadores de aves? No, por supuesto que no.

—¿Por supuesto que no?

—La madre era casi inválida y el hijo, aunque resultó ser un ladrón, no era el tipo de persona que provoca una matanza encarnizada.

—¿Qué clase de persona diría que era?

—Diría que era del lado frágil. Sin duda del lado frágil. Tímido.

—¿Diría que era *gay*?

Wellstone se mostró pensativo.

239

—Interesante cuestión. Casi siempre estoy seguro, de que sí o de que no, pero en este caso no lo estoy. Tuve la impresión de que quería darme la impresión de que era *gay*. Pero eso no tiene mucho sentido, ¿no?

«No a menos que todo el personaje fuera una actuación», pensó Gurney.

—Además de frágil y tímido, ¿de qué otra manera lo describiría?

—Ladrón.

—Me refiero a cómo era físicamente.

Wellstone torció el gesto.

—Bigote. Gafas tintadas.

—¿Tintadas?

—Como gafas de sol, lo bastante oscuras para que no se le vieran los ojos (odio hablar con alguien cuando no puedo verle los ojos, ¿usted no?), pero lo bastante ligeras para poder llevarlas en un interior.

—¿Algo más?

—Sombrero de fieltro, una de esas cosas peruanas en la cara, como una bufanda, un abrigo abultado.

—¿Cómo tuvo la impresión de que era frágil?

El ceño de Wellstone se tensó en una especie de consternación.

—¿Su voz? ¿Sus modales? Bueno, no estoy seguro. Lo único que recuerdo haber visto, visto de verdad, era un enorme abrigo acolchado y sombrero, gafas de sol y un bigote. —Sus ojos se abrieron como si, de repente, se hubiera sentido ofendido—. ¿Cree que era un disfraz?

¿Gafas de sol y bigote? A Gurney le sonaba más a una parodia de disfraz. Pero incluso ese giro extra podía encajar en la extrañeza del modelo. ¿O estaba pensando demasiado? En cualquier caso, si era un disfraz, era un disfraz efectivo, pues los dejaba sin descripción física útil.

—¿Recuerda algo más sobre él? ¿Cualquier cosa?

—Obsesionado con nuestros amigos emplumados. Tenía unos prismáticos enormes, parecían de esos de infrarrojos que ves en las pelis de comandos. Dejó a su madre en la cabaña y pasó todo su tiempo en el bosque, buscando camachuelos, camachuelos de pecho rosa.

—¿Le dijo eso?

—Ah, sí.

—Es sorprendente.

—¿Por qué?

—No hay camachuelos de pecho rosa en los Catskills en invierno.

—Pero incluso dijo… ¡Cabrón mentiroso!

—Dijo incluso ¿qué?

—La mañana antes de irse, entró en el edificio principal y no podía dejar de deshacerse en elogios con los malditos camachuelos. No paraba de repetir que había visto cuatro camachuelos de pecho rosa. Cuatro, cuatro camachuelos de pecho rosa, decía, como si yo lo pusiera en duda.

—Tal vez quería asegurarse de que lo iba a recordar —respondió Gurney casi para sus adentros.

—Pero me ha dicho que no pudo haberlos visto porque no hay. ¿Por qué querría que recordara algo que no ocurrió?

—Buena pregunta, señor. ¿Puedo echar un rápido vistazo a la cabaña ahora?

Desde la sala de estar, Wellstone lo condujo a través de un comedor de estilo igualmente victoriano, lleno de sillas de roble ornamentadas y espejos, y salieron por una puerta lateral a un sendero cuyos inmaculados adoquines de color crema, aunque no exactamente iguales, le recordaron el camino de baldosas amarillas de *El mago de Oz*. El sendero terminaba en una cabaña de cuento cubierta de hiedra, de color verde brillante, a pesar de la estación del año.

Wellstone metió la llave y abrió la puerta; se quedó a un costado. En lugar de entrar, Gurney miró desde el umbral. La estancia que vio era en parte sala de estar y en parte un templo a la película, con su colección de carteles, un sombrero de bruja, una varita mágica, figuras del León Cobarde y el Hombre de Hojalata y una réplica en peluche de *Toto*.

—¿Quiere entrar y ver la caja de exhibición de la que se llevaron los chapines?

—Mejor no —dijo Gurney, retrocediendo al sendero—. Si es la única persona que ha estado dentro desde que se fueron sus invitados, preferiría mantenerlo así hasta que podamos traer a un equipo de procesamiento de pruebas.

241

—Pero ha dicho que no estaba aquí para…, un momento, ha dicho que estaba aquí por «otro asunto», ¿no es eso lo que ha dicho?

—Sí, señor, es correcto.

—¿De qué clase de «procesamiento de pruebas» está hablando? O sea, qué… Oh, no, ¿no estará pensando que mi avistador de pájaros de manos largas es su Jack el Destripador?

—Francamente, señor, no tengo ninguna razón para pensar que lo sea. Pero he de contemplar todas las posibilidades, y sería prudente que examináramos con más atención la cabaña.

—Oh, Dios mío. No sé qué decir. Si no es un crimen, es otro. Bueno, supongo que no puedo impedir el proceso policial, por estrambótico que parezca. Y no hay mal que por bien no venga. Aunque todo esto no tenga nada que ver con el horror de la colina, podría terminar descubriendo una pista que me ayudase a recuperar mis chapines robados.

—Siempre es una posibilidad —dijo Gurney con una sonrisa educada—. Mañana vendrá un equipo de especialistas en recogida de pruebas. Entre tanto, mantenga la puerta cerrada. Ahora deje que se lo pregunte una vez más, porque es muy importante, ¿está seguro de que nadie más que usted ha estado en la cabaña en los dos últimos días, ni siquiera su compañero?

—La Cabaña Esmeralda fue mi creación y es de mi responsabilidad exclusiva. El señor Plumstone es responsable de la Cabaña Miel, incluida su desafortunada decoración.

—¿Perdón?

—El motivo de la Cabaña Miel es una historia ilustrada de la apicultura que le dejaría ciego. ¿He de decir algo más?

—Una última pregunta, señor. ¿Tiene el nombre y la dirección del avistador de pájaros en su registro de invitados?

—Tengo el nombre y la dirección que me dio. Considerando el robo, dudo de su autenticidad.

—Será mejor que vea el registro y tome nota de todos modos.

—Oh, no es necesario mirar el registro. Lo recuerdo con perfecta y dolorosa claridad. Señor y señora (una extraña manera de que un caballero se describa a sí mismo y a su madre, ¿no le parece?), señor y señora Scylla. La dirección era un apartado de correos en Wycherly, Connecticut. Puedo darle incluso el número del apartado postal.

31

Una llamada de rutina del Bronx

Gurney estaba sentado en la inmaculada zona de aparcamiento de gravilla. Había completado su llamada al DIC para que enviaran un equipo de pruebas a The Laurels lo antes posible, y estaba guardándose el teléfono en el bolsillo cuando sonó. Era otra vez Ellen Rackoff. Primero, Gurney le dio la noticia de la pareja Scylla y del peculiar robo para que se lo transmitiera a Kline. Luego le preguntó por qué había llamado. Ella le dio un número de teléfono.

—Es un detective de Homicidios del Bronx que quiere hablar con usted sobre un caso en el que está trabajando.

—¿Quiere hablar conmigo?

—Quiere hablar con alguien del caso Mellery, del que ha leído algo en el diario. Llamó a la Policía de Peony, que lo remitió al DIC, que lo remitió al capitán Rodriguez, que lo remitió al fiscal del distrito que lo remitió a usted. Su nombre es detective Clamm. Randy Clamm.

—¿Es una broma?

—No que yo sepa.

—¿Cuánta información ha dado de su propio caso?

—Cero. Ya sabe cómo son los policías. Sobre todo quería saber cosas de nuestro caso.

Gurney llamó al número. Respondieron al primer tono.

—Clamm.

—Dave Gurney, le devuelvo la llamada. Trabajo para el fiscal...

—Sí, señor, lo sé. Le agradezco la rápida respuesta.

Aunque no contaba con casi nada en lo que basarse, Gurney tenía una vívida impresión del policía que se encontraba al otro lado: un multitarea que pensaba rápido, alguien que, con mejores conexiones, podría haber terminado en West Point en lugar de en la Academia de Policía.

—Entiendo que está trabajando en el homicidio de Mellery —continuó con rapidez la voz tensa del joven.

—Exacto.

—¿Múltiples cuchilladas en el cuello de la víctima?

—Correcto.

—La razón de mi llamada es que tenemos un homicidio similar aquí, y queríamos descartar cualquier posibilidad de conexión entre los dos crímenes.

—Con similar, quiere decir…

—Múltiples cortes en la garganta.

—Mi recuerdo de las estadísticas de apuñalamientos en el Bronx es que allí hay más de mil incidentes al año. ¿Ha buscado conexiones más cerca?

—Estamos buscando. Pero hasta ahora su caso es el único con más de una docena de heridas en la misma parte del cuerpo.

—¿Qué puedo hacer por usted?

—Depende de lo que esté dispuesto a hacer. Estaba pensando que podría ayudarnos a los dos si pudiera venir a pasar el día aquí, observar la escena del crimen, sentarse en una sala de interrogatorios con la viuda, hacer preguntas, ver si algo le llama la atención.

Era la definición de «posibilidad remota»: más inverosímil que muchas pistas tenues con las que había perdido el tiempo en sus años en el Departamento de Policía de Nueva York. Sin embargo, para Dave Gurney era una imposibilidad constitucional pasar por alto una posibilidad, por remota que pareciera.

Accedió a reunirse con el detective Clamm en el Bronx a la mañana siguiente.

TERCERA PARTE

Vuelta a empezar

32

Lo que vendrá

El hombre joven se recostó en los deliciosamente mullidos almohadones apoyados contra el cabezal y sonrió con placidez a la pantalla del portátil.

—¿Dónde está mi Dickie Duck? —preguntó la mujer mayor que estaba a su lado en la cama.

—Está en la cama planeando la muerte de los monstruos.

—¿Estás escribiendo un poema?

—Sí, madre.

—Léelo en voz alta.

—Aún no está acabado.

—Léelo en voz alta —repitió la mujer, como si hubiera olvidado lo que acababa de decir.

—No es muy bueno. Necesita algo más. —Ajustó el ángulo de la pantalla.

—Tienes una voz muy bonita —dijo ella, como de corrido, tocándose con aire ausente los rizos rubios de su peluca.

Él cerró un momento los ojos. Entonces, como si estuviera a punto de tocar la flauta, se relamió un poco los labios. Cuando empezó a hablar, lo hizo en un medio susurro cadencioso:

Éstas son algunas de mis preferencias:
el mágico cambio que trae una bala,
la sangre que mana y salpica el suelo
hasta que se acaba,
el ojo por ojo, el diente por diente,
el final de todo, la verdad ahora,
todo el bien obrado con el arma del borracho...
Nada comparado con lo que vendrá.

Suspiró y miró la pantalla, arrugando la nariz.

—La métrica falla.

La mujer mayor asintió con serena incomprensión y preguntó con su vocecita timorata de niña pequeña.

—¿Qué hará mi Dickie Duck?

Él estaba tentado de describir la limpieza inminente con todo el detalle con que la había imaginado. La muerte de todos los monstruos. Era tan colorida, tan excitante, tan... ¡satisfactoria! Pero también se enorgullecía de su realismo, de su comprensión de las limitaciones de su madre. Sabía que sus preguntas no requerían respuestas específicas, que olvidaba la mayoría de ellas en cuanto las pronunciaba, que sus palabras eran meros sonidos, sonidos que a ella le gustaban, que le resultaban reconfortantes. Podía decir cualquier cosa, contar hasta diez, recitar una canción de cuna. No había diferencia en lo que decía, mientras lo dijera con sentimiento y con ritmo. Siempre buscaba cierta riqueza en la inflexión. Disfrutaba complaciéndola.

33

Una noche de perros

*D*e vez en cuando, Gurney tenía un sueño que era dolorosamente triste, un sueño que parecía la esencia misma de la tristeza. En esos sueños veía con una claridad que superaba las palabras que el pozo de tristeza era pérdida, y la mayor pérdida de todas era la pérdida de amor.

En la versión más reciente del sueño, poco más que una viñeta, su padre iba vestido como se había vestido para ir a trabajar cuarenta años antes, y en todos los sentidos parecía exactamente igual que entonces. La anodina chaqueta beis y los pantalones grises, las pecas mortecinas en el dorso de sus grandes manos y en la frente redondeada de incipiente calvicie, la expresión burlona en los ojos que parecían concentrados en una escena que ocurría en algún otro lugar, la sutil insinuación de una inquietud por marcharse, por estar en cualquier sitio menos donde estaba, el extraño hecho de que hablando tan poco conseguía transmitir con su silencio tanta insatisfacción; todas esas imágenes enterradas resucitaban en una escena que no duraba más de un instante. Y luego Gurney formaba parte de la escena como el niño que miraba con súplica a esa figura distante, rogándole que no se fuera, con lágrimas tibias que le resbalaban por las mejillas en la intensidad del sueño —pese a que estaba seguro de que nunca había llorado en presencia de su padre, porque no podía recordar entre ellos ni una sola expresión de emoción desbordante—, y después se despertaba sobresaltado, con la cara todavía bañada en lágrimas y una fuerte opresión en el pecho.

Estuvo tentado de despertar a Madeleine, de hablarle de su sueño, de mostrarle sus lágrimas. Pero no tenía nada que ver con ella. Ella apenas había conocido a su padre. Y al fin y al cabo, los sueños sólo eran sueños. En última instancia no significaban nada. Se preguntó qué día era. Era jueves. Con esta idea llegó esa rápida y práctica transformación de su paisaje mental en la que se había acostumbrado a confiar para que barriera el residuo de una noche inquietante y lo sustituyera con la realidad de lo que tenía que hacer a la luz del día. Jueves. El jueves lo dedicaría casi por completo a su viaje al Bronx, a un barrio no muy alejado del lugar donde se había criado.

34

Un día oscuro

*L*as tres horas al volante supusieron un viaje a lo antiestético y lo depresivo; una percepción que se amplificaba por la fría aguanieve que exigía un continuo ajuste de la velocidad intermitente del limpiaparabrisas. Gurney estaba deprimido y nervioso; en parte por el clima, y en parte, sospechaba, porque su sueño lo había dejado con un punto de vista crudo e hipersensible.

Odiaba el Bronx. Lo aborrecía todo del Bronx, desde el pavimento bacheado a las carrocerías quemadas de coches robados. Detestaba las vallas publicitarias chillonas que anunciaban escapadas a Las Vegas de cuatro días y tres noches. Odiaba el olor: un miasma en movimiento de humos de gasóleo, moho, asfalto y pescado, con un matiz que insinuaba algo metálico. Aún más que lo que veía, odiaba el recuerdo de su infancia, que le asaltaba cuando estaba en el Bronx: espantosos cangrejos de herradura, con su armadura prehistórica y colas como flechas, que acechaban en las marismas de Eastchester Bay.

Después de pasarse media hora avanzando a paso de tortuga por la atascada «vía rápida» hasta la última salida, se sintió aliviado al enfilar las pocas manzanas de la ciudad que lo separaban del lugar de cita convenido: el aparcamiento de la iglesia Holy Saints. Una alambrada rodeaba el aparcamiento y un cartel advertía que estaba reservado para las personas que trabajaban para la iglesia. El único vehículo del aparcamiento era un sedán Chevrolet sin distintivos, detrás del cual un hombre joven con el pelo muy corto peinado con gel hablaba por un teléfono móvil. Cuando Gurney aparcó su coche al lado del Chevrolet, el hombre puso fin a su conversación y se sujetó el teléfono en el cinturón.

La llovizna, que esa mañana lo había acompañado durante

casi todo el trayecto, había amainado hasta convertirse en una especie de calabobos demasiado fino para verse; sin embargo, cuando Gurney bajó del coche, sintió sus frías agujas en la frente. Quizás el hombre joven también lo estaba notando, tal vez eso justificaba su expresión de ansiosa incomodidad.

—¿Detective Gurney?

—Dave —dijo Gurney, extendiendo la mano.

—Randy Clamm. Gracias por venir. Espero que no sea una pérdida de tiempo. Sólo tratamos de cubrir todas las posibilidades, y nos hemos encontrado con este desquiciado *modus operandi* que suena como el del caso en el que ustedes están trabajando. Podría no estar relacionado (o sea, no tiene mucho sentido que el mismo tipo quiera matar a un gurú famoso en el norte del estado y a un vigilante nocturno desempleado en el Bronx), pero todas esas cuchilladas en la garganta… No podía simplemente dejarlo estar. Tienes una corazonada con estas cosas. Piensas: «Dios, si no hago caso de mi instinto y resulta que era el mismo tipo…». Ya sabe a lo que me refiero.

Gurney se preguntó si la velocidad con la que hablaba Clamm, sin pausas para respirar, estaba impulsada por la cafeína, la cocaína, las presiones del trabajo, o era tan sólo la forma en que brotaba su manantial personal.

—Me refiero a que una docena de cuchilladas en la garganta no es tan común. Podría haber otras conexiones entre los casos. Quizá podríamos habernos enviado informes de un lado a otro entre aquí y el norte del estado, pero pensé que si venía a la escena y podía hablar con la esposa de la víctima, a lo mejor vería algo o preguntaría algo que tal vez allí no se le ocurriría. Eso era lo que esperaba. O sea, confío en que haya algo. Espero que no sea una pérdida de tiempo.

—Cálmese, hijo. Deje que le diga una cosa. He conducido hasta aquí hoy porque me parecía una cosa razonable. Quiere comprobar todas las posibilidades. Yo también. El peor escenario posible aquí es que eliminemos una de esas posibilidades, y eliminar posibilidades no es una pérdida de tiempo, forma parte del proceso. Así que no se preocupe por mi tiempo.

—Gracias, señor, sólo quiero decir…, o sea, sé que es un viaje muy largo. Se lo agradezco.

La voz y la actitud de Clamm se habían pausado. Todavía

252

SÉ LO QUE ESTÁS PENSANDO

tenía una expresión nerviosa y acelerada, pero al menos no era tan exagerada como al principio.

—Hablando de tiempo —dijo Gurney—, ¿sería éste un buen momento para que me llevara a la escena?

—Perfecto. Mejor deje el coche aquí y venga en el mío. La casa de la víctima está en una zona un poco hacinada, algunas de las calles sólo te dejan cinco centímetros de margen a cada lado del coche.

—Parece Salmon Beach.

—¿Conoce Salmon Beach?

Gurney asintió con la cabeza. Había estado allí una vez, de adolescente, en la fiesta de cumpleaños de una joven, la amiga de una chica con la que estaba saliendo.

—¿Cómo es que conoce Salmon Beach? —preguntó Clamm al salir del aparcamiento en la dirección opuesta a la avenida principal.

—Crecí cerca de aquí, en City Island.

—¿En serio? Pensaba que era del norte del estado.

—En este momento —dijo Gurney. Percibió la provisionalidad de la expresión. Delante de Madeleine no hubiera respondido de ese modo.

—Bueno, sigue siendo la misma horrible colonia de casitas. Con la marea alta, con un cielo azul, casi podrías pensar que estás en una playa. Luego baja la marea, el barro apesta y te acuerdas de que es el Bronx.

—Sí —dijo Gurney.

Cinco minutos después se detuvieron en una calle lateral polvorienta, junto a una abertura en otra alambrada como la que delimitaba el aparcamiento de la iglesia. Un cartel metálico pintado anunciaba que aquello era el Salmon Beach Club y que el aparcamiento era reservado. Una línea de orificios de bala casi había partido el cartel por la mitad.

La imagen de la fiesta de hacía tres décadas acudió a la mente de Gurney. Se preguntó si era la misma entrada que había usado entonces. Podía ver la cara de la chica de la cual se celebraba el cumpleaños, una chica gorda con coletas y aparatos.

—Es mejor aparcar aquí —dijo Clamm, refiriéndose otra vez a las calles imposibles de aquel enclave mugriento—. Espero que no le importe caminar.

—Joder, ¿tan viejo parezco?

Clamm respondió con una risa extraña y una pregunta tangencial al salir del coche.

—¿Cuánto tiempo lleva en el trabajo?

Sin ganas de referirse a su jubilación y a su nuevo empleo, dijo simplemente:

—Veinticinco años.

—Es un caso raro —soltó Clamm, como si se tratara de una observación que se dedujera de la conversación anterior—. No sólo todas las heridas son de cuchillo. Hay más que eso.

—¿Está seguro de que eran heridas de cuchillo?

—¿Por qué lo pregunta?

—En nuestro caso fue una botella rota, una botella de whisky rota. ¿Encontraron algún arma?

—No. El tipo de la oficina del forense dijo «posibles heridas de cuchillo», aunque de doble filo, como una daga. Supongo que un trozo de cristal afilado puede hacer un corte como ése. Llevaban mucho retraso. Todavía no tenemos el resultado de la autopsia. Pero, como estaba diciendo, hay más que eso. La mujer... No lo sé, hay algo raro en la mujer.

—¿Raro en qué sentido?

—En muchos. Para empezar es una especie de chalada religiosa. De hecho, eso es su coartada. Estaba en alguna reunión de plegarias de aleluya por la mañana.

Gurney se encogió de hombros.

—¿Qué más?

—Toma mucha medicación. Ha de tomar algunas pastillas fuertes para recordar que éste es su planeta.

—Espero que siga tomándolas. ¿Algo más que le inquiete de ella?

—Sí —dijo Clamm, que se detuvo en medio de la calle estrecha por la que estaban caminando, más un callejón que una calle—. Está mintiendo en algo. Hay algo que no nos está contando. O quizás algo de lo que nos está contando es mentira. Puede que las dos cosas. Ésa es la casa.

Clamm señaló un bungaló bajo que estaba justo delante, a la izquierda, retirado unos tres metros del callejón. La pintura que se desconchaba del lateral era de un verde bilioso. La puerta, de un marrón rojizo, le recordó el color de la sangre seca. La cinta amarilla de escena del crimen, atada a un montante portátil, rodeaba la decadente construcción. Sólo le faltaba un lazo delante para convertirla en un regalo del Infierno, pensó Gurney.

Clamm llamó a la puerta.

—Ah, otra cosa —dijo—. Es grande.

—¿Grande?

—Ya la verá.

La advertencia no preparó del todo a Gurney para toparse con la mujer que abrió la puerta. Pesaría unos ciento cuarenta kilos, tenía los brazos como muslos; parecía fuera de lugar en aquella pequeña casa. Aún estaba más fuera de lugar la cara de niña en ese cuerpo tan grande, una cara de niña desequilibrada y aturdida. Llevaba el cabello corto peinado con raya, como un chico.

—¿Puedo ayudarles? —preguntó, con aspecto de que ayuda era la última cosa en la Tierra que podía proporcionar.

—Hola, señora Schmitt. Soy el detective Clamm, ¿me recuerda?

—Hola —dijo la palabra como si estuviera leyéndola de un libro de frases de un idioma extranjero.

—Estuve aquí ayer.

—Me acuerdo.

—Necesito hacerle unas cuantas preguntas más.

—¿Quieren saber más de Albert?

—Eso es una parte. ¿Podemos entrar?

Sin responder, la mujer se apartó de la puerta, cruzó el pequeño salón contiguo y se sentó en un sofá, que pareció encogerse bajo su enorme peso.

—Siéntense —dijo.

Los dos hombres miraron a su alrededor. No había sillas. Aparte del sofá, los únicos objetos de la sala eran una mesita de café de ornamentación ridícula en cuyo centro se alzaba un jarrón barato con flores rosas de plástico, una librería vacía y una televisión lo bastante grande para un salón de baile. El suelo de conglomerado estaba limpio, salvo por unas fibras sintéticas dispersas, lo que significaba, supuso Gurney, que se habían llevado al laboratorio la moqueta en la que se había hallado el cadáver para realizar un examen forense.

—No hemos de sentarnos —dijo Clamm—. No tardaremos mucho.

—A Albert le gustaban todos los deportes —dijo la señora Schmitt, sonriendo de un modo inexpresivo a la descomunal televisión.

De un arco situado a la izquierda del pequeño salón partía un pasillo con tres puertas. Los efectos de sonido de un videojuego de combate procedían de detrás de una de ellas.

—Ése es Jonah. Jonah es mi hijo. Ése es su dormitorio.

Gurney le preguntó qué edad tenía.

—Doce. En algunas cosas parece mayor; en otras, más pequeño —contestó la mujer, como si eso fuera algo que acabara de ocurrírsele por primera vez.

—¿Estaba con usted? —preguntó Gurney.

—¿Qué quiere decir si estaba conmigo? —preguntó ella, con una rara insinuación que a Gurney le provocó un escalofrío.

—Quiero decir —aclaró Gurney, tratando de que su voz no reflejara lo que estaba sintiendo— que si estaba con usted en el servicio religioso la noche que mataron a su marido.

—Ha aceptado a Jesucristo como su Señor y Salvador.

—¿Significa eso que estaba con usted?

—Sí. Se lo dije al otro policía.

Gurney sonrió con expresión compasiva.

—En ocasiones ayuda examinar estas cosas más de una vez.

La mujer asintió como si estuviera plenamente de acuerdo y repitió:

—Ha aceptado a Jesucristo.

—¿Su marido aceptó a Jesucristo?

—Creo que sí.

—¿No está segura?

La señora Schmitt cerró los ojos con fuerza, como si estuviera buscando la respuesta en las caras interiores de sus pestañas.

—Satán es poderoso —dijo— y taimado en sus formas.

—Taimado de verdad, señora Schmitt —dijo Gurney.

Separó un poco la mesita de café con las flores rosas, la rodeó y se sentó en el borde del sofá, de cara a la mujer. Había aprendido que la mejor forma de hablar con alguien que se expresaba así era hacerlo del mismo modo, aunque no tuviera ni idea de adónde llevaría la conversación.

—Taimado y terrible —dijo, observándola de cerca.

—El Señor es mi pastor —dijo la señora Schmitt—. Nada me falta.

—Amén.

Clamm se aclaró la garganta y cambió el peso del cuerpo de un pie al otro.

—Dígame —continuó Gurney—, ¿de qué taimada manera alcanzó Satán a Albert?

—Es al hombre recto al que Satán persigue —gritó con repentina insistencia—, porque el hombre malvado ya está en su poder.

—¿Y Albert era un hombre recto?

—¡Jonah! —gritó la mujer aún más fuerte. Se levantó del sofá y se movió con sorprendente rapidez por el pasillo de la izquierda hasta una de las puertas, que empezó a aporrear con la palma de la mano.

—¡Abre la puerta! ¡Ahora! ¡Abre la puerta!

—¿Qué coño…? —dijo Clamm.

—He dicho ahora, Jonah.

Se oyó una cerradura y la puerta se abrió hasta la mitad. Ante ellos apareció un chico obeso casi tan grande como la madre a la que se parecía hasta un extremo inquietante: incluso en la extraña sensación de desprendimiento en la mirada, que hizo que Gurney se preguntara si la causa era genética o si se debía a la medicación, o a ambas cosas. El chico llevaba el pelo corto teñido de blanco.

—Te he dicho que no cierres la puerta cuando estoy en casa. Baja el volumen. Parece como si hubieran asesinado a alguien aquí dentro.

Nadie dejó ver cómo era de llamativo aquel comentario, dadas las circunstancias. El chico miró a Gurney y a Clamm sin interés. Sin duda, reflexionó Gurney, estaba ante una de esas familias tan acostumbradas a la intervención de los servicios sociales que los extraños de aspecto oficial en el salón no merecían ninguna reflexión. El chico volvió a mirar a la madre.

—¿Puedo tomarme mi helado ahora?

—Sabes que no te lo puedes tomar ahora. No subas el volumen o apagaré la consola.

—Vale —dijo con voz plana, y le cerró la puerta en las narices.

257

La mujer regresó a la sala y volvió a sentarse en el sofá.

—Está desconsolado por la muerte de Albert.

—Señora Schmitt —dijo Clamm a su manera de «vamos a seguir adelante»—, el detective Gurney necesita formularle unas preguntas.

—¿No es una curiosa coincidencia? Yo tengo una tía Bernie. Precisamente he estado pensando en ella esta mañana.

—Gurney, no Bernie —dijo Clamm.

—Se parece bastante, ¿no? —Sus ojos parecían brillar.

—Señora Schmitt —dijo Gurney—, durante el mes pasado, ¿su marido le contó que estuviera preocupado por algo?

—Albert nunca se preocupaba.

—¿Le parecía diferente de algún modo?

—Albert siempre era igual.

Gurney sospechaba que estas percepciones podían deberse tanto al efecto de neblina amortiguadora de la medicación como a una actitud real del difunto.

—¿Alguna vez recibió una carta con una dirección manuscrita o algún escrito en tinta roja?

—En el correo sólo hay facturas y anuncios. Nunca lo miro.

—¿Albert se encargaba del correo?

—Eran todo facturas y anuncios.

—¿Sabe si Albert pagó alguna factura especial últimamente o extendió algún cheque inusual?

La señora Schmitt negó con la cabeza enfáticamente, haciendo que su rostro inmaduro apareciera asombrosamente infantil.

—Una última pregunta. Después de que descubriera el cadáver de su marido, ¿cambió o movió algo de la sala antes de que llegara la Policía?

Una vez más negó con la cabeza. Podría haber sido su imaginación, pero Gurney creyó captar un atisbo de algo nuevo en su semblante. ¿Había vislumbrado un destello de alarma en aquella mirada inexpresiva? Decidió arriesgarse.

—¿El Señor le habla? —preguntó.

Ahora había algo más en su expresión, no tanto alarma como reivindicación.

—Sí.

Reivindicación y orgullo, pensó Gurney.

—¿El Señor le habló cuando encontró a Albert?

—El Señor es mi pastor —empezó, y continuó recitando todo el salmo 23.

Gurney podía notar los tics de impaciencia y los guiños que salpimentaban el rostro de Clamm.

—¿El Señor le dio instrucciones específicas?

—No oigo voces —dijo. Una vez más el mismo destello de alarma.

—No, no voces. Pero el Señor le habla, para ayudarla.

—Estamos en la Tierra para hacer lo que Él nos pida.

Gurney se inclinó hacia delante desde su posición, al borde de la mesita de café.

—¿E hizo lo que el Señor le dictó?

—Hice lo que el Señor me dictó.

—Cuando encontró a Albert, ¿había algo que necesitara cambiarse, algo que no estuviera como debería, algo que el Señor quería que hiciera?

Los ojos grandes de la mujer se llenaron de lágrimas, y éstas corrieron por sus redondeadas e infantiles mejillas.

—Tenía que guardarla.

259

—¿Guardarla?

—Los policías se la habrían llevado.

—¿Qué se habrían llevado?

—Se llevaron todo lo demás, la ropa que vestía, su reloj, su billetera, el periódico que estaba leyendo, la silla en la que se sentó, la alfombra, sus gafas, el vaso del que estaba bebiendo… Se lo llevaron todo.

—No todo, verdad, señora Schmitt. No se llevaron lo que usted guardó.

—No podía dejarles. Era un regalo. El último regalo de Albert.

—¿Puedo ver el regalo?

—Ya lo ha visto. Está detrás de usted.

Gurney se volvió y siguió la mirada de la mujer hasta el jarrón de flores rosas que había en medio de la mesa, o lo que, en una inspección más precisa, resultó ser un jarrón con una flor de plástico de pétalos tan grandes y vistosos que daba la impresión inicial de ser un ramo.

—¿Albert le dio esa flor?

—Ésa era su intención —dijo después de una vacilación.

—¿No llegó a dársela?

—No pudo, ¿no?

—Quiere decir porque lo mataron.

—Sabía que era para mí.

—Esto podría ser muy importante, señora Schmitt —dijo Gurney con voz pausada—. Por favor, dígame exactamente lo que encontró y qué hizo.

—Cuando Jonah y yo llegamos del Salón del Apocalipsis, oímos la televisión y no quisimos molestar a Albert. A Albert le gustaba la televisión. No le gustaba que nadie pasara por delante de la tele. Así que Jonah y yo entramos por la puerta trasera, que da a la cocina, para no tener que pasar por delante de él. Nos sentamos en la cocina, y Jonah se tomó su helado de la hora de acostarse.

—¿Cuánto tiempo se quedó sentada en la cocina?

—No lo sé. Nos pusimos a hablar. Jonah es muy profundo.

—¿Hablar de qué?

—Del tema favorito de Jonah, la tribulación del final de los tiempos. Dice en las Escrituras que al final de los tiempos habrá tribulación. Jonah siempre me pregunta si lo creo y cuánta tribulación creo que habrá, y qué clase de tribulación. Hablamos mucho sobre eso.

—¿Así que hablaron de tribulación y Jonah se tomó su helado?

—Como siempre.

—¿Qué más?

—Luego se hizo hora de que se fuera a dormir.

—¿Y?

—Y entró en el salón desde la cocina para ir a su dormitorio, pero no pasaron ni cinco segundos antes de que volviera a la cocina, retrocediendo y señalando al salón. Yo traté de que dijera algo, pero sólo podía señalar. Así que vine yo misma, quiero decir, entré aquí —dijo mirando en torno a la sala.

—¿Qué es lo que vio?

—A Albert.

Gurney esperó que continuara. Cuando no lo hizo, le insistió.

—¿Albert estaba muerto?

—Había mucha sangre.

—¿Y la flor?

—La flor estaba en el suelo, a su lado. Ve, debía de llevarla en la mano. Quería dármela cuando yo llegara a casa.

—¿Qué hizo entonces?

—¿Entonces? Oh. Fui a casa del vecino. No tenemos teléfono. Creo que llamaron a la Policía. Antes de que llegaran, recogí la flor. Era para mí —dijo con la insistencia pura y repentina de un niño—. Era un regalo. La puse en nuestro jarrón más bonito.

35

A tientas hasta la luz

Aunque era hora de almorzar cuando por fin salieron de la casa de los Schmitt, Gurney no estaba de humor. No porque no tuviera hambre ni porque Clamm no le propusiera un lugar conveniente para comer. Estaba demasiado frustrado, sobre todo consigo mismo, para decir que sí a nada. Mientras el joven policía lo llevaba al aparcamiento de la iglesia donde había dejado su coche, hicieron un último intento poco entusiasta de cotejar los hechos de los casos para ver si había algo que pudiera relacionarlos. El intento no condujo a ninguna parte.

—Bueno —dijo Clamm, pugnando por darle al ejercicio una interpretación positiva—. Al menos no hay pruebas en este momento de que no estén relacionados. El marido podría haber recibido cartas que la mujer nunca vio, y no parece que existía demasiada comunicación en el matrimonio, así que es posible que no le dijera nada. Y en el infierno en el que está ella, no creo que se fijara en ningún cambio emocional ni en él ni en ella misma. Podría valer la pena volver a hablar con el chico. Sé que está tan tronado como ella, pero es posible que recuerde algo.

—Claro —dijo Gurney, sin la menor convicción—. Y estaría bien que comprobara si Albert tenía talonario de cheques y si hay algún resguardo con el nombre de Charybdis o Arybdis o Scylla. Es una posibilidad remota, pero qué diablos.

Camino de casa, en una especie de compasión morbosa con el estado de ánimo de Gurney, el tiempo empeoró. La llovizna de la mañana se había convertido en una lluvia constante, que reforzaba su evaluación negativa del viaje. No estaba claro que hubiera relación entre los asesinatos de Mark Mellery y Albert

Schmitt, más allá del elevado número y la localización de los cortes. Ninguno de los rasgos de la escena del crimen de Peony estaban presentes en la de Salmon Beach: ni extrañas pisadas, ni silla plegable ni botella de whisky ni poemas. No había el menor rastro de juego alguno. Las víctimas no parecían tener nada en común. Que un asesino hubiera elegido como objetivos a Mark Mellery y Albert Schmitt carecía de sentido.

Estas ideas, junto con lo desagradable de conducir bajo una lluvia cada vez más intensa, sin duda contribuyeron a la expresión tensa que mostraba cuando entró por la puerta de la cocina de su casa, goteando.

—¿Qué te ha pasado? —preguntó Madeleine, tras levantar la cabeza de la cebolla que estaba troceando.

—¿Qué quieres decir?

Madeleine se encogió de hombros e hizo otro corte en la cebolla.

La respuesta nerviosa de Gurney quedó flotando en el aire. Al cabo de un momento, susurró en tono de disculpa:

—He tenido un día agotador, un viaje de ida y vuelta de seis horas bajo la lluvia.

—¿Y?

—¿Y? Y todo probablemente para nada.

—¿Y?

—¿Eso no es suficiente?

Ella le dedicó una sonrisita de incredulidad.

—Para colmo, era en el Bronx —añadió malhumorado—. No hay ninguna experiencia que el Bronx no la convierta en un poco más desagradable.

Madeleine empezó a picar la cebolla en trozos más pequeños. Habló como si se estuviera dirigiendo a la tabla de cortar.

—Tienes dos mensajes en el teléfono: tu amiga de Ithaca y tu hijo.

—¿Mensajes detallados o sólo piden que devuelva la llamada?

—No les he prestado tanta atención.

—¿Con tu amiga de Ithaca te refieres a Sonya Reynolds?

—¿Tienes más?

—¿Más qué?

—Más amigas en Ithaca.

263

—No tengo amigos en Ithaca. Mi relación con Sonya Reynolds es de negocios, y apenas. ¿Qué quería, por cierto?

—Ya te he dicho que el mensaje está en el teléfono. —El cuchillo de Madeleine, que se había alzado sobre la pila de trozos de cebolla, cayó con particular fuerza.

—Dios, ¡ten cuidado con los dedos! —Las palabras salieron de la boca de Gurney con más rabia que preocupación.

Con el filo del cuchillo todavía apretado contra la tabla de cortar, Madeleine lo miró con curiosidad.

—Bueno, ¿qué ha pasado hoy? —preguntó, rebobinando la conversación al punto en el que se hallaba antes de irse al garete.

—Frustración, supongo. No lo sé.

Fue a la nevera y sacó una botella de Heineken. La abrió y la dejó en la mesa del rincón del desayuno, junto a la puerta cristalera. Entonces se quitó la chaqueta, la colgó en el respaldo de una de las sillas y se sentó.

—¿Quieres saber qué ha pasado? Te lo contaré. A petición de un detective del Departamento de Policía de Nueva York con el ridículo nombre de Randy Clamm, he hecho un trayecto de tres horas hasta una triste casa del Bronx donde habían matado a un desempleado. Lo habían acuchillado en la garganta.

—¿Por qué te llamó?

—Ah. Buena pregunta. Parece que el detective Clamm se enteró del asesinato de Peony. La similitud del método le hizo llamar a la Policía de Peony, que lo pasó a la comisaría central de la Policía regional, que lo pasó al capitán que supervisa el caso, un capullo lameculos llamado Rodriguez, cuyo cerebro es justo lo bastante grande para reconocer una pista de mierda.

—¿Así que te lo pasó a ti?

—Al fiscal, que automáticamente me lo pasó a mí.

Madeleine no dijo nada, aunque la pregunta obvia estaba en su mirada.

—Sí, yo sabía que era una pista dudosa. Acuchillar en esa parte del mundo es sólo otra forma de discutir, pero por alguna razón pensé que podría encontrar algo que relacionara los dos casos.

—¿Nada?

—No. Aunque durante un rato tuve esperanza. La viuda parecía callarse algo. Finalmente reconoció que había intervenido en la escena del crimen. Había una flor en el suelo que aparentemente le había comprado el marido. Ella temía que los agentes que recogían las pruebas se la llevaran y quería conservarla, es comprensible. Así que la recogió y la puso en un jarrón. Fin de la historia.

—¿Esperabas que reconociera haber cubierto algunas huellas en la nieve o haber escondido una silla plegable?

—Algo así. Pero sólo resultó ser una flor de plástico.

—¿De plástico?

—De plástico. —Tomó un largo y lento trago de la Heineken—. No es un regalo de muy buen gusto, supongo.

—No es ningún regalo —dijo Madeleine con cierta convicción.

—¿Qué quieres decir?

—Las flores de verdad pueden ser un regalo, casi siempre lo son. Las flores artificiales son otra cosa.

—¿Qué?

—Elementos de decoración, diría. Las posibilidades de que un hombre le compre flores de plástico a una mujer son las mismas a que le compre un rollo de papel de pared con flores.

—¿Qué me estás diciendo?

—No estoy segura, pero si esa mujer encontró una flor de plástico en la escena del crimen y supuso que su marido se la había llevado, creo que se equivoca.

—¿De dónde crees que salió?

—No tengo ni idea.

—La mujer parecía muy segura de que era un regalo para ella.

—Es lo que quería creer, ¿no?

—Quizá sí. Pero si él no la llevó a la casa, y suponiendo que el hijo estuviera fuera con ella toda la tarde como asegura la mujer, eso dejaría al asesino como única fuente posible.

—Supongo —dijo Madeleine, con interés decreciente.

Gurney sabía que su esposa trazaba una línea clara entre entender lo que una persona real haría bajo determinadas circunstancias y esbozar etéreas hipótesis respecto al origen de un objeto en una sala. Gurney sentía que acababa de cruzar esa línea, pero insistió de todos modos.

—Entonces, ¿por qué un asesino dejaría una flor junto a su víctima?

—¿Qué clase de flor?

Siempre podía confiar en que ella plantearía una pregunta más específica.

—No estoy seguro de qué era. Sé lo que no era. No era una rosa, ni un clavel, ni una dalia. Pero era un poco similar a todas ellas.

—¿En qué sentido?

—Bueno, para empezar me recordó una rosa, pero era más grande, con muchos más pétalos, más juntos. Era casi del tamaño de un clavel grande o de una dalia, pero los pétalos eran más anchos, un poco como pétalos de rosa arrugados.

Por primera vez desde que él había llegado a casa, el rostro de Madeleine estaba animado por un interés real.

—¿Se te ha ocurrido algo? —preguntó.

—Quizás…, hum…

—¿Qué? ¿Sabes qué clase de flor es?

—Creo que sí. Y es una buena coincidencia.

—Dios, ¿vas a decírmelo?

—A no ser que me equivoque, la flor que acabas de describir se parece mucho a una peonía.

La botella de Heineken se le resbaló de la mano.

—¡Dios santo!

Después de hacerle varias preguntas pertinentes sobre peonías a Madeleine, se fue al estudio para efectuar algunas llamadas.

36

Una cosa lleva a la otra

Cuando colgó el teléfono, Gurney ya había convencido al detective Clamm de que tenía que ser algo más que una coincidencia que la flor que daba nombre a la localidad donde se había producido el primer homicidio apareciera en la escena del segundo crimen.

También propuso que se tomaran varias medidas sin más dilación: llevar a cabo un registro completo de la casa de los Schmitt en busca de cartas o notas extrañas, cualquier cosa en verso, cualquier cosa manuscrita, cualquier cosa con tinta roja; alertar al forense de la combinación de disparo de pistola y cortes con una botella rota usado en Peony, por si querían efectuar un segundo examen del cadáver de Schmitt; peinar la casa en busca de pruebas de un disparo o material que pudiera haberse usado para amortiguarlo; rebuscar en el terreno del inmueble y de los inmuebles adjuntos y en caminos entre la casa y la alambrada en busca de botellas rotas, en especial botellas de whisky; y empezar a recopilar un perfil biográfico de Albert Schmitt para buscar posibles vínculos con Mark Mellery, conflictos o enemigos, complicaciones legales o problemas relacionados con el alcohol.

Cuando por fin se dio cuenta del tono perentorio de sus sugerencias, frenó y pidió disculpas.

—Lo siento, Randy. Me estoy pasando de la raya. El caso Schmitt es todo suyo. Usted es el responsable, así que el siguiente movimiento es cosa suya. Yo no estoy al mando, y lamento haberme comportado como si lo estuviera.

—No importa. Por cierto, tengo a un teniente Everly aquí que dice que estuvo en la academia con un tal Dave Gurney. ¿Es usted?

Gurney rio. Había olvidado que Bobby Everly había terminado en esa comisaría.

—Sí, ése soy yo.

—Bueno, señor, en ese caso, recibiré de buen grado cualquier sugerencia suya en cualquier momento. Y cuando quiera volver a hablar con la señora Schmitt, puede hacerlo. Creo que lo hizo muy bien con ella.

Si era sarcasmo, lo ocultó muy bien. Gurney decidió tomarlo como un cumplido.

—Gracias. No necesito hablar directamente con ella, pero deje que le haga una pequeña sugerencia: si volviera a estar cara a cara con ella, le preguntaría como si tal cosa qué le dijo el Señor que hiciera con la botella de whisky.

—¿Qué botella de whisky?

—La que podría haberse llevado de la escena del crimen por razones que sólo ella conoce. Lo preguntaría como si ya supiera que la botella estaba allí y que ella la retiró a instancias del Señor, como si sólo tuviera curiosidad por saber dónde está. Por supuesto, puede que no hubiera ninguna botella de whisky; si tiene la sensación de que ella de verdad no tiene ni idea de lo que está hablando, pase a otra cosa y listo.

—¿Cree que todo esto va a seguir el modelo del caso de Peony, y que debería haber una botella de whisky en algún sitio?

—Eso es lo que estoy pensando. Si no se siente cómodo abordándola de este modo, no pasa nada. Es cosa suya.

—Vale la pena intentarlo. No hay mucho que perder. Le informaré.

—Buena suerte.

La siguiente persona con la que Gurney tenía que hablar era Sheridan Kline. El tópico de que tu jefe nunca ha de enterarse por otra persona de lo que debería enterarse por ti era el doble de cierto en el mundo policial. Localizó a Kline cuando iba camino de una conferencia regional de fiscales del distrito en Lake Placid, y las frecuentes interrupciones, causadas por la desigual cobertura telefónica en las montañas del estado, hicieron que la relación de la peonía con el primer crimen fuera más difícil de explicar de lo que le habría gustado. Cuando hubo terminado, Kline tardó tanto en responder que Gurney temía que hubiera entrado en otra zona sin cobertura.

Finalmente dijo:

—Esta cuestión de la flor, ¿se siente a gusto con ella?

—Si es sólo una coincidencia —dijo Gurney—, es una coincidencia muy destacable.

—Pero no es muy sólida. Si tuviera que hacer de abogado del diablo, señalaría que su mujer no vio la flor (la flor de plástico) que le describió. Supongamos que no es una peonía. ¿Dónde estamos entonces? Aunque fuera una peonía, no es una prueba de nada concreto. Dios sabe que no es la clase de progreso que pueda defender en una conferencia de prensa. Dios, ¿por qué no podía ser una flor real, así habría menos dudas? ¿Por qué de plástico?

—Eso también me inquietaba —dijo Gurney, tratando de ocultar su irritación por la respuesta de Kline—, ¿por qué no una de verdad? Hace unos minutos, le pregunté a mi mujer por eso y me dijo que a los floristas no les gusta vender peonías. Tienen una flor muy pesada que no se aguanta recta en el tallo. Las venden para plantar, pero no en este momento del año. Así que una de plástico podría haber sido la única forma de enviarnos un mensajito. Creo que fue una cuestión de oportunismo, la vio en una tienda y le gustó la idea, el juego.

—¿El juego?

—Se está mofando de nosotros, nos pone a prueba, juega con nosotros. Recuerde la nota que dejó en el cadáver de Mellery: venid y cogedme si podéis. Eso era lo que significaban esas pisadas hacia atrás. Este maniaco está poniéndonos mensajes delante de nuestras narices, y todos dicen lo mismo: «Pilladme si podéis, ¿a que no me pilláis?».

—Vale, lo entiendo, ya veo lo que está diciendo. Puede que tenga razón. Pero no hay forma de conectar públicamente estos casos basándonos en la corazonada de un hombre al ver una flor de plástico. Consígame algo real, lo antes posible.

Después de colgar el teléfono, Gurney se sentó junto a la ventana del estudio, en la penumbra del final de la tarde. Y si suponía, como había conjeturado Kline, que la flor no era una peonía. A Gurney le sorprendió darse cuenta de la fragilidad de este nuevo «vínculo» y de la mucha confianza que había depositado en él. Pasar por alto el deslumbrante defecto de una teoría era una señal evidente de excesiva vinculación emocional.

269

Cuántas veces había explicado ese punto a los estudiantes de Criminología en el curso que impartía en la universidad del estado, y allí estaba él: cayendo en la misma trampa. Era deprimente.

Los cabos sueltos del día dieron vueltas en su cabeza en forma de agotador bucle durante media hora, o quizá más.

—¿Por qué estás sentado a oscuras?

Giró en su silla y vio la silueta de Madeleine en el umbral.

—Kline quiere conexiones más tangibles que una peonía —dijo—. Le he dado al tipo del Bronx unos pocos datos para buscar. Ojalá que encuentre algo.

—Parece que tienes dudas.

—Bueno, por un lado, está la peonía, o al menos lo que creemos que es una peonía. Por otro lado, es difícil imaginar a los Schmitt y a los Mellery relacionados de algún modo. Si alguna vez ha habido gente que vive en mundos diferentes...

—¿Y si es un asesino en serie y no hay conexiones?

—Ni siquiera los asesinos en serie son aleatorios. Sus víctimas tienden a tener algo en común (todas rubias, todos asiáticos, todos homosexuales), alguna característica con un significado especial para el asesino. Así que aunque Mellery y Schmitt no participaran nunca en nada juntos, aún deberíamos buscar un punto en común entre ellos.

—Y si... —empezó Madeleine, pero el sonido del teléfono la interrumpió.

Era Randy Clamm.

—Lamento molestarle, señor, pero he pensado que le gustaría saber que tenía razón. He ido a ver a la viuda y le he hecho esa pregunta, como usted me dijo, como si tal cosa. Lo único que le dije fue: «¿Puede darme la botella de whisky que encontró?». Ni siquiera tuve que mencionar al Señor. Que me aspen si no dijo con la misma naturalidad que yo: «Está en la basura». Así que fuimos a la cocina y allí estaba, en el cubo de la basura, una botella de Four Roses rota. Me quedé de piedra, mirándola. No es que me sorprendiera que tuviera razón (no me interprete mal), pero, Dios, no esperaba que fuera tan fácil. Tan condenadamente obvio. En cuanto ordené mis ideas le pedí que me enseñara dónde la había encontrado exactamente. Pero entonces, de repente, ella se dio cuenta de la situación (tal vez porque no lo dije con tanta naturalidad) y se mostró muy inquieta. Le pedí que se relajara, que no se preocupara, que si podía decirme dónde estaba, que sería muy útil para nosotros, y que quizá, bueno, ya sabe, si le importaría decirme por qué demonios la había movido. No lo dije de esa forma, claro, pero era lo que estaba pensando. Así que me mira y ¿sabe lo que dice? Dice que a Albert le había ido muy bien con el problema de la bebida, que no había bebido desde hacía casi un año. El hombre va a Alcohólicos Anónimos, lo está haciendo bien, y cuando ella ve la botella a su lado, junto a la flor de plástico, lo primero que piensa es que ha empezado a beber otra vez y que se ha caído sobre la botella y que por eso se ha cortado la garganta y que es así como ha muerto. No se le ocurre inmediatamente que lo han asesinado, ni siquiera se le pasa por la cabeza hasta que llegan los policías y empiezan a hablar de eso. Pero antes de que lleguen, esconde la botella porque ha estado pensando que es de su marido, y no quiere que nadie sepa que ha recaído.

—E incluso después de que comprendiera que lo habían matado, ¿siguió sin querer hablar a nadie de la botella?

—No. Porque todavía cree que era su botella y no quiere que nadie sepa que está bebiendo, y menos sus buenos nuevos amigos de Alcohólicos Anónimos.

—¡Dios santo!

—Así que resulta que todo es un lío patético. Por otro lado, tiene su prueba de que los crímenes están relacionados.

A Clamm se le notaba inquieto, lleno de sentimientos en conflicto con los que Gurney estaba demasiado familiarizado: los sentimientos que hacían que ser un buen poli fuera muy duro, que, en última instancia, desgastara mucho.

—Ha hecho un gran trabajo, Randy.

—Sólo he hecho lo que pidió —dijo Clamm a su manera rápida y agitada—. Después de guardar la botella, llamé al equipo de pruebas para que hiciera otra visita, para revisar toda la casa en busca de cartas, notas, cualquier cosa. Le pedí el talonario de cheques a la señora Schmitt. Me lo mencionó usted esta mañana. Me lo dio, pero no sabía nada de ello, lo cogió como si pudiera ser radioactivo, dijo que Albert se ocupaba de las facturas. Me explicó que no le gustaban los cheques porque

271

tienen números, y hay que tener mucho cuidado con los números, los números pueden ser el mal; me contó un rollo sobre Satán y una locura religiosa. La cuestión es que eché un vistazo al talonario de cheques..., y va a hacer falta más tiempo para averiguarlo. Puede que Albert pagara las facturas, pero no guardaba muchos registros. No había referencia en ninguno de los resguardos de cheques extendidos a nadie llamado Arybdis o Charybdis o Scylla (eso es lo primero que miré), pero no quiere decir mucho porque la mayoría de los resguardos no tenían ningún nombre, sólo las cantidades, y algunos ni siquiera eso. En cuanto a extractos mensuales, ella no tenía ni idea de que hubiera en la casa, pero haremos un registro a conciencia, y le pediremos permiso para conseguir copias del banco. Entre tanto, ahora que sabemos que estamos en esquinas diferentes de un mismo triángulo, ¿hay algo que quiera compartir conmigo del caso Mellery?

Gurney pensó en ello.

—La serie de amenazas que Mellery había recibido antes de su muerte incluían vagas referencias a cosas que hizo cuando estaba borracho. Ahora resulta que Schmitt también tenía problemas con la bebida.

—¿Está diciendo que estamos buscando a un tipo que va por ahí cargándose borrachos?

—No exactamente. Si fuera lo único que quiere hacer hay formas más fáciles de hacerlo.

—¿Como tirar una bomba en una reunión de Alcohólicos Anónimos?

—Algo simple. Algo que aumentara la oportunidad y redujera el riesgo. Pero el esquema de este tipo es complicado e inconveniente. No hay nada fácil ni directo. Cualquier parte a la que miras plantea preguntas.

—¿Como cuáles?

—Para empezar, ¿por qué elegir víctimas que están tan alejadas geográficamente, y en todo lo demás para el caso?

—¿Para impedir que los relacionáramos?

—Pero él quiere que los relacionemos. Es la razón de la peonía. Quiere que nos fijemos. Quiere reconocimiento. No es el criminal normal en fuga. Este tipo quiere la batalla: no sólo con sus víctimas, también con la Policía.

—Hablando de eso, he de poner al día a mi teniente. No le hará gracia si se entera por otra vía.

—¿Dónde está?

—Camino de la comisaría.

—¿Tremont Avenue?

—¿Cómo lo sabe?

—Por ese rugido de fondo del tráfico del Bronx. No hay nada que se le parezca.

—Ha de estar bien vivir en otro lugar. ¿Algún mensaje que quiera que le pase al teniente Everly?

—Mejor guardar los mensajes para después. Estará mucho más interesado en lo que tiene que contarle usted.

37

Las malas noticias llegan de tres en tres

Gurney sintió la urgencia de llamar a Sheridan Kline tras la aparición decisiva de la prueba que apoyaba el vínculo de la peonía, pero quería efectuar una llamada antes. Si los dos casos eran tan paralelos como de repente parecía, era posible no sólo que le hubieran pedido dinero a Schmitt, sino que hubiera pedido que lo mandaran a la misma oficina postal de Wycherly, Connecticut.

Gurney sacó su maletín delgado del cajón del escritorio y localizó la fotocopia de la breve nota que Gregory Dermott había enviado junto con el cheque que había devuelto a Mellery. El encabezado de GD Security Systems (formal, conservador, incluso un poco pasado de moda) incluía un teléfono con el prefijo de zona de Wycherly.

Al segundo tono, una voz que cuadraba con el estilo de la cabecera de la carta contestó la llamada.

—Buenas tardes. GD Security. ¿En qué puedo ayudarle?

—Me gustaría hablar con el señor Dermott, por favor. Soy el detective Gurney, de la oficina del fiscal del distrito.

—¡Por fin! —La vehemencia que transformó la voz era sorprendente.

—¿Disculpe?

—¿Me está llamando por el cheque mal remitido?

—Sí, de hecho sí, pero...

—Lo denuncié hace seis días, ¡seis días!

—¿Qué denunció hace seis días?

—¿No acaba de decirme que llama por el cheque mal remitido?

—Empecemos otra vez, señor Dermott. Entiendo que Mark Mellery habló con usted hace aproximadamente diez días por un cheque que le devolvieron, un cheque extendido a X. Aryb-dis y enviado a su apartado postal. ¿Es verdad?

—Por supuesto que es verdad. ¿Qué clase de pregunta es ésa? —El hombre parecía furioso.

—Cuando dice que lo denunció hace seis días, me temo que no...

—¡El segundo!

—¿Recibió un segundo cheque?

—¿No me llama por eso?

—En realidad, señor, iba a formularle esa misma pregunta.

—¿Qué pregunta?

—Si había recibido también un cheque de un hombre lla-mado Albert Schmitt.

—Sí, Schmitt es el nombre del segundo cheque. Por eso llamé para denunciarlo. Hace seis días.

—¿A quién llamó?

Gurney oyó un par de respiraciones largas y profundas, como si el hombre estuviera conteniéndose para no explotar.

—Mire, detective, aquí hay un nivel de confusión que no me gusta. Llamé a la Policía hace seis días para denunciar una situación problemática. Me han enviado a mi apartado de co-rreos tres cheques dirigidos a un individuo del cual nunca he oído hablar. Ahora me llama, aparentemente en relación con estos cheques, pero resulta que no sabe de qué está hablando. ¿Qué me estoy perdiendo? ¿Qué demonios está pasando?

—¿A qué departamento de Policía llamó?

—Al mío, por supuesto, al de Wycherly. ¿Cómo es que no lo sabe si me está llamando?

—La cuestión, señor, es que no le estoy devolviendo la lla-mada. Le llamo del estado de Nueva York en relación con el cheque original que le devolvió a Mark Mellery. No sabíamos nada de ningún otro cheque. ¿Dice que ha recibido dos más después del primero?

—Es lo que he dicho.

—Uno del señor Albert Schmitt, y otro más.

—Sí, detective. ¿Está claro ahora?

—Perfectamente claro. Pero ahora me estoy preguntando por qué tres cheques equivocados le inquietaron tanto como para llamar a la Policía local.

—Llamé a la Policía local porque la Policía postal, a la que se lo notifiqué primero, mostró una colosal falta de interés. Antes de que me pregunte por qué llamé a la Policía postal, déjeme decir que para ser policía tiene un sentido bastante difuso respecto a cuestiones de seguridad.

—¿Por qué dice eso, señor?

—Trabajo en el ramo de la seguridad, agente... o detective, o lo que cuernos sea. En seguridad de datos informáticos. ¿Tiene idea de lo común que es el robo de identidad, o con cuánta frecuencia el robo de identidad implica la apropiación indebida de direcciones?

—Ya veo. ¿Y qué ha hecho la Policía de Wycherly?

—Menos que la postal, si eso es posible.

A Gurney no le costaba imaginar que las llamadas de Dermott recibieran una respuesta evasiva. Tres personas desconocidas enviando cheques a un apartado de correos no sonaba a peligro de alta prioridad.

—¿Devolvió el segundo y el tercer cheque a sus remitentes, como en el caso de Mark Mellery?

—Desde luego que lo hice, incluí notas en las que preguntaba quién les dio mi número de apartado postal, pero ningún individuo tuvo la cortesía de responder.

—¿Guarda el nombre y la dirección del tercer cheque?

—Por supuesto.

—Necesito el nombre y la dirección ahora mismo.

—¿Por qué? ¿Ocurre algo más que yo no sepa?

—Mark Mellery y Albert Schmitt están muertos. Posibles homicidios.

—¿Homicidios? ¿Qué quiere decir homicidios? —La voz de Dermott se había convertido en un chillido.

—Puede que los hayan asesinado.

—Oh, Dios mío. ¿Cree que hay relación con los cheques?

—La persona que les dio el número de su apartado postal es una persona de interés en el caso.

—Oh, Dios mío. ¿Por qué mi dirección? ¿Qué relación puede tener conmigo?

—Buena pregunta, señor Dermott.

—Pero yo nunca había oído hablar de nadie llamado Mark Mellery o Albert Schmitt.

—¿Cuál era el nombre del tercer cheque?

—¿El tercer cheque? Oh, Dios mío, me he quedado completamente en blanco.

—Ha dicho que tomó nota del nombre.

—Sí, sí, por supuesto que sí. Espere. Richard Kartch. Sí, eso es. Richard Kartch. K-a-r-t-c-h. Iré a buscar la dirección. Espere, la tengo aquí. Es el 349 de Quarry Road, Sotherton, Massachusetts.

—Entendido.

—Mire, detective, puesto que parece que estoy envuelto en esto de algún modo, me gustaría que me contara lo que pueda. Ha de haber alguna razón para que hayan elegido mi apartado postal.

—¿Está seguro de que es la única persona con acceso a ese apartado?

—Tan seguro como puedo estarlo. Pero Dios sabe cuántos trabajadores de correos tienen acceso a él. O quién podría haber duplicado una llave sin mi conocimiento.

—¿El nombre de Richard Kartch significa algo para usted?

—Nada. Estoy seguro. Es la clase de nombre que recordaría.

—Muy bien, señor. Me gustaría darle un par de números de teléfono donde puede localizarme. Apreciaría tener noticias suyas de inmediato si se le ocurre cualquier cosa sobre los nombres de esas tres personas o acerca de cualquier forma de acceso que alguien pudiera tener a su correo. Y una última pregunta: ¿recuerda el importe del segundo y el tercer cheque?

—Es fácil. El segundo y el tercer cheque eran por el mismo importe que el primero: 289,87 dólares.

277

38

Un hombre difícil

Madeleine encendió una de las lámparas del estudio con el interruptor situado junto a la puerta. Durante la conversación de Gurney con Dermott, casi había anochecido y el estudio estaba prácticamente a oscuras.

—¿Algún progreso?

—Progreso fundamental. Gracias a ti.

—Mi tía abuela Mimi tenía peonías —dijo ella.

—¿Cuál era Mimi?

—La hermana de la madre de mi padre —dijo Madeleine, sin ocultar del todo su exasperación por el hecho de que un hombre tan experto en manejar los detalles de la investigación más compleja no pudiera recordar media docena de parentescos.

—Tu cena está lista.

—Bueno, en realidad…

—Está en el fuego. No te olvides.

—¿Vas a salir?

—Sí.

—¿Adónde?

—Te lo he contado dos veces la semana pasada.

—Recuerdo algo del jueves. Los detalles…

—¿Se te escapan en este momento? Menuda novedad. Hasta luego.

—¿No vas a decirme adónde…?

Sus pisadas ya estaban retrocediendo por la cocina hacia la puerta de atrás.

No constaba el número telefónico de Richard Kartch en el 349 de Quarry Road en Sotherton, pero, tras una búsqueda de mapa a través de Internet de las direcciones contiguas, Gurney consiguió los nombres y números de teléfono para el 329 y el 369.

La voz masculina pastosa que al final respondió con monosílabos la llamada al 329 negó conocer el nombre de Kartch, saber qué casa de la calle podía ser el número 349, o incluso saber cuánto tiempo llevaba él viviendo en la zona. Sonaba medio comatoso por el alcohol o los opiáceos, probablemente estaba tumbado como tenía por costumbre y, desde luego, no iba a resultar de ninguna ayuda.

La mujer del 369 de Quarry Road era más locuaz.

—¿Se refiere al ermitaño? —Su forma de decirlo le dio a esa suerte de sobrenombre una patología siniestra.

—¿El señor Kartch vive solo?

—Ah, sí, a menos que contemos las ratas que atrae su basura. Su mujer tuvo la suerte de escapar. No me sorprende que llame, ¿ha dicho que era agente de policía?

—Investigador especial de la Oficina del Fiscal del Distrito. —Sabía que debería, para ser más claro, mencionar el estado y el condado de jurisdicción, pero pensó que los detalles podían darse luego.

279

—¿Qué ha hecho ahora?

—Nada que yo sepa, pero podría ayudar en una investigación, y necesitamos ponernos en contacto con él. ¿Sabe usted dónde trabaja o a qué hora vuelve de trabajar?

—¿Trabajo? ¡Es una broma!

—¿El señor Kartch es desempleado?

—Más bien «inempleable». —Su voz destilaba veneno.

—Parece que tiene un problema con él.

—Es un cerdo, es estúpido, es sucio, es peligroso, está loco, apesta, va armado hasta los dientes y, por lo general, está borracho.

—Suena a vecino ejemplar.

—¡El vecino del Infierno! ¿Tiene alguna idea de cómo es mostrar tu casa a un posible comprador mientras el simio borracho sin camisa de la puerta de al lado agujerea el cubo de basura con su escopeta?

Pese a que imaginaba cuál podría ser la respuesta, decidió plantear la siguiente pregunta de todos modos.

—¿Querría dejarle al señor Kartch un mensaje de mi parte?

—¿Está de broma? Lo único que me gustaría dejarle es un paquete bomba.

—¿A qué hora es probable que esté en casa?

—Elija un momento, cualquier momento. Nunca he visto que ese perturbado salga de su propiedad.

—¿Hay un número visible en la casa?

—¡Ja! No necesitará número para reconocer la casa. Aún no estaba terminada cuando se fue su mujer, y todavía no lo está. No hay revestimiento. No hay césped. No hay escalones a la puerta de entrada. La casa perfecta para un loco de atar. El que vaya allí, mejor que vaya armado.

Gurney le dio las gracias y colgó.

¿Ahora qué?

Había varios individuos a los que poner en marcha con rapidez. Primero y principal, Sheridan Kline. Y, por supuesto, Randy Clamm. Por no mencionar al capitán Rodriguez y a Jack Hardwick. La cuestión era a quién llamar antes. Decidió que todos podían esperar unos minutos más y llamó a Información para pedir el número del Departamento de Policía de Sotherton, Massachusetts.

Habló con el sargento de guardia, un hombre de voz áspera de nombre Kalkan. Después de identificarse, Gurney explicó que un hombre de Sotherton llamado Richard Kartch era una persona de interés para una investigación de homicidio en el estado de Nueva York, que podría estar en peligro inminente, que aparentemente no tenía teléfono y que era importante que le llevaran un teléfono o que lo llevaran a él a un teléfono, para que pudiera hacerle unas preguntas y advertirle de su situación.

—Conocemos a Richie Kartch —dijo Kalkan.

—Suena a como si hubieran tenido problemas con él.

Kalkan no respondió.

—¿Tiene antecedentes?

—¿Quién ha dicho que era?

Gurney se lo volvió a decir, con un poco más de detalle.

—¿Y esto forma parte de su investigación de qué?

—Dos homicidios, uno en el estado de Nueva York, el otro en el Bronx, mismo patrón. Antes de que los mataran, ambas víctimas recibieron ciertas notas del asesino. Tenemos pruebas de que Kartch ha recibido al menos una de esas mismas comunicaciones, y eso lo convierte en un posible tercer objetivo.

—¿Así que quiere que el loco Richie se ponga en contacto con usted?

—Ha de llamarme de inmediato, preferiblemente en presencia de alguno de sus agentes. Después de hablar con él por teléfono, es posible que solicitemos un interrogatorio de seguimiento con él, con la cooperación de su departamento.

—Enviaremos un coche patrulla a su casa lo antes posible. Deme un número donde pueda localizarle.

Gurney le dio su número de móvil, para así dejar libre la línea de su casa para las llamadas que pretendía hacer a Kline, al DIC y a Clamm.

Kline ya se había ido a casa, igual que Ellen Rackoff, y la llamada fue automáticamente desviada a un teléfono que contestaron al sexto tono, cuando Gurney ya estaba a punto de colgar.

—Stimmel.

Gurney recordó al hombre que había acudido con Kline a la reunión del DIC, el hombre con la personalidad de un criminal de guerra mudo.

—Soy Dave Gurney. Tengo un mensaje para su jefe.

No hubo respuesta.

—¿Está usted ahí?

—Aquí estoy.

Gurney supuso que era lo más parecido a una invitación que iba a conseguir. Así que siguió adelante y le contó lo de las pruebas que confirmaban la relación entre los crímenes uno y dos; el hallazgo, a través de Dermott, de una potencial tercera víctima; y las medidas que estaba tomando por medio del Departamento de Policía de Sotherton para localizarla.

—¿Lo tiene todo?

—Sí.

—Después de informar al fiscal, ¿quiere pasar la información al DIC, o debo hablar yo directamente con Rodriguez?

Se produjo un breve silencio durante el cual Gurney supuso que el adusto y reacio hombre estaba calculando las consecuencias de ambas posibilidades. Conociendo la inclinación al control incorporada en la mayoría de los policías, estaba seguro al noventa por ciento de que recibiría la respuesta que finalmente obtuvo.

—Nos ocuparemos nosotros —dijo Stimmel.

Liberado de la necesidad de llamar al DIC, a Gurney le quedaba Randy Clamm.

Como de costumbre, respondió al primer tono.

—Clamm.

Y como de costumbre, parecía como si tuviera prisa y estuviera haciendo tres cosas mientras hablaba.

—Me alegro de que llame. Acabamos de elaborar una lista triple de problemas en el talonario de cheques de Schmitt (comprobantes de cheques con cantidades pero sin nombres, cheques extendidos pero sin ingresar, números de cheques salteados), desde el más reciente hacia atrás.

—¿La cantidad de 289,87 dólares aparece en alguna de sus listas?

—¿Qué? ¿Cómo lo sabe? Es uno de los cheques extendidos... y sin ingresar. ¿Cómo lo...?

—Es la cantidad que pide siempre.

—¿Siempre? ¿Quiere decir más de dos veces?

—Enviaron un tercer cheque al mismo apartado postal. Estamos intentando ponernos en contacto con el remitente. Por eso llamaba, para que sepa que estamos siguiendo un patrón. Si las piezas se sostienen, la bala que está buscando en el bungaló de Schmitt es una treinta y ocho especial.

—¿Quién es el tercer tipo?

—Richard Kartch, Sotherton, Massachusetts. Al parecer, una personalidad difícil.

—¿Massachusetts? Caray, nuestro hombre está en todas partes. ¿Este tercer tipo sigue vivo?

—Lo sabremos dentro de unos minutos. El departamento de policía local ha mandado un coche a su casa.

—Vale. Agradecería que me informara de lo que tenga en cuanto pueda. Insistiré para que manden otra vez a nuestro equipo de pruebas a casa de los Schmitt. Le mantendré informado. Gracias por la llamada, señor.

—Buena suerte. Volveremos a hablar pronto.

El respeto de Gurney por el joven detective iba en aumento. Cuanto más le oía, más le gustaba lo que percibía: energía, inteligencia, dedicación. Y algo más. Algo honrado y sin estro-pear. Algo que le emocionaba.

Negó con la cabeza como un perro que se sacude el agua y respiró varias veces. Pensó que no se había dado cuenta de lo agotador que había sido el día desde el punto de vista emocio-nal. O quizás algún residuo del sueño sobre su padre todavía le acompañaba. Se recostó en su silla y cerró los ojos.

Le despertó el teléfono, que al principio confundió con el despertador. Se descubrió todavía en la silla del estudio, con dolor de cuello. Según su reloj, había dormido casi dos horas. Levantó el teléfono y se aclaró la garganta.

—Gurney.

La voz del fiscal irrumpió como un caballo en el cajón de salida.

—Dave, acabo de recibir la noticia. Dios, esto es cada vez más grande. ¿Una tercera víctima potencial en Massachusetts? Esto podría ser el caso de homicidio más grande desde el Hijo de Sam, por no mencionar a nuestro Jason Strunk. ¡Es increí-ble! Sólo quiero oírlo de sus propios labios antes de hablar con los medios. Tenemos pruebas claras de que el mismo tipo mató a las dos primeras víctimas, ¿no?

—Los indicios lo sugieren con fuerza, señor.

—¿Sugieren?

—Lo sugieren con fuerza.

—¿Podrían ser más definitivas?

—No tenemos huellas. No tenemos ADN. Diría que es de-finitivo que los casos están relacionados, pero no podemos pro-bar que fue el mismo individuo el que cortó las dos gargantas.

—¿La probabilidad es alta?

—Muy alta.

—Su juicio en esto es lo bastante bueno para mí.

Gurney sonrió ante esta transparente simulación de con-fianza. Sabía mejor que bien que Sheridan Kline era la clase de hombre que valoraba su propio juicio muy por encima del de cualquier otra persona, pero siempre dejaba una puerta abierta para cargarle la culpa a otro en caso de que la situación se tor-ciera.

—Diría que es hora de hablar con nuestros amigos de Fox News, lo que significa que he de contactar con el DIC esta no-

283

che y organizar una declaración. Manténgame informado, Dave, sobre todo de cualquier suceso en Massachusetts. Quiero saberlo todo. —Kline colgó sin molestarse en decir adiós.

De modo que, aparentemente, Kline estaba planeando salir a la luz pública a lo grande —acelerar un circo mediático con él como maestro de ceremonias— antes de que se le ocurriera al fiscal del Bronx, o al fiscal de cualquier otra jurisdicción donde la cadena de crímenes pudiera extenderse. Para él era una buena oportunidad de hacerse publicidad. Gurney esbozó una mueca de desagrado al imaginar las conferencias de prensa por venir.

—¿Estás bien?

Sorprendido por la voz tan cerca de él, levantó la cabeza y vio a Madeleine en la puerta del estudio.

—Joder, ¿cómo demonios...?

—Estabas tan enfrascado en tu conversación que no me has oído entrar.

—Aparentemente no. —Parpadeó y miró el reloj—. Bueno, ¿adónde has ido?

—¿Recuerdas lo que te he dicho cuando me iba?

—Has dicho que no ibas a decirme adónde ibas.

—He dicho que ya te lo había dicho dos veces.

—Pues muy bien. Bueno, tengo trabajo.

Como si fuera su aliado, sonó el teléfono.

La llamada era de Sotherton, pero no era de Richard Kartch, sino de un detective llamado Gowacki.

—Tenemos problemas —dijo—. ¿Cuánto tiempo cree que puede tardar en llegar?

39

Vamos a vernos solos, señor 658

Cuando Gurney le colgó el teléfono a Mike Gowacki, el de voz monocorde, eran las nueve y cuarto. Encontró a Madeleine ya en la cama, recostada contra los almohadones, con un libro en las manos. *Guerra y paz*. Llevaba tres años leyéndolo, cambiando intermitentemente entre ése y, de un modo incongruente, el *Walden*, de Thoreau.

—He de ir a la escena de un crimen.

Ella levantó la mirada del libro: con curiosidad, preocupada, solitaria.

Él sólo podía responder a la curiosidad.

—Otra víctima. Acuchillado en la garganta, pisadas en la nieve.

—¿Muy lejos?

—¿Qué?

—¿Has de ir muy lejos?

—A Sotherton, Massachusetts. Tres, cuatro horas, quizá.

—Así que no volverás hasta mañana.

—A desayunar, espero.

Madeleine sonrió con su sonrisa de «¿a quién crees que estás engañando?».

David empezó a irse, luego se detuvo y se sentó al borde de la cama.

—Es un caso extraño —dijo, dejando que su inseguridad se filtrara—. Cada día más extraño.

Madeleine asintió, aplacada en cierto modo.

—¿No crees que es el asesino en serie habitual?

—No la versión estándar, no.

—¿Demasiada comunicación con las víctimas?

—Sí. Y demasiada diversidad entre las víctimas, tanto desde el punto de vista personal como desde el geográfico. El típico asesino en serie no se desplaza de los Catskills al East Bronx o al centro de Massachusetts persiguiendo autores famosos, vigilantes nocturnos jubilados y solitarios desagradables.

—Han de tener algo en común.

—Todos fueron bebedores, y las pruebas indican que el asesino está centrado en esta cuestión. Pero han de tener algo más en común, de lo contrario, ¿por qué tomarse las molestias de elegir víctimas separadas trescientos kilómetros una de otra?

Se quedaron en silencio. Gurney, con aire ausente, suavizó las arrugas de la colcha en el espacio que los separaba. Madeleine lo observó un rato, con las manos descansando en su libro.

—Será mejor que me vaya —dijo él.

—Ten cuidado.

—Sí. —Se levantó despacio, casi artríticamente—. Te veré por la mañana.

Madeleine lo miró con una expresión que él nunca podía traducir en palabras, ni siquiera sabía si era buena o mala, pero que conocía bien. Sintió su impacto, casi físico, en el centro del pecho.

286

Era bien pasada la medianoche cuando salió de la autopista de peaje de Massachusetts, y la una y media cuando conducía por la calle principal desierta de Sotherton. Diez minutos después, en una calle llena de surcos, Quarry Road, llegó hasta una reunión desordenada de vehículos de policía, uno de los cuales tenía los faros encendidos. Aparcó a su lado. Cuando bajó del coche, un policía uniformado de aspecto irritado salió del vehículo iluminado.

—Quieto. ¿Adónde cree que va? —No sólo parecía enfadado, sino también exhausto.

—Me llamo Gurney, he venido a ver al detective Gowacki.

—¿Para qué?

—Me está esperando.

—¿De qué se trata?

Gurney se preguntó si los nervios del tipo venían de un día largo o de una actitud pésima por naturaleza. No soportaba muy bien ese tipo de actitudes.

—Se trata de que me ha pedido que venga. ¿Quiere una identificación?

El policía encendió su linterna y la enfocó a la cara de Gurney.

—¿Quién ha dicho que era?

—Gurney, de la oficina del fiscal, investigador especial.

—¿Por qué coño no lo ha dicho?

Gurney sonrió sin ninguna emoción que semejara simpatía.

—¿Va a decirle a Gowacki que estoy aquí?

Después de una pausa final de hostilidad, el hombre se volvió y se encaminó por el borde externo de un largo camino. Éste ascendía hacia una casa que parecía —bajo la luz de generador que iluminaba el terreno para los técnicos de la escena del crimen— a medio terminar. Sin que lo invitaran, Gurney lo siguió.

El sendero giraba a la izquierda al acercarse a la casa y llegaba a la abertura de un garaje en el sótano para dos vehículos, que en ese momento alojaba un coche. Al principio, Gurney pensó que las puertas del garaje estaban abiertas, hasta que se dio cuenta de que no había puertas. La capa de un dedo de nieve que cubría el sendero continuaba dentro. El policía se detuvo en la abertura, bloqueada por la cinta de la escena del crimen, y gritó:

—¡Mike!

No hubo respuesta. El agente se encogió de hombros, como si hubiera hecho un esfuerzo honesto, hubiera fracasado y eso fuera el final de la cuestión. Entonces se oyó una voz cansada procedente del patio que había detrás de la casa.

—Aquí.

Sin esperar, Gurney se dirigió en esa dirección rodeando el perímetro de la cinta.

—Tenga cuidado de no pasar la cinta.

La advertencia del policía le sonó como el último ladrido de un perro testarudo.

Rodeando la esquina trasera de la casa, vio que la zona, brillante como el día bajo los focos, no era exactamente el «patio» que había esperado. Igual que la casa, combinaba de manera extraña lo inacabado con lo decrépito. Un hombre de consti-

287

tución pesada y con problemas de alopecia estaba de pie en un tramo de improvisados escalones en la puerta de atrás. Los ojos del hombre examinaron los dos mil metros cuadrados de espacio abierto que separaban la casa del matorral de zumaque.

El terreno estaba lleno de baches, como si no lo hubieran nivelado desde que rellenaron los cimientos. Trozos de madera de encofrado apilados aquí y allá habían adquirido un tono gris por estar a la intemperie. La casa estaba revocada sólo en parte y el aislante plástico antihumedad sobre la cubierta de contrachapado estaba descolorido por el sol. La impresión no era la de una obra en progreso, sino la de una construcción abandonada.

Cuando la mirada del hombre corpulento se posó en Gurney, examinó a éste unos segundos antes de preguntar:

—¿Usted es el hombre de los Catskills?

—Exacto.

—Camine otros tres metros por la cinta, luego pase por debajo y venga aquí, a la puerta de atrás. Tenga cuidado de no acercarse a esa fila de pisadas que van de la casa al sendero.

Presumiblemente era Gowacki, pero Gurney tenía aversión a adivinar, así que formuló la pregunta y obtuvo un gruñido de confirmación.

Al acercarse por el yermo que debería haber sido el patio trasero, se acercó lo bastante a las pisadas para observar que se parecían a las que habían hallado en el instituto.

—¿Le resultan familiares? —preguntó Gowacki, que miró a Gurney con curiosidad.

No había nada grueso en la percepción del detective grueso, pensó Gurney. Asintió. Era su turno de ser perspicaz.

—¿Esas pisadas le inquietan?

—Un poco —dijo Gowacki—. No las pisadas exactamente. Más bien la localización del cadáver en relación con las pisadas. Sabe algo, ¿no?

—¿La localización del cadáver tendría más sentido si la dirección de las pisadas fuera la contraria?

—Si la dirección fuera… Espere un momento… Sí, joder, ¡todo el sentido! —Miró a Gurney—. ¿Con qué coño estamos tratando aquí?

—Para empezar estamos tratando con alguien que ha matado a tres personas (tres que sepamos) en la última semana.

Es un planificador y un perfeccionista. Deja muchos indicios, pero sólo los que quiere que veamos. Es extremadamente inteligente, probablemente bien educado, y quizá detesta a la Policía más de lo que odia a las víctimas. Por cierto, ¿el cuerpo sigue aquí?

Gowacki parecía estar asimilando la respuesta de Gurney.

—Sí, el cadáver está aquí —dijo por fin—. Quiero que lo vea. Pensaba que podría reparar en algo, a partir de lo que conoce de los otros dos casos. ¿Preparado para echar un vistazo?

La puerta de atrás de la casa llevaba a una zona pequeña sin terminar que probablemente pretendía ser un lavadero, dada la posición de las cañerías instaladas, pero no había lavadora ni secadora. Ni siquiera había un muro de mampostería sobre el aislamiento. La única iluminación la proporcionaba una bombilla desnuda en un portalámparas blanco clavado en una viga expuesta del techo.

El cadáver yacía boca arriba bajo esa luz dura y hostil; la mitad del cuerpo en el supuesto lavadero y la otra mitad en la cocina que se hallaba detrás del umbral sin pulir que los separaba.

289

—¿Puedo verlo más de cerca? —preguntó Gurney, haciendo una mueca.

—Para eso ha venido.

El examen más atento reveló un charco de sangre coagulada que, desde las múltiples heridas en la garganta, se había extendido por el suelo de la cocina y bajo una mesa de desayuno de bazar benéfico. La cara de la víctima estaba cargada de rabia, pero las líneas más amargas marcadas en aquel rostro duro y grande eran el producto de toda una vida y no revelaban nada sobre la agresión final.

—Tiene pinta de infeliz —dijo Gurney.

—Un miserable hijo de puta es lo que era.

—Colijo que han tenido problemas en el pasado con el señor Kartch.

—Sólo problemas. Todos ellos innecesarios.

Gowacki miró al cadáver como si su violento y sangriento final no hubiera sido suficiente castigo.

—Todas las ciudades tienen gente que causa problemas: borrachos cabreados, cerdos que convierten sus casas en pocilgas para joder a los vecinos, asquerosos cuyas mujeres han de pedir órdenes de alejamiento, capullos que dejan que sus perros ladren toda la noche, tipos raros cuyas madres no quieren a sus hijos a menos de un kilómetro. Aquí en Sotherton todos esos capullos se resumían en un tipo: Richie Kartch.

—Parece que era un gran hombre.

—Por curiosidad, ¿las otras dos víctimas eran algo parecido?

—La primera era lo opuesto de ésta. De la segunda todavía no tengo los detalles personales, pero dudo que se pareciera a este tipo. —Gurney volvió a fijarse en el rostro que lo miraba desde el suelo, tan airado en la muerte como aparentemente lo había estado durante la vida.

—Sólo pensaba que igual teníamos un asesino en serie que quería limpiar el mundo de capullos. Bueno, volviendo a sus comentarios sobre las pisadas en la nieve, ¿cómo sabe que tienen más sentido al revés?

—Así era en el primer asesinato.

Los ojos de Gowacki mostraron interés.

—La posición de la víctima indica que se enfrentó a un agresor que entró por la puerta de atrás. Sin embargo, las pisadas muestran que alguien entró por la puerta delantera y salió por detrás. No tiene sentido.

—¿Le importa que eche un vistazo en la cocina?

—Adelante. Fotógrafo, forense y tipos que buscan huellas están allí. No mueva nada. Todavía están con sus posesiones personales.

—El forense ha dicho algo sobre quemaduras de pólvora.

—¿Quemaduras de pólvora? Eso son heridas de cuchillo.

—Sospecho que hay una bala en medio de esta carnicería.

—¿Ve algo que se me ha pasado?

—Creo que veo un pequeño agujero en la esquina de ese techo, encima de la nevera. ¿Alguno de sus hombres lo ha comentado?

Gowacki siguió la mirada de Gurney hasta el lugar.

—¿Qué me está diciendo?

—Que primero dispararon a Kartch y luego lo acuchillaron.

—¿Y las huellas en realidad van en la otra dirección?

—Exacto.

—Deje que me aclare. ¿Está diciendo que el asesino entró

por la puerta de atrás, le disparó a Richie en la garganta, éste cayó, y luego el asesino lo acuchilló una docena de veces en la garganta como si estuviera ablandando un bistec?

—Eso es más o menos lo que ocurrió en Peony.

—Pero las huellas…

—Las pisadas pudo hacerlas pegando una segunda suela en las botas, hacia atrás, para que parezca que entró por delante y se fue por detrás, cuando en realidad entró por detrás y salió por delante.

—Joder, ¡eso es ridículo! ¿A qué coño está jugando?

—Ésa es la palabra.

—¿Qué?

—Jugando. Un juego diabólico, pero es lo que está haciendo, y con ésta van tres veces. «No sólo os equivocáis, sino que vais al revés. Os doy pista tras pista y no podéis pillarme. Así de inútiles sois los polis.» Ése es el mensaje que nos está dejando en cada escena del crimen.

Gowacki evaluó a Gurney con la mirada, lentamente.

—Ve a este tipo con mucha claridad.

Gurney sonrió y rodeó el cadáver para llegar a una pila de papeles que había sobre la encimera.

—¿Quiere decir que le resulta demasiado serio?

—No he de decirlo yo. No tenemos muchos asesinatos en Sotherton. Y aun los que tenemos, uno cada cinco años, son de los que se reducen a homicidio involuntario. Suelen implicar bates de béisbol o llaves para cambiar la rueda en el aparcamiento de un bar. Nada planeado. Y desde luego nada juguetón.

Gurney gruñó como muestra de compasión. Él había visto excesiva violencia ciega.

—Eso es sobre todo basura —dijo Gowacki, haciendo una señal hacia la pila de correo que Gurney estaba hojeando con mucho tiento.

Estaba a punto de asentir cuando debajo de todo de una pila desorganizada de *Pennysavers*, octavillas, revistas de armas, noticias de cobro de morosos y catálogos de excedentes militares, encontró un sobre pequeño y vacío, abierto descuidadamente por la solapa, dirigido a Richard Kartch. La caligrafía era hermosa y precisa. La tinta era roja.

—¿Ha encontrado algo? —preguntó Gowacki.

—Debería poner esto en una bolsa de pruebas —dijo. Cogió el sobre por una esquina y lo colocó en un espacio libre de la encimera—. A nuestro asesino le gusta comunicarse con sus víctimas.

—Arriba hay más.

Gurney y Gowacki se volvieron hacia donde había surgido la nueva voz: un hombre joven y grande que se hallaba en el umbral del otro lado de la cocina.

—Debajo de un montón de revistas porno, en la mesita de al lado de la cama, hay otros tres sobres con tinta roja.

—Supongo que debería subir a echar un vistazo —dijo Gowacki, con la reticencia de un hombre con los suficientes kilos de más para pensárselo dos veces antes de subir un tramo de escaleras—. Bobby, él es el detective Gurney, del condado de Delaware, en Nueva York.

—Bob Muffit —se presentó el joven, que extendió la mano con nerviosismo hacia Gurney y evitó con la mirada el cadáver del suelo.

El piso de arriba tenía el mismo aspecto a medio construir y medio abandonado que el resto de la casa. El rellano daba acceso a cuatro puertas. Muffit los condujo a la primera de la derecha. Era un caos incluso para la consideración de cutre que ya se había establecido. En aquellas porciones de la moqueta que no estaban cubiertas de ropa sucia o latas vacías de cerveza, Gurney observó lo que parecían manchas secas de vómito. El aire tenía un olor acre, a sudor. Las persianas estaban cerradas. La luz procedía de la única bombilla que funcionaba de un aplique de tres situado en el centro del techo.

Gowacki se acercó a la mesita que se hallaba junto a la cama sin hacer. Al lado de una pila de revistas porno había tres sobres con caligrafía roja y junto a ellos un cheque nominativo. Gowacki no tocó nada directamente, sino que deslizó los cuatro elementos sobre una revista llamada *Hot Buns*, que usó como bandeja.

—Vamos a bajar a ver que tenemos aquí —dijo.

Los tres hombres volvieron sobre sus pasos a la cocina, donde Gowacki depositó los sobres y el cheque en la mesa de desayuno. Con una pluma y unas pinzas que sacó del bolsillo de la camisa, levantó la parte rasgada de cada sobre y sacó su contenido. Los tres sobres contenían poemas que parecían idénticos (hasta en su caligrafía de monja) a los poemas recibidos por Mellery.

La primera mirada de Mellery se posó en los versos: «Darás lo que has quitado / al recibir lo dado… Vamos a vernos solos, / señor 658».

Lo que captó su atención durante más tiempo, no obstante, fue el cheque. Estaba extendido a nombre de X. Arybdis y firmado por R. Kartch. Era sin lugar a dudas el cheque que Gregory Dermott le había devuelto a Kartch sin ingresarlo. Estaba extendido por el mismo importe que el de Mellery y Schmitt: 289,87 dólares. El nombre y la dirección: «R. Kartch, 349 Quarry Road, Sotherton, Mass., 01055» aparecía en la esquina superior izquierda del cheque.

«R. Kartch.» Había algo en el nombre que inquietaba a Gurney.

Quizás era esa sensación que siempre tenía cuando miraba el nombre impreso de una persona muerta. Era como si el nombre en sí hubiera perdido el aliento de la vida, se hubiera empequeñecido, se hubiera soltado de lo que le había dado estatura. Era extraño, reflexionó, cómo puedes creer que estás en paz con la muerte, incluso creer que su presencia ya no te causa mucho efecto, que sólo es parte de tu profesión. Luego te llega de un modo tan extraño: en el detalle inquietante del nombre de un difunto. No importa lo mucho que uno trate de pasarla por alto, la muerte encuentra una forma de hacerse notar. Se filtra en tus sentimientos como el agua en la pared de un sótano.

Quizás era por eso por lo que algo en el nombre de R. Kartch le chocaba. ¿O había otra razón?

293

40

Un disparo a ciegas

Mark Mellery, Albert Schmitt, Richard Kartch. Tres hombres. Los habían elegido como objetivos, los habían torturado mentalmente, les habían disparado y los habían acuchillado tan repetidamente y con tanta fuerza que casi les habían cercenado las cabezas. ¿Qué habían hecho, juntos o por separado, para engendrar una venganza tan macabra?

¿Era una venganza? ¿La sugerencia de la venganza expresada por las notas podría ser —como había propuesto Rodriguez— una cortina de humo para ocultar un motivo más práctico?

Cualquier cosa era posible.

Casi había amanecido cuando Gurney inició su trayecto de vuelta a Walnut Crossing. El aire era cortante y tenía el aroma de la nieve. Gurney había entrado en ese estado de conciencia tenso en el cual una profunda fatiga pugna con un estado de agitado desvelo. Las ideas y las imágenes caían en cascada por su cerebro sin progreso ni lógica.

Una de esas imágenes era el cheque del hombre muerto, el nombre R. Kartch, algo que acechaba bajo una trampilla inaccesible de su memoria, algo fuera de lugar. Como una estrella apenas visible, eludía una mirada directa y podría aparecer en su visión periférica cuando dejara de buscarla.

Se esforzó en concentrarse en otros aspectos del caso, pero su mente se resistía a funcionar de un modo ordenado. En cambio, vio el charco de sangre medio seca en el suelo de la cocina de Kartch, cuyo borde más alejado se extendía bajo la sombra de la mesa desvencijada. Miró fijamente la carretera que tenía delante, tratando de exorcizar la imagen, pero sólo tuvo éxito en parte, al sustituirla con una mancha de sangre de tamaño similar en el patio de piedra de Mark Mellery, que a su vez dio paso a una imagen de Mellery en un sillón de teca, inclinado hacia delante, pidiendo protección, liberación.

Inclinado hacia delante, pidiendo…

Gurney sintió la presión de las lágrimas que se acumulaban.

Se detuvo en un área de descanso. Sólo había otro coche en la pequeña zona de aparcamiento, y parecía más abandonado que aparcado. Gurney tenía la cara caliente, las manos frías. No ser capaz de pensar con claridad lo asustaba, se sentía impotente.

El agotamiento era una lente a través de la cual tendía a ver su vida como un fracaso: un fracaso que los elogios profesionales que iba acumulando hacían más doloroso. Saber que eso era un truco que le jugaba su mente cansada no hizo que le pareciera menos convincente. Al fin y al cabo, tenía su letanía de pruebas. Como detective, le había fallado a Mark Mellery. Como marido le había fallado a Karen, y ahora le estaba fallando a Madeleine. Como padre le había fallado a Danny, y ahora le estaba fallando a Kyle.

Su cerebro tenía sus límites, así que después de soportar otro cuarto de hora de esta laceración se desconectó. Cayó en un breve y reparador sueño.

No estaba seguro de cuánto tiempo duró, casi con certeza menos de una hora, pero cuando se despertó, la conmoción emocional había pasado y en su lugar había una claridad despejada. También sentía un terrible dolor en el cuello, pero parecía un pequeño precio que pagar.

Quizá porque ahora había espacio para ello, una nueva visión del misterio del apartado postal de Wycherly empezó a cobrar forma en su mente. Las dos hipótesis originales nunca le habían parecido del todo satisfactorias: a saber, que el apartado postal estuviera equivocado (improbable dada la atención por el detalle del asesino), o que fuera el apartado postal correcto, pero que algo hubiera salido mal, lo que había permitido que Dermott recibiera y devolviera, inocentemente, los cheques antes de que el asesino pudiera llevárselos con el ingenioso método que hubiera ideado.

Ahora Gurney tenía una tercera explicación. Supongamos, pensó, que fuera el apartado postal correcto y que nada hubiera salido mal. Supongamos que el propósito de pedir los cheques hubiera sido uno distinto al de cobrarlos. Supongamos que el asesino hubiera logrado acceso al buzón, hubiera abierto los sobres, hubiera mirado los cheques o hecho copias de ellos, y luego los hubiera vuelto a meter en sus sobres y los hubiera colocado otra vez en el buzón antes de que Dermott accediera a ellos.

Si este nuevo escenario se acercaba a la verdad —si en realidad el asesino estaba usando el apartado postal de Dermott para sus propios propósitos—, se abría una fascinante nueva vía. Gurney podía comunicarse directamente con el asesino. A pesar de que era una mera hipótesis, y a pesar de la confusión y depresión en las que estaba inmerso hasta un momento antes, la idea lo excitó tanto que pasaron varios minutos antes de que se diera cuenta de que había salido del área de descanso y que volaba hacia su casa a ciento treinta por hora.

Madeleine había salido. Dave dejó la billetera y las llaves en la mesa de la cocina y cogió la nota que había allí. Estaba escrita en la caligrafía rápida y limpia de ella y, como de costumbre, era desafiantemente concisa: «He ido a yoga a las nueve. Vuelvo antes de la tormenta. 5 mensajes. ¿El pez era un salmón?».

¿Qué tormenta?

¿Qué pez?

Quería ir al estudio y escuchar los cinco mensajes de teléfono de los que suponía que estaba hablando su mujer, pero había algo que quería hacer antes, algo de mayor urgencia. La idea de que podía escribir al asesino —enviarle una nota a través del apartado postal de Dermott— le había dado un abrumador deseo de hacerlo.

Veía que todo era bastante precario, con suposiciones basadas en suposiciones, pero le seducía de todos modos. La oportunidad de hacer algo era muy excitante en comparación con lo frustrante de la investigación y la aterradora sensación de que cualquier progreso que estuvieran haciendo podía formar parte del plan del enemigo. Por impulsivo y poco razonable que fuera, la oportunidad de lanzar una granada por encima de la pared tras la cual podía estar acechando el enemigo era irresistible. Lo único que le faltaba era fabricar la granada.

Sin duda tenía que escuchar los mensajes. Podía haber algo urgente, importante. Se encaminó al estudio. Pero se le ocurrió una frase, una frase que no quería olvidar, un pareado, el inicio perfecto para una declaración al asesino. Con excitación, cogió el bloc y un bolígrafo que Madeleine había dejado en la mesa y empezó a escribir. Al cabo de quince minutos dejó el bolígrafo y leyó los ocho versos que había escrito con una caligrafía elaborada y decorativa.

> Ya sé cómo lograste hacer tu fechoría,
> el andar al revés y el disparo en sordina.
> Acabará muy pronto tu miserable juego,
> la garganta cortada por amigo del muerto.
> Cuidado con el sol, cuidado con la nieve,
> con la noche y el día, porque escapar no puedes.
> Iré con aflicción a su tumba primero
> y luego al asesino enviaré al Infierno.

297

Satisfecho, borró sus huellas dactilares del papel. Era extraño —siniestro, evasivo—, pero se sacudió la sensación, cogió un sobre y lo dirigió a X. Arybdis, al apartado postal de Dermott, en Wycherly, Connecticut.

41

Regreso al mundo real

Gurney llegó al buzón a tiempo para entregar el sobre a Rhonda, que sustituía a Baxter, el cartero habitual, dos veces por semana. Cuando volvió a través del prado a su casa, la excitación ya estaba minada por el remordimiento que de un modo inevitable seguía a todas sus raras acciones instintivas.

Recordó sus cinco mensajes.

El primero era de la galería de Ithaca: «David, soy Sonya. Hemos de hablar de tu proyecto. Nada malo, todo va bien, pero hemos de hablar muy, muy pronto. Estaré en la galería hasta las seis esta tarde, o puedes llamarme a casa después».

El segundo era de Randy Clamm y parecía nervioso: «He intentado localizarle en el móvil, pero parece muerto. Hemos encontrado unas cartas en la casa de Schmitt que nos gustaría que mirara, a ver si le resultan familiares. Parece que Al también estaba recibiendo algunos poemas raros en el correo y que no quería que viera su mujer. Los tenía escondidos en el fondo de su caja de herramientas. Deme un número y se los mandaré por fax. Gracias».

El tercero era de Jack Hardwick, del DIC, y su actitud arrogante estaba desbocada: «Eh, Sherlock, corre la voz de que tu hombre tiene un par de muescas más en su revólver. Seguramente estabas muy ocupado para poner al día a tu viejo compañero. Por un momento estuve tentado de pensar que estaba por debajo de la dignidad del puto señor Sherlock Gurney llamar al humilde Jack Hardwick. Pero, por supuesto, no es la clase de persona que eres. ¡Debería darme vergüenza! Sólo para que veas que no tengo malos sentimientos, te aviso de una reunión programada para mañana: un informe de progreso del DIC en el caso Mellery, que incluirá una discusión de cómo recientes sucesos en el Bronx y en Sotherton deberían afectar a la investigación. El capitán Rod será el anfitrión del cónclave. Van a invitar al fiscal Kline, y él sin duda, a su vez, te invitará a ti. Sólo pensaba que a lo mejor querrías saberlo por adelantado. Al fin y al cabo, ¿para qué están los amigos?».

El cuarto mensaje era la previsible llamada de Kline. No era especialmente «invitadora». La energía de su voz se había convertido en agitación: «Gurney, ¿qué demonios pasa con su teléfono móvil? Hemos tratado de contactarle directamente, luego a través de la Policía de Sotherton. Me han dicho que había salido de allí hace dos horas y media. También me han dicho que ahora estamos tratando con el homicidio número tres del mismo individuo. Es un hecho importante, ¿no le parece? ¿Algo que debería contarme? Hemos de hablar lo antes posible. Hay que tomar decisiones, y hemos de contar con toda la información. Hoy a mediodía hay una reunión en el DIC. Es una prioridad. ¡Llámeme en cuanto reciba esto!».

El mensaje final era de Mike Gowacki: «Sólo quería que supiera que sacamos una bala de ese agujero en la pared de la cocina. Un treinta y ocho, como dijo. Además, hubo otro pequeño hallazgo después de que se marchara. Estábamos buscando en el buzón alguna otra nota de amor en tinta roja y encontramos un pez muerto. En el buzón. No mencionó que un pez muerto formara parte del *modus operandi*. Dígame si significa algo. No soy psicólogo, pero diría que nuestro asesino es un psicótico. Nada más por ahora. Me voy a casa a dormir un poco».

¿Un pez?

Volvió a la cocina, a la mesa del desayuno para echar otro vistazo a la nota de Madeleine.

«He ido a yoga a las nueve. Vuelvo antes de la tormenta. 5 mensajes. ¿El pez era un salmón?»

¿Por qué había preguntado eso? Miró la hora en el viejo reloj de péndulo que había sobre el aparador. Las nueve y media. Parecía más el amanecer, la luz que entraba por la cristalera tenía un tono gris gélido. «Vuelvo antes de la tormenta.» Daba la sensación de que iba a haber precipitaciones, probablemente nieve, ojalá no fuera lluvia congelada. Así que Madeleine volvería a casa a las diez y media, quizá a las diez, si le preocupaba el estado de las carreteras. Entonces le preguntaría

299

por el salmón. Ella no era de las que se preocupaban en exceso, pero tenía fijación con las carreteras resbaladizas.

Estaba volviendo al estudio para devolver las llamadas cuando cayó en la cuenta. El primer crimen se había producido en la localidad de Peony, y el asesino había dejado una peonía en el cadáver de la segunda víctima. El segundo asesinato se había producido en el pequeño enclave del Bronx de Salmon Beach, lo que hacía que la suposición de Madeleine sobre el pez de la escena del crimen de la tercera víctima fuera característicamente perspicaz y, casi seguro, correcta.

Llamó a Sotherton. El sargento de guardia lo pasó al buzón de voz de Gowacki. Dejó dos mensajes: quería confirmar que el pez era un salmón y deseaba pedir fotos balísticas que pudieran confirmar que las balas de la pared de Kartch y las de la pared de Mellery habían salido de la misma arma. No tenía muchas dudas en ninguno de los dos puntos, pero la certeza era una cuestión sagrada.

A continuación llamó a Kline.

Esa mañana, estaba en el tribunal. Ellen Rackoff reiteró las quejas del fiscal y le riñó por lo difícil que era localizarlo y por el hecho de que no los hubiera informado. Le dijo que sería mejor que no se perdiera la gran reunión del día siguiente al mediodía en el DIC. Pero incluso en esa lectura consiguió expresar un matiz erótico. Gurney se preguntó si su falta de sueño no estaría volviéndole loco.

Llamó a Randy Clamm, le dio las gracias por la puesta al día y le proporcionó el número de teléfono de la fiscalía para que enviara por fax las cartas de Schmitt, más un número del DIC para que mandara otra copia a Rodriguez. A continuación, le informó de la situación de Richard Kartch, incluida la conexión del salmón y el hecho de que ahora el elemento del alcohol era obvio en los tres casos.

En cuanto a la llamada a Sonya, podía esperar. Tampoco tenía mucha prisa por llamar a Hardwick. Su mente no paraba de saltar a la reunión del día siguiente en el DIC. No le producía precisamente una gran alegría, nada más lejos. Odiaba las reuniones en general. Su mente trabajaba mejor cuando estaba solo. Pensar en grupo le daba ganas de marcharse de la sala. Y la granada en forma de poema que había lanzado de manera apresurada hacía que se sintiera incómodo respecto a esa reunión en concreto. No le gustaba tener secretos.

Se hundió en el mullido sillón de piel del rincón del estudio para organizar los hechos clave de los tres casos, pensar en qué hipótesis general se sostenía más y cómo ponerla a prueba. Sin embargo, su cerebro privado de sueño se negaba a cooperar. Cerró los ojos, y toda semejanza con un pensamiento lineal se disolvió. No estaba seguro de cuánto tiempo permaneció allí; sin embargo, cuando abrió los ojos, una intensa nevada había empezado a blanquear el paisaje, y en la singular calma alcanzó a oír un coche a lo lejos que se acercaba por el camino. Se levantó de la silla y fue a la cocina. Llegó a la ventana a tiempo de ver el coche de Madeleine, que desapareció detrás del granero en el extremo de la calle, presumiblemente para abrir el buzón. Al cabo de un momento sonó el teléfono. Cogió el supletorio que estaba en la encimera de la cocina.

—Suerte que estás ahí. ¿Sabes si ha llegado ya el cartero?

—¿Madeleine?

—Estoy en el buzón. Tengo correo, pero si ya ha pasado lo echaré en el pueblo.

—De hecho era Rhonda, y ha estado aquí hace un rato.

—Maldita sea. Bueno, no importa. Me ocuparé luego.

Lentamente, su coche emergió de detrás del granero y enfiló el camino de hierba hacia la casa.

Entró por la puerta lateral de la cocina con la expresión tensa que dejaba en su rostro conducir con nieve. Enseguida se fijó en que el gesto de Dave era bien distinto.

—¿Qué pasa?

Cautivado por una idea que se le había ocurrido durante la llamada de Madeleine desde el buzón, no respondió hasta que ella se hubo quitado el abrigo y los zapatos.

—Creo que acabo de descubrir algo.

—¡Bien! —Sonrió y esperó los detalles, sacudiéndose copos de nieve del cabello.

—El misterio del número, el segundo. Sé cómo lo hizo, o cómo podría haberlo hecho.

—El segundo era…

—El del número diecinueve, el que grabó Mellery. Te hice escuchar la grabación.

301

—Lo recuerdo.

—El asesino le pidió a Mellery que pensara en un número y se lo susurrara.

—¿Por qué le pidió que se lo susurrara? Por cierto, ese reloj va mal —dijo ella mirando el reloj de péndulo.

Dave la miró.

—Lo siento —se disculpó ella con ligereza—. Continúa.

—Creo que le pidió que lo susurrara porque añadía un extraño aditamento a la petición, algo que lo alejaría de un simple: «Dime el número».

—No te sigo.

—El asesino no tenía ni idea de en qué número pensaría Mellery. La única manera de saberlo era preguntárselo. Sólo quería arrojar un poco de humo en esa cuestión.

—Pero ¿no mencionaba ya el número en una carta que el asesino había echado en el buzón de Mellery?

—Sí y no. Sí, el número se mencionaba en la carta que Mellery encontró en el buzón al cabo de un momento, pero no, no estaba ya en el buzón. De hecho, ni la había impreso.

302

—Me he perdido.

—Supón que el asesino tiene una de esas miniimpresoras conectada a su portátil, con el texto de la carta a Mellery completo, salvo el número correcto. Y supón que el asesino estaba sentado en su coche al lado del buzón de Mellery en esa oscura carretera comarcal que pasa junto al instituto. Llama a Mellery desde su móvil (igual que acabas de hacer tú desde nuestro buzón), lo convence de que piense en un número y luego lo «susurre», y en el instante en que Mellery dice el número, el asesino lo escribe en el texto de la carta y pulsa el botón de imprimir. Al cabo de medio minuto, mete la carta en un sobre, la echa en el buzón, y se larga. Con eso puede dar la impresión de que es un diabólico lector de mentes.

—Muy listo —dijo Madeleine.

—¿Él o yo?

—Obviamente los dos.

—Creo que tiene sentido. Y tiene sentido que grabara sonido de tráfico, para dar la impresión de que estaba en un sitio que no era esa tranquila carretera comarcal.

—¿Ruido de tráfico?

—Grabó ruido de tráfico. Una técnica de laboratorio del DIC, muy inteligente, utilizó un programa que analiza el sonido con la cinta que Mellery grabó de la llamada telefónica y descubrió que había dos sonidos de fondo tras la voz del asesino: el motor de un coche y tráfico. El motor era de primera generación, es decir, el sonido estaba produciéndose en el mismo momento que el sonido de la voz, pero el tráfico era de segunda generación, lo que quería decir que una cinta de sonidos de tráfico se estaba reproduciendo detrás de la voz en vivo. Al principio no tenía sentido.

—Ahora sí —dijo Madeleine—, ahora que lo has averiguado. Muy bien.

Gurney la examinó, buscando el sarcasmo que con tanta frecuencia subyacía a sus comentarios cuando se implicaba en un caso, pero no lo encontró. Lo estaba mirando con admiración real.

—Lo digo en serio —aclaró ella, como si detectara su duda—. Estoy impresionada.

Un recuerdo le asaltó con sorprendente patetismo: con cuánta frecuencia lo había mirado así en los primeros años de su matrimonio, qué maravilloso había sido recibir tan a menudo y de formas tan diversas la aprobación amorosa de una mujer tan sumamente inteligente, qué valor incalculable tenía el vínculo que los unía. Y allí estaba otra vez, o al menos un delicioso atisbo de él, vivo en sus ojos. Y entonces ella se volvió un poco de lado hacia la ventana, y la luz gris atenuó su expresión. Madeleine se aclaró la garganta.

—Por cierto, ¿al final compramos un rastrillo nuevo? Están hablando de veinticinco o treinta centímetros de nieve antes de medianoche, y no quiero otra filtración en el armario de arriba.

—¿Veinticinco o treinta centímetros?

Pareció recordar que había un viejo rastrillo en el granero, quizá reparable con suficiente cinta aislante…

Madeleine soltó un pequeño suspiro y se encaminó a la escalera.

—Vaciaré el armario.

A David no se le ocurrió ningún comentario sensato. El teléfono sonó en la encimera y lo salvó de decir alguna estupidez. Lo cogió al tercer tono.

303

—Gurney.

—Detective Gurney, soy Gregory Dermott. —La voz era educada pero tensa.

—Sí, diga, señor Dermott.

—Ha ocurrido algo. Quiero estar seguro de que alerto a las autoridades adecuadas.

—¿Qué ha ocurrido?

—He recibido una comunicación peculiar. Creo que podría estar relacionada con las cartas que me dijo que habían recibido las víctimas de los crímenes. ¿Puedo leérsela?

—Primero dígame cómo la ha recibido.

—Cómo la he recibido es más inquietante que lo que dice. Dios, me pone la piel de gallina. Estaba pegada en la parte exterior de mi ventana, la ventana de la cocina, al lado de la mesita donde desayuno cada mañana. ¿Se da cuenta de lo que significa?

—¿Qué?

—Significa que ha estado aquí, aquí mismo, tocando la casa, a menos de quince metros de donde estaba durmiendo. Y sabía en qué ventana pegarlo. Eso es lo que me aterra.

—¿Qué quiere decir en qué ventana pegarlo?

—En la ventana donde me siento cada mañana. No es un accidente… Ha de saber que desayuno en esa mesa, lo que implica que me ha estado vigilando.

—¿Ha llamado a la Policía?

—Por eso lo estoy llamando.

—Me refiero a la Policía local.

—Sé lo que quiere decir. Sí, los he llamado, y no se están tomando la situación en serio. Esperaba que una llamada suya ayudara. ¿Puede hacer eso por mí?

—Dígame qué dice la nota.

—Espere un momento. Aquí está. Sólo dos líneas, escritas con tinta roja: «Cae uno, caen todos, ahora mueren todos los necios».

—¿Ha leído esto a la Policía?

—Sí. Les expliqué que podría estar relacionado con dos asesinatos y dijeron que mañana por la mañana vendría a verme un detective, lo cual me sonó a que no lo consideraban urgente.

Gurney sopesó los pros y los contras de decirle que ya no

eran dos, sino tres, asesinatos, pero decidió que la noticia no haría nada más que aumentar el miedo, y la voz de Dermott delataba que ya estaba bastante asustado.

—¿Significa ese mensaje algo para usted?

—¿Significar? —La voz de Dermott estaba llena de pánico—. Sólo lo que dice. Dice que alguien va a morir. Ahora. Y el mensaje me lo ha entregado a mí. ¡Eso es lo que significa, por el amor de Dios! ¿Qué pasa con ustedes? ¿Cuántos cadáveres hacen falta para conseguir su atención?

—Trate de mantener la calma, señor. ¿Tiene el nombre del agente de Policía con el que ha hablado?

305

42

Boca abajo

*P*ara cuando Gurney terminó una complicada conversación telefónica con el teniente John Nardo, del Departamento de Policía de Wycherly, había recibido una reticente promesa de que esa tarde se enviaría un agente a proporcionar protección a Gregory Dermott, al menos temporalmente; aunque todo estaba sujeto a la decisión final del capitán de turno.

La tormenta de nieve, entre tanto, se había convertido en una ventisca. Gurney llevaba en pie casi treinta horas y sabía que necesitaba dormir, pero decidió aguantar un poco más y prepararse un café. Dio un grito para preguntar si Madeleine quería uno. No pudo descifrar su respuesta monosilábica, aunque debería haberla intuido. Preguntó otra vez. En esta ocasión el «¡No!» fue alto y claro, más alto y más claro de lo necesario, pensó.

La nieve no estaba ejerciendo su habitual efecto tranquilizador en él. Los sucesos del caso se estaban apilando con demasiada rapidez, y echar su propia carta poética al buzón de correos de Wycherly con la esperanza de contactar con el asesino empezaba a antojársele un error. Le habían concedido cierto grado de autonomía en la investigación, pero se podría haber excedido con tales intervenciones «creativas». Mientras se preparaba el café, imágenes de la escena del crimen de Sotherton, incluido el salmón —que imaginaba con la misma claridad que si lo hubiera visto— luchaban por hacerse un hueco en su mente con la nota en la ventana de Dermott. «Cae uno, caen todos. Ahora mueren todos los necios.»

Buscando una ruta de salida de su ciénaga emocional, se le ocurrió que podía reparar el rastrillo roto o volver a estudiar el asunto del diecinueve para ver si podía llevarle a algún sitio. Eligió lo último.

Suponiendo que el engaño hubiera funcionado tal y como él creía, ¿qué conclusiones podía sacar? ¿Que el asesino era listo, imaginativo, frío bajo presión, juguetonamente sádico? ¿Que era un fanático del control, obsesionado con lograr que sus víctimas se sintieran impotentes? Todo lo dicho, pero esas cualidades ya eran obvias. Lo que no era tan evidente era por qué había elegido esa forma en particular. Se le ocurrió que lo más destacado del truco del diecinueve era que se trataba, precisamente, de un truco. Y el efecto que buscaba era causar la impresión de que el asesino conocía a la víctima lo bastante bien para saber lo que estaba pensando, aunque no supiera nada de él.

¡Dios!

¿Cuál era la frase en el segundo poema enviado a Mellery?

Gurney casi salió corriendo desde la cocina al estudio, cogió la carpeta del caso y la hojeó. ¡Allí estaba! Por segunda vez ese día sintió la emoción de tocar una parte de la verdad.

> Sé todo lo que piensas,
> sé cuándo parpadeas,
> sé dónde has estado,
> sé adónde irán tus pasos.

¿Qué era lo que Madeleine había dicho en la cama? ¿Había sido esa noche o la noche anterior? Algo respecto a que los mensajes eran peculiarmente inespecíficos, que no había hechos en ellos, ni nombres, ni lugares, nada real.

En su excitación, Gurney sentía que las piezas fundamentales del rompecabezas encajaban en su lugar. La pieza central era una que había tenido todo el tiempo boca abajo. El conocimiento íntimo del asesino respecto a sus víctimas era, por fin parecía claro, falso. Una vez más, Gurney revisó su carpeta de notas y llamadas telefónicas recibidas por Mellery y las otras víctimas, y no logró encontrar ni un esbozo de prueba de que el asesino tuviera cualquier conocimiento específico de ellos más allá de sus nombres y direcciones. Sí parecía conocer que en un momento dado todos ellos habían bebido demasiado, pero ni siquiera en eso había detalle: ni incidente, ni persona, ni lugar, ni tiempo. Todo encajaba con un asesino que trata de dar a sus víctimas la impresión de que las conocía íntimamente cuando de hecho no las conocía en absoluto.

Esto planteaba una nueva pregunta: ¿por qué matar a desconocidos? Si la respuesta era que sentía un odio patológico hacia cualquiera con un problema de alcohol, entonces (como Gurney le había dicho a Randy Clamm en el Bronx), ¿por qué no arrojar una bomba en la reunión de Alcohólicos Anónimos más cercana?

Una vez más sus ideas empezaron a dar vueltas en círculos, al tiempo que el cansancio invadía su cuerpo y su mente. Con el cansancio llegaban las dudas de sí mismo. La euforia de darse cuenta de cómo pudo hacerse el truco del número y qué significaba eso respecto a las relaciones entre el asesino y sus víctimas quedó sustituida por la autocrítica: podría haberse dado cuenta antes. Después sintió miedo de que incluso eso pudiera convertirse en otro callejón sin salida.

—¿Qué pasa ahora?

Madeleine estaba de pie en el umbral del estudio, sosteniendo una enorme bolsa de basura de plástico negro, despeinada tras llevar a cabo su misión de ordenar el armario.

—Nada.

Ella le dedicó una expresión de incredulidad y depositó la bolsa de basura en la puerta.

—Esto estaba en tu lado del armario.

Dave miró la bolsa.

Madeleine volvió a subir.

El viento produjo un suave silbido en la ventana, que necesitaba una nueva cinta aislante. Maldición. Había querido arreglar eso. Cada vez que el viento daba en la casa en ese ángulo…

Sonó el teléfono.

Era Gowacki, de Sotherton.

—Sí, de hecho, es un salmón —dijo sin molestarse en decir hola—. ¿Cómo coño lo sabía?

Aquella confirmación le sacó de una suerte de pozo en el que su mente, somnolienta, había caído. Le dio la suficiente energía para llamar al irritante Jack Hardwick para hablar de una cuestión que le había estado molestando desde el principio.

Era la primera línea del tercer poema, que sacó de su carpeta al tiempo que marcaba el número de Hardwick.

> No hice lo que hice
> por gusto ni dinero,
> sino por unas deudas
> pendientes de saldar.
> Por sangre que es tan roja
> como rosa pintada.
> Para que todos sepan:
> lo que siembran, cosechan.

Como de costumbre, tuvo que soportar un largo minuto de maltrato aleatorio antes de conseguir que el detective del DIC escuchara su preocupación y respondiera a ella. La respuesta era típica de Hardwick.

—¿Supones que el uso del pasado significa que el asesino ya había dejado atrás varias cabezas cortadas cuando se cargó a tu colega?

—Ése sería el significado obvio —dijo Gurney—, porque las tres víctimas que conocemos estaban vivas cuando escribió esto.

—Así pues, ¿qué quieres que haga?

—Podría ser buena idea enviar una petición de *modus operandi* similares.

—¿Cómo de detallado quieres el *modus operandi*? —La entonación de Hardwick hizo que el término latino sonara a chiste. Su tendencia chovinista a sentir los idiomas extranjeros risibles siempre ponía de los nervios a Gurney.

—Depende de ti. En mi opinión, las heridas en la garganta son el elemento clave.

—Hum. ¿Te parece que esta petición vaya a Pensilvania, Nueva York, Connecticut, Rhode Island, Massachusetts, quizá a Nueva Hampshire y Vermont?

—No lo sé, Jack. Tú decides.

—¿Marco temporal?

—¿Últimos cinco años? Lo que te parezca.

—Últimos cinco años está tan bien como cualquier otro. —Hizo que sonara tan mal como cualquier otro—. ¿Estás listo para la reunión del capitán R?

309

—¿Mañana? Claro, allí estaré.

Hubo una pausa.

—Así pues, ¿piensas que este zumbado lleva tiempo por ahí?

—Parece una posibilidad.

Otra pausa.

—¿Estás consiguiendo algo en tu lado?

Gurney dio a Hardwick un resumen de los hechos y su nueva interpretación de ellos, y terminó con una sugerencia.

—Sé que Mellery estuvo en rehabilitación hace quince años. Podría ser interesante comprobar cualquier registro criminal o público sobre él, cualquier cosa relacionada con el alcohol. Lo mismo en el caso de Albert Schmitt y Richard Kartch. Los tipos de Homicidios de los casos Schmitt y Kartch están trabajando en las biografías de las víctimas. Puede que hayan sacado algo relevante. Ya que estás en ello, no vendría mal hurgar un poco más en el historial de Gregory Dermott. Está liado en esto de algún modo. El asesino eligió esa oficina postal de Wycherly por alguna razón, y ahora está amenazando a Dermott.

—¿Qué?

Gurney le contó a Hardwick lo de la nota «Cae uno, caen todos, ahora mueren todos los necios», pegada a la ventana de Dermott y lo de su conversación con el teniente Nardo.

—¿Qué crees que encontraremos en los historiales?

—Algo que dé sentido a los tres hechos. Primero, el asesino se centra en víctimas con un pasado alcohólico. Segundo, no hay pruebas de que las conociera personalmente. Tercero, eligió a víctimas que vivían separadas geográficamente, lo cual sugiere algún factor en la selección distinto del consumo excesivo de alcohol: un elemento que los relacione entre sí, con el asesino, y probablemente con Dermott. No tengo ni idea de lo que es, pero lo sabré cuando lo vea.

—¿Es un hecho?

—Hasta mañana, Jack.

43

Madeleine

*E*se «mañana» llegó con peculiar inmediatez. Después de su conversación con Hardwick, Gurney se había quitado los zapatos y se había arrellanado en el sofá del estudio. Durmió profundamente, durante el resto de la tarde y toda la noche. Cuando abrió los ojos era por la mañana.

Se levantó, se desperezó, miró por la ventana. El sol estaba subiendo sobre el risco marrón del lado este del valle, por lo que supuso que serían las siete de la mañana. No tenía que salir para su reunión hasta las 10.30. El cielo era perfectamente azul, y la nieve brillaba como si se hubiera mezclado con cristal astillado. La belleza y la paz de la escena se combinaron con el aroma de café recién hecho para lograr que por un momento la vida pareciera simple y fundamentalmente buena. Su largo descanso había sido muy reparador. Se sentía preparado para hacer las llamadas telefónicas que había estado posponiendo —a Sonya y a Kyle—, y sólo se detuvo al darse cuenta de que probablemente ambos estarían durmiendo. Se entretuvo unos segundos en la imagen de Sonya, luego fue a la cocina y decidió llamar justo después de las nueve.

La casa parecía vacía, como cuando Madeleine estaba fuera. Encontró una nota en la encimera: «Amanece. El sol a punto de salir. Increíblemente hermoso. En raquetas a Carlson Ledge. Café preparado. M.». Gurney fue al cuarto de baño, se lavó, se cepilló los dientes. Cuando se estaba peinando, se le ocurrió que podía ir tras ella. Su referencia a la inminente salida del sol significaba que había salido hacía unos diez minutos. Si usaba sus esquís nórdicos y seguía las huellas de sus raquetas, probablemente podría alcanzarla al cabo de veinte minutos.

Se puso pantalones de esquí y botas encima de los tejanos,

se enfundó un grueso jersey de lana, se colocó los esquís y salió por la puerta de atrás a la nieve en polvo. La cresta, que ofrecía una amplia vista del valle norte y las filas de colinas de detrás, estaba a un kilómetro y medio de distancia y se accedía por un viejo camino de troncos que ascendía en una suave pendiente que se iniciaba en la parte de atrás de su propiedad. Era intransitable en verano, con sus marañas de matas de frambuesa, pero a final de otoño y en invierno las matas espinosas retrocedían.

Una familia de cornejas cautas, cuyos duros gritos eran el único sonido en el aire frío, emprendieron el vuelo desde las copas de árboles sin hojas, a unos cien metros delante de él, y enseguida desaparecieron al otro lado de la cumbre, y dejaron atrás un silencio aún más profundo.

Cuando Gurney emergió del bosque al promontorio que había encima de la granja de Carlson, vio a Madeleine. Estaba sentada muy quieta en una piedra, quizás a quince metros de él, mirando al paisaje que se desplegaba hacia el horizonte; sólo dos silos lejanos y una carretera serpenteante sugerían cualquier presencia humana. David se detuvo, traspuesto por la calma de su pose. Parecía tan…, tan absolutamente solitaria… y, sin embargo, tan intensamente conectada con su mundo. Era una especie de faro que lo atraía a un lugar justo más allá de su alcance.

Sin avisar, sin palabras que contuvieran el sentimiento, la visión le desgarró el corazón.

Dios bendito, ¿había sufrido un colapso? Por tercera vez en una semana, sus ojos se llenaron de lágrimas. Las sorbió y se limpió la cara. Sintiéndose mareado, separó los esquís para equilibrarse.

Quizá fue ese movimiento en la periferia de su campo de visión, o el sonido de los esquís en la nieve seca, lo que causó que ella se volviera. Observó mientras él se acercaba. Sonrió un poco, pero no dijo nada. Él tuvo la peculiar sensación de que Madeleine podía leer su alma con la misma claridad que su cuerpo; aunque «alma» no era un concepto al que él le hubiera encontrado nunca el significado, no era un término que usara. Se sentó junto a ella en la roca plana y miró, sin verlo, el panorama de las colinas y los valles. Ella le enlazó el brazo y lo apretó hacia sí.

David le estudió la cara. No encontró palabras para describir lo que veía. Era como si todo el resplandor del paisaje cu-

312

bierto de nieve se reflejara en su expresión, y como si ésta se reflejara en el paisaje.

Al cabo de un rato, no estaba seguro de cuánto tiempo había pasado, se encaminaron de regreso a casa dando un rodeo.

A medio camino, le preguntó.

—¿En qué estás pensando?

—No estaba pensando en nada. Se entromete.

—¿En qué?

—En el cielo azul, la nieve blanca.

David no volvió a hablar hasta que estuvieron otra vez en la cocina.

—No me tomé el café que me preparaste.

—Prepararé más.

Madeleine cogió una bolsa de café en grano de la nevera y puso cierta cantidad en el molinillo eléctrico.

—¿Sí? —Ella lo miró con curiosidad, con el dedo en el botón.

—Nada —dijo—. Sólo miraba.

Madeleine apretó el botón. El pequeño aparato eléctrico provocó un gran estruendo, que se fue suavizando a medida que los granos se fueron pulverizando. Ella volvió a mirarlo.

—Miraré el armario —dijo él, que sintió la necesidad de hacer algo.

Empezó a subir por la escalera, pero antes de que llegara al armario se detuvo en el rellano de la ventana que daba al campo de atrás, al bosque y a la senda que llevaba hasta la cornisa de Carlson. La imaginó sentada en la roca en su paz solitaria. Un sentimiento doloroso e intenso se apoderó de él. Pugnó por identificar el dolor.

Pérdida. Separación. Aislamiento.

Todo sonaba cierto, facetas distintas de la misma sensación.

El terapeuta al que había acudido en los últimos años de su adolescencia tras sufrir un ataque de pánico, y que le había dicho que el pánico surgía de una profunda hostilidad que albergaba hacia su padre y que su completa falta de cualquier emoción consciente por su progenitor era prueba de la fuerza y negatividad ocultas de la emoción; ese mismo terapeuta le había confiado un día cuál creía que era el propósito de la vida: «El propósito de una vida es acercarnos lo más que podamos a otras personas». Lo había dicho de un modo sorprendente-

313

mente directo, como si estuviera señalando, sin más, que los camiones eran un vehículo de transporte.

En otra ocasión le reveló del mismo modo impasible el corolario: «Una vida aislada es una vida malgastada».

A los diecisiete años, Gurney no estaba seguro de saber de qué hablaba aquel hombre. Le sonaba profundo, pero su profundidad era sombría, y no podía ver nada en ella. Todavía no lo comprendía del todo a los cuarenta y siete, al menos no de la misma forma que entendía la función de los camiones.

Volvió a bajar a la cocina. Al entrar desde el pasillo oscuro, la estancia le pareció intensamente brillante. El sol, ahora bien por encima de los árboles en un cielo sin nubes, brillaba directamente a través de la puerta cristalera orientada al sureste. La nieve recién caída había transformado el pasto en un reflector deslumbrante, que arrojaba luz a rincones de la estancia rara vez iluminados.

—Tu café está listo —dijo Madeleine. Llevaba una bola de papel de periódico y un puñado de astillas para la estufa de leña—. La luz es tan mágica como la música.

Dave sonrió y asintió. En ocasiones envidiaba su capacidad para quedarse fascinada por la naturaleza. Se preguntó por qué una mujer tan entusiasta, tan fascinada por el mundo, una mujer tan en contacto con la gloria de las cosas se había casado con un detective tan poco espontáneo y tan cerebral. ¿Había imaginado que un día él dejaría de lado el gris capullo de su profesión? ¿Había contribuido él a esa fantasía imaginando un retiro bucólico donde él se convertiría en una persona diferente?

Pensó que eran una extraña pareja, aunque seguramente no más extraña que la que formaron sus padres. Su madre, con todas sus inclinaciones artísticas, todo su pequeño vuelo de fantasía —esculturas de papel maché, fantásticas acuarelas, papiroflexia— se había casado con su padre, un hombre con una esencial falta de gracia sólo interrumpida por destellos de sarcasmo, un hombre cuya atención siempre estaba en otro lado, cuyas pasiones eran desconocidas, y cuya partida al trabajo por la mañana parecía complacerle más que su regreso a casa por la tarde. Un hombre que en su búsqueda de paz estaba siempre saliendo.

—¿A qué hora has de salir para tu reunión? —preguntó Madeleine, mostrando su precisa sensibilidad respecto a los pensamientos pasajeros de su marido.

44

Argumentos finales

Déjà vu.

El procedimiento de entrada era el mismo que la otra vez. La recepción del edificio —irónicamente diseñada para repeler a los visitantes— era tan antiséptica como un depósito de cadáveres, aunque menos pacífica. Había un nuevo guardia en la cabina de seguridad, pero la iluminación le daba la misma palidez de quimioterapia que al último. Y, una vez más, el investigador Blatt, con el cabello peinado con gomina, condujo a Gurney a la claustrofóbica sala de conferencias.

Blatt entró primero en la estancia, que a Gurney le pareció más descuidada que la vez anterior. En la moqueta desteñida, había manchas en las que no se había fijado antes. El reloj, colgado no muy recto y demasiado pequeño para la pared, marcaba las doce del mediodía. Como de costumbre, Gurney llegaba justo a tiempo: menos una virtud que una neurosis. Tanto llegar tarde como llegar temprano le hacían sentirse incómodo.

Blatt se sentó a la mesa. Wigg y Hardwick ya estaban allí, en las mismas sillas que en la primera reunión. Una mujer con expresión tensa estaba de pie junto a la cafetera del rincón, obviamente contrariada por el hecho de que a Gurney no lo acompañara la persona a la que ella estaba esperando. Se parecía tanto a Sigourney Weaver que Gurney se preguntó si estaba haciendo un esfuerzo consciente por cultivar el parecido.

Las tres sillas más cercanas al centro de la mesa ovalada estaban inclinadas hacia delante, como en la otra ocasión. Cuando Gurney se dirigió a por el café, Hardwick sonrió como un tiburón.

—Detective de primera clase Gurney, tengo una pregunta para usted.

—Hola, Jack.

—O mejor aún, tengo una respuesta para usted. Veamos si adivina de qué pregunta se trata. La respuesta es «un cura apartado del sacerdocio en Boston». Para ganar el gran premio lo único que ha de hacer es adivinar la pregunta.

En lugar de responder, Gurney cogió una taza, se fijó en que no estaba muy limpia, volvió a guardarla, probó otra, luego una tercera y, al final, volvió a la primera.

Sigourney estaba dando golpecitos con el pie y mirando su Rolex en una parodia de impaciencia.

—Hola —dijo Gurney, llenando con resignación la taza manchada con lo que esperaba que fuera café antisépticamente caliente—. Soy Dave Gurney.

—Yo soy la doctora Holdenfield —respondió la mujer, como si estuviera mostrando una escalera de color como respuesta a una pareja de doses—. ¿Sheridan está en camino?

Algo complejo en el tono de la mujer captó la atención de Gurney. Y el nombre de Holdenfield le sonaba.

—No lo sé. —Se preguntó qué clase de relación podría existir entre el fiscal del distrito y la doctora—. Si no le importa que se lo pregunte, ¿qué clase de doctora es?

—Psicóloga forense —dijo con aire ausente, sin mirarlo a él, sino al suelo.

—Como he dicho, detective —intervino Hardwick, en voz demasiado alta para el tamaño de la sala—, si la respuesta es un cura de Boston apartado del sacerdocio, ¿cuál es la pregunta?

Gurney cerró los ojos.

—Por el amor de Dios, Jack, ¿por qué no me lo dices?

Hardwick arrugó la cara en expresión de desagrado.

—Entonces tendría que explicarlo dos veces, para ti y para el comité ejecutivo. —Señaló con la cabeza hacia las sillas inclinadas.

La doctora miró otra vez su reloj. La sargento Wigg observó lo que ocurría en la pantalla de su portátil como respuesta a las teclas que estaba pulsando. Blatt parecía aburrido. La puerta se abrió y entró Kline, con aspecto preocupado, seguido por Rodriguez, que llevaba una gruesa carpeta y tenía un semblante más malévolo que nunca. También vio a Stimmel, con aspecto de rana pesimista. Cuando se sentaron, Rodriguez arqueó las cejas en ademán de interrogación.

—Adelante —dijo Kline.

Rodriguez fijó su mirada en Gurney, con los labios apretados en una línea fina.

—Ha ocurrido un suceso trágico. Un agente de policía de Connecticut enviado a casa de Gregory Dermott, según se me ha informado debido a su insistencia, ha sido asesinado.

Todos los ojos en la sala, con diversos grados de curiosidad desagradable, se volvieron hacia Gurney.

—¿Cómo? —Formuló la pregunta con calma, sobreponiéndose a una punzada de ansiedad.

—Igual que su amigo. —Había algo agrio e insinuante en el tono de Rodriguez que Gurney decidió pasar por alto.

—Sheridan, ¿qué demonios está pasando aquí? —La doctora, que estaba de pie en un extremo de la mesa, sonó tan hostil como Sigourney en *Alien*, y Gurney decidió que tenía que hacerlo a propósito.

—¡Becca! Lo siento, no te había visto. Estamos muy atareados. Una complicación de último momento. Aparentemente otro asesinato. —Se volvió hacia Rodriguez—. Rod, ¿por qué no pones a todos al corriente de lo ocurrido con el policía de Connecticut? —Sacudió rápidamente la cabeza, como si tuviera agua en los oídos—. ¡Es el caso más enrevesado que he visto jamás!

—Cierto —coincidió Rodriguez, abriendo la carpeta—. A las 11.25 de esta mañana hemos recibido una llamada del teniente John Nardo, del Departamento de Policía de Wycherly, Connecticut, en relación con un homicidio en la propiedad de un tal Gregory Dermott, conocido por nosotros como el propietario del apartado postal en el caso Mark Mellery. A Dermott se le había brindado protección policial temporal ante la insistencia del investigador especial David Gurney. A las ocho de esta mañana…

Kline levantó la mano.

—Espera un segundo, Rod. Becca, ¿conoces a Dave?

—Sí.

La fría y cortante respuesta afirmativa parecía concebida para evitar cualquier presentación más extensa, pero Kline continuó de todos modos.

—Vosotros dos tendréis mucho de qué hablar: la psicóloga con el historial de perfiles más preciso, y el detective con más detenciones por homicidio de la historia del Departamento de Policía de Nueva York.

El elogio pareció dejar a todo el mundo incómodo, pero también hizo que Holdenfield mirara a Gurney con cierto interés por vez primera. Y aunque él no era un entusiasta de los *profilers* profesionales, supo por qué su nombre le era familiar.

Kline continuó, al parecer decidido a destacar a sus dos estrellas.

—Becca lee sus mentes, Gurney les da caza: Cannibal Claus, Jason Strunk, Peter Possum «Comosellame»...

La doctora se volvió hacia Gurney, abriendo un poco más los ojos.

—¿Piggert? ¿Fue su caso?

Gurney asintió.

—Una detención muy celebrada —dijo ella con un atisbo de admiración.

318

Gurney logró esbozar una sonrisita abstraída. Lo ocurrido en Wycherly —y la pregunta respecto a que si el poema que había enviado por correo tenía alguna relación con la muerte del agente de policía— lo estaba devorando.

—Continúa, Rod —dijo Kline de un modo abrupto, como si el capitán hubiera sido el causante de la interrupción.

—A las ocho de esta mañana, Gregory Dermott fue a la oficina postal de Wycherly acompañado por el agente Gary Sissek. Según Dermott, volvieron a las ocho y media. A esa hora preparó un poco de café y tostadas y revisó su correo, mientras el agente Sissek permanecía fuera para comprobar los perímetros de la propiedad y la seguridad externa de la casa. A las nueve, Dermott fue a buscar al agente Sissek y descubrió su cadáver en el porche de atrás. Llamó a Emergencias. Los primeros en responder protegieron la escena del crimen y encontraron una nota enganchada en la puerta de atrás, cerca del cadáver.

—¿Bala y múltiples heridas de corte como los demás? —preguntó Holdenfield.

—Heridas de corte evidentes, no se ha confirmado todavía lo de la bala.

—¿Y la nota?

Rodriguez leyó de un fax en su carpeta.

—«¿De dónde he venido? / ¿Adónde he ido? / ¿Habrá aún más muertos / por desconocerlo?»

—El mismo rollo extraño —dijo Kline—. ¿Qué opinas, Becca?

—El proceso podría estar acelerándose.

—¿El proceso?

—Hasta ahora todo había sido cuidadosamente planeado: la elección de las víctimas, la serie de notas, todo. Pero en esta ocasión es diferente, más reactivo que planificado.

Rodriguez se mostró escéptico.

—Es el mismo ritual de apuñalamiento, el mismo tipo de nota.

—Pero fue una víctima no planeada. Parece que el señor Dermott era el objetivo original, pero mataron a este policía por una cuestión de oportunidad.

—Sin embargo, la nota…

—La nota podría haber sido para colocarla en el cadáver de Dermott, si todo hubiera ido bien, o podría haberla compuesto sobre el terreno, dadas las circunstancias. Podría ser significativo que sólo tenga cuatro versos. ¿No tenían ocho las otras? —Miró a Gurney en busca de confirmación.

Éste asintió, todavía medio perdido en una especulación culpable. Se forzó a volver al presente.

—Estoy de acuerdo con la doctora Holdenfield. No había pensado en el posible significado de los cuatro versos frente a los ocho, pero tiene sentido. Una cosa que añadiría es que, aunque no pudiera planificarlo del mismo modo que los demás, el elemento de odio a la Policía que forma parte de la mentalidad del asesino integra este crimen en el patrón general, al menos parcialmente, y podría dar cuenta de los aspectos rituales a los que se refería el capitán.

—Becca ha dicho algo sobre el ritmo acelerado —dijo Kline—. Ya tenemos cuatro víctimas. ¿Eso significa que vendrán más?

—Cinco, de hecho.

Todas las miradas convergieron en Hardwick.

El capitán levantó el puño y extendió un dedo como enunciando cada nombre:

319

—Mellery. Schmitt. Kartch. El agente Sissek. Eso son cuatro.

—El reverendo Michael McGrath es el quinto —dijo Hard-wick.

—¿Quién?

La pregunta salió al mismo tiempo de Kline (excitado), el capitán (vejado) y Blatt (consternado).

—Hace cinco años un párroco de la diócesis de Boston fue liberado de sus deberes pastorales debido a acusaciones relacionadas con abusos a varios monaguillos. Hizo algún pacto con el obispo, achacó al alcoholismo su conducta inapropiada, acudió a una larga terapia de rehabilitación, se perdió de vista, final de la historia.

—¿Qué demonios pasó con la diócesis de Boston? —se mofó Blatt—. Joder, estaba repleta de pedófilos.

Hardwick no le hizo caso.

—Final de la historia hasta hace un año, cuando McGrath fue hallado muerto en su apartamento. Múltiples cortes en la garganta. Una nota sobre el cadáver. Era un poema de ocho líneas en tinta roja.

El rostro de Rodriguez se estaba ruborizando.

—¿Desde cuándo sabes esto?

Hardwick miró su reloj.

—Desde hace media hora.

—¿Qué?

—Ayer el investigador especial Gurney hizo una petición regional a todos los departamentos de los estados del noreste para buscar *modus operandi* similares al del caso Mellery. Esta mañana hemos recibido un resultado: el difunto padre McGrath.

—¿Algún detenido o acusado por su asesinato? —preguntó Kline.

—No. El tipo de Homicidios de Boston con el que hablé… Tuve la impresión de que no le daban prioridad al caso.

—¿Qué se supone que significa eso? —El capitán sonó petulante.

Hardwick se encogió de hombros.

—Un antiguo pedófilo muere acuchillado, el asesino deja una nota que se refiere vagamente a pasados errores. Parece que alguien ha decidido saldar cuentas. Quizá los polis pensaron que tenían otros marrones, un montón más de criminales que detener con motivos menos nobles que haberse tomado la justicia por su mano. Así que tal vez no prestaron demasiada atención.

Rodriguez tenía aspecto de sufrir una indigestión.

—Pero no lo dijo realmente.

—Por supuesto que no lo dijo.

—Así pues —dijo Kline en su voz de recapitulación—, al margen de lo que la Policía de Boston hizo o dejó de hacer, el hecho es que el padre McGrath es el número cinco.

—Sí, el número cinco… —intervino Hardwick—, aunque, en realidad, es el número uno, pues le rebanaron el cuello un año antes que a los otros cuatro.

—Así pues, Mellery, que pensábamos que era el primero, era en realidad el segundo —concluyó Kline.

—Lo dudo mucho —dijo Holdenfield. Cuando tuvo la atención de todos, continuó—: No hay pruebas de que el cura fuera el primero (podría haber sido el décimo, por lo que sabemos), pero aunque fuera el primero, hay otro problema. Un asesinato hace un año, luego cuatro en menos de dos semanas: no es un patrón habitual. Esperaría otros en medio.

—A menos —la interrumpió Gurney con suavidad— que algún factor distinto de la psicopatología del asesino esté guiando el ritmo y la selección de las víctimas.

—¿En qué está pensando?

—Creo que es algo que las víctimas tienen en común, además del alcoholismo, algo que todavía no hemos descubierto.

Holdenfield movió la cabeza especulativamente de un lado a otro y puso una cara que insinuaba que no estaba de acuerdo con la suposición de Gurney, pero que tampoco encontraba forma de rebatirla.

—Así que podríamos descubrir o no vínculos con viejos cadáveres —dijo Kline, con aspecto de no estar muy seguro de cómo se sentía al respecto.

—Por no mencionar algunos nuevos —dijo Holdenfield.

—¿Qué se supone que significa eso? —Se estaba convirtiendo en la pregunta favorita de Rodriguez.

Holdenfield no mostró reacción al tono irritado.

—El ritmo de los crímenes, como había empezado a decir antes, sugiere que el juego final ha comenzado.

321

—¿Juego final? —Kline entonó la expresión como si le gustara cómo sonaba.

Holdenfield continuó.

—En este caso más reciente, se vio impulsado a actuar de un modo no planeado. El proceso podría estar escapando a su control. Mi sensación es que no podrá controlarlo mucho tiempo.

—¿Controlar qué? —Blatt deslizó la pregunta como planteaba la mayoría de sus preguntas, con una especie de hostilidad congénita.

Holdenfield lo consideró un momento sin mostrar ninguna expresión, luego miró a Kline.

—¿He de ser muy didáctica?

—Estaría bien que abordaras un par de puntos clave. Corríjanme si me equivoco —dijo, mirando en torno a la mesa y claramente sin esperar que le corrigieran—, pero, con la excepción de Dave, no creo que los demás tengamos mucha experiencia en asesinatos en serie.

Rodriguez tenía aspecto de estar a punto de protestar por algo, pero se contuvo.

Holdenfield esbozó una sonrisa triste.

—¿Al menos todos conocen en líneas generales la tipología Holmes del asesinato en serie?

El surtido de murmullos y asentimientos en torno a la mesa fue, por lo general, afirmativo. Sólo Blatt planteó una pregunta.

—¿Sherlock Holmes?

Gurney no estaba seguro de si era una broma estúpida o sólo una muestra de estupidez.

—Ronald M. Holmes, un poco más contemporáneo, y una persona real —dijo Holdenfield con un tono exageradamente bondadoso que Gurney no logró situar.

¿Era posible que estuviera imitando al televisivo señor Rogers dirigiéndose a un niño de cinco años?

—Holmes clasificó a los asesinos en serie según sus motivaciones: los que están guiados por voces imaginadas; el tipo con una misión para librar al mundo de un grupo de personas intolerables: negros, homosexuales, lo que quiera; el tipo que busca la dominación total; el que busca emociones y se excita matando; y el asesino sexual. Pero todos tienen una cosa en común...

—Todos están como putas cabras —dijo Blatt con una risa petulante.

—Buena observación, sargento —dijo Holdenfield con letal dulzura—, pero lo que realmente tienen en común es una terrible tensión interior. Matar a alguien les proporciona un alivio temporal de esa tensión.

—¿Como el sexo?

—Investigador Blatt —dijo Kline enfadado—, quizá sea buena idea que se guarde sus preguntas hasta que Rebecca termine sus comentarios.

—Su pregunta es, en realidad, muy pertinente. Un orgasmo alivia la tensión sexual. No obstante, en una persona normal no crea una espiral descendente disfuncional que exige orgasmos cada vez más frecuentes y a un coste cada vez mayor. En ese sentido, creo que los asesinatos en serie tienen más en común con la drogodependencia.

—Adicción al crimen —dijo Kline despacio, de un modo especulativo, como si estuviera ensayando un titular para una conferencia de prensa.

—Es una frase dramática —intervino Holdenfield—, pero hay algo de verdad en ella. Más que la mayoría de la gente, el asesino en serie vive en su propio mundo de fantasía. Puede dar la sensación de que se mueve normalmente en sociedad. Sin embargo, no extrae ninguna satisfacción de su vida pública ni tiene interés en las vidas reales de otras personas. Vive sólo para sus fantasías, fantasías de control, dominación, castigo. Para él, estas fantasías constituyen una superrealidad, un mundo en el cual se siente importante, omnipotente, vivo. ¿Alguna pregunta en este sentido?

—Tengo una —dijo Kline—. ¿Tiene ya alguna idea de qué tipo de asesino en serie estamos buscando?

—Sí, pero me gustaría oír lo que el detective Gurney tiene que decir al respecto.

Gurney suponía que la seria expresión académica de Holdenfield era tan falsa como su sonrisa.

—Un hombre con una misión —dijo.

—¿Limpiando el mundo de alcohólicos? —Kline sonó medio curioso, medio escéptico.

—Creo que «alcohólicos» puede ser parte de la definición

de las víctimas, pero hay más, a juzgar por su elección específica.

Kline respondió con un gruñido evasivo.

—En términos de un perfil más amplio, algo más que «un hombre con una misión», ¿cómo definiría a nuestro asesino?

Gurney decidió devolverle la moneda a la doctora.

—Tengo algunas ideas, pero me encantaría oír lo que la doctora Holdenfield tiene que decirnos sobre eso.

Holdenfield se encogió de hombros y luego habló deprisa y de manera improvisada.

—Varón blanco de treinta años, alto coeficiente intelectual, sin amigos, sin relaciones sexuales normales. Educado pero distante. Casi con certeza tuvo una infancia problemática, con un trauma central que influye en su elección de las víctimas. Puesto que sus víctimas son hombres de mediana edad, es posible que el trauma esté relacionado con su padre y una relación edípica con su madre...

Blatt la interrumpió.

—No está diciendo que este hombre literalmente... O sea, está diciendo que... ¿Con su madre?

—No necesariamente. Esto es todo cuestión de fantasía. Vive en y por su fantasía.

La voz de Rodriguez se afiló de impaciencia.

—Estoy teniendo un problema real con esa palabra, doctora. ¡Cinco cadáveres no son fantasías!

—Tiene razón, capitán. Para usted y para mí no son fantasías en absoluto. Son gente real, individuos con vidas únicas, merecedores de respeto, merecedores de justicia, pero no es lo que son para un asesino en serie. Para él son meros actores en su obra, no seres humanos como usted y yo entendemos el término. Son sólo atrezo bidimensional que él imagina: fragmentos de su fantasía, como los elementos rituales hallados en las escenas de los crímenes.

Rodriguez negó con la cabeza.

—Lo que está diciendo podría tener cierto sentido en el caso de un asesino en serie trastornado, pero ¿con eso qué? O sea, tengo otros problemas con todo este enfoque. Quiero decir, ¿quién decidió que era un caso de asesinatos en serie? Está siguiendo ese camino sin el menor... —Vaciló, al parecer al darse cuenta de repente de la estridencia de su voz y de lo poco oportuno de atacar a una de las asesoras favoritas de Sheridan Kline. Continuó en un registro más suave—. Me refiero a que los asesinatos secuenciales no son siempre obra de un asesino en serie. Hay otras formas de verlo.

Holdenfield parecía sinceramente desconcertada.

—¿Tiene hipótesis alternativas?

Rodriguez suspiró.

—Gurney no deja de hablar de algún otro factor además de la bebida que cuenta en la elección de las víctimas. Un factor obvio podría ser su implicación común en alguna acción pasada, accidental o intencional, que hiriera al asesino, y lo único que estamos viendo aquí es la venganza sobre el grupo responsable de esa herida. Podría ser tan simple como eso.

—No digo que un escenario como ése sea imposible —argumentó Holdenfield—, pero la planificación, los poemas, los detalles, el ritual…, todo parece demasiado patológico para una simple venganza.

—Hablando de patológico —dijo con voz áspera Jack Hardwick, como un hombre que se está muriendo con entusiasmo de cáncer de garganta—, éste podría ser el momento perfecto para poner a todo el mundo al día de los últimos indicios.

Rodriguez lo fulminó con la mirada.

—¿Otra pequeña sorpresa?

Hardwick continuó sin mostrar la menor reacción.

—A petición de Gurney, enviamos a un equipo de técnicos al hostal donde él pensaba que el asesino podría haber pasado la noche anterior al asesinato de Mellery.

—¿Quién lo autorizó?

—Yo lo hice, señor —dijo Hardwick. Parecía orgulloso de su transgresión.

—¿Por qué no he visto ningún documento sobre eso?

—Gurney no creía que hubiera tiempo —mintió Hardwick.

Se llevó la mano al pecho con una curiosa y afligida expresión de «creo que me va a dar un ataque al corazón» y soltó un explosivo regüeldo. Blatt, espabilado de un ensueño privado, se separó de golpe de la mesa con tanta energía que su silla casi cayó hacia atrás.

Antes de que Rodriguez, crispado por la interrupción, pu-

325

diera centrarse de nuevo en su preocupación burocrática, Gurney cogió la bola de Hardwick y la lanzó en forma de explicación de por qué quería un equipo de recogida de pruebas en The Laurels.

—En la primera carta que el asesino envió a Mellery usó el nombre X. Arybdis. En griego, la X es equivalente a una CH inglesa, y Charybdis es el nombre de un remolino asesino en la antigua mitología griega, relacionado con otro peligro fatal llamado Scylla. La noche antes del asesinato de Mellery, un hombre y una mujer mayor que usaban el apellido Scylla se alojaron en ese hostal. Me sorprendería mucho que eso fuera una coincidencia.

—¿Un hombre y una mujer mayor? —Holdenfield parecía intrigada.

—Posiblemente el asesino y su madre, aunque el registro, de manera extraña, estaba firmado «señor y señora». ¿Quizás eso apoya el elemento edípico de su perfil?

Holdenfield sonrió.

—Es casi demasiado perfecto.

Una vez más la frustración del capitán estuvo a punto de estallar, pero Hardwick habló primero, retomando el asunto donde Gurney lo había dejado.

—Así que enviamos al equipo de pruebas a esa extraña cabaña que está decorada como un templo en homenaje a *El mago de Oz*. Se metieron a fondo (por dentro, por fuera, boca abajo) y ¿qué encontraron? Cero. Nada. Ni una puta cosa. Ni un pelo, ni un borrón de huella, ni un ápice de nada que señalara que un ser humano hubiera estado en algún momento en esa habitación. La jefa del equipo no podía creerlo. Me llamó, me dijo que no había ni rastro de huellas dactilares en lugares donde siempre hay huellas dactilares: escritorios, encimeras, pomos, tiradores de cajones, cierres de ventanas, teléfonos, mandos de ducha, grifos de lavabo, controles remotos de la tele, interruptores, una docena de otros lugares donde siempre encuentras huellas. Nada. Ni una. Ni siquiera una parcial. Así que le dije que empolvaran todo (todo), paredes, suelo, hasta el puto techo. La conversación se puso complicada, pero fui convincente. Entonces empieza a llamarme cada media hora para decirme que siguen sin encontrar nada y lo mucho que le estoy haciendo perder su precioso tiempo. Pero la tercera vez que llama hay algo diferente en su voz: está un poco más calmada. Me dice que han encontrado algo.

Rodriguez se esforzó en ocultar su decepción, pero Gurney lo notó. Hardwick continuó después de otra pausa dramática.

—Encontraron una palabra en la parte exterior de la puerta del cuarto de baño. Una palabra: «Redrum».

—¿Qué? —bramó Rodriguez, no tan cauteloso en ocultar su incredulidad.

—Redrum. —Hardwick repitió la palabra despacio, dando a entender que ya lo sabía, como si fuera la clave de algo.

—¿Redrum? ¿Como en la película? —preguntó Blatt.

—Espera un momento, espera un momento —dijo Rodriguez, pestañeando con frustración—. ¿Me estás diciendo que tu equipo de investigación necesitó, cuánto, tres, cuatro horas para encontrar una palabra escrita a la vista de todos en una puerta?

—No a la vista —dijo Hardwick—. La escribió del mismo modo que usó para dejarnos los mensajes invisibles en las notas a Mark Mellery, ¿recuerda?

El capitán le dirigió una mirada silenciosa.

327

—Vi eso en el archivo del caso —dijo Holdenfield—. Unas palabras que escribió en la parte de atrás de las notas con el aceite de su propia piel. ¿Es eso posible?

—No hay ningún problema —dijo Hardwick—. De hecho, las huellas dactilares no son otra cosa que aceite. Simplemente utilizó ese recurso para su propósito. Quizá se frotó los dedos en la frente para que tuvieran más aceite. Pero sin duda funcionó entonces y volvió a hacerlo en The Laurels.

—Pero estamos hablando del «redrum» de la peli, ¿no? —repitió Blatt.

—¿Peli? ¿Qué peli? ¿Por qué estamos hablando de una peli? —Rodriguez estaba pestañeando otra vez.

—*El resplandor* —dijo Holdenfield con creciente excitación—. Una famosa escena. El niño escribe la palabra «redrum» en una puerta del dormitorio de su madre.

—Redrum es *murder** escrito al revés —anunció Blatt.

---

* Asesinato, en inglés. Tomado de una escena de la película de Stanley Kubrick *El resplandor*, basada en la novela homónima de Stephen King. *(N. del T.)*

—Dios, ¡es todo tan perfecto! —dijo Holdenfield.

—Supongo que todo este entusiasmo significa que tendremos una detención en las próximas veinticuatro horas. —Rodriguez parecía estar tensándose para expresar el máximo sarcasmo.

Gurney no le hizo caso y se dirigió a Holdenfield.

—Es interesante que quisiera recordarnos el «redrum» de *El resplandor*.

Los ojos de ella brillaron.

—La palabra perfecta de la película perfecta.

Kline, que durante un buen rato había estado observando el juego de la mesa como un aficionado miraría uno de los partidos de squash de su club, finalmente intervino.

—Muy bien, señores, es hora de que me cuenten el secreto. ¿Qué demonios es tan perfecto?

Holdenfield miró a Gurney:

—Usted le cuenta lo de la palabra, yo le contaré lo de la película.

—La palabra está escrita hacia atrás. Es tan sencillo como eso. Ha sido así desde el principio del caso. Igual que la senda de pisadas hacia atrás en la nieve. Y, por supuesto, es la palabra *murder* la que está al revés. Nos está diciendo que todo el caso está al revés. «Poli necio vil.»

Kline fulminó a Holdenfield con su mirada de contrainterrogatorio.

—¿Estás de acuerdo con eso?

—Básicamente sí.

—¿Y la película?

—Ah, sí, la película. Trataré de ser tan concisa como el detective Gurney. —Pensó unos momentos y habló como si eligiera con cuidado cada una de sus palabras—. La película trata de una familia en la cual una madre y su hijo están aterrorizados por un padre loco. Éste resulta ser un alcohólico con un historial de borracheras violentas.

Rodriguez negó con la cabeza.

—¿Nos está diciendo que un padre loco, violento y alcohólico es nuestro asesino?

—Oh, no, no. No el padre, sino el hijo.

—¿El hijo? —La expresión de Rodriguez se había retorcido en nuevos extremos de incredulidad.

Mientras continuaba, Holdenfield deslizó su tono a algo cercano a la voz del señor Rogers.

—Creo que el asesino nos está diciendo que tuvo un padre como el padre de *El resplandor*. Creo que podría estar explicándose.

—¿Explicándose? —La voz de Rodriguez estaba próxima a un petardeo.

—Todo el mundo quiere presentarse según sus propios términos, capitán. Estoy seguro de que se encuentra con eso a todas horas en su trabajo. A mí, sin duda, me pasa. Todos tenemos una justificación de nuestra propia conducta, por extraña que pueda ser. Todo el mundo quiere que se reconozca su justificación, incluso los mentalmente trastornados, quizá sobre todo los mentalmente trastornados.

En la sala se impuso un silencio general, que al final rompió Blatt.

—Tengo una pregunta. Usted es psiquiatra, ¿no?

—Consultora en psicología forense. —El señor Rogers se metamorfoseó en Sigourney Weaver.

—Exacto, lo que sea. Sabe cómo funciona la mente. Así que ésta es la pregunta: este tipo sabía en qué número pensaría alguien antes de que lo pensara, ¿cómo lo hizo?

—No lo hizo.

—Y tanto que lo hizo.

—Aparentemente lo hizo. Supongo que se está refiriendo a los incidentes que leí en el archivo del caso en relación con los números 658 y 19. Pero no hizo realmente lo que está diciendo. Es simplemente imposible saber de antemano qué número se le ocurrirá a otra persona en circunstancias no controladas. Por consiguiente, no lo hizo.

—Pero sí lo hizo —insistió Blatt.

—Hay al menos una explicación —dijo Gurney.

Procedió a describir el escenario que se le había ocurrido cuando Madeleine lo estaba llamando al móvil desde su buzón, a saber, cómo el asesino podría haber usado una impresora portátil para imprimir la carta con el número diecinueve en su coche después de que Mark Mellery lo hubiera dicho por teléfono.

Holdenfield parecía impresionada.

Blatt se mostró decepcionado, una clara señal, pensó Gurney, de que acechando en algún lugar de ese cerebro crudo y cuerpo sobreejercitado había un romántico enamorado de lo raro y lo imposible. Pero la decepción fue sólo momentánea.

—¿Qué ocurre con el 658? —preguntó Blatt, con su mirada combativa danzando entre Gurney y Holdenfield—. No hubo ninguna llamada telefónica entonces, sólo una carta. ¿Cómo podía saber que Mellery iba a pensar en ese número?

—No dispongo de una respuesta para eso —dijo Gurney—, pero tengo una pequeña anécdota que podría ayudar a alguien a encontrar una respuesta.

Rodriguez mostró cierta impaciencia, pero Kline se inclinó hacia delante, interesado, lo que pareció contener al capitán.

—El otro día tuve un sueño sobre mi padre —empezó Gurney.

Vaciló involuntariamente. Su propia voz le sonaba diferente. Oyó en ella un eco de la profunda tristeza que el sueño le había generado. Holdenfield lo miró con curiosidad, pero no de manera desagradable. Se obligó a continuar.

—Después de despertarme, me descubrí pensando en un truco de cartas que mi padre solía hacer cuando venía gente a casa por Año Nuevo y se había tomado unas copas, lo que siempre le daba energías. Abría un mazo e iba por la sala pidiendo a tres o cuatro personas que eligieran una carta. Luego se concentraba en una de esas personas y le decía que mirara bien la carta que había elegido y que volviera a dejarla en el mazo. Entonces le daba el mazo a esa persona y le pedía que barajara. Después empezaba con toda su charla de que leía la mente, que podía durar otros diez minutos, y al final terminaba revelando teatralmente cuál era la carta, lo cual, por supuesto, ya sabía desde el momento en que la elegían.

—¿Cómo? —preguntó Blatt, desconcertado.

—Cuando estaba preparando la baraja al principio, justo antes de abrir las cartas en abanico, lograba identificar al menos una carta y luego controlar su posición en el abanico.

—¿Supongamos que no la elegía nadie? —preguntó Holdenfield, intrigada.

—Si nadie la elegía, encontraba una razón para interrumpir el truco al crear alguna clase de distracción (recordando de repente que tenía que poner la tetera o algo así), de manera que nadie podía darse cuenta de que había un problema en el truco en sí. Pero casi nunca tenía que hacerlo. Por la forma en que presentaba el abanico, la primera o la segunda o la tercera persona a la que se lo ofrecía casi siempre elegía la carta que él quería. Y si no, sólo tenía que hacer su pequeña rutina en la cocina. Después volvía y empezaba con el truco otra vez. Y por supuesto siempre tenía una forma perfectamente plausible de eliminar a la gente que elegía las cartas equivocadas, de manera que nadie podía darse cuenta de lo que estaba pasando en realidad.

Rodriguez bostezó.

—¿Esto está relacionado de algún modo con el asunto del 658?

—No estoy seguro —dijo Gurney—, pero la idea de alguien pensando que está eligiendo una carta al azar, cuando en realidad ese azar está controlado…

La sargento Wigg, que había estado escuchando con creciente interés, intervino.

—Su truco de cartas me recuerda esa estafa de detective privado de finales de los noventa.

Ya se debiera a su voz inusual, situada en un registro en el que lo masculino y lo femenino se solapaban, o al hecho poco frecuente de que estuviera hablando, la cuestión es que captó la atención instantánea de todos.

—El destinatario recibe una carta de una supuesta empresa de detectives privados en la que ésta se disculpa por una invasión de intimidad. La compañía «confiesa» que en el curso de una vigilancia habían seguido por error a este individuo durante varias semanas y lo habían fotografiado en diversas situaciones. Aseguran que la legislación les exige devolver todas las copias existentes de estas fotos. Entonces llega la pregunta trampa: como algunas de las fotos parecen ser de naturaleza comprometedora, ¿el individuo querría que le enviaran las fotos a un apartado postal en lugar de a su casa? En ese caso, tendrá que enviarles cincuenta dólares para cubrir los gastos adicionales.

—Alguien lo bastante estúpido para caer en eso se merece perder los cincuenta dólares —se burló Rodriguez.

331

—Oh, alguna gente perdió mucho más que eso —dijo Wigg plácidamente—. No se trataba de cobrar los cincuenta dólares. Era sólo una prueba. El que hizo la trampa envió más de un millón de esas cartas, y el único propósito de la petición de cincuenta dólares era crear una lista refinada de personas que se sintieran lo bastante culpables sobre su conducta para no querer que cayeran fotos de sus actividades en manos de sus esposas. A esos individuos se los sometía entonces a una serie de peticiones económicas mucho más exorbitantes relacionadas con la devolución de las fotografías comprometedoras. Algunos terminaron pagando hasta quince mil dólares.

—¡Por fotos que nunca existieron! —exclamó Kline con una amalgama de indignación y admiración por el ingenio de la estafa.

—La estupidez de la gente nunca deja de asom... —empezó Rodriguez, pero Gurney lo interrumpió.

—¡Cielo santo! ¡Eso es! Eso era la petición de 289 dólares. Es lo mismo. ¡Es un test!

Rodriguez parecía desconcertado.

—¿Un test de qué?

Gurney cerró los ojos para visualizar mejor la carta que Mellery había recibido.

Torciendo el gesto, Kline se volvió hacia Wigg.

—Ese timador, ¿has dicho que envió un millón de cartas?

—Ésa es la cifra que recuerdo de los informes de prensa.

—Entonces, obviamente, es una situación muy diferente. Aquello era básicamente una campaña de *marketing* directo fraudulento, una gran red arrojada para pillar a unos pocos peces culpables. No es de eso de lo que estamos hablando. Estamos hablando de notas manuscritas escritas a un puñado de personas, personas para las que el número seiscientos cincuenta y ocho tenía algún significado personal.

Gurney abrió lentamente los ojos y miró a Kline.

—Pero no lo tenía. Al principio yo lo supuse, porque ¿de qué otra manera se le pudo ocurrir? Así que no dejé de plantearle a Mark Mellery esa pregunta, ¿qué significaba el número para él? ¿A qué le recordaba? ¿Lo había visto escrito alguna vez? ¿Era el precio de algo, una dirección, la combinación de una caja fuerte? Pero no dejaba de insistir en que el número no significaba nada para él, que simplemente se le había ocurrido de manera aleatoria. Y creo que estaba diciendo la verdad. Así que tiene que haber otra explicación.

—Eso significa que vuelve al punto de partida —dijo Rodriguez, poniendo los ojos en blanco con exagerado cansancio.

—Quizá no. Tal vez la estafa que nos ha contado la sargento Wigg está más cerca de la verdad de lo que pensamos.

—¿Está tratando de decirme que nuestro asesino mandó un millón de cartas? ¿Un millón de cartas manuscritas? Eso es ridículo, por no decir imposible.

—Estoy de acuerdo en que un millón de cartas sería imposible, a menos que contara con mucha ayuda, lo cual parece poco probable. Pero ¿qué número sería posible?

—¿Qué quiere decir?

—Supongamos que nuestro asesino tenía un plan que requería enviar cartas a un montón de personas, cartas manuscritas, para que cada destinatario tuviera la impresión de que su carta era una comunicación personal única. ¿Cuántas cartas cree que podría haber escrito en, digamos, un año?

El capitán levantó las manos, dando a entender que la pregunta no era sólo imposible de responder, sino también frívola. Kline y Hardwick parecían más serios, como si estuvieran realizando alguna clase de cálculo. Stimmel, como siempre, proyectaba una inescrutabilidad anfibia. Rebecca Holdenfield estaba observando a Gurney con creciente fascinación. Blatt tenía aspecto de que estaba tratando de determinar la fuente de un mal olor.

Wigg fue la única que habló.

—Cinco mil —dijo—. Diez mil, si estuviera muy motivado. Hasta quince mil, pero eso sería difícil.

Kline la observó con los ojos entrecerrados, con expresión de abogado escéptico.

—Sargento, ¿en qué se basan exactamente esos números?

—Para empezar, un par de suposiciones razonables.

Rodriguez negó con la cabeza, dando a entender que nada en este mundo era más falible que las suposiciones razonables de otras personas. Si Wigg se fijó, no le importó lo suficiente para dejar que la distrajeran.

—Primero está la suposición de que el modelo de la estafa

del detective privado es aplicable. Si lo es, se deduce que la primera comunicación, la que pedía el dinero, sería enviada al máximo número de personas, y las comunicaciones posteriores sólo a las personas que respondieron. En nuestro caso, sabemos que la primera comunicación consistía en dos notas de ocho líneas, un total de dieciséis líneas cortas, más una dirección de tres líneas en el sobre exterior. Salvo por las direcciones, las cartas serían todas iguales, lo que haría que la escritura fuera repetitiva y rápida. Calculo que cada una tardaría en completarse unos cuatro minutos. Eso serían quince por hora. Si dedicaba sólo una hora al día, habría redactado más de cinco mil en un año. Dos horas: casi once mil. En teoría, podría hacer muchas más, pero existen límites incluso para la persona más obsesiva.

—De hecho —dijo Gurney al darse cuenta del nerviosismo de un científico que finalmente ve un patrón en un mar de datos—, once mil serían más que suficientes.

—¿Suficientes para qué? —preguntó Kline.

—Suficientes para hacer el truco del seiscientos cincuenta y ocho, para empezar —dijo Gurney—. Y ese pequeño truco, si lo hizo como estoy pensando que lo hizo, también explicaría la petición de 289,87 dólares en la primera carta a cada una de las víctimas.

—Guau —dijo Kline, levantando la mano—. Frene. Está yendo demasiado deprisa.

45

Para descansar en paz, actúa ahora

Gurney se lo pensó todo una vez más. Era demasiado simple, y quería estar seguro de que no pasaba por alto ningún problema obvio que agujereara su elegante hipótesis. Se fijó en una variedad de expresiones faciales en torno a la mesa —mezclas de excitación, impaciencia y curiosidad— mientras todos esperaban a que él hablara. Respiró hondo antes de hablar.

—No puedo decir a ciencia cierta que fue así exactamente como se hizo. No obstante, es el único escenario creíble que se me ha ocurrido en todo el tiempo que he estado devanándome los sesos con esos números, y eso se remonta al día en que Mark Mellery vino a mi casa y me mostró la primera carta. Mellery estaba desconcertado y aterrado por la idea de que el autor de la carta lo conocía tan bien que era capaz de predecir en qué número pensaría al pedirle que pensara en cualquier número entre uno y mil. Noté el pánico en él, la sensación de fatalidad. Sin duda lo mismo tuvo que ocurrirles a las otras víctimas. Ese pánico era el objetivo del juego. ¿Cómo podía saber en qué número pensaría? ¿Cómo podía saber algo tan íntimo, tan personal, tan privado como un pensamiento? ¿Qué más sabía? Imagino que estas preguntas lo torturaron, que, literalmente, le volvían loco.

—Francamente, Dave —dijo Kline con mal disimulada agitación—, me están volviendo loco también a mí, y cuanto antes puedas responder, mejor.

—Condenadamente cierto —coincidió Rodriguez—. Vamos al grano.

—Si puedo expresar una opinión ligeramente contraria —dijo Holdenfield con preocupación—, me gustaría que el detective nos diera su explicación como crea conveniente, a su ritmo.

—Es embarazosamente simple —dijo Gurney—. Embarazoso para mí porque cuanto más pensaba en el problema, más impenetrable me parecía. Y averiguar cómo pudo hacer este truco con el número diecinueve no proyectó ninguna luz sobre cómo podía funcionar el asunto del seiscientos cincuenta y ocho. La solución obvia nunca se me ocurrió, hasta que la sargento Wigg contó su historia.

No estaba claro si la mueca en el rostro de Blatt era resultado de un esfuerzo por detectar el elemento clave de todo aquello, o si se debía a que tenía gases en el estómago.

Gurney hizo un gesto de agradecimiento a Wigg antes de continuar.

—Supongamos, como la sargento ha sugerido, que nuestro obsesionado asesino dedicó dos horas al día a escribir cartas y que al final de un año había completado once mil, y que entonces las envió a una lista de once mil personas.

—¿Qué lista? —La voz de Jack Hardwick tenía la aspereza intrusiva de una verja oxidada.

—Es una buen pregunta, quizá la pregunta más importante de todas. Volveré sobre eso dentro de un minuto. Por el momento supongamos que la carta original (la misma carta idéntica) se envió a once mil personas pidiéndoles que pensaran en un número entre uno y mil. La teoría de la probabilidad predeciría que aproximadamente once personas elegirían correctamente. En otras palabras, hay una posibilidad estadística de que once de esas once mil personas que pensaran en un número al azar eligieran el número seiscientos cincuenta y ocho.

La mueca de Blatt estaba adquiriendo proporciones cómicas.

Rodriguez negó con la cabeza con incredulidad.

—¿No estamos cruzando la línea desde la hipótesis a la fantasía?

—¿A qué fantasía se está refiriendo? —Gurney sonó más desconcertado que ofendido.

—Bueno, estos números que está lanzando, no tiene ninguna base real. Son todos imaginarios.

Gurney sonrió con paciencia, aunque por dentro sentía una cosa bien distinta. Por un momento lo distrajo pensar en cómo él mismo era capaz de ocultar sus emociones. Era un hábito de toda la vida: ocultar la irritación, la frustración, la rabia, el miedo, la duda. Le había servido en miles de interrogatorios, tan bien que había llegado a creer que se trataba de un talento, de una técnica profesional, pero por supuesto en la raíz no había nada de eso. Era una forma de enfrentarse a la vida que había formado parte de él desde siempre, al menos desde que tenía memoria. «Entonces tu padre no te prestaba atención, David. ¿Te hizo sentir mal?» «¿Mal? No, mal no. En realidad no sentía nada al respecto.»

Y aun así, en un sueño, uno podía ahogarse en tristeza.

Cielo santo, ahora no hay tiempo para la introspección.

Gurney volvió a concentrarse a tiempo para oír a Rebecca Holdenfield diciendo en esa voz seria de Sigourney Weaver.

—Personalmente, no creo que la hipótesis del detective Gurney sea fantasiosa. De hecho, me resulta convincente y pediría otra vez que le permitieran completar su explicación.

Dirigió su solicitud a Kline, quien levantó las palmas de las manos como para decir que ésa era la intención obvia de todos.

—No estoy diciendo —dijo Gurney— que exactamente once personas de once mil eligieran el número seiscientos cincuenta y ocho, sólo digo que once es el número más probable. No sé suficiente de estadística para recurrir a las fórmulas de probabilidad, pero quizás alguien pueda ayudarme con eso.

Wigg se aclaró la garganta.

—La probabilidad relacionada con un rango sería mucho más alta que la de un número específico en el rango. Por ejemplo, no apostaría la casa a que once personas entre once mil elegirían un número concreto, pero si añadiéramos un rango de más o menos, pongamos, siete en cada dirección, estaría muy tentada de apostar a que el número de personas que lo elegirían caería en ese rango. En este caso, que seiscientos cincuenta y ocho sería el número elegido por, al menos, cuatro personas, y por no más de dieciocho.

Blatt miró a Gurney con ojos entrecerrados.

—¿Está diciendo que ese tipo envió cartas a once mil personas y que el mismo número secreto estaba escondido dentro de esos sobrecitos cerrados?

—Ésa es la idea general.

Los ojos de Holdenfield se ensancharon de asombro al expresar en voz alta sus pensamientos.

—Y fueran los que fueran, cada persona que eligiera el seiscientos cincuenta y ocho por cualquier razón, y luego abriera ese sobrecito interior y encontrara la nota en la que decía que el autor lo conocía lo bastante bien para saber que elegiría el seiscientos cincuenta y ocho... Dios mío, ¡qué impacto tendría!

—Porque —añadió Wigg— nunca se le ocurriría que no era el único que había recibido esa carta. Nunca se le ocurriría que era la persona de entre cada mil que elegía ese número. La escritura manuscrita era la guinda del pastel. Hizo que todo pareciera totalmente personal.

—Dios —gruñó Hardwick—, lo que nos está diciendo es que tenemos un asesino en serie que usa una campaña de *marketing* directo para elegir víctimas.

—Es una manera de verlo —dijo Gurney.

—Esto podría ser lo más loco que haya oído nunca —dijo Kline, más desconcertado que incrédulo.

—Nadie escribe once mil cartas a mano —declaró finalmente Rodriguez.

—Nadie escribe once mil cartas a mano —repitió Gurney—. Ésa es exactamente la reacción en la que confiaba. Y si no hubiera sido por la historia de la sargento Wigg, no creo que se me hubiera ocurrido nunca esa posibilidad.

—Y si no hubiera descrito el truco de cartas de su padre —dijo Wigg—, no habría pensado en la historia.

—Pueden felicitarse mutuamente después —dijo Kline—. Todavía tengo preguntas. Por ejemplo, ¿por qué el asesino pidió 289,87 dólares? ¿Por qué pidió que lo enviaran al apartado postal de otra persona?

—Pidió dinero por la misma razón que el estafador de la sargento pedía el dinero, para conseguir que los objetivos correctos se identificaran. El estafador quería saber qué personas de esa lista estaban seriamente preocupadas por cómo podrían haberles fotografiado. Nuestro asesino quería saber qué personas de esa lista habían elegido el seiscientos cincuenta y ocho y estaban lo suficientemente turbados por la experiencia como para pagar dinero con tal de averiguar quién los conocía tan bien para predecirlo. Creo que la cantidad era lo bastante grande para distinguir a los aterrorizados (y Mellery era uno de ellos) de los curiosos.

Kline se estaba recostando tanto en la silla que apenas estaba en ella.

—Pero ¿por qué esa cantidad exacta de dólares y céntimos?

—Eso me inquietó desde el principio, y todavía no estoy seguro, pero al menos hay una posible razón: para asegurarse de que la víctima enviaría un cheque y no el dinero en efectivo.

—Eso no era lo que decía la primera carta —señaló Rodriguez—. Decía que el dinero se enviara en cheque o en efectivo.

—Lo sé, y esto suena tremendamente sutil —dijo Gurney—, pero creo que la aparente elección pretendía distraer la atención de la necesidad vital de que fuera un cheque. Y la cantidad compleja estaba pensada para desalentar el pago en efectivo.

Rodriguez puso los ojos en blanco.

—Mire, sé que la palabra fantasía no es muy popular aquí hoy, pero no sé cómo más llamar a eso.

—¿Por qué era vital que el pago se enviara en forma de cheque? —preguntó Kline.

—El dinero en sí no le importaba al asesino. Recuerde que los cheques no se cobraron. Creo que tuvo acceso a ellos en algún momento del proceso de entrega al buzón de Gregory Dermott, y eso era lo único que quería.

—Lo único que quería, ¿a qué se refiere?

—¿Qué hay en el cheque, además de la cantidad y el número de cuenta?

Kline pensó un momento.

—¿El nombre del titular de la cuenta y la dirección?

—Exacto —dijo Gurney—. Nombre y dirección.

—Pero ¿por qué…?

—Tenía que lograr que la víctima se identificara. Al fin y al cabo, había enviado miles de cartas. Pero cada víctima potencial estaría convencida de que la carta que había recibido era únicamente para él, y que procedía de alguien que lo conocía muy bien. ¿Y si se limitaba a enviar un sobre con el efectivo solicitado? No habría tenido ningún motivo para incluir su nombre y dirección, y el asesino no podía pedirle de un modo específico que lo incluyera, porque eso destruiría por completo la premisa «conozco tus secretos más íntimos». Conseguir esos cheques era una forma sutil de obtener los nombres y las direcciones de los que respondían. Y quizá, si averiguaba lo que deseaba en la oficina postal, la forma más fácil de desembarazarse de los cheques después era simplemente pasarlos en sus sobres originales al buzón de Dermott.

—Pero el asesino tendría que abrirlos con vapor y volver a cerrar los sobres —dijo Kline.

Gurney se encogió de hombros.

—Una alternativa sería tener algún tipo de acceso después de que Dermott abriera él mismo los sobres, pero antes de que tuviera ocasión de devolver los cheques a sus remitentes. Eso no requeriría vapor ni volver a cerrarlos, pero plantea otros problemas y preguntas, cosas que hemos de investigar en relación con la rutina de Dermott, individuos con posible acceso a su casa y demás.

—Lo cual —gruñó Hardwick en voz alta— nos devuelve a mi pregunta, que Sherlock Gurney aquí presente ha calificado como la pregunta más importante de todas. A saber, ¿quién coño está en esa lista de once mil candidatos a víctimas de homicidio?

Gurney levantó la mano en el gesto habitual del policía de tráfico.

—Antes de que intentemos responder a eso, dejen que recuerde a todos que once mil es sólo una estimación. Es una cifra posible y apoya estadísticamente nuestra tesis respecto del seiscientos cincuenta y ocho. En otras palabras, es un número que funciona. Pero como ha señalado la sargento Wigg, el número real podría estar en cualquier lugar entre cinco mil y quince mil. Cualquier cantidad entre ésas sería lo bastante pequeña para que fuera factible y lo bastante grande para producir un puñado de personas que eligieran al azar el seiscientos cincuenta y ocho.

—A no ser, por supuesto, que se esté equivocando por completo —señaló Rodriguez—, y que toda esta especulación sea una colosal pérdida de tiempo.

Kline se volvió hacia Holdenfield.

—¿Qué te parece, Becca? ¿Vamos bien? ¿Nos estamos equivocando?

—Hay aspectos de la teoría que me resultan absolutamente fascinantes, pero me gustaría reservarme mi opinión final hasta que oiga la respuesta a la pregunta del sargento Hardwick.

Gurney sonrió, esta vez de un modo genuino.

—Rara vez plantea una pregunta sin tener antes una buena idea de la respuesta. ¿Te importa compartirla, Jack?

Hardwick se masajeó el rostro con las manos durante varios segundos, otro de los incomprensibles tics que tanto habían irritado a Gurney cuando trabajaban juntos en el caso de matricidio-parricidio de Piggert.

—Si nos detenemos en la característica más significativa que todas las víctimas tienen en común (a la que se refieren los poemas amenazadores), podríamos concluir que sus nombres formaban parte de una lista de personas con problemas graves con la bebida. —Hizo una pausa—. La pregunta es: ¿qué lista es ésa?

—¿La lista de miembros de Alcohólicos Anónimos? —propuso Blatt.

Hardwick negó con la cabeza.

—No existe semejante lista. Se toman la chorrada del anonimato muy en serio.

—¿Y una lista compilada de datos públicos? —dijo Kline—. Arrestos relacionados con el alcohol, condenas.

—Podría elaborarse una lista así, pero dos de las víctimas no figurarían en ella. Mellery no tiene historial de detenciones. El cura pederasta sí, pero el cargo era poner en peligro la moral de un menor, nada sobre alcohol en el registro público, aunque el detective de Boston con el que hablé me dijo que el buen padre después logró que desestimaran los cargos a cambio de declararse culpable de un delito menor, pues achacó su conducta a su alcoholismo y accedió a someterse a una larga rehabilitación.

Kline entrecerró los ojos en ademán reflexivo.

—Bueno, entonces, ¿podría ser una lista de pacientes en esa rehabilitación?

—Es concebible —dijo Hardwick, que retorció el gesto de un modo que venía a decir que no lo era.

—Quizá deberíamos investigarlo.

—Claro. —El tono casi insultante de Hardwick creó un silencio incómodo que rompió Gurney.

—En un intento por ver si podía establecer una conexión entre las víctimas, empecé a pensar en su rehabilitación. Por desgracia, no lleva a ninguna parte. Albert Schmitt pasó veintiocho días en un centro del Bronx hace cinco años, y Mellery pasó veintiocho días en un centro de Queens hace quince años. Ninguno de los centros ofrece terapias de larga duración, lo cual significa que el cura tuvo que ir a otro distinto. Así que aunque nuestro asesino trabajara en uno de esos centros y su trabajo le diera acceso a miles de registros de pacientes, cualquier lista elaborada de esa manera incluiría el nombre de sólo una de las víctimas.

Rodriguez se volvió en su silla y se dirigió directamente a Gurney.

—Su teoría depende de la existencia de una lista gigante, quizá cinco mil nombres, tal vez once mil. He oído que Wigg dice que quizá quince mil, da igual, parece que no para de cambiar. Pero no hay ninguna fuente para esa lista. Así pues, ¿ahora qué?

—Paciencia, capitán —dijo Gurney con voz tranquila—. Yo no diría que no existe esa lista, simplemente no la hemos encontrado. Parece que yo tengo más fe en sus capacidades que usted mismo.

A Rodriguez le subió la sangre a la cara.

—¿Fe en mis capacidades? ¿Qué se supone que significa eso?

—¿En un momento u otro todas las víctimas fueron a rehabilitación? —preguntó Wigg sin hacer caso del exabrupto del capitán.

—No lo sé a ciencia cierta en el caso de Kartch —dijo Gurney, contento de volver al tema—, pero no me sorprendería.

Hardwick intervino.

—El Departamento de Policía de Sotherton nos envió sus antecedentes por fax. El retrato de un auténtico capullo. Agresiones, acoso, borrachera en público, alcohol y desorden, amenazas, amenazas con arma de fuego, conducta obscena, tres detenciones por conducir con exceso de alcohol, dos condenas estatales, por no mencionar una docena de visitas a los calabozos del condado. El material relacionado con el alcohol, sobre todo las detenciones por conducir bajo los efectos del alcohol, hacen que sea prácticamente seguro que lo mandaran a rehabilitación al menos una vez. Puedo pedir a Sotherton que lo averigüe.

Rodriguez se alejó de la mesa.

—Si las víctimas no se conocieron en rehabilitación o ni siquiera fueron al mismo centro en momentos diferentes, ¿qué diferencia habría en que estuvieran en rehabilitación o no? La mitad de los desempleados y de los artistas del mundo van ahora a rehabilitación. Es una estafa subvencionada por Medicaid, un timo para los contribuyentes. ¿Qué demonios significa que todos estos tipos fueran a rehabilitación? ¿Que era probable que los asesinaran? No creo. ¿Que eran borrachos? ¿Y qué? Eso ya lo sabíamos.

La rabia se había convertido en la emoción continua de Rodriguez, y pasaba de una cuestión a otra como si tal cosa.

Wigg, objeto de la andanada, no parecía afectada.

—El investigador Gurney dijo en cierta ocasión que creía que era probable que todas las víctimas estuvieran relacionadas por algún factor común además de la bebida. Pensaba que la asistencia a rehabilitación podía ser ese factor, o al menos parte de él.

Rodriguez rio de un modo burlón.

—Quizás esto, quizá lo otro. Estoy oyendo muchos quizá, pero ninguna conexión real.

Kline parecía frustrado.

—Vamos, Becca, dinos lo que piensas. ¿Cómo de firme es el terreno que pisamos?

—Es una pregunta difícil de responder. No sabría por dónde empezar.

—Lo simplificaré. Crees en la teoría de Gurney, ¿sí o no?

—Sí, creo en ella. La imagen que ha dibujado de Mark Mellery como mentalmente torturado por las notas que estaba recibiendo… Puedo verlo como parte plausible de cierta clase de asesinato ritual.

—Pero no pareces del todo convencida.

—No es eso, es sólo… la singularidad del método. Torturar a la víctima es un elemento bastante común de la patología del asesino en serie, pero nunca había visto un caso en que se llevara a cabo desde tanta distancia, de un modo tan frío y metódico. El componente de tortura de estos homicidios suele ba-

343

sarse en infligir dolor físico de manera directa para aterrorizar a la víctima; de este modo, el asesino tiene la sensación de poder definitivo y de control que ansía. En este caso, en cambio, el dolor era completamente psicológico.

Rodriguez se inclinó hacia ella.

—¿Está diciendo que no encaja en el modelo de asesino en serie? —Sonó como un abogado que ataca a un testigo hostil.

—No. El patrón está ahí. Estoy diciendo que tiene una forma de ejecutarlo singularmente fría y calculadora. La mayoría de los asesinos en serie están por encima de la media en inteligencia. Algunos, como Ted Bundy, muy por encima de la media. Este individuo podría ser único.

—Demasiado listo para nosotros, ¿es lo que está diciéndome?

—No es esto lo que yo digo —replicó Holdenfield con inocencia—, pero probablemente tiene razón.

—¿En serio? Deje que apunte esto —dijo Rodriguez, con la voz tan quebradiza como una capa de hielo fino—. ¿Su opinión profesional es que el DIC es incapaz de detener a este maniaco?

—Una vez más, eso no es lo que he dicho. —Holdenfield sonrió—. Pero una vez más, probablemente tiene razón.

La piel amarillenta de Rodriguez se puso roja de rabia, pero Kline intervino.

—Seguramente, Becca, no estás queriendo decir que no hay nada que hacer.

Holdenfield suspiró con la resignación de un maestro al que le han tocado los estudiantes más tontos de la escuela.

—Los hechos del caso hasta el momento apoyan tres conclusiones. Primero, el hombre que estamos buscando juega con nosotros, y es muy bueno. Segundo, está intensamente motivado, preparado y concentrado, y es muy concienzudo. Tercero, sabe quién es el siguiente de la lista, y nosotros no.

Kline parecía dolorido.

—Pero volviendo a mi pregunta…

—Si estás buscando una luz al final del túnel, hay una pequeña posibilidad a nuestro favor. Por rígidamente organizado que esté, cabe la posibilidad de que se derrumbe.

—¿Cómo? ¿Por qué? ¿Qué quiere decir «que se derrumbe»? Cuando Kline formuló la pregunta, Gurney sintió una opresión en el pecho. La sensación cruda de ansiedad llegó como una escena cinematográficamente clara en su imaginación, la mano del asesino, que agarra la hoja de papel con los ocho versos que Gurney había echado tan impulsivamente al correo el día anterior:

Ya sé cómo lograste hacer tu fechoría,
el andar al revés y el disparo en sordina.
Acabará muy pronto tu miserable juego,
la garganta cortada por amigo del muerto.
Cuidado con el sol, cuidado con la nieve,
con la noche y el día, porque escapar no puedes.
Iré con aflicción a su tumba primero
y luego al asesino enviaré al Infierno.

Metódicamente, con visible desprecio, la mano arrugaba el papel en una bola cada vez más pequeña, y cuando ésta era increíblemente pequeña, no más grande que un chicle gastado, la mano se abría muy despacio y la dejaba caer al suelo. Gurney trató de quitarse de la cabeza esa imagen inquietante, pero la escena no había concluido. Ahora la mano del asesino sostenía el sobre en el cual se había enviado el poema, con la dirección boca arriba y el matasellos claramente visible, el matasellos de Walnut Crossing.

El matasellos de… «¡Oh, Dios!» Un escalofrío se extendió desde la boca del estómago de Gurney por las piernas. ¿Cómo podía haber pasado por alto un problema tan obvio? «Dios, cálmate. Piensa.» ¿Qué podía hacer el asesino con esa información? ¿Podía llevarlo hasta la dirección real de su casa, a Madeleine? Gurney sentía que se le ensanchaban las pupilas, que estaba cada vez más pálido. ¿Cómo podía haberse centrado tan obsesivamente en enviar su patética nota? ¿Cómo no había previsto el problema con el matasellos? ¿A qué peligro había expuesto a Madeleine? Su mente derrapó por la última pregunta como un hombre que corre en torno a una casa quemada. ¿Hasta qué punto era real el peligro? ¿Hasta qué punto era inminente? ¿Debería llamarla, alertarla? ¿Alertarla de qué exactamente? ¿Y darle un susto de muerte? Dios, ¿qué más? ¿Qué más había pasado por alto? ¿La seguridad de quién más, la vida de quién más, estaba pasando por alto por su tozudez a la hora de ganar la partida? Las preguntas eran mareantes.

Una voz interrumpió su pánico. Trató de aferrarse a ella, de usarla para recuperar equilibrio.

Holdenfield estaba hablando.

—... un planificador obsesivo-compulsivo con una necesidad patológica de lograr que la realidad se ajuste a sus planes. El objetivo que lo obsesiona por completo es poseer un control absoluto de los demás.

—¿De todos? —preguntó Kline.

—Su foco es actualmente muy reducido. Siente que ha de dominar completamente, a través del terror y el asesinato, a los miembros de su «grupo objetivo de víctimas», que parece ser algún subconjunto de varones alcohólicos de mediana edad. Otras personas son irrelevantes para él. No son de interés o importancia.

—Entonces, ¿dónde entra el asunto del «derrumbe»?

—Bueno, cometer un asesinato para mantener una sensación de omnipotencia es un proceso con un defecto fatal. Como solución al ansia de control, el asesino en serie es profundamente disfuncional, el equivalente de perseguir la felicidad fumando crac.

—¿Cada vez necesitan más?

—Cada vez más para conseguir cada vez menos. El ciclo emocional se vuelve más y más comprimido e incontrolable. Ocurren cosas que se suponía que no tenían que ocurrir. Sospecho que algo de esta naturaleza ha sucedido esta mañana, con el resultado de que ha matado al policía en lugar de a su señor Dermott. Estos sucesos imprevistos crean serios temblores emocionales en un asesino obsesionado con el control, y tales distracciones conducen a más errores. Es como una máquina con un eje desequilibrado. Cuando alcanza cierta velocidad, la vibración destroza la máquina.

—¿Y eso qué significa exactamente?

—El asesino se vuelve más frenético e impredecible.

Frenético. Impredecible. Otra vez el temor frío se extendió desde la boca del estómago de Gurney, en esta ocasión a su pecho y su garganta.

—¿Significa que la situación va a empeorar? —preguntó Kline.

346

—En cierto modo va a mejorar, y en cierto modo va a empeorar. Si un asesino que solía acechar en un callejón oscuro para matar de cuando en cuando a alguien con un picahielos irrumpe, de repente, en Times Square con un machete, es probable que lo pillen. Pero en ese caos final, un montón de gente podría perder la vida.

—¿Crees que nuestro hombre podría estar entrando en la fase del machete? —Kline parecía más excitado que sublevado.

Gurney se sintió mareado. El tono de macho bravucón que la gente de las fuerzas del orden usaba para protegerse del horror no funcionaba en ciertas situaciones. Ésa era una de ellas.

—Sí.

La plana simplicidad de la respuesta de Holdenfield produjo un silencio en la sala. Al cabo de un rato, el capitán habló con su predecible antagonismo.

—Entonces, ¿qué se supone que hemos de hacer? ¿Publicar un aviso sobre un educado señor de treinta años con un eje que vibra y un machete en la mano?

Hardwick sonrió retorcidamente. Blatt soltó una carcajada. 347

—En ocasiones un gran final forma parte del plan —dijo Stimmel.

Captó la atención de todos salvo de Blatt, que seguía riendo. Cuando éste se calmó, Stimmel continuó.

—¿Alguien recuerda el caso de Duane Merkly?

Nadie.

—Veterano de Vietnam —dijo Stimmel—. Tenía problemas con la agrupación de veteranos. Problemas con la autoridad. Era dueño de un asqueroso perro guardián akita inu que se comió uno de los patos del vecino. Al mes siguiente, el akita se comió al beagle del vecino. El vecino le pegó un tiro al akita. Hubo una escalada en el conflicto y cada vez más problemas. Un día el veterano de Vietnam toma al vecino de rehén. Dice que quiere cinco mil dólares por el akita o que va a matar al tipo. Llega la Policía local, llega el equipo SWAT. Toman posiciones en torno al perímetro de la casa. La cuestión es que nadie miró la hoja de servicio de Duane. Así que nadie sabía que era especialista en demoliciones. Duane se especializó en la detonación a distancia de minas de tierra.

Stimmel se quedó en silencio, dejando que su público imaginara el resultado.

—¿Quiere decir que el cabrón hizo volar a todo el mundo por los aires? —preguntó Blatt, impresionado.

—No a todo el mundo. Seis muertos, seis incapacitados permanentes.

Rodriguez tenía cara de frustración.

—¿Cuál es el sentido de todo esto?

—El sentido es que había adquirido los componentes para las minas dos años antes. El gran final siempre había sido el plan.

Rodriguez negó con la cabeza.

—No veo la relevancia.

Gurney sí la vio y se sintió inquieto.

Kline miró a Holdenfield.

—¿Qué te parece, Becca?

—¿Si creo que nuestro hombre tiene grandes planes? Es posible. Hay una cosa que sí sé…

Entonces alguien llamó a la puerta, que se abrió. Un sargento uniformado entró hasta el centro de la sala y se dirigió a Rodriguez.

—¿Señor? Lamento interrumpir. Tiene una llamada del teniente Nardo, de Connecticut. Le he dicho que estaba en una reunión. Pero insiste en que es una emergencia, que necesita hablar con usted ahora.

Rodriguez suspiró como quien ha de soportar el peso de un hombre cargado injustamente.

—Lo cogeré aquí —dijo, señalando con la cabeza el teléfono que había en el mueble bajo, que estaba apoyado contra la pared de detrás de él.

El sargento se retiró. Al cabo de dos minutos sonó el teléfono.

—Capitán Rodriguez al habla.

Durante otros dos minutos mantuvo el teléfono pegado a la oreja con una expresión de tensa concentración.

—Es muy extraño —dijo al fin—. De hecho, es tan extraño, teniente, que me gustaría que se lo repitiera palabra por palabra a nuestro equipo de investigación. Voy a poner el altavoz. Adelante, por favor, cuénteles exactamente lo que me ha dicho.

La voz que sonó en el teléfono al cabo de un momento era tensa y dura.

—Soy John Nardo, Departamento de Policía de Wycherly. ¿Me oyen?

Rodriguez dijo que sí. Nardo continuó.

—Como saben, uno de nuestros agentes ha muerto en acto de servicio esta mañana en casa de Gregory Dermott. Ahora mismo estamos en la casa con un equipo que está registrando la escena del crimen. Hace veinte minutos se ha recibido una llamada para el señor Dermott. El que llamaba ha dicho, cito: «Eres el siguiente de la lista y después de ti será el turno de Gurney».

«¿Qué?» Gurney no estaba seguro de haber oído bien.

Kline pidió a Nardo que repitiera el mensaje de teléfono y éste lo hizo.

—¿Ha recibido algo ya de la compañía telefónica sobre la fuente? —preguntó Hardwick.

—Llamada de teléfono móvil. Sin datos GPS, sólo la localización de la torre de control. Y obviamente sin identificador de llamada.

—¿Quién recibió la llamada? —preguntó Gurney.

Sorprendentemente, la amenaza directa lo había calmado, quizá porque cualquier cosa específica, cualquier cosa con nombres estaba más limitado y, por lo tanto, era más manejable que enfrentarse a un número infinito de posibilidades. Y tal vez porque ninguno de los nombres era el de Madeleine.

—¿Qué quiere decir? —preguntó Nardo.

—Ha dicho que se recibió una llamada para el señor Dermott, no que la recibiera él.

—Ah, sí, ya veo. Bueno, resulta que Dermott estaba tumbado con migraña cuando sonó el teléfono. Ha estado bastante incapacitado desde que encontró el cadáver. Uno de los técnicos respondió la llamada en la cocina. El que llamaba preguntó por Dermott, dijo que era un amigo íntimo.

—¿Qué nombre dio?

—Un nombre extraño. Carbis... Caberdis... No, espere un momento, aquí lo tengo, el técnico lo anotó: Charybdis.

—¿Algo extraño en la voz?

—Es curioso que lo pregunte. Estaban tratando de descri-

349

birla. Después de que Dermott fue al teléfono, dijo que pensaba que sonaba con acento extranjero, pero nuestro agente pensaba que era falso, un hombre que trataba de disimular la voz. O quizás era una mujer, ninguno de los dos estaba seguro. Miren, señores, lo siento, pero he de volver al trabajo. Sólo quería darles los datos básicos. Volveremos a ponernos en contacto cuando tengamos algo nuevo.

Después del sonido de desconexión, un silencio inquieto se apoderó de la sala. Por fin, Hardwick se aclaró la garganta tan ruidosamente que Holdenfield se estremeció.

—Bueno, Davey —gruñó—, una vez más eres el centro de atención. «Es el turno de Gurney.» ¿Tienes un imán para los asesinos en serie? Lo único que hemos de hacer es ponerte en una cuerda y esperar que piquen.

¿Madeleine corría el mismo peligro? Quizá todavía no. Con un poco de suerte, todavía no. Al fin y al cabo, Dermott y él estaban en primera fila. Suponiendo que el chiflado estuviera diciendo la verdad. En ese caso, le daría algo de tiempo, quizá tiempo para tener suerte. Tiempo para compensar lo que había pasado por alto. ¿Cómo podía haber sido tan estúpido? Idiota.

Kline parecía inquieto.

—¿Cómo ha conseguido convertirse en objetivo?

—Sé tan poco como usted —dijo Gurney con falsa ligereza.

Su culpa hizo que tuviera la impresión de que tanto Kline como Rodriguez lo estaban mirando con curiosidad hostil. Desde el principio había tenido recelos sobre escribir y mandar ese poema, pero los había sepultado sin definirlos ni articularlos. Estaba asombrado de su capacidad para pasar por alto el peligro, incluido el que se podía cernir sobre otros. ¿Qué había sentido en ese momento? ¿El riesgo de Madeleine se había acercado a su conciencia? ¿Había tenido una idea y la había descartado? ¿Había sido tan insensible? «Por favor, Dios, no.»

En medio de su angustia, estaba seguro de al menos una cosa: estar sentado en esa sala de conferencias discutiendo la situación ya no era una opción tolerable. Si Dermott era el siguiente en la lista del asesino, entonces ésa era la mejor oportunidad para atraparlo y terminar con todo aquello. Y si él mismo era el siguiente después de Dermott, entonces ésa era una batalla que quería librar lo más lejos posible de Walnut Crossing. Apartó la silla de la mesa y se levantó.

—Si me disculpan, hay un lugar al que debo ir.

Al principio esto generó sólo miradas inexpresivas en torno a la mesa. Hasta que Kline comprendió el significado.

—Dios —gritó—, ¿no estará pensando en ir a Connecticut?

—Tengo una invitación y voy a aceptarla.

—Es una locura. No sabe dónde podría meterse.

—De hecho —dijo Rodriguez con una mirada desdeñosa en dirección a Gurney—, una escena del crimen plagada de policías es un lugar muy seguro.

—Eso podría ser así —dijo Holdenfield—, a menos... —Dejó que la idea flotara, como si estuviera caminando en torno a una imagen para examinarla desde diferentes ángulos.

—A menos... —soltó Rodriguez.

—A menos que el asesino sea un policía.

351

46

Un plan sencillo

Casi parecía demasiado fácil.

Matar a veinte agentes de Policía bien preparados en veinte segundos tendría que requerir un plan mucho más complejo. Un acto de tal magnitud debería ser más difícil. Al fin y al cabo, sería el mayor logro de esas características jamás logrado, al menos en Estados Unidos, al menos en la época moderna.

Que nadie lo hubiera hecho antes, a pesar de su aparente simplicidad, lo estimulaba y lo inquietaba al mismo tiempo. La idea que finalmente dio descanso a su mente fue pensar que para un hombre de intelecto inferior al suyo o poderes menos formidables de concentración, el proyecto podría ser desalentador, pero no para él, no con su claridad y su lucidez. Todo era relativo. Un genio podía bailar entre obstáculos en los que se enredarían irremisiblemente hombres ordinarios.

La facilidad con la que podían adquirirse los productos químicos daba risa: muy baratos y legales al cien por cien. Ni siquiera en grandes cantidades suscitaban sospecha, porque se vendían en masa todos los días para aplicaciones industriales. Aun así, había comprado prudentemente cada uno de ellos (sólo había dos) a un proveedor distinto para evitar cualquier pista sobre su posible combinación, y había adquirido los dos depósitos de doscientos litros a un tercer proveedor.

En ese momento, mientras estaba dando los últimos toques con un soldador eléctrico a un trozo de tubo, para combinar y dispersar la mezcla letal, se le ocurrió una idea emocionante, un posible escenario con una imagen culminante. La idea incitó tanto su imaginación que apareció una sonrisa radiante en su rostro. Sabía que no era probable que ocurriera lo que estaba imaginando —la química era demasiado imprevisible—, pero podía ocurrir. Al menos era concebible.

En la página web de riesgos químicos había una advertencia que se sabía de memoria. Aparecía en un recuadro rojo rodeado de signos de exclamación: «Esta mezcla de cloro y amoniaco no sólo produce un gas tóxico letal, sino que en la proporción indicada es muy inestable y con el catalizador de una chispa podría explotar». La imagen que había hecho sus delicias era la de todo el Departamento de Policía de Wycherly pillado en su trampa, inhalando involuntariamente los humos venenosos en sus pulmones justo cuando se aplicaba la chispa catalizadora. Los hacía pedazos a todos. Al imaginarlo, hizo algo muy poco habitual en él: se rio en voz alta.

Si al menos su madre pudiera entender el humor, la belleza, la gloria de esa imagen. Pero quizás eso era pedir demasiado. Y, por supuesto, si los policías volaban en pedazos —minúsculos pequeños pedazos— no podría cortar sus gargantas. Y estaba deseando cortar sus gargantas.

Nada en este mundo era perfecto. Siempre había pros y contras. Uno tenía que sacar el máximo provecho de la mano que le habían repartido. Ver el vaso medio lleno.

Así era la realidad.

353

47

Bienvenidos a Wycherly

*D*espués de librarse de las predecibles protestas y preocupaciones en relación con su viaje, Gurney fue a su coche y llamó al Departamento de Policía de Wycherly para pedir la dirección de la casa de Gregory Dermott, pues lo único que tenía era el número del apartado postal en la cabecera de la carta de Dermott. Tardó un rato en explicar a la agente de servicio quién era exactamente, e incluso entonces tuvo que esperar hasta que la joven llamó a Nardo y consiguió permiso para divulgar la dirección. Resultó que ella era la única persona del pequeño departamento que no estaba ya en la escena del crimen. Gurney introdujo la dirección en su GPS y se dirigió al puente de Kingston-Rhinecliff.

Wycherly estaba en la zona centro-norte de Connecticut. El viaje le llevó un poco más de dos horas, la mayor parte de las cuales se las pasó culpándose por no haber pensado en la seguridad de su mujer. El lapsus lo molestaba y deprimía tanto que estaba desesperado por centrarse en otra cosa, y empezó a examinar la principal hipótesis desarrollada en la reunión del DIC.

La idea de que el asesino había compilado, o había conseguido, una lista de varios miles de individuos con un historial de problemas con el alcohol —individuos que sufrían temores profundamente asentados y la culpa que se derivaba de ese pasado alcohólico— y que luego había logrado cautivar a un puñado de ellos mediante ese simple truco numérico para atormentarlos con la serie de siniestros poemas y terminar con sus asesinatos rituales... El proceso entero, por estrafalario que fuera, ahora le parecía completamente creíble. Recordó haber descubierto que los asesinos en serie solían sentir en su infancia placer torturando insectos y pequeños animales, por ejemplo, quemándoles con la luz del sol concentrada a través de una lupa. Cannibal Claus, uno de los asesinos más famosos de entre los muchos que había detenido, había cegado a su gato exactamente de ese modo cuando tenía cinco años. Le había quemado la retina con una lupa. Parecía inquietantemente similar al hecho de seleccionar una víctima, centrarse en su pasado e intensificar sus temores hasta que se estremecía de dolor.

Ver un patrón, encajar las piezas del rompecabezas, era un proceso que normalmente lo había exaltado, pero esa tarde en el coche no se sentía tan bien como de costumbre. Quizás era la obstinada percepción de su incompetencia, de sus pasos en falso. La idea quemaba como ácido en su pecho.

Se concentró vagamente en la carretera, en el capó de su coche, en sus manos en el volante. Era extraño. No reconocía sus propias manos. Parecían sorprendentemente viejas, como las manos de su padre. Las pequeñas pecas habían crecido en número y tamaño. Si sólo un minuto antes le hubieran enseñado fotografías de una docena de manos, no habría sido capaz de identificar las suyas entre ellas.

Se preguntó cuál podía ser el motivo. Quizá los cambios que ocurrían con regularidad no se percibían hasta que se hacían más que evidentes. Fue más allá de eso.

¿Significaba que hasta cierto punto siempre vemos las cosas familiares tal y como eran antes? ¿Estamos anclados al pasado, no sólo por simple nostalgia o por las ilusiones, sino por un atajo que nuestro sistema neuronal produce en el procesamiento de datos? Si lo que uno «veía» era suministrado en parte desde los nervios ópticos y en parte desde la memoria —si lo que uno «percibía» en un momento dado era, en realidad, un compuesto de impresiones inmediatas e impresiones almacenadas—, eso daba un nuevo significado a vivir en el pasado. Éste ejercería una peculiar tiranía sobre el presente al proporcionarnos datos obsoletos en forma de experiencia sensorial. ¿Podría eso estar relacionado con la situación de un asesino en serie guiado por un trauma del pasado? ¿Hasta qué punto podía estar distorsionada su visión?

La teoría lo excitó momentáneamente. Dar la vuelta a una nueva idea, probar su solidez, siempre reforzaba su sensación de control, le hacía sentir un poco más vivo, pero ese día esos

355

sentimientos eran difíciles de sostener. Su GPS le alertó de que estaba a doscientos metros de la salida de Wycherly.

Giró a la derecha. La zona era un batiburrillo de campos de labranza, casas idénticas entre sí, centros comerciales y fantasmas de otra era de placeres estivales: un ruinoso autocine, el cartel indicador de un lago con un nombre iroqués.

Le recordó otro lago con un nombre que también sonaba indio, un lago cuya senda circundante había caminado con Madeleine un fin de semana, cuando estaban buscando su lugar perfecto en los Catskills. Recordó la imagen del rostro animado de su mujer cuando se quedaron al borde de un pequeño acantilado, de la mano, sonriendo, contemplando el agua rizada por la brisa. El recuerdo le llegó acompañado por una cuchillada de culpa.

Todavía no la había llamado para contarle lo que estaba haciendo, lo que iba a hacer, para decirle que probablemente llegaría tarde a casa. Todavía no estaba seguro de cuánto debía contarle. ¿Debía mencionar lo del matasellos? Decidió llamarla en ese momento, sin prepararlo más. «Dios, ayúdame a decir lo correcto.»

Considerando el nivel de tensión que ya estaba sintiendo, pensó que sería sensato aparcar para hacer la llamada. El primer lugar que pudo encontrar era una descuidada zona de aparcamiento pedregosa situada delante de un puesto de venta de verduras cerrado durante el invierno. La palabra que identificaba el número de su casa en el sistema de marcación activado por la voz, eficaz aunque poco imaginativa, era «Casa».

Madeleine respondió al segundo tono con esa voz optimista que las llamadas telefónicas siempre lograban sacarle.

—Soy yo —dijo David, y su propia voz reflejó apenas una fracción del entusiasmo de la de su esposa.

Hubo un instante de pausa.

—¿Dónde estás?

—Por eso te llamo. Estoy en Connecticut, cerca de un pueblo llamado Wycherly.

La pregunta obvia habría sido por qué, pero Madeleine no hacía las preguntas obvias. Esperó.

—Ha ocurrido algo en el caso —dijo David—. Las cosas podrían llegar al final.

—Ya veo.

Gurney oyó una respiración lenta y controlada.

—¿Vas a decirme algo más que eso? —preguntó.

Miró fuera del coche al puesto de verduras sin vida. Más que cerrado por la temporada parecía abandonado.

—El hombre que buscamos se está inquietando —dijo—. Podría ser una oportunidad para detenerlo.

—¿El hombre que buscamos? —Ahora la voz de ella era quebradiza, fisurada.

Él no dijo nada, enervado por la respuesta.

Madeleine continuó, de un modo abiertamente airado.

—¿No te refieres al asesino sanguinario, al hombre que nunca falla, al que dispara a la gente en las arterias del cuello y les corta la garganta? ¿Es de quien estamos hablando?

—El hombre que estamos buscando, sí.

—¿No hay suficientes policías en Connecticut para ocuparse de eso?

—Parece enfocado en mí.

—¿Qué?

—Al parecer me ha identificado como alguien que trabaja en el caso, y podría estar tratando de hacer algo estúpido, y eso podría darnos la ocasión que necesitamos. Es nuestra oportunidad de luchar con él en lugar de hacer limpieza después de un asesinato tras otro.

—¿Qué? —Esta vez la palabra era menos una pregunta que una exclamación de dolor.

—No me va a pasar nada —dijo David con escasa convicción—. Está empezando a derrumbarse. Va a autodestruirse. Sólo hemos de estar allí cuando eso ocurra.

—Cuando era tu trabajo, tenías que estar allí. Ahora no tienes que estar.

—Madeleine, por el amor de Dios. ¡Soy policía! —Las palabras explotaron en él como un objeto obstruido que sale disparado de repente—. ¿Por qué demonios no puedes entenderlo?

—No, David —respondió ella con tranquilidad—. Eras policía. Ahora ya no lo eres. No has de estar allí.

—Ya estoy aquí. —En el silencio que siguió, su furia decreció como una marea que baja—. Está bien. Sé lo que hago. No me ocurrirá nada.

357

—David, ¿qué pasa contigo? ¿Sigues corriendo hacia las balas? Hasta que una te atraviese la cabeza. ¿Es eso? ¿Ése es el patético plan para el resto de nuestras vidas? ¿Yo espero y espero y espero hasta que te maten? —Su voz se quebró con una emoción tan pura en la palabra «maten» que David se quedó sin palabras.

Fue Madeleine la que habló finalmente, con tanta suavidad que él casi no logró distinguir las palabras.

—¿De qué se trata esto?

«¿De qué se trata esto?» La pregunta le golpeó desde un ángulo extraño. Se sintió desequilibrado.

—No entiendo la pregunta.

El intenso silencio de su mujer desde casi doscientos kilómetros pareció rodearle, cernirse sobre él.

—¿Qué quieres decir? —insistió David. Notaba que su ritmo cardiaco aumentaba.

Pensó que la oyó tragar saliva. Sintió, en cierto modo lo supo, que estaba tratando de tomar una decisión. Cuando Madeleine respondió, lo hizo con otra pregunta, una vez más pronunciada en voz tan baja que él apenas la oyó.

—¿Se trata de Danny?

David sintió el latido del corazón en el cuello, en la cabeza, en las manos.

—¿Qué? ¿Qué tiene que ver con Danny? —No quería una respuesta, al menos en ese momento, cuando tenía tanto que hacer.

—Oh, David.

Podía imaginarla mientras sacudía la cabeza con tristeza, decidida a abordar el tema más difícil de todos. Una vez que Madeleine abría una puerta, invariablemente la cruzaba.

Ella respiró someramente e insistió.

—Antes de que mataran a Danny, tu trabajo era la parte más importante de tu vida. Después, fue la única parte. La única parte. No has hecho nada más que trabajar en los últimos quince años. En ocasiones siento que estás tratando de compensar algo, de olvidar algo…, de resolver algo. —Su inflexión tensa hizo que la palabra «resolver» sonara como el síntoma de una enfermedad.

Procuró mantener el equilibrio aferrándose a los hechos que tenía a mano.

—Voy a ir a Wycherly a ayudar a capturar al hombre que mató a Mark Mellery.

Oyó su voz como si perteneciera a otra persona —alguien mayor, aterrorizado, rígido—, alguien que trataba de parecer razonable.

Madeleine no hizo caso de lo que él dijo y continuó su propio hilo de pensamiento.

—Esperaba que si abríamos la caja, si mirábamos sus dibujos…, podríamos despedirnos de él juntos. Pero tú no dices adiós, ¿verdad? Nunca dices adiós a nada.

—No sé de qué estás hablando —protestó.

Pero no era verdad. Cuando habían estado a punto de trasladarse desde la ciudad a Walnut Crossing, Madeleine había pasado horas diciendo adiós. No sólo a los vecinos, sino también a la casa, a cosas que dejaban atrás, plantas de interior. A Gurney le sacó de quicio. Se quejó de su sentimentalismo, dijo que hablar a objetos inanimados era raro, una pérdida de tiempo, una distracción que sólo estaba complicando su partida. Pero era algo más que eso. Su conducta estaba tocándole una fibra que no quería que le tocaran, y ahora ella había vuelto a poner el dedo en la llaga, al referirse a la parte de él que nunca quería decir adiós, que no podía afrontar la separación.

—Guardas las cosas para no verlas —estaba diciendo ella—. Pero no se han ido, la verdad es que no las has soltado. Has de mirar la vida de Danny y soltarla. Pero obviamente no quieres hacerlo. Sólo quieres… ¿qué, David? ¿Qué? ¿Morir?

Hubo un largo silencio.

—Quieres morir —repitió ella—. Es eso, ¿no?

Él sintió la clase de vacío que imaginaba propio del ojo de un huracán, una emoción que se siente como un vacío.

—Tengo trabajo que hacer. —Era una respuesta banal, estúpida, en realidad. No sabía por qué se molestaba en decirla.

Siguió un largo silencio.

—No —dijo ella suavemente, tragando otra vez—. No has de seguir haciendo esto. —Luego, de un modo apenas audible, añadió—: O quizá sí. Quizá mi esperanza era vana.

David no encontraba las palabras, no encontraba las ideas.

Se quedó sentado un buen rato, con la boca entreabierta, respirando deprisa. En cierto momento —no estaba seguro de cuándo—, la conexión telefónica se había interrumpido. Esperó en una especie de caos vacío a que se le ocurriera una idea tranquilizadora, una idea que pudiera convertir en acción.

Sin embargo, lo que percibió fue una sensación de absurdo patética: la idea de que incluso en el momento en que él y Madeleine estaban emocionalmente desnudos, aterrorizados, se hallaban literalmente a cientos de kilómetros de distancia, en estados diferentes, expuestos al espacio vacío, a teléfonos móviles.

Lo que también se le ocurrió era que había fracasado al no mencionarlo, al no revelarlo. No había dicho ni una palabra sobre su estupidez, sobre el matasellos, aquello que podía señalar al asesino dónde vivían, no le explicó que el descuido se derivaba de su concentración obsesiva en la investigación. Con esa idea llegó un eco repugnante: se dio cuenta de que quince años atrás una preocupación similar por una investigación había sido determinante en la muerte de Danny, quizá la causa última. Era notorio que Madeleine hubiera relacionado esa muerte con su reciente obsesión. Notorio e inquietantemente agudo.

Sentía que tenía que llamarla otra vez, reconocer su error —el peligro que había creado— para advertirla. Marcó su número, esperó la voz de bienvenida. El teléfono sonó, sonó y sonó. Por fin oyó la voz de su propio mensaje grabado —un poco cortante, casi adusto, poco afable— luego el bip.

—¿Madeleine? ¿Madeleine estás ahí? Por favor, cógelo si estás ahí.

Sintió náuseas. No se le ocurrió nada que decir que tuviera sentido con un mensaje de un minuto, nada que no fuera a causar más daño del que podía impedir, nada que no creara pánico y confusión. Lo que terminó diciendo fue:

—Te quiero. Ten cuidado. Te quiero.

Entonces hubo otro bip y una vez más se perdió la conexión.

Se quedó sentado, dolorido y confundido, y miró el puesto de verduras destartalado. Sentía que podía dormir un mes o más. Para siempre sería mejor. Pero eso no tenía sentido. Era la clase de idea peligrosa que causaba que los hombres agotados se tumbaran en la nieve del Ártico y murieran congelados.

Tenía que recuperar la concentración. Debía seguir moviéndose. Empujarse hacia delante. Poco a poco, sus ideas empezaron a focalizarse en la tarea inacabada que lo esperaba. Había trabajo que hacer en Wycherly. Un loco al que detener. Vidas que salvar. La de Gregory Dermott, la suya, quizás incluso la de Madeleine. Puso en marcha el coche y siguió conduciendo.

La dirección a la cual finalmente lo condujo el GPS pertenecía a una casa corriente, de estilo colonial, situada al fondo de un enorme aparcamiento, en una carretera secundaria con escaso tráfico y sin aceras. Un alto y denso seto rodeaba los lados izquierdo, trasero y derecho de la propiedad, lo que proporcionaba intimidad a la casa. Un seto de boj, hasta la altura del pecho, recorría la parte delantera, salvo la abertura del sendero de entrada. Había coches de Policía por todas partes —más de una docena, calculó Gurney—, estacionados ante el seto en todos los ángulos y obstruyendo parcialmente la carretera. La mayoría de ellos llevaban la insignia del Departamento de Policía de Wycherly. Tres no llevaban ese distintivo, sólo luces rojas destellantes encima de los salpicaderos. Se echaba en falta algún vehículo de la Policía estatal de Connecticut, aunque quizá no era tan sorprendente. Si bien podría no ser el enfoque más inteligente o el más eficaz, Gurney comprendía que un departamento local quisiera mantener el control cuando la víctima era uno de los suyos. Cuando con su vehículo enfiló un pequeño hueco de césped libre al borde del asfalto, un enorme policía uniformado empezó a señalarle con una mano una ruta en torno a los coches patrullas aparcados al tiempo que con la otra le indicaba con urgencia que saliera del lugar donde estaba tratando de aparcar. Gurney bajó del coche y sacó su identificación cuando se acercó el agente mamut, tenso y con los labios apretados. Los enormes músculos del cuello, en guerra con una camisa una talla demasiado pequeña, daban la sensación de extenderse hasta sus mejillas.

361

Examinó la tarjeta en la cartera de Gurney durante un minuto largo con creciente incomprensión.

—Aquí pone estado de Nueva York —anunció al fin.

—Estoy aquí para ver al teniente Nardo —dijo Gurney.

El policía le clavó una mirada tan dura como los pectorales que se marcaban bajo su camisa, luego se encogió de hombros.

—Está dentro.

Al inicio del largo sendero, en un palo de la misma altura que el buzón de correos, había un letrero de metal beis con letras negras: GD SECURITY SYSTEMS. Gurney pasó por debajo de la cinta policial amarilla con la que habían rodeado toda la propiedad. Curiosamente, fue la frialdad de la cinta al rozarle el cuello lo que le hizo pensar por primera vez en el frío que hacía aquel día. Era crudo, gris, sin viento. Trozos de nieve, previamente fundida y congelada de nuevo, se acumulaban en las zonas de sombra, a los pies de los setos de boj y tuya. A lo largo del camino había placas de hielo que llenaban los pequeños baches en la superficie asfaltada.

Había una versión más discreta del cartel GD Security Systems fijado en el centro de la puerta de la casa. En un lateral, un adhesivo indicaba que la casa estaba protegida por Axxon Silent Alarms. Al alcanzar los escalones de ladrillo del porche de entrada con columnas, se abrió la puerta que tenía delante. No fue un gesto de bienvenida. De hecho, el hombre que abrió la puerta salió y cerró tras de sí. Sólo percibió de manera periférica la presencia de Gurney mientras hablaba con sonora irritación por un teléfono móvil. Era compacto, de complexión atlética, de unos cincuenta años, con un rostro duro y afilado, de mirada airada. Llevaba un cazadora negra con la palabra POLICÍA escrita en grandes letras amarillas en la espalda.

—¿Me oyes? —Se alejó del porche hacia el césped mustio y congelado—. ¿Me oyes ahora…? Bien. He dicho que necesito otro técnico en la escena lo antes posible… No, eso no sirve, he dicho que necesito uno ahora mismo… Ahora, antes de que anochezca. Ahora, a-ho-ra. ¿Qué parte de la palabra no entiendes? Bien. Gracias. Te lo agradezco.

Pulsó el botón de desconectar la llamada y negó con la cabeza.

—Idiota. —Miró a Gurney—. ¿Quién coño es usted?

Gurney no reaccionó al tono agresivo. Comprendía de dónde salía. Siempre había una concentración de emociones exaltadas en la escena del crimen de un policía asesinado, una suerte de rabia tribal apenas controlada. Además, reconoció la voz del hombre que había enviado al agente a la casa de Dermott: John Nardo.

—Soy Dave Gurney, teniente.

Un montón de cosas parecieron pasar muy deprisa por la mente de Nardo, la mayoría de ellas negativas. Lo único que dijo fue:

—¿A qué ha venido?

Una pregunta muy sencilla. Y Gurney no estaba seguro de saber ni siquiera una fracción de la respuesta. Decidió optar por la brevedad.

—Dice que nos quiere matar a Dermott y a mí. Bueno, Dermott está aquí. Ahora yo estoy aquí. Todo el cebo que ese cabrón puede desear. Quizás intente actuar y podamos acabar con esto.

—¿Eso le parece? —El tono de Nardo estaba lleno de hostilidad sin un objetivo claro.

—Si quiere —dijo Gurney—, puedo ponerle al día de nuestra parte del caso, y usted puede contarme lo que ha descubierto aquí.

—¿Lo que he descubierto aquí? He descubierto que el policía que envié a esta casa a petición suya está muerto. Gary Sissek. A dos meses de la jubilación. He descubierto que su cabeza estaba casi cortada por una botella de whisky rota. He descubierto un par de botas al lado de una puta silla plegable detrás del seto. —Hizo un ademán un poco exagerado hacia la parte de atrás—. Dermott nunca había visto la silla antes. Su vecino tampoco la había visto nunca. Entonces, ¿de dónde coño ha salido? ¿Este loco de atar se ha traído una silla plegable?

Gurney asintió.

—De hecho, la respuesta es que es muy probable que sí. Parece formar parte de un único *modus operandi*. Como la botella de whisky. ¿Por casualidad era Four Roses?

Nardo lo miró, inexpresivo al principio, como si hubiera un ligero retraso en la transmisión de la cinta.

—Joder —dijo—, será mejor que entre.

La puerta daba a un amplio pasillo vacío. Sin muebles, sin alfombras, sin imágenes en las paredes, sólo un extintor y un par de alarmas de incendio. Al final del pasillo estaba la puerta trasera, detrás de la cual, supuso Gurney, se hallaba el porche donde Gregory Dermott había descubierto esa mañana el cadáver del policía. Voces solapadas sugerían que el equipo que estaba registrando la escena del crimen todavía estaba ocupado, en el patio de atrás.

—¿Dónde está Dermott? —preguntó Gurney.

Nardo levantó el pulgar hacia el techo.

—En la habitación. Tiene migrañas, y éstas le dan náuseas. No está de muy buen humor que digamos. Bastante mal estaba antes de la llamada telefónica que le decía que era el siguiente, pero entonces... ¡Jesús!

Gurney tenía preguntas, a montones, pero parecía mejor dejar que Nardo marcara el ritmo. Miró a su alrededor y observó lo que se veía del piso de abajo. Al otro lado del umbral que tenía a su derecha había una gran habitación con paredes blancas y suelo de madera. Vio media docena de ordenadores colocados uno al lado del otro en una larga mesa en el centro de la sala. Teléfonos, faxes, impresoras, escáneres, discos duros auxiliares y otros periféricos cubrían otra larga mesa situada contra la pared del fondo. En la misma pared del fondo también había otro extintor. En lugar de una alarma de humos, había un sistema incorporado de rociadores antiincendios. Sólo había dos ventanas, demasiado pequeñas para el espacio, una en la parte delantera y otra en la trasera, lo que daba una sensación de túnel a pesar de la pintura blanca.

—Dirige su empresa de informática desde aquí y vive arriba. Usaremos la otra sala —dijo Nardo, que indicó una puerta situada al otro lado del pasillo.

La sala, de similar aspecto inhóspito y puramente funcional, era la mitad de larga que la otra y sólo tenía una ventana a un lado, lo cual daba más la sensación de cueva que de túnel. Nardo pulsó un interruptor cuando entraron y cuatro bombillas empotradas en el techo convirtieron la cueva en una caja blanca que contenía archivadores contra una pared, una mesa con dos ordenadores contra la otra pared, una mesa con una cafetera y un microondas contra una tercera pared, así como una mesa cuadrada vacía con dos sillas en medio del cuarto. La habitación tenía tanto sistema de rociadores como sensor de humos. Le recordó a Gurney una versión más limpia de la sombría sala de interrogatorios de su última comisaría. Nardo se sentó en una de las sillas e hizo un gesto a Gurney para que tomara asiento en la otra. Se masajeó las sienes durante un minuto largo, como si tratara de sacudirse la tensión. A juzgar por la expresión de sus ojos, el masaje no estaba funcionando.

—No me creo ese rollo del cebo —dijo, arrugando la nariz como si la palabra «cebo» oliera mal.

Gurney sonrió.

—Es cierto en parte.

—¿Cuál es la otra parte?

—No estoy seguro.

—¿Viene aquí para ser un héroe?

—No lo creo. Tengo la sensación de que mi presencia aquí puede ayudar.

—¿Sí? ¿Y si yo no comparto esa sensación?

—Es su caso, teniente. Si quiere que me vaya a casa, me voy.

Nardo le dedicó otra mirada cínica. Al final pareció cambiar de idea, al menos de un modo tentativo.

—¿La botella de Four Roses forma parte del *modus operandi*?

Gurney asintió.

Nardo respiró hondo. Tenía aspecto de que le dolía todo el cuerpo, o de que le dolía todo el mundo.

—Muy bien, detective. Quizá será mejor que me cuente todo lo que no me ha contado.

48

Una casa con historia

Gurney habló de las huellas hacia atrás en la nieve, de los poemas, de la voz antinatural en el teléfono, de los dos inquietantes trucos numéricos, del pasado de alcoholismo de las víctimas, de su tortura mental, de los retos hostiles a la Policía, de el mensaje «redrum» en la pared y del registro del «señor y señora Scylla» en The Laurels, de la elevada inteligencia y del orgullo desmedido del asesino. Continuó proporcionando detalles de los tres asesinatos hasta que le pareció que Nardo estaba a punto de dejar de prestarle atención. Entonces concluyó con lo que consideraba más importante:

—Quiere probar dos cosas. Primero, que tiene el poder de controlar y castigar a los borrachos. Segundo, que los policías son tontos de solemnidad. Sus crímenes están construidos de manera intencionada como elaborados juegos, enigmas. Es brillante, obsesivo, meticuloso. Hasta el momento no ha dejado ni una sola huella dactilar inadvertida, ningún pelo ni gota de saliva ni fibra de ropa o huella no planificada. No ha cometido ningún error que hayamos descubierto. El hecho es que sabemos muy poco de él que no haya decidido revelarnos, de sus métodos, de sus motivos. Con una posible excepción.

Nardo levantó una ceja cauta pero curiosa.

—Cierta doctora Holdenfield, que ha escrito el estudio más actual sobre asesinos en serie, cree que ha alcanzado una fase crítica en el proceso y que está a punto de acometer algún tipo de acción culminante.

Los músculos de la mandíbula de Nardo se tensaron. Habló con feroz contención.

—¿Lo que convertiría el asesinato de mi amigo en el porche de atrás en una vuelta de calentamiento?

No era la clase de pregunta que uno pudiera o debiera responder. Los dos hombres se quedaron sentados en silencio hasta que un ligero sonido, quizás el de una respiración irregular, atrajo simultáneamente la atención de los dos hombres hacia el umbral. Era el gigantón tamaño NFL que antes había estado custodiando el sendero de entrada. Parecía que le estuvieran arrancando una muela.

Nardo se dio cuenta de lo que se avecinaba.

—¿Qué, Tommy?

—Han encontrado a la mujer de Gary.

—Oh, Dios mío. Vale. ¿Dónde está?

—De camino a casa desde el garaje municipal. Conduce el autobús escolar.

—Sí, sí. ¡Mierda! Debería ir yo, pero no puedo salir de aquí ahora mismo. ¿Dónde coño está el jefe? ¿Aún no lo ha encontrado nadie?

—Está en Cancún.

—Joder, ya sé que está en Cancún, pero ¿por qué coño no revisa sus mensajes? —Nardo respiró hondo y cerró los ojos—. Hacker y Picardo probablemente eran los más cercanos a la familia. ¿Picardo no es primo de la mujer? Cielo santo, envía a Hacker y Picardo. Pero dile a Hacker que venga a verme antes.

El joven y gigante policía se fue con el mismo silencio con que había entrado.

Nardo volvió a respirar hondo. Empezó hablando como si le hubieran dado una patada en la cabeza y esperara que hablar fuera a ayudarle a aclarar sus ideas.

—Así que me está diciendo que eran todos alcohólicos. Bueno, Gary Sissek no era alcohólico, ¿qué significa esto?

—Era policía. Quizá con eso baste. O tal vez se interpuso en el ataque planeado a Dermott. O quizás haya otra conexión.

—¿Qué otra conexión?

—No lo sé.

La puerta de atrás se cerró de golpe, se oyeron pisadas que se acercaban con rapidez y un hombre nervudo de paisano apareció en la puerta.

—¿Quería verme?

—Lamento hacerte esto, pero necesito que tú y Picardo...

—Lo sé.

—Bueno. Bien. Da información sencilla. Lo más sencilla que puedas: «Acuchillado fatalmente cuando protegía a víctima de un ataque. Muerte heroica». Algo así, por el amor de Dios. Lo que quiero decir es que omitas detalles espantosos. Nada de charcos de sangre. ¿Entiendes lo que trato de decirte? Los detalles puede conocerlos después, si es preciso. Pero por el momento...

—Lo entiendo, señor.

—Bien. Mira, siento no poder hacerlo yo. La verdad es que no puedo salir. Dile que pasaré por su casa esta noche.

—Sí, señor.

El hombre hizo una pausa en el umbral hasta que quedó claro que Nardo no tenía nada más que decir; luego regresó por el mismo camino por el que había venido y cerró la puerta tras de sí, esta vez más silenciosamente.

Una vez más, Nardo se concentró en su conversación con Gurney.

—¿Me estoy perdiendo algo o se está basando en hipótesis? No sé, corríjame si me equivoco, pero no he oído nada de una lista de sospechosos, de hecho, no se ha seguido ninguna pista concreta.

—Más o menos.

—Y esta cantidad de indicios físicos (sobres, notas, tinta roja, botas, botellas rotas, huellas de pisadas, llamadas telefónicas grabadas, registro de transmisiones de torres de móviles, cheques devueltos, incluso mensajes escritos en aceite de piel de las yemas de los dedos de este chiflado), ¿nada de eso condujo a ninguna parte?

—Es una manera de verlo.

Nardo negó con la cabeza de una manera que se estaba convirtiendo en hábito.

—En resumen, no sabe a quién está buscando ni cómo encontrarlo.

Gurney sonrió.

—Quizá por eso estoy aquí.

—¿Por qué?

—Porque no tengo ni idea de adónde más ir.

Era un reconocimiento simple de un hecho simple. La satisfacción intelectual que proporcionaba comprender los detalles del *modus operandi* del asesino era poco importante en relación con el estancamiento de la cuestión central, tal y como de un modo tan claro había expresado Nardo. Gurney tenía que afrontar el hecho de que a pesar de su ingeniosa percepción de los misterios secundarios del caso, estaba casi igual de lejos de identificar y capturar al asesino como lo había estado la mañana en que Mark Mellery le llevó aquellas primeras notas desconcertantes y le pidió su ayuda.

Hubo un pequeño cambio en la expresión de Nardo, una relajación de la tensión.

—Nunca hemos tenido un asesinato en Wycherly —dijo—. Al menos no uno de verdad. Un par de homicidios, un par de muertos en carretera, un accidente de caza cuestionable. Nunca hubo aquí un homicidio que no implicara al menos a un capullo completamente ebrio. Al menos en los últimos veinticuatro años.

—¿Ése es el tiempo que lleva en la Policía?

—Sí. Sólo un tipo en el departamento llevaba más tiempo que yo y es…, era… Gary. Estaba a punto de cumplir veinticinco. Su mujer quería que se retirara a los veinte, pero supuso que si se quedaba otros cinco años… ¡Maldición! —Nardo se limpió los ojos—. No perdemos a muchos hombres en acto de servicio —dijo, como si sus lágrimas necesitaran una explicación.

Gurney estuvo tentado de decir que sabía lo que era perder un compañero. Había perdido dos en una detención que salió mal. En cambio, se limitó a asentir de modo compasivo.

Al cabo de alrededor de un minuto, Nardo se aclaró la garganta.

—¿Tiene algún interés en hablar con Dermott?

—La verdad es que sí. Pero no quiero interponerme.

—No lo hará —dijo Nardo con voz forzada, compensando, supuso Gurney, su momento de debilidad. Luego añadió en un tono más normal—: Ha hablado con este tipo por teléfono, ¿verdad?

—Claro.

—Así que sabe quién es.

—Sí.

—O sea, que no me necesita en la habitación. Sólo infórmeme cuando termine.

—Como quiera, teniente.

—Puerta de la derecha en lo alto de la escalera. Buena suerte.

Al subir por la escalera de roble, Gurney se preguntó si la planta de arriba revelaría más cosas sobre la personalidad del ocupante que la planta baja, que no tenía más calidez o estilo que el equipamiento informático que albergaba. El rellano de lo alto de la escalera repetía la decoración del piso de abajo: un extintor en la pared, una alarma de humos y rociadores en el techo. Gurney estaba formándose la impresión de que Gregory Dermott era sin duda un tipo obsesionado con la seguridad. Llamó a la puerta que Nardo le había indicado.

—¿Sí? —La respuesta sonó dolorida, brusca, impaciente.

—Investigador especial Gurney, señor Dermott. ¿Puedo verle un momento?

Hubo una pausa.

—¿Gurney?

—Dave Gurney. Hemos hablado por teléfono.

—Pase.

370 Gurney abrió la puerta y entró en una habitación oscurecida por persianas medio cerradas. Estaba amueblada con una cama, una mesita de noche, una cómoda, un sillón y un escritorio apoyado contra la pared con una silla plegable delante de él. Toda la madera era oscura. El estilo era contemporáneo, de gama alta. La colcha y la alfombra eran grises, marrón claro, prácticamente sin color. El ocupante de la habitación estaba en el sillón situado frente a la puerta, sentado ligeramente inclinado hacia un lado, como si hubiera encontrado una posición extraña que mitigara su malestar. A Gurney le pareció el típico técnico informático. Con la escasa luz, su edad era menos definible. Treinta y tantos sería una hipótesis razonable.

Después de examinar los rasgos de Gurney como si tratara de discernir en ellos la respuesta a una pregunta, Dermott preguntó en voz baja.

—¿Se lo han contado?

—¿Contarme qué?

—La llamada telefónica... del asesino loco.

—He oído eso. ¿Quién contestó la llamada?

—¿Responder? Supongo que uno de los agentes. Uno de ellos vino a buscarme.

—¿El que llamaba preguntó por usted, por su nombre?

—Supongo..., no lo sé... Qué sé yo, supongo que sí. El agente dijo que la llamada era para mí.

—¿Había algo familiar en la voz del que llamaba?

—No era normal.

—¿Qué quiere decir?

—Desequilibrada. Subía y bajaba, alta como la voz de una mujer, luego grave. Acentos extraños. Como si fuera una broma siniestra, pero también seria. —Se presionó las sienes con las yemas de sus dedos—. Dijo que yo era el siguiente..., y después usted. —Parecía más exasperado que aterrorizado.

—¿Había algún sonido de fondo?

—¿Qué?

—¿Oyó algo más aparte de la voz del que llamaba? ¿Música, tráfico, otras voces?

—No. Nada.

Gurney asintió, echando un vistazo a la habitación.

—¿Le importa que me siente?

—¿Qué? No, adelante. —Dermott hizo un gesto amplio, como si la habitación estuviera llena de sillas.

Gurney se sentó al borde de la cama. Tenía la intensa sensación de que Gregory Dermott tenía la clave del caso. Si al menos se le ocurriera la pregunta adecuada. El tema adecuado que sacar. Por otro lado, en ocasiones lo mejor era no decir nada. Crear un silencio, un espacio vacío, y ver cómo el otro tipo elegía llenarlo. Se sentó un buen rato mirando la moqueta. Era un método que requería paciencia. También precisaba juicio para saber cuándo más silencio vacío ya sería una pérdida de tiempo. Estaba llegando a ese punto cuando habló Dermott.

—¿Por qué yo?

El tono era nervioso, enfadado, una queja, no una pregunta, y Gurney eligió no responder. Al cabo de unos segundos, Dermott continuó.

—Pensaba que podría tener algo que ver con esta casa. —Hizo una pausa—. Deje que le pregunte algo, detective. ¿Conoce personalmente a alguien del Departamento de Policía de Wycherly?

—No. —Estuvo a punto de preguntar la razón de la pregunta, pero supuso que enseguida la descubriría.

371

—¿A nadie, ni en el presente ni en el pasado?

—A nadie. —Viendo algo en los ojos de Dermott que parecía exigir más garantías, añadió—: Antes de que viera en la carta a Mark Mellery las instrucciones para enviar el cheque, ni siquiera sabía que existiera Wycherly.

—¿Y nadie le dijo nada de algo que ocurrió en esta casa?

—¿Algo que ocurrió?

—En esta casa. Hace mucho tiempo.

—No —dijo Gurney, intrigado.

Su incomodidad parecía exceder los efectos del dolor de cabeza.

—¿Qué fue lo que ocurrió?

—Es todo información indirecta —dijo Dermott—, pero justo después de que compré esta casa, uno de los vecinos me dijo que hace veintitantos años hubo una pelea horrible aquí, al parecer entre marido y mujer, y acuchillaron a la mujer.

—¿Y ve alguna conexión…?

—Podría ser coincidencia, pero…

—¿Sí?

—Casi lo había olvidado. Hasta hoy. Esta mañana cuando encontré… —Sus labios se estiraron en una especie de espasmo de náusea.

—Tómese su tiempo —dijo Gurney.

Dermott colocó ambas manos en sus sienes.

—¿Lleva una pistola?

—Tengo una.

—Quiero decir encima.

—No. No he llevado pistola desde que abandoné el Departamento de Policía de Nueva York. Si le preocupa la seguridad, hay más de una docena de policías armados a cien metros de esta casa —dijo Gurney.

No pareció particularmente tranquilizado.

—Estaba diciendo que recordó algo.

Dermott asintió.

—Me había olvidado de ello, pero me acordé cuando vi… toda esa sangre.

—¿Qué recordó?

—A la mujer a la que acuchillaron en esta casa, la acuchillaron en el cuello.

49

Matarlos a todos

$\mathcal{H}$abía pasado hacía «veintitantos años», lo que significaba que la cifra bien podría ser inferior a veinticinco, y eso, a su vez, implicaría que tanto John Nardo como Gary Sissek habrían estado en el cuerpo de Policía en el momento de la agresión. Aunque la imagen distaba mucho de ser clara, Gurney sintió que otra pieza del puzle giraba para colocarse en su sitio. Tenía más preguntas para Dermott, pero podían esperar hasta que obtuviera respuestas del teniente.

Lo dejó allí, sentado con rigidez en su silla, junto a las persianas corridas, con aspecto de estar tenso e incómodo. Cuando empezó a bajar la escalera, se topó con una mujer con un mono de investigadora de escena del crimen y guantes de látex. Estaba en el pasillo de abajo, preguntando a Nardo qué hacer a continuación con las zonas del exterior de la casa que habían sido examinadas en busca de indicios.

—No retiréis la cinta, por si acaso hemos de volver a ellas. Llevaos a comisaría la silla, la botella y todo lo que tengáis. Preparad la parte de atrás de la sala como archivo.

—¿Y todo lo que hay encima de la mesa?

—Dejadlo en el despacho de Colbert por el momento.

—No le va a gustar.

—Me importa un... Mira, ocúpate de ello.

—Sí, señor.

—Antes de irte, dile a Big Tommy que se quede en la puerta de la casa, y a Pat que esté junto al teléfono. Quiero a todos los demás yendo de puerta en puerta. Quiero saber si alguien del barrio vio u oyó algo fuera de lo común en los últimos dos días, sobre todo anoche a última hora o a primera hora de hoy: desconocidos, coches aparcados donde no suelen estar aparcados, cualquiera que estuviera paseando, alguien con prisa, lo que sea.

—¿Qué radio hemos de cubrir?

Nardo miró su reloj.

—Lo que podáis abarcar en seis horas. Entonces decidiremos qué hacer. Si surge algo de interés, quiero que me informéis de inmediato.

Al tiempo que ella partía a cumplir su misión, Nardo se volvió hacia Gurney, que estaba al pie de la escalera.

—¿Ha descubierto algo útil?

—No estoy seguro —dijo Gurney en voz baja, haciendo una seña a Nardo para que lo siguiera a la sala en la que se habían sentado antes—. A lo mejor puede ayudarme.

Se sentó en la silla orientada hacia la puerta. Nardo se quedó de pie detrás de la silla que estaba al otro lado de la mesa cuadrada. Su expresión era una combinación de curiosidad y de algo indescifrable.

—¿Sabe que acuchillaron a alguien en esta casa?

—¿De qué demonios está hablando?

—Poco después de que Dermott comprara la casa, un vecino le dijo que una mujer que había vivido aquí había sido agredida por su marido.

—¿Cuántos años hace de eso?

Gurney estaba seguro de que había visto un destello de reconocimiento en los ojos de Nardo.

—Quizá veinte, quizá veinticinco. Más o menos.

Al parecer era la respuesta que esperaba. Suspiró y negó con la cabeza.

—No había pensado en eso desde hace mucho tiempo. Sí, hubo una agresión doméstica, veinticuatro años atrás. Poco después de que ingresara en el departamento. ¿Qué ocurre con eso?

—¿Recuerda los detalles?

—Antes de meternos por el callejón de los recuerdos, ¿le importa decirme la relevancia de esta cuestión?

—A la mujer que agredieron la acuchillaron en la garganta.

—¿Y se supone que eso significa algo? —Hubo un giro en la comisura de la boca de Nardo.

—Han agredido a dos personas en esta casa. De todas las

formas en que alguien puede ser atacado, me suena a notable coincidencia que a las dos personas las acuchillaran en la garganta.

—Está haciendo que estas cosas suenen igual por la forma en que las dice, pero no tienen nada en común. ¿Qué demonios tiene que ver un agente de policía asesinado en labores de protección hoy con un altercado doméstico de hace veinticuatro putos años?

Gurney se encogió de hombros.

—Si supiera algo más del altercado tal vez podría decírselo.

—Bien. Vale. Le diré lo que sé, que no es mucho. —Nardo hizo una pausa, mirando la mesa, o quizá al pasado—. No estaba de servicio esa noche.

«Un obvio descargo de responsabilidad —pensó Gurney—. ¿Por qué la historia requiere ese descargo?»

—Así que sobre todo es de oídas —continuó Nardo—. Como en la mayoría de los casos de violencia doméstica, el marido estaba borracho como una cuba, discutió con su mujer, aparentemente cogió una botella y le golpeó con ella. Creo que la botella se rompió, ella se cortó, eso es todo.

Gurney sabía perfectamente que eso no era todo. La única cuestión era cómo soltar el resto de la historia. Una de las reglas no escritas del trabajo era decir lo menos posible, y Nardo estaba obedeciendo a la perfección esa regla. Sintiendo que no había tiempo para un enfoque sutil, Gurney decidió tirarse de cabeza.

—Teniente, eso es una gilipollez —dijo, apartando la mirada en ademán de asco.

—¿Una gilipollez? —La voz de Nardo había subido amenazadoramente sólo por encima del susurro.

—Estoy seguro de que lo que me ha contado es verdad. El problema es lo que me estoy perdiendo.

—A lo mejor lo que se está perdiendo no es asunto suyo. —Nardo aún sonaba duro, pero parte de la confianza había desaparecido de la escena.

—Mire, no soy un capullo entrometido de otra jurisdicción. Gregory Dermott ha recibido una llamada esta mañana en la que se amenaza mi vida. Mi vida. Si hay alguna posibilidad de que lo que está pasando aquí esté relacionado con su

375

llamado altercado doméstico de hace veinticuatro años, será mejor que lo sepa ahora mismo.

Nardo se aclaró la garganta y levantó la mirada al techo como si allí pudieran aparecer las palabras adecuadas, o como si hubiera una salida de emergencia.

Gurney añadió en un tono más suave.

—Puede empezar por decirme los nombres de las personas implicadas.

Nardo asintió con la cabeza, apartó la silla junto a la cual había estado de pie y se sentó.

—Jimmy y Felicity Spinks. —Sonó resignado a una verdad desagradable.

—Ha dicho los nombres como si los conociera muy bien.

—Sí, bueno. La cuestión… —En algún lugar de la casa sonó un teléfono. Nardo pareció no oírlo—. La cuestión es que Jimmy bebía un poco. Más que un poco, supongo. Una noche llegó borracho a casa, se enzarzó en una pelea con Felicity. Como he dicho, terminó por cortarle con una botella rota. Ella perdió mucha sangre. Yo no lo vi, no estaba de servicio esa noche, pero los tipos que estaban de servicio hablaron de la sangre durante una semana. —Nardo estaba otra vez mirando la mesa.

—¿Ella sobrevivió?

—¿Qué? Sí, sí, sobrevivió por los pelos. Daños cerebrales.

—¿Qué le ocurrió?

—¿Qué le ocurrió? Creo que la llevaron a una clínica.

—¿Y al marido?

Nardo vaciló. Gurney no sabía si estaba pasando un mal rato al recordarlo, o si simplemente no quería hablar de ello.

—Alegó defensa propia —lo dijo con evidente desagrado—. Terminó aceptando un acuerdo. Sentencia reducida. Perdió el trabajo. Se fue de la ciudad. Los Servicios Sociales se ocuparon de su hijo. Fin de la historia.

La intuición de Gurney, sensibilizada por millares de interrogatorios, le decía que aún le faltaba algo. Esperó, observando el desasosiego de Nardo. De fondo oyó una voz intermitente, quizá la voz de la persona que había respondido al teléfono, pero no logró distinguir las palabras.

—Hay algo que no entiendo —dijo—: ¿cuál es el problema con esta historia? ¿Por qué se muestra reticente?

Nardo miró a los ojos a Gurney.

—Jimmy Spinks era policía.

El estremecimiento que recorrió el cuerpo de Gurney trajo consigo media docena de preguntas urgentes, pero antes de que pudiera responder ninguna de ellas, una mujer de mandíbula cuadrada y con el cabello rubio rojizo muy corto apareció de repente en el umbral. Llevaba tejanos y un polo oscuro. Tenía una Glock en una funda sin cierre bajo la axila izquierda.

—Señor, acabamos de recibir una llamada de la que ha de estar informado. —Un «inmediatamente» no pronunciado destelló en sus ojos.

Con aspecto aliviado por aquella interrupción, Nardo dedicó toda su atención a la recién llegada y esperó a que continuara. En lugar de hacerlo, ella miró con incertidumbre hacia Gurney.

—Está con nosotros —dijo Nardo sin placer—. Adelante.

Echó una segunda mirada a Gurney, no más amistosa que la primera, luego avanzó hasta la mesa y dejó una grabadora digital en miniatura delante de Nardo. Era del tamaño de un iPod.

—Está todo aquí, señor.

377

Él vaciló un momento, miró el aparato con ojos entrecerrados y pulsó un botón. La reproducción se inició de inmediato. La calidad era excelente.

Gurney reconoció la primera voz como la de la mujer que se hallaba de pie delante de él.

—GD Security Systems. —Aparentemente la habían instruido para que respondiera el teléfono de Dermott como si fuera una empleada.

La segunda voz le era extraña y perfectamente familiar, pues la había escuchado en la llamada de Mark Mellery. Parecía que había pasado mucho tiempo. Cuatro muertes de distancia, asesinatos que habían sacudido su noción del tiempo: Mark en Peony, Albert Schmitt en el Bronx, Richard Kartch en Sotherton (Richard Kartch, ¿por qué ese nombre siempre llevaba consigo una sensación incómoda?) y el agente Gary Sissek en Wycherly.

No había lugar a dudas en el extraño cambio de tono y acento.

—Si pudiera oír a Dios, ¿qué me diría? —preguntó la voz

con la amenazadora entonación del villano de una película de terror.

—¿Disculpe? —La policía de la grabación sonó desconcertada.

La voz repitió con más insistencia.

—Si pudiera oír a Dios, ¿qué me diría?

—Lo siento, ¿puede repetir eso? Creo que tenemos una mala conexión. ¿Está usando un móvil?

La agente intercaló un rápido comentario dirigido a Nardo.

—Sólo estaba tratando de prolongar la llamada, como usted dijo, hacerle hablar lo más posible.

El policía asintió. La grabación continuó.

—Si pudiera oír a Dios, ¿qué me diría?

—No lo entiendo, señor. ¿Puede explicar qué quiere decir?

La voz, de repente atronadora, anunció:

—Dios me diría que los mate a todos.

—¿Señor? Estoy desconcertada. ¿Quiere que anote este mensaje y se lo pase a alguien?

Hubo una risa aguda, como celofán arrugado.

—Es el Día del Juicio, todo acabó. / Dermott, espabila; Gurney, más veloz. / El limpiador ya llega. Tac, toc, tac, toc.

50

Segundo registro

*E*l primero en hablar fue Nardo.

—¿Eso fue toda la llamada?

—Sí, señor.

Se recostó en la silla y se masajeó las sienes.

—¿Aún no sabemos nada del jefe Meyers?

—Seguimos dejándole mensajes en el hotel, señor, y en su móvil. Todavía nada.

—¿Supongo que el identificador de llamada estaba bloqueado?

—Sí, señor.

—Que los mate a todos, ¿eh?

—Sí, señor, ésas fueron sus palabras. ¿Quiere volver a oír la grabación?

Nardo negó con la cabeza.

—¿A quién cree que se refiere?

—¿Señor?

—Que los mate a todos. ¿A quién?

La agente parecía perdida. Nardo miró a Gurney.

—Sólo es una hipótesis, teniente, pero diría que es, o bien a todos los que quedan en su lista (suponiendo que la haya), o bien a todos los que estamos en la casa.

—Y ¿qué es eso de que el limpiador ya llega? —dijo Nardo—, ¿por qué el limpiador?

Gurney se encogió de hombros.

—No tengo ni idea. Quizá le gusta la palabra, encaja con su noción patológica de lo que está haciendo.

Los rasgos de Nardo se arrugaron en una expresión involuntaria de desagrado. Volviéndose a la agente de Policía, se dirigió a ella por su nombre por primera vez.

—Pat, te quiero fuera de la casa con Big Tommy. Ocupad las esquinas en diagonal, así entre los dos tendréis vigiladas todas las puertas y ventanas. Además, corre la voz: quiero a todos los agentes preparados para reunirse en esta casa al cabo de un minuto si oyen un disparo o cualquier sonido extraño. ¿Preguntas?

—¿Estamos esperando un ataque armado, señor? —Sonó esperanzada.

—No diría «esperando», pero es más que posible.

—¿De verdad cree que ese loco cabrón sigue en la zona? —Había fuego de acetileno en sus ojos.

—Es posible. Informa a Big Tommy de la última llamada del sospechoso. Que esté superalerta.

La agente asintió con la cabeza y se marchó.

Nardo se volvió con gesto adusto hacia Gurney.

—¿Qué le parece? ¿Cree que he de llamar a la caballería, avisar a la Policía del estado de que tenemos una situación de emergencia? ¿O esa llamada de teléfono era una bravuconada?

—Considerando el número de víctimas que hemos tenido hasta ahora, sería arriesgado suponer que es una bravuconada.

—No estoy suponiendo una puta mierda —dijo Nardo, con los labios apretados.

La tensión en la conversación condujo a un silencio.

El silencio se quebró por una voz ronca que llamaba desde el piso de arriba.

—¿Teniente Nardo? ¿Gurney?

Nardo esbozó una mueca, como si algo se estuviera poniendo agrio en su estómago.

—Quizá Dermott ha recordado algo que quiere compartir. —Se hundió más en su silla.

—Iré a ver —dijo Gurney.

Salió al pasillo. Dermott estaba de pie en la puerta de su dormitorio, en lo alto de la escalera. Parecía impaciente, airado, exhausto.

—¿Puedo hablar con ustedes…, por favor? —El «por favor» no lo dijo con amabilidad.

Parecía demasiado nervioso como para bajar la escalera, de manera que Gurney subió. Al hacerlo, se le ocurrió la idea de que aquello no era realmente una casa, era sólo una oficina con

SÉ LO QUE ESTÁS PENSANDO

dormitorios añadidos. En el barrio en el que había nacido, era una disposición común: los tenderos vivían encima de sus tiendas, como el desdichado charcutero cuyo odio por la vida parecía incrementarse con cada nuevo cliente, o el sepulturero relacionado con la mafia con su mujer gorda y sus cuatro hijos gordos. Sólo pensar en eso le dio escalofríos.

En la puerta del dormitorio, dejó de lado esa sensación y trató de descifrar el cuadro de inquietud en el rostro de Dermott.

El hombre miró en torno a Gurney y hacia el pie de la escalera.

—¿Se ha marchado el teniente Nardo?

—Está abajo. ¿En qué puedo ayudarle?

—He oído coches que se marchan —dijo Dermott en tono acusador.

—No van muy lejos.

Dermott asintió con expresión insatisfecha. Obviamente tenía algo *in mente*, pero no parecía tener prisa por llegar a la cuestión. Gurney aprovechó la oportunidad para plantear unas preguntas.

—Señor Dermott, ¿cómo se gana la vida?

—¿Qué? —Sonó al mismo tiempo desconcertado y enfadado.

—Exactamente, ¿qué clase de trabajo hace?

—¿Mi trabajo? Seguridad. Creo que ya hemos tenido esta conversación.

—Ya, ya —dijo Gurney—, pero tal vez debería darme algunos detalles.

El suspiro expresivo de Dermott sugería que veía la petición como una irritante pérdida de tiempo.

—Mire —dijo—, he de sentarme. —Regresó a su sillón, se acomodó en él con cautela—. ¿Qué clase de detalles?

—El nombre de su compañía es GD Security Systems. ¿Qué clase de seguridad proporcionan esos sistemas y para quién?

Después de otro sonoro suspiro, dijo:

—Ayudo a las empresas a proteger información confidencial.

—Y esa ayuda, ¿de qué manera la proporciona?

—Aplicaciones de protección de bases de datos, cortafuegos, protocolos de acceso limitado, sistemas de verificación de identificación... Estas categorías cubrirían la mayoría de los proyectos que manejamos.

—¿Manejamos?

—¿Disculpe?

—¿Se ha referido a proyectos que «manejamos»?

—No lo decía de un modo literal —dijo Dermott con desdén—. Es sólo una expresión corporativa.

—¿Hace que GD Security Systems suene mayor de lo que es?

—Ésa no es la intención, se lo aseguro. A mis clientes les encanta el hecho de que trabaje solo.

Gurney asintió como si estuviera impresionado.

—Me doy cuenta de cómo eso puede ser un plus. ¿Quiénes son esos clientes?

—Clientes para los que la confidencialidad es un elemento fundamental.

Gurney sonrió de un modo inocente al tono brusco de Dermott.

—No le estoy pidiendo que revele ningún secreto. Sólo me estoy preguntando a qué clase de negocio se dedican sus clientes.

—Negocios cuyas bases de datos de clientes implican asuntos de intimidad complicados.

—Por ejemplo...

—Información personal.

—¿Qué clase de información personal?

Por el gesto de Dermott, cualquiera habría pensado que estaba evaluando los riesgos contractuales en los que podría incurrir si iba más lejos.

—La clase de información recopilada por las compañías de seguros, compañías de servicios financieros, mutuas de salud.

—¿Datos médicos?

—Mucho de eso, sí.

—¿Datos de tratamientos?

—Hasta el punto en que constan en los sistemas básicos de codificación médica. ¿Qué sentido tiene esto?

—Suponga que fuera usted un *hacker* que quisiera acceder a una base médica muy grande, ¿cómo lo haría?

—No es una pregunta que se pueda responder.

—¿Por qué?

Dermott cerró los ojos de una manera que expresaba frustración.

—Demasiadas variables.

—¿Como cuáles?

—¿Como cuáles? —Dermott repitió la pregunta como si fuera el máximo exponente de la pura estupidez. Al cabo de un momento continuó con sus ojos aún cerrados—. El objetivo del *hacker*, el nivel de experiencia, su conocimiento del formato de datos, la estructura de la base de datos en sí, el protocolo de acceso, la redundancia del sistema de cortafuegos y alrededor de una docena de otros factores que dudo que pueda comprender, ya que carecerá de los conocimientos técnicos.

—Estoy seguro de que tiene razón en eso —dijo Gurney con suavidad—. Pero digamos, sólo a modo de ejemplo, que un *hacker* con talento está tratando de compilar una lista de personas que fueron tratadas de una enfermedad en concreto...

Dermott levantó las manos en ademán de exasperación, pero Gurney siguió presionando.

—¿Sería muy difícil?

—Una vez más, no es una pregunta que se pueda responder. Algunas bases de datos son tan porosas que lo mismo daría que estuvieran colgadas en Internet. Otras podrían derrotar a los ordenadores de rotura de códigos más sofisticados del mundo. Todo depende del talento del diseñador del sistema.

Gurney captó una nota de orgullo en la última afirmación y decidió fertilizarla.

—Me apostaría la pensión a que no hay muchas personas mejores que usted.

Dermott sonrió.

—He cimentado mi carrera en superar a los *hackers* más astutos del planeta. Ninguno de mis protocolos de protección de datos se ha quebrado nunca.

El alarde planteaba una nueva posibilidad. ¿Podría ser que la capacidad de ese hombre para obstaculizar la entrada del asesino en ciertas bases de datos tuviera algo que ver con la decisión de éste de implicarlo en el caso a través de su apartado postal? La idea merecía ser considerada, aunque generaba más preguntas que respuestas.

—Ojalá la Policía local pudiera afirmar el mismo grado de competencia.

El comentario sacó a Gurney de su especulación.

383

—¿Qué quiere decir?

—¿Qué quiero decir? —Dermott dio la impresión de meditar largo y tendido la respuesta—. Un asesino me está acosando, y no confío en la capacidad de la Policía para protegerme. Hay un loco suelto en el barrio, un loco que pretende matarme, luego matarle a usted, y usted responde haciéndome preguntas hipotéticas sobre hipotéticos *hackers* que acceden a hipotéticas bases de datos. No tengo ni idea de lo que está tratando de hacer, pero si está tratando de calmar mis nervios distrayéndome, le aseguro que no me está ayudando. ¿Por qué no se concentra en el peligro real? El problema no es una cuestión académica sobre el *software*. El problema es un chiflado que nos acecha con un cuchillo ensangrentado en la mano. Y la tragedia de esta mañana es prueba fehaciente de que la Policía es peor que inútil.

El tono enfadado del discurso se había descontrolado al final y eso hizo que Nardo subiera por la escalera y entrara en la habitación. Miró primero a Dermott, luego a Gurney y, por último, de nuevo a Dermott.

—¿Qué diablos está pasando?

Dermott se volvió y miró a la pared.

—El señor Dermott no se siente adecuadamente protegido —dijo Gurney.

—Adecuadamente prote... —soltó Nardo enfadado, luego se detuvo y empezó otra vez de una manera más razonable—. Señor, las posibilidades de que una persona no autorizada entre en esta casa, y mucho menos «un chiflado con un cuchillo ensangrentado», si no le he oído mal, son menos que cero.

Dermott continuó mirando hacia la pared.

—Deje que lo exprese de este modo —continuó Nardo—: si el hijo de puta tiene cojones de aparecer aquí, está muerto. Si trata de entrar, me comeré a ese cabrón para cenar.

—No quiero que me dejen solo en esta casa. Ni un minuto.

—No me está escuchando —gruñó Nardo—. No está solo. Hay policías en todo el barrio. Alrededor de toda la casa. No va a entrar nadie.

Dermott se volvió hacia Nardo y dijo desafiante:

—Suponga que ya está dentro.

—¿De qué demonios está hablando?

—¿Y si ya está en la casa?

—¿Cómo demonios podría estar ya en la casa?

—Esta mañana, cuando he salido a buscar al agente Sissek, suponga que mientras estaba rodeando el patio…, él entró por la puerta que no estaba cerrada. Podría haberlo hecho, ¿no?

Nardo lo miró con incredulidad.

—¿Y adónde habría ido?

—¿Cómo voy a saberlo?

—¿Qué cree, que está escondido debajo de su cama?

—Es una buena pregunta, teniente. Pero la cuestión es que no conoce la respuesta. Porque en realidad no ha registrado la casa a conciencia, ¿verdad? Así que podría estar debajo de la cama.

—Dios mío —gritó Nardo—. Basta de gilipolleces.

Dio dos largas zancadas hacia los pies de la cama, agarró la parte de abajo y con un feroz gruñido levantó el borde de la cama en el aire y lo sostuvo a la altura de los hombros.

—¿Vale? —gruñó—. ¿Ve a alguien debajo? —Soltó la cama, que rebotó con un estruendo.

Dermott lo fulminó con la mirada.

—Lo que quiero, teniente, es competencia, no teatralidad infantil. ¿Un registro cuidadoso de la casa es demasiado pedir?

Nardo miró a Dermott con frialdad.

—Dígame, ¿dónde podría esconderse alguien en esta casa?

—¿Dónde? No lo sé. ¿En el sótano? ¿En el desván? ¿En armarios? ¿Cómo voy a saberlo?

—Sólo para que conste, señor, los primeros agentes que vinieron a la escena registraron la casa. Si hubiera estado aquí, lo habrían encontrado, ¿de acuerdo?

—¿Registraron la casa?

—Sí, señor, mientras estaban interrogándole a usted en la cocina.

—¿Incluidos el desván y el sótano?

—Exacto.

—¿Incluido el trastero?

—Revisaron todo.

—¡No han podido revisar el trastero! —gritó Dermott, desafiante—. Está cerrado con candado, y yo tengo la llave, y nadie me la ha pedido.

—Lo cual significa —replicó Nardo— que si sigue cerrado con candado nadie ha entrado. Es decir, que sería una pérdida de tiempo comprobarlo.

—No, eso significa que miente cuando afirma que ha registrado toda la casa.

La reacción de Nardo sorprendió a Gurney, que estaba preparándose para una explosión. En cambio, el teniente dijo con voz calmada:

—Deme la llave, señor. Iré a mirar ahora mismo.

—Así pues —concluyó Dermott como si fuera un abogado—, admite que se le pasó por alto, ¡que la casa no fue registrada como es debido!

Gurney se preguntó si esa repulsiva tenacidad era producto de la migraña de Dermott, un arranque de furia en su temperamento o la simple conversión del temor en agresividad.

Nardo parecía calmado de un modo no natural.

—¿La llave, señor?

Dermott murmuró algo —algo ofensivo a juzgar por su expresión— y se levantó de la silla. Cogió el llavero del cajón de la mesita de noche, sacó una llave más pequeña que el resto y la arrojó sobre la cama. Nardo la cogió sin mostrar ninguna reacción visible y salió del dormitorio sin decir ni una palabra más. Sus pisadas se alejaron con lentitud por la escalera. Dermott soltó las llaves que le quedaban en el cajón y empezó a cerrarlo, pero se detuvo.

—¡Mierda! —susurró.

Cogió de nuevo las llaves y empezó a sacar una segunda del apretado aro que las contenía. Una vez que la sacó, se dirigió a la puerta. No había dado más de un paso cuando tropezó con la alfombrilla de al lado de la cama y se golpeó la cabeza contra la jamba de la puerta. Un grito ahogado de rabia salió de entre sus dientes apretados.

—¿Está bien, señor? —preguntó Gurney, caminando hacia él.

—¡Bien! ¡Perfecto! —Las palabras salieron con furia.

—¿Puedo ayudarle?

Dermott daba la sensación de que trataba de calmarse.

—Tome —dijo—. Llévele esta llave. Hay dos candados. Con toda la confusión ridícula…

Gurney cogió la llave.

—¿Se encuentra bien?

Dermott hizo un gesto de indignación con la mano.

—Si me hubieran preguntado en primer lugar como deberían... —Su voz se fue apagando.

Gurney echó una última mirada de evaluación al hombre de aspecto desdichado y se dirigió al piso de abajo.

Como en la mayoría de las casas de las afueras, la escalera al sótano descendía desde detrás y debajo de la escalera al primer piso. Había una puerta que conducía a ella, que Nardo había dejado abierta. Gurney vio una luz abajo.

—¿Teniente?

—¿Sí?

La fuente de la voz parecía situada a cierta distancia del pie de la escalera de madera gastada, así que Gurney bajó con la llave. El olor —una combinación húmeda de cemento, tuberías metálicas, madera y polvo— despertó un vívido recuerdo del sótano del edificio de pisos de su infancia, el almacén de doble llave donde los inquilinos guardaban bicicletas y cochecitos de bebé que no se usaban, cajas de trastos; la luz mortecina que proyectaban unas pocas bombillas con telarañas; las sombras que nunca dejaban de ponerle la piel de gallina.

Nardo estaba de pie junto a una puerta de acero de color gris, al otro extremo de una habitación sin terminar de cemento, con vigas, paredes manchadas de humedad, un calentador de agua, dos tanques de aceite, una caldera, dos alarmas de humos, dos extintores y un sistema de rociadores.

—La llave sólo encaja en el candado —dijo—. También hay una cerradura. ¿Qué le pasa a este maniático de la seguridad? ¿Y dónde demonios está la otra llave?

Gurney se la entregó.

—Dice que se olvidó. Le ha echado la culpa.

Nardo la cogió con un gruñido de asco y la metió directamente en la cerradura.

—Enano cabrón —dijo, al tiempo que abría la puerta—. No puedo creer que esté mirando... ¿Qué coño...?

Nardo, seguido por Gurney, caminó a tientas desde el umbral hasta la habitación que había detrás, que era considerablemente más grande que un trastero.

Al principio nada de lo que vieron tenía sentido.

51

¿Qué es esto?

*L*o primero que Gurney pensó fue que habían entrado por la puerta equivocada. Claro que eso tampoco tenía ningún sentido. Aparte de la que había en lo alto de la escalera, era la única puerta del sótano. Pero aquello no era un simple almacén.

Estaban de pie en el rincón de un gran dormitorio, tenuemente iluminado, amueblado de un modo tradicional, con una gruesa moqueta. Delante de ellos había una cama *queen-size* con colcha de flores y borde de volantes que se extendía alrededor de la base. Tenía varios almohadones mullidos con los mismos volantes a juego apoyados contra el cabecero. A los pies de la cama, había un arcón de cedro y encima de éste una gran ave de peluche hecha con algún tipo de tela de retazos. Una característica extraña en la pared de la izquierda atrajo la atención de Gurney: una ventana que a primera vista parecía proporcionar una visión de un campo abierto, pero la vista, se dio cuenta enseguida, era una transparencia en color tamaño póster, iluminada desde atrás, que presumiblemente pretendía aliviar la atmósfera claustrofóbica. Al mismo tiempo cayó en la cuenta del zumbido grave de algún tipo de sistema de circulación de aire.

—No lo entiendo —dijo Nardo.

Gurney estaba a punto de coincidir con él cuando se fijó en una mesita situada un poco más lejos, en la pared de la ventana falsa. Sobre la mesa había una lámpara de bajo consumo en cuyo círculo de luz ámbar vio tres marcos negros sencillos de los que se usan para exhibir diplomas. Se acercó para verlo mejor. En cada marco había una fotocopia de un cheque nominativo. Todos los cheques estaban extendidos a nombre de X. Arybdis. Todos eran por un importe de 289,87 dólares. De izquierda a derecha, estaban los firmados por Mark Mellery, Albert Schmitt y R. Kartch. Eran copias de los cheques originales que Gregory Dermott afirmaba haber recibido; los originales los había enviado sin cobrar a sus remitentes. Pero ¿por qué hacer copias antes de devolverlos? Y, más inquietante, ¿por qué demonios los había enmarcado? Gurney los cogió de uno en uno, como si una inspección más atenta pudiera proporcionar respuestas.

Entonces, de repente, mientras estaba mirando la firma del tercer cheque —R. Kartch—, la incontrolable sensación que había tenido sobre el nombre volvió a aflorar. Salvo que esta vez no sólo notó el desasosiego, sino que también averiguó la razón que la causaba.

—¡Maldición! —murmuró ante su ceguera.

De manera simultánea, Nardo emitió un ruido abrupto. Gurney lo miró, luego siguió la dirección de la mirada asombrada del teniente hasta el otro rincón de la amplia estancia. Allí, apenas visible entre las sombras, lejos del alcance de la débil luz proyectada por la lámpara de la mesa sobre los cheques enmarcados, parcialmente oculta por las orejas de un sillón Reina Ana y camuflada con un camisón del mismo tono rosado que la tapicería, distinguió a una mujer frágil sentada con la cabeza doblada hacia delante sobre su pecho.

Nardo soltó el clip de una linterna de cinturón y enfocó a la mujer.

Gurney suponía que su edad estaría situada en cualquier punto entre los cincuenta y los setenta años. La piel tenía una palidez mortal. El cabello rubio, peinado con profusión de rizos, no podía ser otra cosa que una peluca. Pestañeando, la mujer levantó la cabeza de manera tan gradual que apenas parecía estar moviéndose, girándola hacia la luz con una gracia curiosamente heliotrópica.

Nardo miró a Gurney, luego volvió a mirar a la mujer de la silla.

—He de hacer pis —dijo la mujer.

Su voz era alta, áspera, imperiosa. La altanera inclinación de la barbilla reveló una desagradable cicatriz en el cuello.

—¿Quién diablos es? —susurró Nardo, como si Gurney tuviera que saberlo.

De hecho, Gurney estaba seguro de que sabía exactamente

389

quién era. También sabía que bajarle la llave a Nardo al sótano había sido un error garrafal.

Se volvió con rapidez hacia la puerta abierta, pero Gregory Dermott ya estaba allí de pie, con una botella de Four Roses en una mano y una 38 especial en la otra. No había rastro del hombre enfadado y voluble aquejado de migraña. Los ojos, que ya no se retorcían en una imitación de dolor y acusación, habían vuelto a lo que, suponía Gurney, era su estado normal: el derecho, entusiasta y determinado; el izquierdo, oscuro y frío como el plomo.

Nardo también se volvió.

—¿Qué…? —empezó a decir, pero dejó que la pregunta muriera en su garganta. Se quedó muy quieto, mirando, alternativamente, al rostro de Dermott y a la pistola.

El tipo dio un paso hacia el interior del dormitorio, echó un pie atrás con destreza, enganchó con éste el borde de la puerta y la cerró de golpe a su espalda. Se oyó un pesado clic metálico al encajar el cierre. Una tenue sonrisa inquieta se extendió en la comisura de la boca de Dermott.

—Solos al fin —dijo, mofándose del tono de un hombre que espera una charla agradable—. Tanto que hacer —añadió—, tan poco tiempo.

Al parecer, la situación le resultaba divertida. La sonrisa fría se ensanchó un momento como una lombriz que se estira para contraerse enseguida.

—Quiero que sepan de antemano cuánto aprecio su participación en mi pequeño proyecto. Su cooperación mejorará todo. Primero, un detalle menor. Teniente, ¿puedo pedirle que se tumbe boca abajo en el suelo? —En realidad no era ninguna pregunta.

Gurney leyó en los ojos de Nardo una especie de cálculo rápido, pero no sabía qué opciones estaba considerando. Ni siquiera sabía si tenía idea de lo que realmente estaba ocurriendo.

Creyó interpretar algo en la mirada de Dermott: la paciencia de un gato que vigila a un ratón que no cuenta con ninguna escapatoria.

—Señor —dijo Nardo, que fingió algún tipo de dolorosa preocupación—, sería una buena idea que bajara la pistola.

Dermott negó con la cabeza.

—No tan buena como piensa.

Nardo parecía desconcertado.

—Sólo deje la pistola, señor.

—Eso es una opción. Pero hay una complicación. Nada en la vida es sencillo, ¿no?

—¿Complicación? —Nardo estaba hablando con Dermott como si éste fuera un ciudadano inofensivo que temporalmente había dejado la medicación.

—Planeo dejar la pistola después de dispararle. Si quiere que la deje ahora mismo, entonces tendré que dispararle ahora mismo. No quiero hacer eso, y estoy seguro de que usted tampoco lo desea. ¿Se da cuenta del problema?

Mientras Dermott hablaba, levantó el revólver hasta un punto en el cual apuntaba a la garganta de Nardo. Ya fuera por la firmeza de la mano o por la calma burlona en la voz, algo en las maneras de Dermott convenció a Nardo de que necesitaba intentar una estrategia diferente.

—Si dispara ese arma —dijo—, ¿qué cree que ocurrirá a continuación?

Dermott se encogió de hombros; la estrecha línea de su boca se estaba ampliando de nuevo.

—Usted muere.

Nardo asintió de manera vacilante, como si un estudiante le hubiera dado una respuesta obvia pero incompleta.

—¿Y? ¿Luego qué?

—¿Qué diferencia hay? —Dermott volvió a encogerse de hombros. El cañón de su arma apuntó al cuello de Nardo.

El teniente parecía estar haciendo un esfuerzo por mantener el control, por encima de su furia o su miedo.

—No mucha para mí, pero un montón para usted. Si aprieta el gatillo, al cabo de menos de un minuto tendrá dos docenas de policías encima. Le harán pedazos.

Dermott parecía divertido.

—¿Cuánto sabe de los cuervos, teniente?

Nardo bizqueó ante la incongruencia.

—Los cuervos son increíblemente estúpidos —dijo Dermott—. Cuando le disparas a uno, viene otro. Cuando disparas a ése, viene otro, y luego otro, y otro. Sigues disparando y siguen llegando.

Era algo que Gurney había oído antes, eso de que los cuervos no dejaban que uno de los suyos muriera solo. Si un cuervo estaba muriendo, otros llegaban para situarse a su lado y acompañarlo. La primera vez que había oído esa historia, de labios de su abuela cuando tenía diez u once años, tuvo que salir de la habitación porque sabía que iba a llorar. Fue al cuarto de baño. Le dolía el corazón.

—Una vez vi una foto de un cuervo al que dispararon en una granja de Nebraska —dijo Dermott con una mezcla de asombro y desprecio—. Un granjero con una escopeta estaba de pie junto a una pila de cuervos muertos que le llegaba a la altura del hombro.

Hizo una pausa como para darle a Nardo tiempo para apreciar el absurdo impulso suicida de los cuervos y la relación entre sus destinos.

Nardo negó con la cabeza.

—¿De verdad cree que puede quedarse ahí sentado y disparar a un policía detrás de otro a medida que vayan entrando sin que le vuelen la cabeza? Eso no va a ocurrir.

—Por supuesto que no. ¿Nunca le ha dicho nadie que una mente literal es una mente pequeña? Me gusta la historia de los cuervos, teniente, pero hay formas más eficaces de exterminar alimañas que dispararles de una en una. Gasearlas, por ejemplo. Gasear es muy eficaz si cuentas con el sistema de propagación adecuado. Quizá se haya fijado en que todas las habitaciones de esta casa tienen rociadores. Todas salvo ésta. —Hizo una pausa otra vez, su ojo más animado centelleó con autofelicitación—. Así pues, si le disparo a usted y todos los cuervos vienen volando, yo abro dos pequeñas válvulas en dos pequeñas tuberías y veinte segundos después… —Su sonrisa adoptó un tono angelical—. ¿Tiene idea del efecto que tiene el cloro concentrado en el pulmón humano? ¿Y de lo rápido que es?

Gurney observó a Nardo pugnando por calibrar a ese hombre aterrador y sereno, así como su amenaza de gasear. Durante un inquietante momento, pensó que el orgullo y la rabia del policía iban a impulsarlo a un fatal salto adelante; sin embargo, Nardo se limitó a respirar varias veces, lo cual pareció aliviar parte de la tensión, y habló con voz que sonó sincera y ansiosa.

—Los compuestos de cloro son peligrosos. Trabajé con ellos en una unidad antiterrorista. Un tipo obtuvo accidentalmente un poco de tricloruro de nitrógeno como producto secundario de otro experimento. Ni siquiera se dio cuenta. Se voló el pulgar. Puede que no sea tan fácil como cree pasar sus productos químicos por un sistema de ventilación. No estoy seguro de que pueda hacerlo.

—No pierda el tiempo tratando de engañarme, teniente. Suena como si estuviera intentando seguir una técnica de manual policial. ¿Qué dice? ¿«Exprese escepticismo en relación con el plan del criminal, cuestione su credibilidad, provóquelo para que proporcione detalles adicionales»? Si quiere saber más, no hay necesidad de que me engañe, basta con que me pregunte. No tengo secretos. Lo que tengo, sólo para que lo sepan, son dos depósitos de alta presión de doscientos litros, llenos de cloro y amoniaco, y un compresor industrial conectado directamente con la tubería del rociador principal que alimenta el sistema general de la casa. Hay dos válvulas cerradas en esta estancia que unirán el combinado de cuatrocientos litros, y que soltarán una enorme cantidad de gas en forma altamente concentrada. En cuanto a la improbable formación periférica de tricloruro de nitrógeno y la explosión resultante, lo consideraría un plus delicioso, pero me contentaré con la simple asfixia del Departamento de Policía de Wycherly. Sería muy divertido verlos volar en pedazos a todos, pero uno ha de conformarse. La avaricia rompe el saco.

—Señor Dermott, ¿de qué demonios trata todo esto?

Dermott arrugó el entrecejo en una parodia de alguien que podría estar considerando la pregunta en serio.

—Recibí una nota en el correo esta mañana: «Cuidado con el sol, cuidado con la nieve, / con la noche y el día, porque escapar no puedes». —Citó las palabras del poema de Gurney con sarcástico histrionismo, echándole una mirada inquisitiva al hacerlo—. Amenazas huecas, pero debo dar las gracias a quien lo envió. Me recordó lo corta que puede ser la vida: nunca hay que dejar para mañana lo que puedas hacer hoy.

—No entiendo lo que dice —contestó Nardo con sinceridad.

—Sólo haga lo que le digo y terminará entendiéndolo perfectamente.

—Bien, no hay problema. Pero no quiero que nadie resulte innecesariamente herido.

—No, por supuesto que no. —La sonrisa estirada, como de gusano, vino y se fue—. Nadie quiere eso. De hecho, para evitar heridas innecesarias, necesito que se tumbe boca abajo en el suelo ahora mismo.

Estaban de nuevo en el mismo punto. La pregunta era: ¿ahora qué? Gurney estaba mirando la cara de Nardo en busca de signos legibles. ¿Cuánto había entendido el teniente? ¿Había comprendido ya quién podía ser la mujer de la cama, o el psicópata sonriente con la botella de whisky y la pistola?

Al menos tenía que haberse dado cuenta, como mínimo, de que Dermott era el asesino del agente Sissek. Eso explicaría el odio en su mirada, algo que no podía ocultar. De repente, volvía a estar tenso. Nardo parecía cargado de adrenalina, con una emoción primitiva de «al cuerno las consecuencias» mucho más poderosa que la razón. Dermott también lo vio, pero lejos de acobardarle, pareció ponerle eufórico, renovar su energía. Su mano apretó suavemente la empuñadura del revólver; por primera vez, la sonrisa reveló un atisbo de los dientes.

Menos de un segundo antes de que una bala de calibre 38 acabara sin duda con la vida de Nardo, y menos de dos segundos antes de que una segunda bala terminara con la suya, Gurney rompió la situación con un furioso grito gutural:

—¡Haga lo que dice! ¡Túmbese en el puto suelo! ¡Al suelo, joder!

El efecto fue asombroso. Los dos hombres se quedaron paralizados; el arrebato de Gurney hizo añicos el impulso de la confrontación larvada.

El hecho de que nadie hubiera muerto le convenció de que estaba en la vía correcta, pese a que no estaba seguro de qué vía era exactamente. Le pareció que Nardo se sentía traicionado. Bajo su exterior más opaco, Dermott estaba desconcertado, pero se esforzaba, sospechó Gurney, por no permitir que la interrupción minara su control.

—Un consejo muy sensato de su amigo —le dijo Dermott a Nardo—. Yo en su lugar lo seguiría ahora mismo. El detective Gurney tiene una mente prodigiosa. Es un hombre muy interesante. Un hombre famoso. Puedes aprender mucho de una persona de una simple búsqueda en Internet. Le sorprendería la clase de información que aparece con un nombre y un código postal. La intimidad ya no existe.

El tono malvado de Dermott le provocó una arcada. Trató de recordarse que la especialidad de aquel tipo era persuadir a la gente de que sabía más de ellos de lo que realmente sabía. Sin embargo, la idea de que su error al no prever el problema del matasellos podía haber puesto en peligro a Madeleine era invasiva y casi insoportable.

Nardo se echó al suelo con reticencia y terminó tumbado sobre el estómago en la posición de un hombre que está a punto de hacer unas flexiones. Dermott le ordenó que pusiera las manos detrás de la nuca, «si no es mucho pedir». Durante un momento terrible, Gurney pensó que podría ejecutarlo de inmediato. En cambio, después de mirar al suelo con satisfacción al teniente, Dermott dejó la botella de whisky que llevaba en la mano en el arcón de cedro, al lado del gran ave de peluche, o mejor dicho, como ahora se dio cuenta Gurney, del gran ganso de peluche. Con un escalofrío recordó un detalle de los informes de laboratorio. Plumas de ganso. Entonces Dermott se agachó junto al tobillo derecho de Nardo, sacó una pequeña pistola automática de una funda que llevaba allí y se la colocó en su propio bolsillo. Una vez más, la sonrisa carente de humor destelló y se desvaneció.

—Saber dónde están todas las armas de fuego —explicó con una honradez aterradora— es la clave para evitar una tragedia. Hay demasiadas pistolas. Demasiadas pistolas en las manos equivocadas. Por supuesto, se argumenta muchas veces que las pistolas no matan, es la gente la que mata. Y han de admitir que hay cierta verdad en eso. La gente mata gente. Pero ¿quién va a saberlo mejor que los hombres de su profesión?

Gurney añadió a la corta lista de cosas que sabía con certeza el hecho de que esos discursos con aire de superioridad dirigidos a una audiencia cautiva —la pose educada, la gentileza amenazadora, los mismos elementos que habían caracterizado sus notas a sus víctimas— tenían un propósito vital: alimentar su propia fantasía de omnipotencia.

Probando que Gurney tenía razón, Dermott se volvió hacia él y como un acomodador servil susurró:

395

—¿Le importaría sentarse junto a aquella pared?

Indicó una silla de respaldo alto situada a la izquierda de la cama, junto a la mesita con los cheques enmarcados. Gurney fue a la silla y se sentó sin vacilar.

Dermott miró a Nardo y su expresión gélida contradijo el tono alentador.

—Lo tendremos todo preparado dentro de un momento. Sólo necesitamos un participante más. Aprecio su paciencia.

En el lado de la cara de Nardo visible para Gurney, el músculo de la mandíbula se tensó y un rubor rojo se elevó desde el cuello a la mejilla.

Dermott se movió con rapidez por la habitación hasta el otro rincón, se inclinó sobre el sillón de orejas y susurró algo a la mujer sentada.

—He de hacer pis —dijo ella, levantando la cabeza.

—La verdad es que no, ¿saben? —intervino Dermott mirando de nuevo a Gurney y Nardo—. Es una irritación creada por el catéter. Hace muchos años que lleva catéter. Una molestia por un lado, pero una conveniencia real por otro, también. El Señor da y el Señor quita. Cara y cruz. No puede haber la una sin la otra. ¿No era eso una canción?

Se detuvo como si tratara de situar algo, tarareó una tonada familiar con animada entonación y, sin soltar la pistola que sostenía en su mano derecha, ayudó a la mujer mayor a levantarse de la silla con la mano izquierda.

—Ven aquí, es hora de acostarse.

Al conducirla con sus pequeños pasos titubeantes por la habitación hasta la cama y ayudarla a ponerse en una posición semirreclinada contra las almohadas rectas, no dejó de repetir con su voz de niño pequeño:

—A rorro, a rorro, a rorro.

Mientras mantenía la pistola apuntando a una zona intermedia entre Nardo, en el suelo, y Gurney, en la silla, miró con pausa la estancia, pero nada en particular. Era difícil saber si estaba viendo lo que había allí o una capa superpuesta correspondiente a otra escena de otro tiempo o lugar. Acto seguido miró a la mujer en la cama del mismo modo y dijo con una especie de convicción fantasiosa de Peter Pan:

—Todo será perfecto. Todo será como siempre tuvo que ser.

Empezó a tararear unas pocas notas inconexas. Al continuar, Gurney reconoció la tonada de una canción de cuna: *En torno a la morera*. Quizá fue por la reacción incómoda que siempre experimentaba ante la falta de lógica de las canciones de cuna, o por las imágenes absurdas de ésa en concreto, o por la colosal falta de pertinencia de la música en un momento así, la cuestión es que oír esa melodía en esa estancia le dio ganas de vomitar.

Entonces Dermott añadió la letra, pero no la letra adecuada. Cantó como un niño: «Vamos a la cama otra vez, a la cama otra vez, a la cama otra vez. Vamos a la cama otra vez, temprano por la mañana».

—He de hacer pis —dijo la mujer.

Dermott continuó cantando su extraña tonadilla como si fuera una canción de cuna. Gurney se preguntó si el hombre estaba lo bastante distraído para permitir un salto por encima de la cama. Pensó que no. ¿Más adelante dispondría de un momento más apropiado? Si la historia del gas de cloro de Dermott era un plan de acción y no sólo una fantasía para dar miedo, ¿cuánto tiempo les quedaba? Suponía que no mucho.

Encima de ellos, la casa permanecía en completa calma. No había ninguna indicación de que ninguno de los otros policías de Wycherly hubiera descubierto la ausencia del teniente o de que, si alguien lo había hecho, se hubiera dado cuenta de qué implicaba. Gurney reparó en que no había voces altas, ni pies que se arrastraban, ningún atisbo de actividad exterior en absoluto, lo cual significaba que salvar la vida de Nardo, y la suya, probablemente dependería de lo que pudiera ocurrírsele a él en los siguientes cinco o diez minutos para desbaratar los planes del psicópata que estaba ahuecando los almohadones de la cama.

Dermott dejó de cantar. Caminó de lado por el borde de la cama hasta un punto desde el cual pudiera apuntar con igual facilidad a Nardo y a Gurney. Empezó a mover el arma adelante y atrás como si fuera un bastón, rítmicamente; apuntaba a uno y luego al otro, y vuelta a empezar. A Gurney se le ocurrió, quizá por el movimiento de sus labios, que Dermott estaba moviendo la pistola al ritmo de una canción. La posibilidad de que esa recitación silenciosa fuera puntuada al cabo de pocos

397

segundos por una bala en una de sus cabezas parecía abrumadoramente real, lo bastante real para impulsar a Gurney a lanzar una pulla verbal.

Con la voz más tranquila y despreocupada posible, preguntó:

—¿Se pone alguna vez los chapines de rubí?

Los labios de Dermott dejaron de moverse, y su expresión facial se trasnformó en un vacío profundo y peligroso. Su pistola perdió el ritmo. La dirección del cañón se posó lentamente en Gurney como la bola de una ruleta que se detiene en un número perdedor.

No era la primera vez que estaba encañonado por un arma, pero nunca en sus cuarenta y siete años de vida se había sentido tan cerca de la muerte. Notaba una sensación de sequedad en la piel, como si la sangre se le estuviera retirando a un lugar más seguro. Luego, de manera extraña, sintió calma. Recordó los relatos que había leído de hombres sobre un mar helado, la tranquilidad alucinatoria que sentían antes de perder la conciencia. Miró a través de la cama a Dermott, a aquellos ojos emocionalmente asimétricos: uno como el de un cadáver de una antigua batalla; el otro encendido de odio. En ese segundo ojo percibió que se desarrollaba un rápido cálculo. Quizá la referencia de Gurney a los chapines robados en The Laurels había cumplido su propósito: plantear preguntas que requerían solución. Quizá Dermott se estaba preguntando cuánto sabía y cómo ese conocimiento podía afectar al desenlace de aquella situación.

398

El psicópata resolvió sus dudas con desalentadora rapidez. Sonrió, mostrando por segunda vez un atisbo de dientes pequeños y perlados.

—¿Recibió mis mensajes? —preguntó de un modo juguetón.

La paz que había envuelto a Gurney se estaba desvaneciendo. Sabía que responder la pregunta mal crearía un problema mayor. Y lo mismo no responderla. Esperaba que Dermott sólo se estuviera refiriendo a las dos cosas que parecían mensajes que había encontrado en The Laurels.

—¿Se refiere a la pequeña cita de *El resplandor*?

—Ése es uno —dijo Dermott.

—Obviamente apuntarse como «señor y señora Scylla».
—Gurney sonó aburrido.

—Ése el segundo, pero el tercero era el mejor, ¿no le parece?

—El tercero me pareció estúpido —dijo Gurney, desesperadamente bloqueado, repasando sus recuerdos de la excéntrica posada y su medio propietario Bruce Wellstone.

Su comentario produjo un destello de rabia en Dermott, seguido de una especie de cautela.

—Me pregunto si de verdad sabe de qué estoy hablando, detective.

Gurney reprimió su urgencia de protestar. Había descubierto que con frecuencia el mejor farol es el silencio. Y era más fácil pensar cuando no estabas hablando.

La única cosa peculiar que podía recordar era que Wellstone había mencionado algo de unos pájaros, y que algo no tenía sentido en esa época del año. ¿Qué diablos de pájaros eran? ¿Y qué pasaba con el número? Algo respecto al número de pájaros...

Dermott estaba perdiendo la paciencia. Era el momento de otro golpe.

—Los pájaros —dijo Gurney con astucia.

Al menos esperaba que sonara a astucia y no a estupidez. Algo en los ojos de Dermott le decía que el golpe podía haber conectado. Pero ¿cómo? ¿Y entonces qué? ¿Qué importaba de los pájaros? ¿Cuál era el mensaje? ¿La parte incorrecta del año? ¿Para qué? Camachuelos de pecho rosa. Eso es lo que eran. ¿Y qué? ¿Qué tenían que ver esos camachuelos de pecho rosa con nada?

Decidió seguir con el farol y ver adónde le llevaba.

—Camachuelos de pecho rosa —dijo con una mueca enigmática.

Dermott trató de ocultar un destello de sorpresa bajo una sonrisa paternalista. Gurney deseaba saber de qué se trataba, quería saber qué estaba simulando saber. ¿Cuál era el maldito número que había mencionado Wellstone? No tenía ni idea de qué decir a continuación, de cómo responder a una pregunta directa si ésta se producía. No se produjo.

—Tenía razón con usted —dijo Dermott con petulancia—, desde nuestra primera conversación telefónica, supe que era más listo que la mayoría de su grupo de babuinos.

Hizo una pausa, asintiendo para sus adentros con aparente placer.

—Está bien —continuó—. Un mono inteligente. Será capaz de apreciar lo que está a punto de ver. De hecho, creo que seguiré su consejo. Al fin y al cabo, es una noche especial, una noche perfecta para unos zapatos mágicos.

Mientras seguía hablando, iba retrocediendo hacia una cajonera apoyada contra la pared del otro lado de la sala. Sin apartar la mirada de Gurney, abrió el cajón de arriba y sacó, con llamativo cuidado, un par de zapatos. El estilo le recordó a los zapatos de vestir de medio tacón y abiertos por detrás que se ponía su madre para ir a la iglesia, salvo que esos zapatos estaban hechos de cristal de color rubí, cristal que brillaba como sangre translúcida en la luz tenue.

Dermott cerró el cajón con el codo y volvió a la cama con los zapatos en una mano y la pistola en la otra, todavía apuntando a Gurney.

—Agradezco su aportación, detective. Si no hubiera mencionado los zapatos, no habría pensado en ellos. La mayoría de los hombres en su situación no serían tan serviciales.

Gurney supuso que la burla no sutil en el comentario pretendía hacerle ver que el asesino poseía un control tan absoluto de la situación que podía fácilmente sacar provecho de cualquier cosa que otro pudiera decir o hacer. Se inclinó sobre la cama, le quitó las viejas zapatillas gastadas de pana a la mujer y las sustituyó por los chapines de color rojo brillante. Sus pies eran pequeños, y los zapatos se deslizaron con suavidad.

—¿Dickie Duck se va a acostar? —preguntó la anciana, como un niño que recita su parte favorita de un cuento de hadas.

—Matará a la serpiente y le cortará la cabeza, luego Dickie Duck se irá a dormir —replicó él con voz cantarina.

—¿Dónde ha estado mi pequeño Dickie?

—Matando al gallo para salvar a la gallina.

—¿Por qué Dickie hace lo que hace?

—Por sangre que es tan roja como rosa pintada, para que todos sepan: lo que siembran, cosechan.

Dermott miró a la anciana con expectación, como si la conversación ritual no hubiera terminado. Se inclinó hacia ella, para ayudarla con un susurro audible.

—¿Qué hará Dickie esta noche?

—¿Qué hará Dickie esta noche? —preguntó ella con el mismo susurro.

—Llamará a los cuervos hasta que estén todos muertos, luego Dickie Duck se irá a dormir.

La mujer movió las puntas de los dedos de manera ensimismada por los rizos de su peluca, como si imaginara que se peinaba de un modo etéreo. La sonrisa de su rostro le recordó a Gurney la de un heroinómano.

Dermott también la estaba observando. Su mirada era repugnantemente no filial, la punta de la lengua se movía adelante y atrás entre sus labios como un pequeño parásito resbaladizo. Entonces pestañeó y miró a su alrededor.

—Creo que estamos listos para empezar —dijo con brío.

Se aupó a la cama y trepó por encima de las piernas de la mujer hasta el otro lado, cogiendo el ganso del arcón al hacerlo. Se apoyó contra las almohadas al lado de ella y colocó el peluche en su regazo.

—Ya casi estamos.

El tono alegre del comentario habría sido apropiado para alguien que coloca una vela en un pastel de cumpleaños. En cambio, lo que estaba haciendo era meter el revólver, con el dedo todavía en el gatillo, en un bolsillo profundo cortado en la parte de atrás del ganso.

401

«Dios santo —pensó Gurney—. ¿Fue así como le disparó a Mark Mellery? ¿Fue así como el residuo de relleno de plumas terminó en la herida del cuello y en la sangre del suelo? ¿Es posible que en el momento de su muerte Mellery estuviera mirando un puto ganso?»

La imagen era tan grotesca que tuvo que contener una necesidad de reír. ¿O era un espasmo de terror? Fuera cual fuese la emoción, era brusca y poderosa. Se había enfrentado a muchos enajenados —sádicos, asesinos sexuales de toda calaña, sociópatas con piolets, incluso caníbales—, pero nunca antes se había visto forzado a idear una solución para escapar de una pesadilla tan compleja, a sólo un movimiento de dedo de que una bala acabara alojada en su cerebro.

—Teniente Nardo, levántese, por favor. Es la hora de su entrada. —El tono de Dermott era ominoso, teatral, irónico.

En un susurro tan bajo que Gurney no estaba seguro de haberlo oído o imaginado, la vieja mujer empezó a murmurar.

—Dickie, Dickie, Dickie Duck. Dickie, Dickie, Dickie Duck.

Dickie, Dickie, Dickie Duck. —Parecía más el tictac de un reloj que una voz humana.

Gurney observó que Nardo descruzaba las manos, estirando y apretando los dedos. Se levantó del suelo, a los pies de la cama, con la elasticidad de un hombre en muy buena forma. Su mirada dura pasó de la extraña pareja en la cama a Gurney y de nuevo a la cama. Si algo de esa escena le sorprendió, su rostro pétreo no lo delató. La única cosa obvia, por la forma en que miraba al ganso y al brazo de Dermott detrás de él, era que había adivinado dónde estaba la pistola.

En respuesta, Dermott empezó a acariciar la espalda del ganso con la mano libre.

—Una última pregunta, teniente, en relación con sus intenciones antes de que empecemos. ¿Piensa hacer lo que le diga?

—Claro.

—Interpretaré la respuesta literalmente. Voy a darle una serie de instrucciones y usted las sigue con precisión. ¿Está claro?

—Sí.

—Si fuera un hombre menos confiado, podría poner en duda su seriedad. Espero que valore la situación. Deje que ponga todas mis cartas sobre la mesa para impedir cualquier mal entendido. He decidido matarle. Es algo que ya no se puede alterar. La única cuestión que queda abierta es cuándo lo mataré. Esa parte de la ecuación depende de usted. ¿Me sigue hasta ahora?

—Usted me mata, pero yo decido cuándo. —Nardo habló con una especie de desprecio aburrido que a Dermott le pareció gracioso.

—Exacto, teniente. Usted decide cuándo. Pero sólo hasta cierto punto, por supuesto, porque en última instancia todos tendrán un fin apropiado. Hasta entonces puede permanecer vivo diciendo lo que yo le ordene que diga y haciendo lo que yo le ordene que haga. ¿Aún me sigue?

—Sí.

—Por favor, recuerde que, en cualquier momento, tiene la opción de morir al instante con el sencillo recurso de no seguir mis instrucciones. La obediencia añadirá momentos preciosos a su vida. La resistencia los restará. ¿Podría ser más simple?

Nardo lo miró sin pestañear.

402

Gurney deslizó los pies unos centímetros hacia las patas de su silla para situarse en la mejor posición posible para abalanzarse sobre la cama, esperando que la dinámica emocional entre los dos hombres explotara en cuestión de segundos.

Dermott dejó de acariciar el ganso.

—Por favor, vuelva a colocar los pies donde los tenía —dijo sin apartar la mirada de Nardo.

Gurney hizo lo que le ordenaron, con un nuevo respeto por la visión periférica de Dermott.

—Si vuelve a moverse, los mataré a los dos sin decir ni una palabra más. Ahora, teniente —continuó plácidamente Dermott—, escuche con atención cuál es su papel. Es usted un actor en una obra. Su nombre es Jim. La función es sobre Jim, su mujer y su hijo. La función es corta y sencilla, pero tiene un gran final.

—He de hacer pis —dijo la mujer con voz ausente, acariciando otra vez los rizos rubios con las yemas de los dedos.

—No pasa nada, madre —respondió sin mirarla—. Todo irá bien. Todo será como siempre debería haber sido.

Dermott ajustó la posición del ganso ligeramente en su regazo, para apuntar, supuso Gurney, hacia Nardo.

—¿Todo listo?

Si la mirada firme de Nardo fuera veneno, Dermott ya habría muerto tres veces. En cambio, sólo había un pequeño destello en la comisura de su boca que podría ser una sonrisa, una mueca o tal vez un atisbo de excitación.

—Por esta vez, tomaré su silencio por un sí. Pero le haré una advertencia amistosa. Cualquier posterior ambigüedad en sus respuestas resultará en el inmediato final de la obra y de su vida. ¿Me entiende?

—Sí.

—Bien. Se alza el telón. Empieza la obra. Estamos a finales de otoño. El momento del día es al caer la tarde, ya ha oscurecido. Ambiente inhóspito, un poco de nieve en la calle, un poco de hielo. De hecho, la noche se parece mucho a ésta. Es su día libre. Ha pasado el día en un bar del pueblo, bebiendo todo el día, con sus colegas borrachos. Llega a casa cuando empieza la función. Entra tambaleándose en el dormitorio de su mujer. Tiene la cara colorada y está enfadado. Sus ojos son apagados

403

y estúpidos. Tiene una botella de whisky en la mano. —Dermott señaló la Four Roses que estaba en el arcón—. Puede usar esa botella de ahí. Cójala.

Nardo se acercó y la cogió. Dermott asintió de manera aprobadora.

—De un modo instintivo la ha evaluado como arma potencial. Está muy bien, es muy apropiado. Tiene una simpatía natural con la personalidad de su personaje. Ahora, con esa botella en la mano, se queda de pie, y la mueve de un lado a otro a los pies de la cama de su mujer. La mira con rabia estúpida a ella y a su hijo pequeño y a su ganso de peluche. Muestra los dientes como un estúpido perro rabioso. —Dermott hizo una pausa y examinó el rostro de Nardo—. Enséñeme los dientes.

Los labios de Nardo se tensaron y se separaron. Gurney se dio cuenta de que no había nada artificial en la rabia de esa expresión.

—¡Muy bien! —se entusiasmó Dermott—. ¡Perfecto! Tiene un talento auténtico para esto. Ahora se queda ahí con los ojos inyectados en sangre, con saliva en los labios, y le grita a su mujer, que está en la cama: «¿Qué coño está haciendo aquí?». Me señala a mí. Mi madre dice: «Calma, Jim, estaba enseñándonos su cuento a Dickie Duck y a mí». Usted dice: «Yo no veo ningún puto cuento». Mi madre le dice: «Mira, está aquí mismo, en la mesita». Pero usted tiene una mente sucia, algo que refleja en su cara sucia. Sus pensamientos sucios supuran como el sudor aceitoso en su apestosa piel. Mi madre le dice que está borracho y que debería irse a dormir a la otra habitación. Pero usted empieza a quitarse la ropa. Yo le grito que salga. Pero usted se quita toda la ropa y se queda ahí desnudo, mirándonos lascivamente. A mí me dan ganas de vomitar. Mi madre le grita, le grita que no sea tan asqueroso, que salga de la habitación. Usted dice: «¿A quién coño le estás hablando, zorra asquerosa?». Entonces parte la botella de whisky en el cabezal de la cama, salta sobre ella como un mono desnudo, con la botella rota en la mano. El nauseabundo hedor del whisky impregna la habitación. Su cuerpo apesta. Llama a mi madre zorra y...

—¿Cómo se llama? —le interrumpió Nardo.

Dermott parpadeó dos veces.

—Eso no importa.

—Claro que importa.

—He dicho que no importa.

—¿Por qué no?

Dermott parecía desconcertado por la pregunta, aunque sólo un poco.

—No importa cómo se llama porque nunca la llama por su nombre. La llama de distintas maneras, de maneras desagradables, pero nunca usa su nombre. Nunca le muestra ningún respeto. Quizás hace tanto tiempo que no usa su nombre que se le ha olvidado.

—Pero usted conoce su nombre, ¿verdad?

—Por supuesto que sí. Es mi madre. Por supuesto que conozco el nombre de mi madre.

—Entonces, ¿cuál es?

—No le importa. A usted le da igual.

—Aun así, me gustaría saber cuál es.

—No quiero que su nombre esté en su sucio cerebro.

—Si he de simular ser su marido, he de saber su nombre.

—Ha de saber lo que yo quiero que sepa.

—No puedo hacerlo si no sé quién es esa mujer. No me importa lo que diga, para mí no tiene ningún sentido no conocer el nombre de mi propia esposa.

Gurney no tenía claro adónde quería ir a parar Nardo.

¿Se había dado cuenta finalmente de que iban a dirigirle para que representara la agresión de Jimmy Spinks sobre su esposa, Felicity, para que representara lo que había ocurrido veinticuatro años antes? ¿Había caído en la cuenta de que ese Gregory Dermott que un año antes había comprado esa casa podría muy bien ser el hijo de Jimmy y Felicity, el chico de ocho años al que los Servicios Sociales habían tomado bajo custodia tras el desastre familiar? ¿Se le había ocurrido que la mujer que estaba en la cama con una cicatriz en la garganta era casi con total seguridad Felicity Spinks, a la que su hijo había sacado del centro donde había permanecido ingresada desde hacía tanto tiempo?

¿Nardo tenía la esperanza de cambiar la dinámica homicida de la pequeña «obra» que se estaba desarrollando revelando de qué se trataba? ¿Estaba tratando de crear una distracción psicológica con la esperanza de encontrar una vía de escape? ¿O sólo estaba caminando a tientas en la oscuridad, tratando de retrasar lo más posible, como fuera posible, lo que Dermott tenía en la mente?

Por supuesto, cabía otra posibilidad. Lo que Nardo estaba haciendo, y la manera en que estaba reaccionando Dermott, podría no tener ningún sentido. Tal vez era la clase de disputa ridículamente trivial por la cual los niños pequeños se pegan con palas de plástico en un arenero y por la cual los hombres airados se pegan y se matan en peleas de bar. Desanimado, sospechó que esa última hipótesis era tan buena como cualquier otra.

—Que piense que no tiene sentido no tiene importancia —dijo Dermott, de nuevo ajustando medio centímetro el ángulo del ganso, con la mirada fija en la garganta de Nardo—. Nada de lo que piense usted tiene la menor importancia. Es hora de que se quite la ropa.

—Primero dígame su nombre.

—Es hora de que se quite la ropa, rompa la botella y salte en la cama como un mono desnudo. Como un estúpido, baboso y horrible monstruo.

—¿Cómo se llama?

—Es la hora.

Gurney vio un leve movimiento en el músculo del antebrazo de Dermott, lo cual significaba que su dedo se estaba tensando en el gatillo.

—Sólo dígame el nombre.

Cualquier duda que le quedara de lo que estaba ocurriendo había desaparecido. Nardo había trazado su línea en la arena y había apostado toda su hombría —de hecho su vida— a lograr que su adversario respondiera la pregunta. Dermott, por su parte, había invertido todo en mantener el control. Gurney se preguntó si Nardo tenía alguna idea de lo importante que era tener el control para el hombre al que estaba tratando de enfrentarse. Según Rebecca Holdenfield —de hecho, en opinión de cualquiera que supiera algo de los asesinos en serie—, el control era lo que merecía todo, cualquier riesgo. El control absoluto —con la sensación de omnisciencia y omnipotencia que generaba— era la euforia definitiva. Amenazar ese objetivo de frente, sin una pistola en la mano, era suicida.

Parecía que la ceguera ante ese hecho había puesto una vez más a Nardo a un milímetro de la muerte, y esta vez Gurney no podía salvarlo gritándole que se sometiera. Esa táctica no funcionaría una segunda vez.

Ahora el homicidio estaba a punto de producirse, su momento llegaba como una veloz nube de tormenta en los ojos de Dermott. Gurney nunca se había sentido tan impotente. No se le ocurría ninguna forma de detener ese dedo en el gatillo.

Fue entonces cuando oyó la voz, limpia y fría como plata pura. Era, sin lugar a dudas, la voz de Madeleine, que le decía algo que le había dicho años atrás en cierta ocasión cuando él se sentía irremisiblemente frustrado por el caso Jason Strunk.

«Sólo hay una salida de un callejón sin salida.»

Por supuesto, pensó. Qué absurdamente obvio, caminar en sentido contrario.

Si pretendes detener a un hombre que tiene una abrumadora necesidad de controlarlo todo —de matar para obtener ese control— precisas hacer exactamente lo contrario de lo que te dicte el instinto. Tras reflexionar sobre la frase de Madeleine, se dio cuenta de lo que necesitaba hacer. Era atroz, patentemente irresponsable y legalmente indefendible, si no funcionaba. Pero sabía que funcionaría.

—Ahora, vamos, Gregory —susurró—. ¡Dispárele!

Hubo un momento de incomprensión compartida en el que ambos hombres pugnaron por asimilar lo que acababan de escuchar, como si pudieran pugnar por comprender un trueno en un día sin nubes. Dermott vaciló. La dirección del arma en el ganso se movió un poco hacia Gurney, hacia la silla situada contra la pared.

Los labios de Dermott se extendieron hacia ambos lados en su imitación mórbida de una sonrisa.

—¿Perdón?

En la afectada indiferencia, Gurney sintió un temblor de inquietud.

—Ya me ha oído, Gregory —dijo—. Le he dicho que le dispare.

—¿Usted me ha dicho… a mí?

Gurney suspiró con elaborada impaciencia.

—Me está haciendo perder tiempo.

—¿Perder…? ¿Qué demonios cree que está haciendo? —La pistola en el ganso se movió más en la dirección de Gurney. Su indiferencia había desaparecido.

Nardo tenía los ojos como platos. A Gurney le costaba calibrar las emociones que se mezclaban detrás del asombro. Como si fuera Nardo quien le exigía saber lo que estaba pasando, Gurney se volvió hacia él y dijo, con la máxima naturalidad que pudo:

—A Gregory le gusta matar a gente que le recuerda a su padre.

Hubo un sonido ahogado en la garganta de Dermott, como el principio de una palabra o un grito que se quedó encajado ahí. Gurney permaneció decididamente concentrado en Nardo y continuó con el mismo tono insulso.

—El problema es que necesita que le den un empujoncito de cuando en cuando. Se queda empantanado en el proceso. Y, por desgracia, comete errores. No es tan listo como cree. ¡Oh, Cielo santo! —Hizo una pausa y sonrió de manera especulativa a Dermott, cuyos músculos de la mandíbula estaban ahora visibles—. ¿Tiene posibilidades, verdad? El pequeño Gregory no es tan listo como cree. ¿Qué le parece, Gregory? ¿Cree que podría empezar un nuevo poema así? —Casi le guiñó el ojo, pero pensó que eso podría ser ir demasiado lejos.

Dermott lo miró con odio, confusión y algo más. Esperaba que ese algo más fuera un remolino de interrogantes que un obseso por el control se vería obligado a resolver antes de matar al único hombre capaz de ayudarle a hacerlo. La siguiente palabra de Dermott, con su entonación tensa, le dio esperanza.

—¿Errores?

Gurney asintió con aire apesadumbrado.

—Unos cuantos, me temo.

—Es usted un mentiroso, detective. Yo no cometo errores.

—¿No? ¿Cómo los llama entonces, si no los llama errores? ¿Cagadas de Dickie Duck?

Incluso en el momento de decirlo se preguntó si no había dado el paso fatal. En ese caso, en función de dónde le diera la bala, podría no saberlo nunca. Fuera como fuese, no quedaba una ruta de retirada segura. Gurney detectó una serie de minúsculas vibraciones en las comisuras de los labios de Dermott. Reclinado incongruentemente en esa cama, pareció mirar a Gurney desde una atalaya en el Infierno.

Gurney en realidad sólo sabía de un error que hubiera cometido Dermott, un error relacionado con el cheque de Kartch que finalmente había encajado en su lugar sólo un cuarto de hora antes, cuando había visto la copia enmarcada de ese cheque en la mesita. Pero suponiendo que pudiera afirmar que había reconocido el error y su significado desde el principio, ¿qué efecto habría tenido en el hombre que estaba tan desesperado por creer que poseía el control total?

Una vez más, la máxima de Madeleine llegó a su mente, marcha atrás. Si no puedes retroceder, adelante a toda velocidad. Se volvió hacia Nardo, como si pudiera no hacer caso del asesino en serie que estaba en la sala.

—Una de sus cagadas más tontas fue cuando me dio los nombres de los hombres que le habían enviado los cheques. Uno de los nombres era Richard Kartch. La cuestión es que éste envió el cheque en un sobre en blanco, sin nota alguna. La única identificación era el nombre impreso en el mismo cheque. El nombre que aparecía en el cheque era «R. Kartch», y ésa era también la forma en que firmaba. La R podría haber sido de Robert, Ralph, Randolph, Rupert y una docena de nombres más. Pero Gregory (aunque al mismo tiempo decía que no conocía de nada ni había tenido ningún contacto con el remitente, salvo por el nombre y la dirección en el cheque en sí) sabía que era Richard, lo cual yo vi en el buzón de la casa de Kartch en Sotherton. Así que, en ese momento, supe que estaba mintiendo. Y la razón era obvia.

Esto fue demasiado para Nardo.

—¿Lo sabía? Entonces, ¿por qué demonios no nos lo dijo para que pudiéramos detenerlo?

—Porque sabía lo que iba a hacer y por qué iba a hacerlo, y no tenía interés en detenerlo.

Nardo tenía aspecto de haber entrado en un universo alternativo, donde las moscas daban manotazos a las personas.

Un sonido agudo atrajo la atención de Gurney hacia la cama. La mujer mayor estaba entrechocando sus chapines de cristal

rojos como Dorothy al salir de Oz de camino a Kansas. La pistola en el ganso apuntaba directamente a Gurney. Dermott estaba
haciendo un esfuerzo (al menos Gurney esperaba que requiriera
un esfuerzo) para dar la impresión de no inmutarse por la revelación de Kartch. Articuló las palabras con peculiar precisión.

—Sea cual sea el juego al que está jugando, detective, voy
a terminarlo yo.

Gurney, con toda la experiencia interpretativa que pudo
aprovechar, trató de hablar con la confianza de quien está
apuntando con una Uzi al pecho de su enemigo.

—Antes de formular una amenaza —dijo con voz suave—,
asegúrese de que comprende la situación.

—¿Situación? Si disparo, usted muere. Si disparo otra vez,
él muere. Los babuinos entran por la puerta y mueren. Ésa es
la situación.

Gurney cerró los ojos y volvió a apoyar la cabeza en la pared, con un suspiro profundo.

—¿Tiene idea…, alguna idea? —empezó, luego negó con la
cabeza, cansado—. No, no, por supuesto que no. ¿Cómo iba a
tenerla?

—¿Una idea de qué, detective? —Dermott usó el título con
exagerado sarcasmo.

Gurney rio. Fue una suerte de risa trastornada, concebida
para plantear nuevas preguntas en la mente de Dermott, pero
en realidad estaba cargada con la energía de un creciente caos
emocional que se apoderaba de su interior.

—¿Sabe a cuántos hombres he matado? —susurró, mirando a Dermott con salvaje intensidad, rezando para que el
hombre no reconociera el propósito de consumir tiempo de
su desesperada improvisación, rezando para que los policías
de Wycherly se dieran cuenta de la ausencia de Nardo. ¿Cómo
diablos no se habían dado cuenta todavía? ¿O lo habían hecho?
El cristal seguía entrechocando.

—Los polis estúpidos matan gente todo el tiempo —dijo
Dermott—, me importa bien poco.

—No me refiero a hombres. Me refiero a hombres como
Jimmy Spinks. Adivine a cuántos hombres como Jimmy
Spinks he matado.

Dermott pestañeó.

—¿De qué demonios está hablando?

—Estoy hablando de matar borrachos. De limpiar el mundo de animales alcohólicos, de acabar con la escoria de la Tierra.

Una vez más hubo una vibración casi imperceptible en la boca de Dermott. Había captado su atención, de eso no cabía duda. ¿Ahora qué? Qué otra cosa salvo deslizarse sobre la ola. No había otra salida. Improvisó:

—Una noche, en la terminal de autobuses de la autoridad portuaria, cuando era un poli novato, me pidieron que sacara a unos indigentes de la entrada trasera. Uno no se quería ir. Olía a whisky desde tres metros de distancia. Le volví a decir que saliera del edificio, pero en lugar de dirigirse a la puerta empezó a caminar hacia mí. Sacó un cuchillo de cocina del bolsillo, un cuchillo pequeño con el filo de sierra de los que usas para pelar una naranja. Blandió el cuchillo de manera amenazadora y no hizo caso de mi orden de soltarlo. Dos testigos que vieron la confrontación desde la escalera mecánica juraron que disparé en defensa propia. —Hizo una pausa y sonrió—. Pero no es cierto. Si hubiera querido, podría haberlo reducido sin despeinarme siquiera. En cambio, le disparé en la cara y los sesos le salieron por la parte de atrás de la cabeza. ¿Sabe por qué lo hice, Gregory?

—Dickie, Dickie, Dickie Duck —dijo la mujer con un ritmo más rápido que el entrechocar de sus zapatos.

La boca de Dermott se empezó a abrir, pero no dijo nada.

—Lo hice porque se parecía a mi padre —dijo Gurney con una voz alta, enfadada—, se parecía a mi padre la noche que rompió una tetera en la cabeza de mi madre, una puta tetera estúpida con un puto payaso estúpido en ella.

—Su padre no era un gran padre —dijo Dermott con frialdad—, pero, claro, detective, usted tampoco.

Aquella acusación le despejó cualquier duda sobre lo que aquel tipo sabía sobre su vida. En ese momento consideró seriamente la opción de encajar una bala con tal de poner sus manos en torno a la garganta de Dermott.

La mirada lasciva se intensificó. Quizá Dermott captó la incomodidad de Gurney.

—Un buen padre debería proteger a su hijo de cuatro años, no dejar que lo atropellen, no dejar que el tipo que lo atropelló huyera.

411

—Hijo de puta —masculló Gurney.

Dermott, sonrió, aparentemente enloquecido de placer.

—Vulgar, vulgar, vulgar, y yo que pensaba que era un compañero poeta. Esperaba que pudiéramos seguir intercambiando versos. Tenía una tonadilla preparada para nuestro siguiente intercambio. Dígame qué le parece. «Un atropello sin una pista, / cayó sin red el equilibrista. / Si el detective vuelve solito, / ¿qué dirá la madre del niñito?»

Un siniestro sonido animal surgió del pecho de Gurney, una erupción de rabia estrangulada. Dermott estaba paralizado.

Nardo, aparentemente, había estado esperando el momento de máxima distracción. Su musculoso brazo derecho, con un poderoso movimiento circular, lanzó la botella de Four Roses sin abrir con una fuerza extraordinaria a la cabeza de Dermott. Cuando éste sintió el movimiento y empezó a mover la pistola en el ganso hacia Nardo, Gurney se abalanzó de cabeza sobre la cama y aterrizó con el pecho sobre el ganso, justo cuando la gruesa base de cristal de la botella llena de whisky alcanzaba de pleno la sien de Dermott. El revólver descargó una bala debajo de Gurney, y llenó el aire que lo rodeaba con una explosión de plumas atomizadas. La bala pasó por debajo de Gurney en dirección a la pared donde había estado apoyado, e hizo añicos la lámpara de la mesita que había proporcionado la única luz en la habitación. En la oscuridad oyó a Nardo respirando con dificultad entre dientes. La mujer empezó a emitir un llanto contenido, un sonido trémulo que sonó como una medio recordada canción de cuna. Entonces se oyó el sonido de un impacto terrorífico. La pesada puerta de metal de la habitación se abrió, giró sobre los goznes y golpeó la pared. De inmediato apareció la enorme figura de un hombre que entraba a toda velocidad y una figura más pequeña detrás.

—¡Quietos! —gritó el gigante.

52

Muerte antes del alba

*L*a caballería había llegado por fin; un poco tarde, pero era una buena noticia. Considerando la buena puntería de Dermott y su ansiedad por apilar cuervos, era posible que no sólo la caballería, sino también Nardo y Gurney, hubieran terminado con balas en la garganta. Y luego, cuando los disparos hubieran atraído a la casa a todo el departamento, el psicópata habría abierto la válvula, para dispersar el cloro y amoniaco presurizados a través del sistema de rociadores...

En cambio, la única baja importante además de la lámpara y el marco de la puerta era el propio Dermott. La botella, propulsada por toda la rabia de Nardo, le había impactado con suficiente fuerza como para dejarlo, por lo menos, inconsciente. Por otro lado, una astilla de cristal se había incrustado en la cabeza de Gurney, en la línea de nacimiento del cabello.

—Oímos un disparo. ¿Qué coño está pasando aquí? —gruñó el hombre enorme, que miró alrededor de la sala casi oscurecida.

—Todo está bajo control, Tommy —dijo Nardo, cuya voz irregular sugería que todavía no lo acababa de comprender todo.

En la tenue luz procedente del otro lado del sótano, Gurney se dio cuenta de que la figura más pequeña que había entrado corriendo siguiendo los pasos de *Big* Tommy era Pat, la de pelo corto y los ojos de azul acetileno. Se acercó a la otra esquina de la habitación, con una pistola de nueve milímetros preparada. Examinó la desagradable escena de la cama y encendió la lámpara que se alzaba al lado del sillón de orejas donde había estado sentada la anciana.

—¿Le importa que me levante? —dijo Gurney, que todavía estaba tumbado sobre el regazo de Dermott.

Big Tommy miró a Nardo.

—Claro —dijo Nardo, con los dientes todavía apretados—. Que se levante.

Cuando Gurney se incorporó con prudencia de la cama, la sangre empezó a resbalarle por la cara, y probablemente esa visión contuvo a Nardo de agredir de inmediato al hombre que minutos antes había alentado a un asesino en serie demente a dispararle.

—¡Joder! —soltó *Big* Tommy al ver la sangre.

La sobrecarga de adrenalina había hecho que Gurney no se diera cuenta de la herida. Se tocó la cara y la encontró sorprendentemente húmeda; acto seguido, se examinó la mano y la encontró sorprendentemente roja.

Pat miró el rostro de Gurney sin emoción.

—¿Quiere que pida una ambulancia? —le dijo a Nardo.

—Sí. Claro. Llámala —dijo sin convicción.

—¿Para ellos también? —preguntó, haciendo un rápido gesto hacia la extraña pareja de la cama. Los zapatos de cristal rojo captaron su atención. Entrecerró los ojos como para desvanecer una ilusión óptica.

Después de una larga pausa, Nardo murmuró asqueado:

—Sí.

—¿Quiere que llamemos a los coches? —preguntó la agente, que torció el gesto ante los zapatos que parecían desconcertantemente reales después de todo.

—¿Qué? —dijo Nardo después de otra pausa. Estaba mirando los restos de la lámpara destrozada y el agujero de bala en la pared de atrás.

—Tenemos coches de patrulla y gente haciendo preguntas puerta por puerta. ¿Quiere que los llamemos?

Dio la impresión de que le resultaba difícil tomar una decisión simple.

—Sí, llámalos —contestó al fin.

—Bien —dijo ella, y salió del sótano a grandes zancadas.

Big Tommy estaba observando con evidente desagrado la herida en la sien de Dermott. La botella de Four Roses había quedado descansando boca arriba en la almohada, entre Dermott y la anciana, cuya peluca rubia se había movido de manera que daba la impresión de que le hubieran desenroscado un cuarto de vuelta la parte superior de la cabeza.

Cuando Gurney miró la etiqueta floral de la botella, comprendió la respuesta que se le había escapado antes. Recordó lo que había dicho Bruce Wellstone. Dijo que Dermott (alias señor Scylla) había afirmado ver cuatro camachuelos de pecho rosa y que había hecho especial hincapié en el número cuatro. La traducción de cuatro camachuelos de pecho rosa golpeó a Gurney con la misma rapidez que las palabras. ¡Four Roses! Como firmar el registro «Señor y señora Scylla», el mensaje era sólo otro pequeño gesto para dejar bien a las claras su ingenio: Gregory Dermott pretendía mostrar la facilidad con la que podía jugar con los polis necios y viles. «Pilladme si podéis.»

Al cabo de un minuto, la eficiente aunque sombría Pat regresó.

—Ambulancia en camino. Coches avisados. Llamadas puerta a puerta canceladas.

La agente miró a la cama con frialdad. La mujer estaba haciendo sonidos esporádicos que se situaban en un punto intermedio entre el lamento y el tarareo. Dermott permanecía inmóvil y pálido.

—¿Está seguro de que está vivo? —preguntó ella sin preocupación evidente.

—No tengo ni idea —dijo Nardo—. Quizá deberías comprobarlo.

Pat apretó los labios al acercarse para buscarle el pulso.

—Ajá, está vivo. ¿Qué pasa con ella?

—Es la mujer de Jimmy Spinks. ¿Has oído hablar de Jimmy Spinks?

Pat negó con la cabeza.

—¿Quién es Jimmy Spinks?

Nardo se quedó un momento pensando.

—Olvídalo.

Pat se encogió de hombros, como si olvidar cosas como ésa fuera una parte normal del trabajo.

Nardo inspiró hondamente.

—Necesito que Tommy y tú subáis para garantizar la seguridad de este lugar. Ahora que sabemos que éste es el cabrón que los mató a todos, el equipo forense tendrá que volver y pasar la casa por un cedazo.

Pat y Tommy intercambiaron miradas de inquietud, pero

415

salieron de la estancia sin protestar. Cuando Tommy pasó junto a Gurney, le dijo con la misma naturalidad que si comentara una mancha de caspa:

—Tiene un trozo de cristal clavado en la cabeza.

Nardo esperó a que las pisadas terminaran de subir la escalera y a que la puerta del sótano se cerrara.

—Retroceda. —Su voz era un poco nerviosa.

Gurney sabía que en realidad le estaba diciendo que se alejara de las armas —el revólver de Dermott en lo poco que quedaba del relleno del ganso, la pistola de tobillo de Nardo en el bolsillo de Dermott y la formidable botella de whisky en la almohada—, pero cumplió sin protestar.

—Muy bien —dijo Nardo, tratando de aparentar control de sí mismo—. Le voy a dar una oportunidad de explicarse.

—¿Le importa que me siente?

—Como si quiere hacer el pino. ¡Hable! ¡Ahora!

Gurney se sentó en la silla, junto a la lámpara rota.

—Estaba a punto de dispararle. Estaba a dos segundos de tener una bala en la garganta, o en la cabeza o en el corazón. Sólo había una forma de detenerlo.

—No le dijo que parara. Le dijo que me disparara. —Nardo tenía los puños tan apretados que Gurney vio puntos blancos en los nudillos.

—Pero no lo hizo, ¿verdad?

—Pero usted le dijo que lo hiciera.

—Porque era la única forma de detenerlo.

—La única forma de detenerlo… ¿Se ha vuelto loco? —Nardo tenía la mirada de un perro asesino al que estaban a punto de soltar.

—El hecho es que está vivo.

—¿Está diciendo que estoy vivo porque le dijo que me matara? ¿Qué clase de locura es ésta?

—Los asesinos en serie son obsesos del control. Control total. Para Gregory eso significaba controlar no sólo el presente y el futuro, sino también el pasado. La escena que quería que representara era la tragedia que ocurrió en esta casa hace veinticuatro años, con una diferencia fundamental. Entonces el pequeño Gregory no pudo impedir que su padre cortara la garganta de su madre. Ella nunca llegó a recuperarse, y él tampoco. El Gregory adulto quería rebobinar la cinta y empezar otra vez para poder cambiarlo. Quería que usted hiciera todo lo que hizo su padre hasta el momento de levantar la botella. Entonces iba a matarle, para desembarazarse del horrible borracho, para salvar a su madre. Eso es lo que fueron los otros asesinatos, intentos de controlar y matar a Jimmy Spinks, controlando y matando a otros borrachos.

—Gary Sissek no era un borracho.

—Quizá no. Pero Gary Sissek estaba en el cuerpo al mismo tiempo que Jimmy Spinks, y apuesto a que Gregory lo reconoció como amigo de su padre. Quizás incluso como compañero de copas ocasional. Y el hecho de que usted también estuviera en el cuerpo entonces probablemente lo convertía en la mente de Gregory en un perfecto sustituto; la forma perfecta para que él pudiera volver al pasado y cambiar la historia.

—Pero ¡le dijo que me disparara! —El tono de Nardo seguía siendo de discusión; sin embargo, para alivio de Gurney, la convicción estaba debilitándose.

—Le dije que le disparara porque la única forma de detener a un asesino obsesionado por el control, cuando tu única arma son las palabras, es decir algo que le haga dudar de que de verdad tiene el control. Parte de la fantasía de este tipo de psicópata es que está tomando todas las decisiones, que es todopoderoso y que nadie tiene el poder de superarlo. Has de hacerle pensar en la posibilidad de que esté obrando exactamente como tú quieres que actúe. Si te opones directamente a él, te matará. Si ruegas por tu vida, te matará. En cambio, decirle que haga exactamente lo que está a punto de hacer le funde el circuito.

Nardo parecía estar intentando descubrir un fallo en la historia.

—Sonaba muy… auténtico. Había odio en su voz, como si de verdad me quisiera muerto.

—Si no hubiera sido convincente, no estaríamos teniendo esta conversación.

Nardo cambió de plano.

—¿Y lo del tiroteo en la autoridad portuaria?

—¿Qué?

—¿Disparó a un tipo porque le recordaba a su padre borracho?

Gurney sonrió.

417

—¿Qué es lo que tiene gracia?

—Dos cosas. Primero: nunca he trabajado cerca de la autoridad portuaria. Segundo: en veinticinco años en el departamento, nunca disparé el arma. Ni una sola vez.

—¿Era todo mentira?

—Mi padre bebía demasiado. Eso era… complicado. Aun cuando estaba allí, no estaba allí. Pero disparar a un extraño no habría ayudado mucho.

—Entonces, ¿cuál era el motivo de contar toda esa mierda?

—¿El motivo? Hacer que ocurriera lo que ha sucedido.

—¿Qué coño quiere decir?

—Por el amor de Dios, teniente, estaba tratando de atraer la atención de Dermott el tiempo suficiente para darle una oportunidad de hacer algo con esa botella de casi un kilo que tenía en la mano.

Nardo lo miró sin comprender, como si la información no encajara del todo con los espacios en blanco en su cerebro.

—Esa historia del niño al que atropelló el coche… ¿Eso también era mentira?

—No, eso era verdad. Se llamaba Danny. —La voz de Gurney se hizo áspera.

—¿Nunca pillaron al conductor?

Gurney negó con la cabeza.

—¿No había pistas?

—Un testigo dijo que el coche que atropelló a mi hijo, un BMW rojo, había estado aparcado toda la tarde delante de un bar de esa misma calle y que el tipo que salió del bar y se metió en el coche estaba obviamente borracho.

Nardo pareció reflexionar sobre aquello.

—¿Nadie en el bar pudo identificarlo?

—Aseguraron que nunca lo habían visto antes.

—¿Cuánto tiempo hace que pasó?

—Catorce años y ocho meses.

Se quedaron un rato en silencio; entonces Gurney volvió a hablar en voz baja y vacilante.

—Estaba llevándolo a los juegos del parque. Una paloma caminaba por la acera y Danny la estaba siguiendo. Yo sólo estaba allí a medias. Tenía la cabeza en un caso de homicidio. La paloma bajó de la acera a la calzada y Danny la siguió.

Cuando me di cuenta de lo que estaba ocurriendo ya era demasiado tarde. Había terminado.

—¿Tiene otros hijos?

Gurney vaciló.

—No con la madre de Danny.

Entonces cerró los ojos y ninguno de los hombres dijo nada durante un buen rato. Finalmente, Nardo rompió el silencio.

—¿Así que no queda duda de que Dermott es el hombre que mató a su amigo?

—No hay duda —dijo Gurney. Le sorprendió el agotamiento en ambas voces.

—¿Y a los otros también?

—Eso parece.

—¿Por qué ahora?

—¿Eh?

—¿Por qué esperar tanto?

—Oportunidad. Inspiración. Casualidad. Mi hipótesis es que se encontró diseñando un sistema de seguridad para una gran base de datos de seguros médicos. Tal vez se dio cuenta de que podía escribir un programa para extraer todos los nombres de hombres que habían sido tratados por alcoholismo. Ése sería el punto de partida. Sospecho que se obsesionó con las posibilidades. Al final se le ocurrió su ingeniosa idea para encontrar en las listas a hombres lo bastante asustados y vulnerables para enviar esos cheques. Hombres a los que podía torturar con sus pequeños poemas. En algún momento del proceso, sacó a su madre de la residencia donde la había internado el estado después de quedar discapacitada.

—¿Dónde estuvo todos estos años, antes de aparecer?

—De niño, o bien en una institución del estado, o bien en una casa de acogida. Probablemente era un niño muy introvertido, sin amigos, pero muy listo. Debió de interesarse por la tecnología informática en algún momento, le fue bien, posiblemente fue a la universidad.

—¿Y cuando tuvo la mayoría de edad se cambió el apellido?

—Quizá no soportaba llevar el apellido del padre. No me sorprendería descubrir que Dermott sea el nombre de soltera de Felicity Spinks.

—¿Por qué volvió a Wycherly, el hijo de perra?

419

—¿Porque fue el escenario de la agresión a su madre hace veinticuatro años? Quizá porque la idea delirante de reescribir el pasado le estaba dominando. Tal vez se enteró de que la vieja casa estaba en venta y no pudo resistirse. Quizá le ofreció una oportunidad para saldar cuentas no sólo con borrachos, sino también con el Departamento de Policía de Wycherly... A menos que elija explicarnos toda la historia, nunca lo sabremos a ciencia cierta. No creo que Felicity pueda ser de mucha ayuda.

—No mucho —coincidió Nardo, pero tenía otra cosa *in mente*. Parecía inquieto.

—¿Qué pasa? —preguntó Gurney.

—¿Qué? Nada. Nada, en realidad. Sólo me preguntaba..., ¿cuánto le molestaba realmente que alguien estuviera matando borrachos?

Gurney no supo qué decir. La respuesta adecuada habría tenido algo que ver con no juzgar el valor de la víctima. La respuesta cínica podría ser que le preocupaba más el reto del juego que la ecuación moral, más el juego que la gente. En cualquier caso, no tenía ganas de discutirlo con Nardo. Pero sentía que debía decir algo.

—Si lo que está preguntando es si estaba disfrutando de los placeres de una venganza indirecta sobre el conductor borracho que mató a mi hijo, la respuesta es no.

—¿Está seguro de eso?

—Estoy seguro.

Nardo lo miró con escepticismo, luego se encogió de hombros. La respuesta no parecía convencerle, pero tampoco parecía querer seguir con el asunto.

El teniente explosivo al parecer había sido desactivado. El resto de la tarde estuvo ocupado con el proceso de selección de las prioridades inmediatas y los detalles de rutina para concluir una gran investigación de homicidio.

Gurney fue trasladado al hospital general de Wycherly junto con Felicity Spinks (nacida Dermott) y Gregory Dermott (nacido Spinks). Mientras la madre, con los chapines de rubí todavía en los pies, era examinada por un auxiliar médico, Dermott fue trasladado, todavía inconsciente, a Radiología.

Entre tanto, una enfermera, cuyas maneras parecían inusualmente íntimas (impresión potenciada en parte por una voz casi jadeante y por lo cerca de él que había estado mientras se ocupaba con esmero de la cabeza de Gurney), había limpiado, cosido y vendado la herida de Gurney. Le dio una impresión de disponibilidad inmediata que le resultó incongruentemente excitante dadas las circunstancias. Aunque era sin duda un camino peligroso, por no decir descabellado, por no decir patético, decidió aprovecharse de la simpatía de la enfermera de otro modo. Le dio su número de móvil y le pidió que lo llamara directamente si se producía algún cambio significativo en el estado de salud de Dermott. No quería estar desinformado y no se fiaba de que Nardo le dijera nada al respecto. La enfermera accedió con una sonrisa, después de lo cual un joven y taciturno policía de Wycherly lo llevó de nuevo a la casa de Dermott.

Por el camino llamó a la línea de emergencia nocturna de Sheridan Kline y saltó una grabación. Dejó un sucinto mensaje en el que relataba los puntos esenciales. Luego llamó a casa, le salió su propio contestador, y dejó un mensaje para Madeleine para contarle todo lo sucedido, salvo lo de la bala, la botella, la sangre y los puntos de sutura. Se preguntó si ella habría salido o estaba allí de pie, escuchando mientras él dejaba el mensaje sin querer hablar con su marido. Gurney carecía del asombroso instinto de su esposa en tales cuestiones y no tenía idea de cuál era la respuesta correcta.

Cuando volvieron a la casa de Dermott, había transcurrido casi una hora y la calle estaba llena de vehículos de la Policía de Wycherly, del condado y del estado. *Big* Tommy y Pat estaban de guardia en el porche. Gurney fue dirigido a la pequeña sala que daba al pasillo central, donde había tenido su primera conversación con Nardo. Éste volvía a estar allí, sentado a la misma mesa. Dos especialistas dedicados a registrar la escena del crimen —con su mono blanco, botines y guantes de látex— acababan de abandonar la sala para dirigirse a las escaleras del sótano.

Nardo pasó a Gurney un bloc amarillo y un bolígrafo barato por encima de la mesa. Si quedaba alguna emoción peligrosa en el hombre, estaba bien oculta bajo una gruesa capa de embrollo burocrático.

421

—Siéntese, necesitamos una declaración. Empiece por el momento de su llegada aquí esta tarde, la razón de su presencia. Incluya todas sus acciones relevantes y las observaciones directas de acciones de otros. Incluya un cronograma, en el que indique en qué puntos se basa en información específica y en qué puntos es estimada. Puede concluir la declaración en el momento en que lo escoltaron hasta el hospital, a no ser que durante su tratamiento en el hospital haya salido a la luz nueva información relevante. ¿Alguna pregunta?

Gurney pasó los siguientes cuarenta y cinco minutos siguiendo estas directrices. Nardo se mantuvo fuera de la sala casi todo el tiempo. Llenó cuatro páginas rayadas con caligrafía pequeña y precisa. Gurney usó la fotocopiadora que estaba sobre la mesa apoyada en el otro lado de la habitación para hacerse dos copias de la declaración firmada y fechada antes de entregarle el original a Nardo.

Lo único que dijo el teniente fue:

—Estaremos en contacto. —Su voz era profesional, neutra. No le ofreció la mano.

53

Final, principio

Cuando Gurney cruzó el puente de Tappan Zee y enfiló su trayecto por la Ruta 17, la nieve estaba cayendo con más intensidad, y parecía encoger en la práctica el mundo visible. Cada pocos minutos abría la ventanilla para que una ráfaga de aire helado mantuviera su mente en el presente.

A pocos kilómetros de Goshen casi se salió de la carretera. Sólo la fuerte vibración de los neumáticos en la banda sónica impidió que se estrellara en la cuneta.

Trató de no pensar en nada más que el coche, el volante y la carretera, pero era imposible. Empezó a imaginar el interés de los medios por el caso. Habría una conferencia de prensa en la cual Sheridan Kline, sin lugar a dudas, se felicitaría por el papel de su equipo de investigación, por hacer del país un lugar más seguro y por terminar con la carrera sanguinaria de un criminal demoniaco. Los medios ponían a Gurney de los nervios. Su estúpida cobertura de un crimen era un crimen a su vez. Lo convertían en un juego. Por supuesto, a su propia manera, él también lo hacía. Por lo general, veía un homicidio como un enigma por resolver, a un asesino como a un oponente al que vencer. Estudiaba los hechos, imaginaba los ángulos, salvaba las trampas y entregaba su presa a las fauces de la maquinaria judicial. Luego pasaba a la siguiente muerte por causas no naturales que exigiera una mente inteligente que la aclarara. Sin embargo, en ocasiones veía las cosas de un modo muy diferente, cuando le superaba el cansancio de la caza, cuando la oscuridad hacía que todas las piezas del rompecabezas se volvieran similares o que ni siquiera parecieran piezas, cuando su cerebro atribulado vagaba desde su cuadrícula geométrica y seguía sendas más primitivas, que le daban atisbos del verdadero horror de la tragedia que le ocupaba y en la cual había decidido zambullirse.

En un lado, estaba la lógica de la ley, la ciencia de la criminología, las sentencias. En el otro, estaban Jason Strunk, Peter Possum Piggert, Gregory Dermott, dolor, rabia homicida, muerte. Y entre estos dos mundos surgía la cuestión peliaguda, inquietante, ¿qué tenían que ver uno y otro?

Abrió de nuevo la ventanilla y dejó que la nieve le golpeara en la cara de perfil.

Preguntas profundas y sin sentido, diálogos internos que no conducían a ninguna parte: era algo tan familiar en su paisaje interior como para otro hombre podía serlo calcular las posibilidades de victoria de los Red Sox de Boston. Esta forma de pensar era una mala costumbre y no auguraba nada bueno. En las ocasiones en que había insistido tozudamente en exponérsela a Madeleine, se había topado con aburrimiento o impaciencia.

—¿En qué estás pensando de verdad? —decía ella, dejando su labor de punto y mirándolo a los ojos.

—¿Qué quieres decir? —preguntaba él en respuesta, de un modo poco sincero, pues sabía exactamente qué quería decir.

—No puede preocuparte de verdad ese sinsentido. Averigua lo que te preocupa de verdad.

«Averigua lo que te preocupa de verdad.»

Era más fácil decirlo que hacerlo.

¿Qué le preocupaba? ¿La inmensa incompetencia de la razón ante las pasiones salvajes? ¿El hecho de que el sistema de justicia era una jaula que no podía mantener al demonio cautivo más que una veleta podía detener el viento? Lo único que sabía era que había algo allí, en la parte de atrás de su mente, mordiendo sus otras ideas y sentimientos como una rata.

Cuando trataba de identificar el problema más corrosivo en medio del caos, se encontraba perdido en un mar de imágenes desbocadas.

Cuando trataba de vaciar su mente, de relajarse y de no pensar en nada, había dos imágenes que no desaparecían.

Una era el cruel placer en los ojos de Dermott cuando recitó su horrible rima sobre la muerte de Danny. La otra era el eco de la furia acusatoria en sí mismo, con la que había difamado a su propio padre cuando había contado cómo, supuestamente, había agredido a su madre. No era sólo una actuación. Una ira terrible se elevaba desde algún lugar interior y lo saturaba. ¿Esa autenticidad significaba que de verdad odiaba a su padre? ¿Era la rabia que había explotado al contar esa horrible historia, la rabia reprimida del abandono: el feroz resentimiento de un niño hacia un padre que no hacía otra cosa que trabajar, dormir y beber, un padre que siempre estaba alejándose, siempre inalcanzable? Gurney estaba asombrado de lo mucho y lo poco que tenía en común con Dermott.

¿O era al revés, una pantalla de humo que cubría la culpa que sentía por haber abandonado a ese hombre frío y cerrado en su edad anciana, por haber tenido la mínima relación posible con él?

¿O era un autodesprecio desplazado que surgía de su propio doble fracaso como padre: su fatal falta de atención hacia un hijo y cómo evitaba al otro?

Madeleine probablemente habría dicho que la respuesta podía ser cualquiera de las mencionadas o ninguna de las mencionadas, pero que, fuera cual fuese, no era importante. Lo que era trascendente tenía que ver con lo que uno creía en su interior que era lo correcto, aquí y ahora. Y a menos que la idea le resultara desalentadora, ella le sugeriría que empezara por devolver la llamada a Kyle. No es que Madeleine tuviera un especial aprecio por él —de hecho, no parecía que le cayera bien en absoluto: su Porsche le resultaba estúpido; su mujer, pretenciosa—, pero para ella la química personal era algo secundario respecto a hacer lo correcto. Gurney se maravillaba de que una persona tan espontánea pudiera también llevar una vida tan regida por los principios. Era lo que la hacía ser como era. Era lo que la convertía en un faro en el cenagal de su propia existencia.

Lo correcto, ahora mismo.

Inspirado, se detuvo en la amplia entrada abandonada de una vieja granja y sacó su cartera para buscar el número de Kyle. (Nunca se había molestado en introducir el nombre de su hijo en el sistema de reconocimiento de voz, una omisión que le dio una punzada en su conciencia.) Llamarlo a las tres de la mañana parecía una locura, pero la alternativa era peor. Lo pospondría, lo pospondría otra vez y luego encontraría una explicación racional para no llamarlo.

—¿Papá?

—¿Te he despertado?

—La verdad es que no. Estaba levantado. ¿Estás bien?

—Estoy bien. Yo, eh..., sólo quería hablar contigo, devolverte la llamada. No lo he hecho muy bien, parece que llevas tiempo tratando de localizarme.

—¿Seguro que estás bien?

—Sé que es una hora extraña para llamar, pero no te preocupes, estoy bien.

—Vale.

—He tenido un día difícil, pero ha terminado bien. La razón de que no respondiera a tus llamadas antes... He estado metido en un lío complicado, pero no es excusa. ¿Necesitabas algo?

—¿Qué clase de lío?

—¿Qué? Ah, lo habitual, una investigación de homicidios.

—Pensaba que te habías retirado.

—Lo estaba. Bueno, lo estoy. Pero me implicaron en un caso. Conocía a una de las víctimas. Es una larga historia. Te la contaré la próxima vez que te vea.

—Guau. ¿Lo has vuelto a hacer?

—¿Qué?

—Has pillado a otro asesino en serie, ¿eh?

—¿Cómo lo sabes?

—Víctimas. Has dicho víctimas, en plural. ¿Cuántas eran?

—Cinco que sepamos, planeaba matar a veinte más.

—Y tú lo has pillado. ¡Caray! Los asesinos en serie no tienen ni la menor oportunidad contigo. Eres como Batman.

Gurney rio. No se había reído mucho últimamente. Y no podía recordar la última vez que lo había hecho en una conversación con Kyle. Pensándolo bien, era una conversación inusual también por otros motivos: llevaban al menos dos minutos hablando sin que Kyle mencionara algo que acabara de comprar o que estuviera a punto de adquirir.

—En este caso, Batman ha tenido mucha ayuda —dijo Gurney—, pero no llamaba por eso. Quería devolverte tus llamadas, enterarme de qué estaba pasando contigo. ¿Alguna novedad?

—No mucho —dijo Kyle con sequedad—. He perdido mi

SÉ LO QUE ESTÁS PENSANDO

empleo. Kate y yo hemos roto. Puede que cambie de carrera y vaya a la Facultad de Derecho. ¿Qué opinas?

Al cabo de un segundo de asombrado silencio, Gurney rio aún más fuerte.

—¡Dios mío! —dijo—. ¿Qué demonios ha pasado?

—La industria financiera se ha derrumbado (como habrás oído), junto con mi trabajo, mi matrimonio, mis dos casas y mis tres coches. Aunque es gracioso lo deprisa que puedes adaptarte a una catástrofe inimaginable. En cualquier caso, lo que me estaba preguntando es si debería ir a la Facultad de Derecho. Eso es lo que quería preguntarte. ¿Crees que tengo la mente adecuada para eso?

Gurney propuso a Kyle que viniera de la ciudad el fin de semana, y así podrían hablar sobre la situación con todo el detalle que quisiera durante todo el tiempo que quisiera. Su hijo accedió, incluso parecía contento con ello. Cuando colgó el teléfono, Gurney se quedó sentado unos buenos diez minutos, asombrado.

Había otras llamadas que quería hacer. Por la mañana llamaría a la viuda de Mark Mellery y le contaría que todo había terminado por fin, que Gregory Dermott Spinks estaba bajo custodia y que las pruebas de su culpabilidad eran claras, concretas y abrumadoras. Probablemente ella ya habría recibido una llamada personal de Sheridan Kline y quizá también de Rodriguez. Sin embargo, debía llamarla, aunque sólo fuera por su relación con Mark.

Luego estaba Sonya Reynolds. Según su acuerdo, le debía al menos uno de sus retratos especiales de ficha policial. Se le antojó poco importante, una pérdida de tiempo trivial. Aun así, la llamaría y al menos hablaría de ello y terminaría haciendo aquello a lo que se había comprometido originalmente. Pero nada más. La atención de Sonya era agradable, gratificante para el ego, incluso quizás un poco excitante, pero conllevaba un precio excesivamente alto, era demasiado peligrosa para cosas que importaban más.

El viaje de doscientos cincuenta kilómetros desde Wycherly a Walnut Crossing se prolongó cinco horas en lugar de tres, por culpa de la nieve. Cuando Gurney salió de la autovía del condado al camino que serpenteaba por la montaña hasta su casa, había caído en una especie de estupor de piloto automático. La ventana, abierta un resquicio durante la última hora, había proporcionado bastante frío a su cara y oxígeno a sus pulmones para posibilitar la conducción. Al llegar al prado que en suave pendiente separaba el granero de la casa, se fijó en que los copos de nieve que antes el viento había impulsado en horizontal por las carreteras estaban cayendo rectos. Condujo despacio por el césped, girando hacia el este justo antes de detenerse ante la casa, para que después, cuando la tormenta hubiera pasado, el calor del sol impidiera que se formara hielo en el parabrisas. Se quedó sentado, casi incapaz de moverse.

Estaba tan profundamente exhausto que cuando sonó su teléfono, tardó varios segundos en reconocer el sonido.

—¿Sí? —Su saludo podría haberse confundido con un silbido.

—¿Habla David? —La voz femenina le sonaba familiar.

—Sí, soy David.

—Ah, sonabas… extraño. Soy Laura. Del hospital. Querías que llamara… si pasaba algo —añadió con una pausa suficiente para dar a entender cierta esperanza en que su petición tuviera raíces más profundas que la razón que le había dado.

—Exacto. Gracias por acordarte.

—Es un placer.

—¿Ha ocurrido algo?

—El señor Dermott ha fallecido.

—¿Disculpa? ¿Puedes repetírmelo?

—Gregory Dermott, el hombre del que querías estar informado, murió hace diez minutos.

—¿Causa de la muerte?

—Nada oficial, todavía, pero el escáner que le hicieron en el ingreso mostraba fractura de cráneo con hemorragia masiva.

—Sí. Supongo que no es una sorpresa con una lesión de ese tipo. —Le parecía que estaba sintiendo algo, pero la sensación era lejana e imposible de definir.

—No, no con esa clase de herida.

La sensación era débil pero inquietante, como un pequeño grito en medio de un viento rugiente.

—No. Bueno, gracias, Laura. Ha estado bien que llames.

—Claro. ¿Hay algo más que pueda hacer por ti?

—Creo que no —dijo él.

—Será mejor que duermas un poco.

—Sí. Buenas noches, y gracias otra vez.

Primero colgó el teléfono, luego apagó los faros del coche y volvió a hundirse en el asiento, demasiado agotado para moverse. Con la ausencia repentina de la luz de los faros, todo lo que le rodeaba le pareció impenetrablemente oscuro.

Lentamente, mientras sus pupilas se adaptaban, la absoluta negrura del cielo y el bosque cambió a un gris oscuro y el pasto cubierto de nieve a un gris más suave. Al este, donde a duras penas alcanzaba a discernir la cumbre, donde el sol se levantaría al cabo de una hora, parecía distinguirse un aura tenue. La nieve había dejado de caer. La casa de al lado del coche era inmensa, fría y tranquila.

Trató de analizar lo que había ocurrido en los términos más simples. El niño en el dormitorio con una madre solitaria y un padre demente y borracho. Los gritos y la sangre y la impotencia. El terrible daño físico y mental permanente. Los delirios homicidas de venganza y redención. El pequeño Spinks creció para convertirse en el loco Dermott que había asesinado a, por lo menos, cinco hombres y había estado a punto de matar a veinte más. Gregory Spinks, cuyo padre le había cortado la garganta a su esposa. Gregory Dermott, al que le habían aplastado fatalmente el cráneo en la casa donde todo había empezado.

Gurney miró afuera, a la silueta apenas visible de la colina. Sabía que había una segunda historia que considerar, una que necesitaba comprender mejor, la de su propia vida: el padre que no le hizo caso; el hijo crecido al que él, a su vez, no hizo caso; la obsesiva carrera profesional que le había dado tanta fama y tan poca paz; el hijo pequeño que había muerto cuando él no estaba mirando; y Madeleine, que parecía comprenderlo todo. Madeleine, la luz que casi había perdido. La luz que había puesto en peligro.

Estaba demasiado cansado para mover incluso un dedo, tenía demasiado sueño para sentir algo. En su mente apareció un vacío compasivo. Durante un rato, no estaba seguro de cuánto, fue como si no existiera, como si todo en él se hubiera reducido a un punto sin dimensión, un alfiler de conciencia y nada más.

Abrió los ojos de repente, justo cuando el borde ardiente del sol empezaba a brillar a través de las copas desnudas de los árboles, en la cumbre. Observó la uña radiante de luz que se hinchaba lentamente en un gran arco blanco. Entonces reparó en otra presencia.

Madeleine, con su parka naranja brillante —la misma que había llevado el día que él la había seguido hasta el mirador—, estaba de pie junto a la ventanilla del coche, mirándolo. Se preguntó cuánto tiempo llevaba allí. Minúsculos cristales de hielo brillaron en el borde algodonoso de su capucha. Bajó la ventanilla.

Al principio no dijo nada, pero en su rostro vio —vio, sintió, notó, no sabía cómo le había alcanzado la emoción— una amalgama de aceptación y amor. Aceptación, amor y un profundo alivio de que una vez más hubiera vuelto a casa vivo.

Le preguntó con una naturalidad llena de emoción si quería desayunar.

Con la vitalidad de una llama saltarina, la parka naranja de Madeleine capturó el sol que ascendía. David salió del coche y la rodeó con sus brazos, para aferrarse a ella como si Madeleine fuera la vida misma.

Agradecimientos

Gracias a mi excelente editor, Rick Horgan, que se convirtió en una fuente constante de buenas ideas, cuya orientación inspirada e inspiradora lo mejoró todo, a quien se le ocurrió el título perfecto y quien tuvo el valor en el difícil mundo editorial actual de arriesgarse con la novela de un escritor novel; a Lucy Carson y a Paul Cirone, por su defensa, entusiasmo y eficacia; a Bernard Whalen, por su consejo y apoyo en las primeras fases; a Josh Kendall, por una perspicaz crítica y por una sugerencia maravillosa; y finalmente a Molly Friedrich, sencillamente la mejor y más brillante agente del mundo.

Este libro utiliza el tipo Aldus, que toma su nombre
del vanguardista impresor del Renacimiento
italiano Aldus Manutius. Hermann Zapf
diseñó el tipo Aldus para la imprenta
Stempel en 1954, como una réplica
más ligera y elegante del
popular tipo
Palatino

***

**

*

Sé lo que estás pensando se acabó de
imprimir en un día de primavera
de 2010 en los talleres
gráficos de Rodesa,
Villatuerta
(Navarra)

***

**

*